Im Bann des Highlanders

CARRIE MACALISTAIR

Im Bann des Highlanders

ROMAN

Weltbild

Besuchen Sie uns im Internet:
www.weltbild.de

Genehmigte Lizenzausgabe für Verlagsgruppe Weltbild GmbH,
Steinerne Furt, 86167 Augsburg

vertreten durch Medienbüro München
Lektorat: Barbara Kiesebrink
Umschlaggestaltung: Maria Seidel, Neuötting
Umschlagmotiv: Doreen Minuto via Agentur Schlück, Garbsen
Gesamtherstellung: GGP Media GmbH,
Karl-Marx-Straße 24, 07381 Pößneck
Printed in Germany

ISBN 3-8289-8291-3

2009 2008 2007 2006
Die letzte Jahreszahl gibt die aktuelle Lizenzausgabe an.

Condon 2005

1. Kapitel

Vom Panoramafenster der Werbeagentur Lincoln & Fletcher aus hatte man eine atemberaubende Sicht über die Londoner City, sofern die Stadt nicht im dichten Nebel lag. Joan Harris jedoch hatte keinen Blick dafür, sie starrte zu einem fiktiven Punkt in der Ferne. Wie häufig in letzter Zeit fühlte sie sich ausgelaugt, verwirrt und erschöpft.

Sie zuckte leicht zusammen, als sie eine Hand auf ihrer Schulter spürte, drehte sich jedoch nicht um.

„Hast du heute Nacht wieder schlecht geschlafen?" Ted Lincolns Stimme klang besorgt. „So kann es mit dir nicht weitergehen."

Joan seufzte kaum wahrnehmbar, dann wandte sie sich zu ihrem Chef um, strich sich ihre feuerrote wallende Mähne zurück und setzte ein Lächeln auf. „Mir ist selbst klar, dass es so nicht weitergehen kann, Ted. Ich wage kaum noch, die Augen zuzumachen, aus Angst, wieder einen dieser grässlichen Träume zu haben."

Ted nahm sie beim Arm, führte sie zu der Besuchercouch und drückte sie sanft ins Polster. Apathisch und mit geschlossenen Augen lehnte sich Joan zurück und registrierte am Rande, wie sich Ted an der kleinen Bar zu schaffen machte.

Erst als er ihr energisch ein Glas Scotch in die Hand drückte, öffnete Joan die Augen wieder und blickte in Teds besorgte Miene. Er hockte auf der Kante des niedrigen Glastisches, auf dem einige Prospekte über die Angebote der Agentur ausgebreitet lagen.

„Ich kann dir sagen, was dir fehlt", sagte er und forderte Joan mit einer Handbewegung auf, einen Schluck zu trinken. „Du bist völlig überarbeitet, die letzten Wochen und Monate waren einfach zu viel für dich. Du bist die Erste, die morgens im Büro ist und die Letzte, die abends geht."

Langsam hob Joan das Glas an die Lippen und trank einen winzigen Schluck. Der Whisky brannte in ihrer Kehle, doch gleichzeitig spürte sie eine wohlige, entspannende Wärme in sich aufsteigen.

„Wenn ich nicht so ehrgeizig wäre, hättest du mich nicht zu deiner persönlichen Assistentin gemacht."

Ted nickte zustimmend. „Das ist richtig, aber du hast dir zuviel zugemutet, und das Resultat ist, dass du schlecht schläfst und in deinen Träumen merkwürdige Stimmen hörst."

„Es ist nur eine Stimme!" Heftig setzte Joan das Glas auf den Tisch und sah ihren Chef herausfordernd an. „Außerdem glaube ich nicht, dass diese Träume mit meiner Arbeit zusammenhängen."

„Aber ich glaube das", erwiderte Ted, und seine Brauen zogen sich ärgerlich zusammen. „Und deshalb gehst du jetzt nach Hause und ruhst dich ein paar Tage aus, denn ich möchte nicht dafür verantwortlich sein, dass du völlig zusammenbrichst."

Joans grüne Augen weiteten sich vor Schreck. „Aber das ist unmöglich! Was ist mit der Präsentation morgen? Du kannst mich doch gerade jetzt nicht nach Hause schicken, ich habe sehr viel Energie auf die Ausarbeitung verwendet. Um diesen Kunden für uns zu gewinnen, ist es wichtig für ..."

Mit einer kurzen Geste schnitt er ihr das Wort ab. „Die Präsentation kann ich alleine übernehmen, selbstverständlich werde ich deine Mitarbeit lobend erwähnen. Glaub nicht, dass ich dich gerne nach Hause schicke, aber deine Gesundheit ist mir im Moment wichtiger als unsere Kunden."

Ungläubig schüttelte Joan den Kopf. Da hatte sie sich wochenlang Gedanken darüber gemacht, wie man am effektivsten Salzstangen, Kartoffelchips und Erdnüsse im Paprikamantel so präsentieren konnte, dass jeder sie haben wollte ... und nun sollte sie nicht dabei sein!

„Ich werde nicht gehen." Joan stand langsam auf, reckte sich und blitzte Ted, der noch immer auf der Tischkante saß, wütend an. „Du gestattest mir, dass ich selbst entscheide, wann ich mich ausruhe und wann nicht?"

In diesem Augenblick brach die Sonne kurz durch die graue, tiefhängende Wolkendecke und traf auf Joans Haar, das nun so rot glänzte, als würde es brennen. Schon im nächsten Augenblick war der Zauber wieder vorbei.

Auch Ted erhob sich, seinen Gesichtsausdruck konnte man nur als bekümmert bezeichnen. Seit einem Jahr arbeitete die siebenundzwanzigjährige Joan Harris in seiner Agentur, und ihm war schnell klar geworden, welches Juwel er erworben hatte. Nur nach wenigen Wochen hatte er sie zu seiner persönlichen Assistentin auserkoren.

Die beiden verband ein sehr freundschaftliches Verhältnis, und obwohl Ted Junggeselle war und mit seinen fünfzig Jahren sehr gut aussah, war es zwischen ihnen nie zu einem Verhältnis gekommen, was einige Mitarbeiter der Agentur vermuteten.

Behutsam legte Ted seine Hände auf Joans Schultern und zwang sie, ihn anzusehen. „Lass uns einen Kompromiss schließen: Du wirst morgen die Präsentation übernehmen, allerdings unter einer Bedingung: Danach machst du eine Woche Urlaub und nutzt diese Zeit, um einen Psychologen aufzusuchen."

Sie runzelte die Stirn. „Was soll ich denn bei einem Seelenklempner? Ich bin doch nicht verrückt."

„Natürlich nicht, aber es muss einen Grund geben für deine Träume. Ich tippe immer noch auf Überarbeitung, aber Peter wird schnell herausfinden, ob ich recht habe."

„Wer ist Peter?"

„Ein Freund. Peter Ellis ist sehr erfolgreich auf seinem Gebiet, und ich schlage vor, dass ich einen Termin für dich mit ihm klarmache."

Unmutig machte sich Joan von ihm los. Bis jetzt hatte sie niemandem außer ihm von diesen eigenartigen Träumen erzählt, und die Vorstellung, sich einer völlig fremden Person anzuvertrauen, missfiel ihr.

Dennoch hatte Joan keine Wahl, denn ansonsten musste sie befürchten, dass Ted seine Drohung wahr machte, sie von dieser Präsentation, die ihr so wichtig war, auszuschließen.

„In Ordnung." Sie nickte resigniert. „Besorg mir einen Termin bei diesem Peter, vielleicht kann er mir wirklich helfen."

Ted ging an seinen Schreibtisch und bat seine Sekretärin über die Sprechanlage, ihn mit Peter Ellis zu verbinden ...

Mit gemischten Gefühlen verließ Joan eine Stunde später die Agentur, sie fühlte sich trotz des Whiskys und dem Gespräch mit Ted nicht besser, eher noch deprimierter.

Im Lift, der sie hinunter in die Tiefgarage brachte, bemerkte Joan nicht die bewundernden Blicke der beiden Männer neben sich. Sie war völlig in Gedanken.

Joan war bekannt, dass sie ihr Aussehen – insbesondere die auffällige Haarfarbe – von einer Vorfahrin geerbt hatte, die Schottin gewesen war. Wann diese Urahne gelebt hatte, wusste Joan nicht, und es interessierte sie auch gar nicht.

Das Einzige, worüber sie sich Gedanken machte, war die Sorge, verrückt zu werden, denn nie zuvor hatte sie solche angsteinflößenden Träume gehabt. Sie hoffte, dass Ted mit seiner Vermutung recht hatte und sie tatsächlich nur überarbeitet war, denn sie hatte zum ersten Mal diese klagende Stimme gehört, kurz nachdem sie seine Assistentin geworden war.

Die beiden Männer in ihren Nadelstreifenanzügen lächelten Joan zu, als sich die Lifttür fast geräuschlos öffnete. Sie nickte mit unbeweglicher Miene, als man ihr höflich den Vortritt ließ, und eilte dann zu ihrem Wagen.

Plötzlich konnte es ihr nicht schnell genug gehen, nach Hause zu kommen, ein heißes Bad zu nehmen und sich in ihr Bett zu kuscheln. Als Joan an Teds väterlichen Rat dachte, musste sie unwillkürlich lächeln; er war der einzige Mensch außer ihrer Mutter Marion, der sich Sorgen um sie machte.

Aufatmend ließ Joan in ihrer gemütlichen Wohnung im Westend die Wohnungstür hinter sich ins Schloss schnappen, warf ihre teure Wildlederjacke über den Garderobenhaken und streifte gleichzeitig die hohen Pumps von den Füßen.

Die Wohnung war Joans ganzer Stolz, sie hatte jedes Möbelstück, jedes Bild und jede Vase mit viel Liebe ausgesucht und zusammengestellt. Seit sie bei Lincoln & Fletcher arbeitete, verdiente sie überdurchschnittlich gut und legte einen Großteil ihres Geldes in die Gestaltung ihrer vier Wände an.

Doch der berufliche Erfolg forderte auch seinen Tribut, er machte einsam, sogar sehr einsam. Bevor Joan als Marketingassistentin gearbeitet hatte, war sie keinen Abend zu Hause gewesen. Es gab kaum einen Club oder eine Diskothek in London, die Joan nicht kannte, und die Männer waren verrückt nach ihr gewesen.

Eine feste Beziehung war allerdings niemals entstanden, aber das hatte eher an Joans Einstellung als an den Gefühlen ihrer Sexualpartner gelegen. Sie hatte auf ihre Freiheit gepocht und jede dauerhafte Bindung im Keim erstickt.

Mit dem Eintritt bei Lincoln & Fletcher hatte sich Joans Leben grundlegend geändert, doch sie liebte dieses neue Leben, das zwar nicht so aufregend wie das alte war, aber es befriedigte sie mehr. Beruflicher Erfolg war ihr inzwischen wichtiger geworden, anerkannt und mit Respekt behandelt zu werden, erschien ihr verlockender als das Londoner Nachtleben.

Es störte sie nicht im geringsten, dass sie seit über einem Jahr keinen Sex mehr hatte, er fehlte ihr überhaupt nicht. Und das war gut so, denn sie hatte gar keine Gelegenheit mehr, nach einem passenden Mann Ausschau zu halten. Wann auch? Vom frühen Morgen bis in die Abendstunden arbeitete sie, und sogar an den Wochenende zog es sie in die Agentur.

Während sich Joan über die Badewanne beugte und den Wasserhahn aufdrehte, dachte sie flüchtig an die bevorstehende Nacht. Würde sie wieder von dieser unheimlichen Stimme gequält werden, die in einer fremden, ungewöhnlichen Sprache jammerte und winselte?

Schweißgebadet warf sich Joan von einer Seite zur anderen. Sogar im Halbschlaf vernahm sie das Wehklagen einer Frau, und als Joan schließlich völlig wach auffuhr und sich aufrichtete, meinte sie, noch immer das Weinen zu hören.

Mit angehaltenem Atem lauschte sie, doch nur ihr hart gegen die Brust schlagendes Herz war noch zu hören. Mit einer verzweifelten Geste griff sich Joan in ihr Haar und stellte dabei beiläufig fest, dass es wie ihr gesamter Körper feucht vom Schweiß war.

An Schlaf war vorerst nicht zu denken, und mit bebenden Händen knipste sie die kleine Tiffanyleuchte auf ihrem Nachttisch an und blickte sich dann in ihrem Schlafzimmer um, als sähe sie es zum ersten Mal in ihrem Leben.

Doch nun, im sanften Lampenlicht, hatte der Raum nichts Erschreckendes mehr an sich, und der Traum verblasste. Seufzend glitt Joan in die Kissen zurück und starrte an die Zimmerdecke, an der sich das bunte Muster der Lampe widerspiegelte.

„Noch ein paar solcher Nächte, und ich lande in der Klapsmühle", murmelte Joan. Das Eigenartige war, dass diese Träume, von denen sie seit Monaten geplagt wurde, anders waren als herkömmliche Albträume. Diese mysteriöse Stimme hatte nichts Bedrohliches an sich, und Joan konnte niemals die Person erkennen, die zu dieser Stimme gehörte.

Nach einer halben Stunde hatte sich Joans Puls wieder normalisiert, sodass sie es wagte, das Licht zu löschen. Bevor sie erneut in einen leichten Schlaf fiel, nahm sie sich vor, am nächsten Tag den Termin bei Peter Ellis wahrzunehmen.

Das Haus in der Nähe von Trafalgar Square, in dem die Praxis des Psychologen untergebracht war, stammte aus dem neunzehnten Jahrhundert und machte einen seriösen Eindruck. Trotzdem trat Joan nur zögernd in das Vorzimmer der Praxis ein.

„Mr. Ellis erwartet Sie bereits, Miss Harris", sagte die freundliche ältere Sekretärin in mütterlichem Ton. „Bitte folgen Sie mir, ich führe Sie zu ihm."

Joan nickte beklommen, ihr war nicht ganz wohl bei dem Gedanken, einem Menschen, den sie noch nie gesehen hatte, von ihren Träumen zu erzählen. Bei Ted war das etwas anderes, zu ihm hatte sie Vertrauen, und sie wusste, dass er sie deswegen nicht für verrückt hielt.

„Schön, Sie kennen zu lernen." Peter Ellis trat mit ausgestreckter Hand und strahlendem Lächeln auf sie zu.

Er hatte ein längliches Gesicht, und das Pferdegebiss machte ihn auch nicht unbedingt attraktiver. „Ted erwähnte, dass Sie ein wenig überarbeitet sind. Nehmen Sie Platz, oder möchten Sie sich lieber entspannt hinlegen?" Dabei wies er auf eine Art Chaiselonge in einer abgedunkelten Ecke.

„Einigen meiner Patienten fällt es leichter zu reden, wenn sie dabei liegen können."

„Nein danke", wehrte Joan sogleich ab und ergriff zaghaft die knochige Hand des Psychologen. „Ich würde mich lieber setzen."

„Selbstverständlich." Peter Ellis rückte einen bequemen gepolsterten Stuhl zurecht, wartete, bis Joan Platz genommen hatte und setzte sich dann ihr gegenüber. „Möchten Sie etwas trinken?"

Sie schüttelte den Kopf und bereute hergekommen zu sein. Wie sollte ihr ein Mann helfen können, der ihr schon rein äußerlich unsympathisch war?

Peter rückte seine randlose Brille zurecht, schlug die dünnen Beine übereinander und fragte: „Darf ich Sie Joan nennen, Miss Harris? Ich rede meine Patienten gern mit dem Vornamen an, das macht die Sitzung gleich viel persönlicher."

„Aber ja." Joan bemühte sich, sein Lächeln zu erwidern, was ihr nicht leicht fiel. „Können wir jetzt beginnen?"

Er beugte sich leicht vor, und ihr schlug ein leichter Knoblauchgeruch entgegen. Sie fragte sich, was Peter wohl zum Frühstück gegessen haben mochte.

„Woran denken Sie gerade, Joan?"

Sie fuhr ertappt zusammen. Woran sie gedacht hatte, konnte sie ihm unmöglich verraten, deshalb hob sie vage die Schulter und erwiderte leichthin: „Ich fragte mich nur, ob Sie mir wirklich helfen können."

„Das werden wir in Kürze feststellen, Joan." Er lehnte sich zurück. „Erzählen Sie mir von Ihrer Kindheit."

Erstaunt hob sie die Brauen. „Von meiner Kindheit? Hören Sie, ich bin hier, weil ... hat Ted Ihnen nicht von meinen eigenartigen Träumen erzählt?"

„Oh doch, das hat er. Aber ich möchte zuerst wissen, in welchem Umfeld Sie aufgewachsen sind, das kann sehr wichtig für eine endgültige Diagnose sein."

Joan sah ein, dass sie nicht umhin kam, Peter ihre Lebensgeschichte zu schildern, und so sagte sie emotionslos: „Ich bin in Totton, einem Vorort von Southampton aufgewachsen, mcinc Mutter lebt noch immer dort. Mein Vater ist gestorben, als ich fünfzehn war. Geschwister habe ich leider nicht."

„Aha." Er nickte verständnisvoll. „Man kann also sagen, dass ihre Kindheit und Jugend unbeschwert verlaufen sind?"

„Allerdings."

„Nun gut." Peter kritzelte etwas in seinen Notizblock, dabei rutschte ihm die Brille bis hinunter zur Nasenspitze. „Gab es in Ihrer Vergangenheit irgendetwas Besonderes, das Sie beschäftigt?"

Unruhig rutschte Joan auf ihrem Stuhl hin und her. Wenn Peter weiterhin so viel an Nebensächlichkeiten interessiert war, würde es Monate dauern, bis er zum Kern der Sache kam.

Sie holte tief Luft. „Mein Leben verlief bisher in geordneten Bahnen, und so wird es auch bleiben. Ich bin zufrieden, liebe meinen Beruf und träume davon, eines Tages eine eigene Werbeagentur zu gründen."

„Respekt.“ Es war seiner Miene nicht zu entnehmen, ob er tatsächlich beeindruckt war oder nur höflich sein wollte. Er räusperte sich, dann fragte er, ohne von seinen Notizen aufzusehen: „Erzählen Sie mir nun von Ihren Albträumen. Wann traten sie zum ersten Mal auf, und worum handelt es sich dabei?“

Allmählich begann sich Joan zu entspannen, ihr Körper entkrampfte sich zusehends und die Polster des Stuhles schienen weicher und nachgiebiger zu werden. „Genau weiß ich es nicht mehr, wann ich zum ersten Mal diese Stimme hörte ... ich denke, es war kurz nach meiner Beförderung in der Agentur. Normalerweise habe ich einen tiefen, festen Schlaf, aber auf einmal war das vorbei. Dafür gibt es allerdings einen Grund“, fuhr sie hastig fort, als sie merkte, dass Peter eine Zwischenfrage stellen wollte, „ich kann schlecht abschalten, habe in der Agentur viel mehr Verantwortung zu tragen als vorher ...“

Als sie schwieg, blickte er auf. „Fahren Sie fort, Joan.“

„Eines Nachts hatte ich zum ersten Mal diesen merkwürdigen Traum. Erkennen konnte ich nichts, es hatte den Anschein, als würde ich in dichtem Nebel stehen.“ Sie fuhr sich mit der Zunge über die inzwischen trocken gewordenen Lippen, dabei starrte sie auf ihre schmalen Hände. „Ich spürte direkt die feuchte Luft an meinem Körper, und dann ... dann hörte ich wie aus weiter Ferne ein leises Wehklagen. Es handelte sich eindeutig um eine Frauenstimme, die immer näher kam.“

„Hat diese Stimme zu Ihnen gesprochen?“

„Nein, zu dieser Zeit noch nicht. Als ich aufwachte, musste ich über diesen Traum lachen und machte mir keine Gedanken darüber. Etwa vierzehn Tage später träumte ich jedoch genau dasselbe, nur schien mir dieser Traum länger zu sein. Das Jammern der Frau war eindringlicher geworden, aber auch darüber machte ich mir nach dem Erwachen keine Gedanken. Erst, als die Träume in immer kürzeren Abständen kamen und ich diese Person fast körperlich zu spüren glaubte, wurde ich nachdenklich." Sie stockte.

„Inzwischen träume ich fast jede Nacht von dieser unheimlichen Stimme, mit jedem Mal wird sie lauter und flehender, und seit etwa einer Woche spricht sie sogar zu mir."

Ruckartig hob Peter den Kopf. „Was sagt sie?"

„Keine Ahnung, ich verstehe kein Wort. Es hört sich wie ein altertümlicher Dialekt einer fremden Sprache an." Hilflos hob Joan die Hände und ließ sie gleich darauf kraftlos auf ihren Schoß zurücksinken. „Ich habe diese Sprache nie gehört, sie klingt sehr ungewohnt. Deshalb weiß ich nicht, was die Stimme mir zu sagen hat."

„Hm." Peter machte eine nachdenkliche Miene, nahm die Spitze seines Kugelschreibers in den Mund und kaute kurz daran.

„Vielleicht ist es eine Fantasiesprache und hat keine Bedeutung", fuhr sie fort, als sie sah, dass Peter keine Anstalten machte, sie zu unterbrechen. „Meine größte Sorge ist, dass ich verrückt werde."

Auf seinem angestrengtem Gesicht erschien ein Grinsen. „So schnell wird man nicht verrückt, liebe Joan. Versuchen Sie die Worte zu beschreiben, ich habe einen Bekannten, der sich mit Sprachen beschäftigt."

„Ich kann sie nicht näher beschreiben. Es hört sich an wie einzelne Laute, teils kehlig, teils dunkel und abgehackt, ach, ich weiß nicht, es scheint irgend ein Kauderwelsch zu sein."

Peter musterte sie eindringlich. „Haben Sie einen Bezug zu Schottland?"

„Wie bitte? Nein, ich war nie dort und kenne keinen einzigen Schotten. Wieso fragen Sie?"

„Nun ja", Peter wiegte langsam den Kopf, „so wie Sie

diese Sprache beschreiben, könnte es sich um Gälisch handeln. Das ist natürlich nur eine Vermutung."

„Meine Vorfahren sollen Schotten gewesen sein." Sie lächelte schief und dabei nahm sie eine Locke ihres Haares in die Hand. „Dies ist das einzige Merkmal, was davon übrig geblieben ist. Ich habe mich nie besonders dafür interessiert."

Unauffällig schielte der Psychologe zur Uhr. „Lassen Sie uns das nächste Mal weiter darüber reden, Joan. Ich erwarte Sie in einer Woche um dieselbe Zeit."

„Das war für heute alles?" Enttäuscht blickte sie ihn an. „Ich dachte, Sie können mir helfen, indem Sie mich von diesen unheimlichen Träumen befreien."

Beschwichtigend hob er eine Hand, mit der anderen half er Joan beim Aufstehen. „Das werde ich, aber Sie dürfen keine Wunder von mir erwarten. Es braucht seine Zeit, um die Hintergründe Ihrer Träume zu erfahren, es werden viele Sitzungen nötig sein."

Niedergeschlagenheit und Wut machten sich in Joan breit. Sie hatte gehofft – nein, erwartet – dass Peter ihr eine logische Erklärung gab; stattdessen vertröstete er sie mit vagen Versprechungen.

„Und was soll ich jetzt tun?" Beflissentlich übersah sie Peters Hand, die er ihr zum Abschied entgegen streckte. „Meine Arbeit leidet und mein allgemeines Befinden ebenfalls."

Mit nachsichtigem Lächeln berührte Peter sie leicht an der Schulter. „Noch ist es zu früh, um eine Diagnose zu stellen, doch ich gehe schon jetzt davon aus, dass Ted sich nicht geirrt hat. Sie sind überarbeitet und brauchen dringend ein paar Tage absolute Ruhe und Erholung. Ted erwähnte, dass er sie nach Hause geschickt hat, und ich schließe mich seinem Rat an: Vergessen Sie für mindestens eine Woche Ihre Arbeit, unternehmen Sie etwas mit Freunden und kaufen sich etwas

Hübsches, das lenkt ab. Sie werden sehen, dass diese Albträume dann bald der Vergangenheit angehören."

Widerstandslos folgte Joan dem Psychologen zur Tür, schwor sich allerdings, dass er sie nicht nur zum ersten, sondern auch zum letzen Mal gesehen hatte.

„Ihr neuer Termin, Miss Harris." Die Sekretärin reichte ihr einen Zettel. „Ich wünsche Ihnen noch einen angenehmen Tag."

Zerstreut ließ Joan ihn in ihre Jackentasche gleiten, nickte der Vorzimmerdame wortlos zu und verließ fast fluchtartig die Praxis.

Noch immer ärgerlich, erreichte Joan ihre Wohnung.

Kraftlos sank sie auf ihr breites französisches Bett und stützte den Kopf in die Hände. Vor ihrem geistigen Auge erschien verschwommen Peter Ellis' langes Gesicht mit dem dümmlichen Grinsen.

„Idiot!", entfuhr es ihr, doch dann stutzte sie. Sie versuchte, sich seine Worte in Erinnerung zu bringen. Er hatte von Schottland gesprochen sowie der schottischen Sprache Gälisch.

Dunkel erinnerte sich Joan daran, dass ihre Großmutter Fiona, die dasselbe rote Haar besessen hatte, sich mit der gälischen Sprache befasst hatte – so jedenfalls hatte es Joans Mutter Marion hin und wieder erzählt.

Großmutter Fiona war längst tot, sie war ziemlich jung, lange vor Joans Geburt, an den Folgen einer Herzerkrankung gestorben, sodass ihre Enkelin sie nur von Fotos her kannte. Eine zierliche schöne Frau war Fiona gewesen, die Joan den zarten Teint und die rote Haarpracht vererbt hatte.

Es war schon Monate her, seit sie ihre Mutter besucht hatte. Was sprach dagegen, die unfreiwillige Woche Urlaub darauf zu verwenden, nach Southampton zu fahren?

Vielleicht wusste Marion mehr über Großmutter Fionas Absichten und aus welchem Grund diese Gälisch lernen wollte.

2. Kapitel

Bei strömendem Regen verließ Joan am nächsten Morgen London. Ihre Mutter war überrascht und gleichzeitig erfreut gewesen, als Joan ihren Besuch telefonisch angekündigt hatte und ihrerseits angedeutet, dass sie eine Überraschung parat hatte.

Seitdem sie verwitwet war, lebte Marion Harris sehr zurückgezogen in einem gemieteten Häuschen am Ortsrand von Totton; ihren Lebensunterhalt verdiente sie als Verkaufshilfe in einem Gemüsegeschäft. Auf ihre einzige Tochter war sie sehr stolz, Joan hatte es zu etwas gebracht und führte ein Leben, das sie sich für ihr Kind immer gewünscht hatte.

Etwa zwanzig Meilen hinter London ließ der Regen nach, und kurz vor dem Ziel hörte er schließlich völlig auf. Joan hasste das englische Wetter, trotzdem hätte sie niemals woanders leben wollen.

Marions Haus schien seit Joans letztem Besuch noch schäbiger und baufälliger geworden zu sein; die vom Regen nassen Mauern glänzten abweisend, sodass Joan unwillkürlich ein Schauer über den Rücken lief. Sie dachte mit schlechtem Gewissen an ihr helles modernes Appartement und nahm sich vor, ihrer Mutter zum wiederholten Male vorzuschlagen, ebenfalls nach London zu ziehen, obwohl sie bereits die Antwort kannte.

Marion war in Southampton geboren, dort waren ihre Wurzeln, das betonte sie immer wieder. In der Ortsmitte von Totton hatte sie mit Mann und Tochter ein hübsches Haus mit kleinem Garten bewohnt, das sie jedoch nach Pauls Tod hatte verkaufen müssen.

Als Joan aus ihrem Wagen stieg, stand ihre Mutter bereits lächelnd mit verschränkten Armen an der geöffneten Haustür. Sie sah gelöster und hübscher aus, als Joan sie in Erinnerung hatte, und als ihre Tochter näher trat, breitete sie die Arme aus.

„Ich freue mich, dass du endlich Zeit gefunden hast, mich wieder einmal zu besuchen“, sagte sie, während sie Joan umarmte. „Wir haben uns so lange nicht gesehen.“

Joan presste ihre Mutter an sich, die so vertraut nach Lavendel roch wie eh und je. Dann schob sie sie ein wenig von sich weg und fragte mit gespielt strenger Miene: „Soll das etwa ein Vorwurf sein? Du siehst übrigens blendend aus.“

„Oh, vielen Dank, ich fühle mich auch so.“ Sie trat einen Schritt zur Seite und nahm Joan bei der Hand. „Natürlich ist das kein Vorwurf, Liebes. Ich weiß doch, dass du schwer arbeiten musst, deshalb freue ich mich doch auch so, weil du trotz allem ein paar Tage bei mir verbringen möchtest.“ Marion warf einen skeptischen Blick zum Himmel. „Komm lieber ins Haus, bevor der nächste Regenschauer einsetzt. Das Gepäck können wir später holen.“

Drinnen war es angenehm warm, und aus der Küche drang der Duft nach Tee und Gebäck in den engen Flur.

„Ich hab ein paar Muffins gemacht“, sagte Marion schmunzelnd, als sie bemerkte, wie ihre Tochter schnuppernd ihr hübsches Näschen in die Luft hob. „Ich kann es kaum erwarten, dir meine Neuigkeiten zu verraten. Aber zuerst möchte ich wissen, wie es dir geht, du siehst irgendwie ... nun ja, unglücklich aus.“

Joan hatte ihrer Mutter noch nie etwas vormachen können, und so redete sie nicht lange um den heißen Brei herum, sondern gab zu, dass die letzten Wochen in der Agentur mehr als hart gewesen waren.

„Es war lieb von Ted, dir ein paar Tage freizugeben", meinte Marion, als sie ihrer Tochter gegenüber saß und ihr den Teller mit den noch warmen Muffins hinschob. Sie war etwas größer als Joan und hatte sehr weibliche Formen, ihr dunkles, mittellanges Haar trug sie wie meistens am Hinterkopf zusammen gebunden.

Und trotzdem schien sie verändert zu sein, in ihren grauen Augen schimmerte ein warmer Glanz und um ihren Mund spielte ununterbrochen ein sanftes Lächeln.

Joan fluchte leise, als sie sich an dem viel zu heißen Tee die Zunge verbrühte, nahm sich ein Muffin und biss vorsichtig hinein. Ihr Blick war prüfend, als sie beiläufig fragte: „Und wie ist es dir in der Zwischenzeit ergangen? Du strahlst, als hättest du im Pferderennen gewonnen."

„Viel besser!" Marion lachte laut auf. „Ich habe mich wieder verliebt, aber das ist noch nicht alles. Seit einer Woche arbeite ich bei Miller's und verdiene das Doppelte wie vorher."

„Du meinst diese Konservenfabrik in Southampton?"

„Ganz genau. Zufällig erfuhr ich, dass dort Leute gesucht werden und stellte mich noch am selben Tag vor. Ich bekam sofort den Job." Marion hob leicht die Schultern. „Sicher, es ist eine eintönige Arbeit, den ganzen Tag Konservendosen auf Paletten zu stapeln, aber das Geld kann ich gut gebrauchen." Sie blickte sich mit gerunzelter Stirn um. „Wie man sehen kann, ist hier alles mehr als renovierungsbedürftig."

Joan griff nach Marions Hand. „Ma, ich habe dir schon so oft angeboten, dich finanziell zu unterstützen. Warum bist du so stolz und nimmst meine Hilfe nicht an?"

„Ich möchte keine Hilfe", entgegnete ihre Mutter mit Nachdruck. „Ich war niemals auf jemanden angewiesen, und dabei wird es auch bleiben." Die letzten Worte hatte sie mit Nachdruck gesprochen, sodass Joan es für das Beste hielt, das Thema zu wechseln.

„Okay, dann wirst du mir vielleicht wenigstens verraten, wer der neue Mann in deinem Leben ist."

Wie durch Zauberhand wechselte Marions Gesichtsausdruck, wurde wieder weich und lebendig. „Er heißt Simon und ist ein Arbeitskollege, du wirst ihn mögen. Simon ist auch verwitwet und zwei Jahre älter als ich."

„Also fünfzig", überlegte Joan laut und grinste. „Und dabei hab ich immer gedacht, es gibt keinen Mann, der dein Herz noch einmal zum Schmelzen bringen kann."

„Damit habe ich auch nicht gerechnet." Marion wurde rot wie ein junges Mädchen, und ihre Tochter fand, dass ihr diese Verlegenheit äußerst gut stand. Ihr Blick war verträumt in die Ferne gerichtet. „Simon ist ein wunderbarer Mann, mit ihm möchte ich den Rest meines Lebens verbringen. Und stell dir vor, er hat mir versprochen, beim Renovieren zu helfen."

„Das ist ja großartig. Wann werde ich diesen tollen Typen denn kennen lernen?"

„Ich hab ihn morgen zum Abendessen eingeladen", gab Marion zurück. „Er ist sehr gespannt auf dich, ich habe ihm schon viel von dir erzählt."

Marion stützte ihre Ellenbogen auf die Tischplatte und neigte den Oberkörper leicht vor. „Aber jetzt möchte ich endlich wissen, wie es dir ergangen ist. Was macht die Liebe?"

„Die ist im Moment eingefroren", ging Joan auf den lockeren Tonfall ein. „Ich habe weder Zeit noch Lust, einem Mann Anteil an meinem Leben zu gestatten."

„Überhaupt nicht?" Marion schien enttäuscht zu sein. „Früher warst du aber nicht so abweisend."

„Das war, bevor mir andere Ziele wichtiger wurden, Ma. Ich mag es eben nicht, meinen Beruf verteidigen zu müssen und die Zeit, die ich in der Agentur deswegen verbringe. Männer sind so schrecklich egoistisch und möchten uns Frauen mit Haut und Haaren besitzen, dafür bin ich nicht geeignet."

Aufmerksam musterte Marion ihre Tochter. „Du erinnerst mich immer mehr an deine Großmutter, Joan – und das nicht nur wegen der äußerlichen Ähnlichkeit. Sie war zwar eine treusorgende Mutter und Ehefrau, aber trotzdem hatte sie ihren eigenen Kopf und setzte meistens durch, was sie sich vornahm. Sie war genau so eine starke Persönlichkeit wie du." Sie seufzte leise. „Ein Jammer, dass sie ein krankes Herz hatte und viel zu früh sterben musste. Schade, dass du sie nicht kennen gelernt hast, du hättest dich bestimmt großartig mit ihr verstanden."

Bei diesen Worten erinnerte sich Joan blitzartig wieder an den eigentlichen Grund ihres Besuches und überlegte fieberhaft, wie sie ihre Mutter unauffällig weiter in ein Gespräch über Großmutter Fiona verwickeln konnte. Keinesfalls durfte sie erfahren, dass ihre Tochter nachts von einer unheimlichen Stimme träumte, das würde die bodenständige Marion nur unnötig beunruhigen.

„Erzähl mir von Großmutter", sagte Joan daher beiläufig, lehnte sich lässig zurück und verkrümelte die Reste ihres Muffins auf dem Teller. „Ich erinnere mich daran, dass du mir damals, als ich noch ein Kind war, oft von ihr erzählt hast."

„Du warst für ein kleines Mädchen sehr wissbegierig", gab Marion schmunzelnd zu, „konntest überhaupt nicht genug über Großmutter erfahren. Sie war eine bewundernswerte Frau, auch wenn sie in der letzten Zeit ihres Lebens ... einen kleinen Spleen entwickelte."

„Und was war das für ein Spleen?"

„Ich hab das nur am Rande mitbekommen, immerhin wohnte ich damals schon mit deinem Vater hier in Totton. Aber bei meinen Besuchen stellte ich plötzlich fest, dass sie begonnen hatte, eine Art Ahnenforschung zu betreiben." Marion lachte leise auf. „Und nicht nur das, sie behauptete, dieses fürchterliche Gälisch lernen zu müssen, da dies die Sprache ihrer Vorfahren sei. Verrückt, nicht wahr?"

„Vollkommen verrückt", beeilte sich Joan zu sagen. Dunkel erinnerte sie sich daran, dass sich ihre Mutter schon damals in ihren Erzählungen über Fionas plötzlichen Eifer lustig gemacht hatte. „Was hat sie dabei herausgefunden?"

Marion zuckte mit den Schultern. „Keine Ahnung, ich habe sie nie danach gefragt, weil es mich nicht interessierte. Nur, dass eine ihrer Urahninnen Schottin gewesen sein soll, sie war davon überzeugt, dass sie daher ihr flammend rotes Haar hatte – wo doch jedermann weiß, dass die meisten Schotten dunkelhaarig sind." Sie lächelte nachsichtig, und Joan erwiderte das Lächeln.

„Ich würde gerne mehr darüber erfahren", sagte Joan schließlich, wieder ernst geworden. „Schade, dass du dich nicht an weitere Details erinnern kannst."

Überrascht hob Marion die Brauen. „Wieso, ist das auf einmal so wichtig für dich?"

„Nein, nein. Ich bin nur gerade darauf gekommen, weil du mich neugierig gemacht hast."

Marion erhob sich, um frisches Teewasser aufzusetzen. Trotz der grob gestrickten Jacke waren die sanft gerundeten Hüften und der volle Busen gut zu erkennen. Joan dachte flüchtig daran, dass Simons Eintreten in das Leben ihrer Mutter ein Segen war, denn sie war viel zu jung und attraktiv, um auf Dauer allein zu bleiben.

„Tut mir leid, so viel weiß ich auch nicht. Für mich hat

deine Großmutter manchmal etwas gesponnen.“ Marion stellte den Kessel auf den altmodischen Kohleherd, stutzte und sagte dann über die Schulter hinweg: „Aber vielleicht findest du Näheres in Großmutters Nachlass. Wenn ich mich nicht irre, gibt es auf dem Dachboden einen ganzen Karton voller alter Prospekte und Notizen.“ Sie schüttelte leicht den Kopf. „Ich habe nicht die geringste Ahnung, was sie damit angefangen hat.“

Irgendetwas brachte Joan dazu, aufzuspringen. Eine innere Unruhe hatte von ihr Besitz ergriffen, die sie sich nicht erklären konnte. Instinktiv spürte sie, dass sie in Großmutters Nachlass den Schlüssel zu ihrem eigenen Schicksal finden würde.

„Wo genau befindet sich der Karton?“, fragte sie und blieb dicht vor ihrer verdutzten Mutter stehen. „Ich würde gerne einen Blick hineinwerfen.“

„Warum so eilig, hat das nicht Zeit bis nach dem Tee?“ Marion brach ab. In den faszinierenden grünen Augen ihrer Tochter, meinte sie eine Art Unruhe zu erkennen. „Joan, was ist denn auf einmal in dich gefahren?“

„Nichts, ich dachte nur ... mich interessiert alles, was mit Großmutters Leben zu tun hat. Aber natürlich hat das Zeit bis nach dem Tee.“

Sie setzte ein munteres Lächeln auf und schlenderte betont langsam zu ihrem Stuhl zurück, um sich gleich darauf genauso lässig wie vorher hinzusetzen. Dabei wurde sie von Marions prüfendem Blick verfolgt, und erst, als Joan begann, über den wieder eingesetzten Regen zu schimpfen, entspannte sich Marion und setzte sich ebenfalls wieder.

Joan unterdrückte ein Niesen, als sie gegen Abend schließlich den Dachboden betrat. Der Staub, der sich in Jahrzehnten angesammelt hatte, reizte die empfindlichen

Nasenschleimhäute, und als sie den Mund öffnete, um Luft zu holen, bekam sie sofort einen Hustenanfall.

Von ihrer Mutter wusste sie, dass sie den Dachboden nie gründlich aufgeräumt hatte und sich noch alte kaputte Möbel und Bilder des Vormieters dort befanden; doch Joans einziges Interesse galt einem Karton, von dem Marion gemeint hatte, er müsse sich in einer der alten Kommoden befinden.

Was würde sie in Großmutters Unterlagen finden, und würde es ihr weiterhelfen, sie von ihren schrecklichen Träumen zu befreien?

Erst in der untersten Schublade, dessen Holz völlig verzogen war und sich daher kaum öffnen ließ, stieß Joan auf einen eingedrückten, mit verblichenem Geschenkpapier beklebten Deckelkarton.

„Das muss er sein", flüsterte Joan in die Stille hinein und zog den erstaunlich schweren Kasten hervor, der mit einem Paketband verschlossen war. Sie widerstand der Versuchung, an Ort und Stelle das Band zu lösen, sondern erhob sich aus der Hocke und bahnte sich vorsichtig ihren Weg zurück zur Tür, vorbei an zerbrochenen Stühlen und Körben mit uralten Einmalgläsern.

Von unten war Marions Stimme zu hören, offensichtlich telefonierte sie. Ihrem weichen Lachen nach zu urteilen schien sich am anderen Ende der Leitung Simon zu befinden.

Joan blieb am unteren Treppenabsatz stehen und wartete, bis ihre Mutter auf sie aufmerksam wurde. Dann gab sie ihr mit einem Handzeichen zu verstehen, dass sie sich ins Gästezimmer zurückziehen wollte. Flüchtig nickte Marion und wandte sich gleich darauf wieder ab, sie schien völlig gefangen zu sein in ihrem Gespräch mit dem Liebsten.

Das Zimmer, das sie stets bei ihren Aufenthalten in Totton bewohnte, war schlicht und zweckdienlich eingerichtet. Ein schmaler Kleiderschrank mit passender Wäschekommode, ein Metallbett mit leicht durchgelegener Matratze sowie ein Tischchen mit altmodischem Cocktailsessel bildeten die gesamte Einrichtung. Die Blümchentapete an den Wänden hatte schon bessere Tage gesehen, aber Joan fühlte sich wohl in diesem kleinen Raum.

Während sie sich auf dem quietschenden Bett niederließ, fragte sie sich, ob sie hier wohl besser als in London würde schlafen können. Den Pappkarton stellte sie vor sich auf die gesteppte Tagesdecke und betrachtete ihn nachdenklich; plötzlich scheute sie sich davor, in Großmutter Fionas Geheimnissen zu stöbern.

Doch dann gab sie sich einen Ruck, streifte mit flinken Fingern das grobe Band ab und öffnete den Deckel. Auf den ersten Blick erkannte sie vergilbte Reiseprospekte und Landkarten und verzog das Gesicht.

„Na super! Großmutter plante offenbar zu verreisen, aber wozu hat sie den Ramsch aufgehoben?" überlegte Joan laut und nahm mit spitzen Fingern einen der Prospekte heraus.

‚Besuchen Sie die schottischen Highlands und verfallen Sie dem Zauber längst vergangener Kulturen!', prangte Joan die Überschrift in altmodischen Buchstaben entgegen.

Spöttisch kräuselten sich Joans Lippen, sie hatte sich nie für Geschichte interessiert, weder für die englische noch für die schottische.

Auf einem der Fotos war eine Burgruine namens Glenbharr Castle abgebildet, die sich in der Nähe eines kleinen Städtchens in einer waldreichen Gegend befinden sollte.

„Wie romantisch." Joan konnte nicht umhin zu grinsen. Marion hatte nie erwähnt, dass ihre Mutter sich für alte, verrottete Gemäuer interessiert hatte – oder war dieses Interesse erst in späteren Jahren gekommen, als sie versuchte, nach ihren Ahnen zu forschen?

Joan legte den Prospekt beiseite und blickte neugierig in den Karton, dort fand sie weitere Reiseprospekte, handschriftliche Aufzeichnungen über Zugverbindungen nach Edinburg und den Fahrplan eines Edinburger Busunternehmens, das Fahrten nach Inverness anbot.

Was hatte Großmutter Fiona dort oben in den schottischen Highlands gewollt, was hatte sie gesucht? Die flüchtig aufs Papier gesetzten Notizen gaben keinen Aufschluss darüber, aber Joan fiel auf, dass fast alle Prospekte dieselbe Sehenswürdigkeit anboten: Glenbharr Castle, Zeuge aus der Zeit der Clans und Kilts.

Noch während Joan ein vergilbtes Bild der Ruine betrachtete, sah sie aus den Augenwinkeln in einer Ecke des Kartons etwas blinken, und als sie den Gegenstand näher betrachtete, entpuppte er sich als ein Schmuckstück.

Behutsam nahm Joan es auf, um es sich genauer anzusehen. Es handelte sich um ein angelaufenes silbernes Amulett, seine Form war kreisrund, in der Mitte schien eine Art Rune oder keltisches Zeichen eingraviert zu sein. Befestigt war das Amulett an einem schmalen, zerschlissenen Lederband.

„Joan?" Marions Stimme vor der Tür zerriss die Stille, und vor Schreck ließ Joan das Amulett fallen, das daraufhin mit einem metallenen Geräusch auf den Dielen des Holzfußbodens aufschlug. „Kommst du zum Essen?"

Joan räusperte sich: „Ja, ich will mich nur etwas frisch machen."

„In Ordnung, aber halte dich nicht zu lange auf, sonst werden die Steaks kalt", drang Marions gedämpfte Stimme durch die Tür. Gleich darauf entfernten sich die Schritte, und Joan glitt auf den Fußboden, um nach dem Amulett zu suchen.

Sie fand es unter dem Bett, inmitten einer dicken Staubschicht. Sorgfältig legte Joan das Schmuckstück zurück in den Karton und schloss den Deckel.

Sie hatte sich mehr erwartet von Fionas Vermächtnis, aber noch war nicht der gesamte Inhalt des Kartons durchsucht worden; dies wollte Joan nachholen, sobald ihre Mutter schlafen gegangen war.

„Ist dir bekannt, dass Großmutter nach Schottland gefahren ist?“, fragte Joan, als sie wieder auf ihrem Stammplatz am Küchentisch saß. „Ich habe eine Menge Reiseprospekte gefunden.“

Zustimmend nickte Marion, während sie ihrer Tochter einen Teller vor die Nase stellte. „Sie hatte tatsächlich vor, dorthin zu fahren, weiß der Kuckuck, was sie da wollte. Diese Reise hatte sie fest eingeplant, sogar das Zugticket hatte sie sich schon besorgt.“

„Woher weißt du das?“

„Sie erzählte es mir, als ich sie einmal besuchte. Ich riet ihr wegen ihres schwachen Herzens davon ab, aber sie beharrte darauf und murmelte, dass sie unbedingt dorthin müsse. Fast klang es, als läge ein Zwang in ihren Worten.“

Langsam griff Joan nach ihrem Besteck. Das Steak roch köstlich, trotzdem verspürte sie keinerlei Appetit. „Warum ist sie letztendlich doch nicht gefahren?“

„Kurz nach meinem Besuch erlitt sie einen weiteren Herzinfarkt.“ Marions Blick wurde traurig und ihre Stimme senkte sich. „Davon hat sie sich nicht erholt. Wochen später starb sie im Krankenhaus. Sie war noch viel zu jung zum Sterben.“

Genau wie Marion war auch Fiona schon als junge Frau Mutter geworden und früh verwitwet.

Erschüttert stellte Joan fest, dass Marions Augen feucht

glänzten und bedauerte, dass sie die Sprache auf dieses Thema gebracht hatte.

„Es tut mir leid“, sagte sie, tief über ihren Teller gebeugt. „Ich hätte nicht so viel fragen sollen.“

Marion wischte sich rasch über die Augen, dann machte sie eine wegwerfende Handbewegung und erwiderte: „Nein, du musst dich nicht entschuldigen, immerhin ist meine Mutter seit fast dreißig Jahren tot. Ich bedauere nur, dass du sie nicht mehr kennen lernen konntest, sie hat sich so sehr ein Enkelchen gewünscht.“ Um ihre Mundwinkel spielte ein leichtes Lächeln. „Ich erinnere mich, wie sie mich nach der Hochzeit mit deinem Vater immer und immer wieder fragte, ob ich endlich schwanger sei, dabei fühlte ich mich mit achtzehn Jahren noch viel zu jung.“

Obwohl das Steak zart war, kaute Joan wie auf einer zähen Schuhsohle darauf herum. Sie versuchte sich Fiona vorzustellen, ihren Charakter, ihre Stimme und ihre Interessen – bevor sie auf die Idee gekommen war, nach Schottland zu fahren. Ob sie wirklich so viel Ähnlichkeiten mit ihrer Enkeltochter hatte, wie Marion stets behauptete?

„Du hast mich vorhin nach Großmutters plötzlich auftretender Begeisterung für die gälische Sprache gefragt. Mir war das schon damals unerklärlich. Wenn du möchtest, kannst du den Karton mit nach London nehmen, ich habe genug Erinnerungsstücke von Großmutter.“

„Danke, ich werde es mir überlegen“, gab Joan halbherzig zurück. Ihr lag die Frage auf der Zunge, ob ihre Mutter etwas von diesem Amulett wusste und woher es stammte. Doch sie unterließ es, da Marion noch immer einen niedergeschlagenen Eindruck machte.

„Möchtest du noch etwas?“ Geschäftig sprang Marion auf, doch Joan bat sie, sich wieder zu setzen.

„Nein danke, ich bin satt. Hast du vorhin mit Simon telefoniert?"

„Ja, das habe ich." Die betrübte Miene wich augenblicklich. „Er ist so aufmerksam und lieb, bei ihm fühle ich wieder als richtige Frau. Morgen bringt er mich nach der Arbeit nach Hause, ich hoffe, dir wird nicht langweilig tagsüber."

Joan stand auf und half ihrer Mutter beim Abräumen. „Mach dir keine Gedanken, ich werde lange schlafen und danach vielleicht einen Spaziergang machen."

„Nun ja, du kommst ja kaum aus London heraus, und die City ist nicht unbedingt geeignet für erholsame Spaziergänge."

Einem inneren Impuls nachgebend umarmte Joan ihre Mutter und sagte: „Ich bin sehr froh, dass du glücklich bist. Du hast es nach den ganzen Jahren nach Vaters Tod verdient."

„Auch du wirst eines Tages dem Mann begegnen, für den es sich lohnt, dein Leben zu ändern. Einen Mann, der dich alles vergessen lässt, was jemals war." Und als Joan protestieren wollte, fügte sie hastig hinzu: „Denk an meine Worte, wenn es soweit ist."

Bis kurz nach Mitternacht hatte Joan mit Marion im Wohnzimmer gesessen, Wein getrunken und über beider Leben geplaudert. Müde vom Alkohol war Joan später ins Bett gefallen, und bevor sie einschlief, betete sie inständig, diesmal nicht von jener gruseligen Stimme zu träumen.

Ihr Gebet wurde nicht erhört. Ein leises Summen erhob sich, und dann erklang wieder diese weibliche Stimme, diesmal noch deutlicher als je zuvor.

Sie war so nah, dass Joan glaubte, dieses körperlose Wesen würde direkt neben ihr stehen, und immer wieder erkannte Joan ein bestimmtes Wort, mit dem sie allerdings nichts anzufangen wusste. Vielleicht war es ja auch nur ein Klagelaut, der in höchster Bedrängnis ausgestoßen wurde.

In dieser Nacht dauerte es länger als gewöhnlich, bis Joan sich aus dem Unterbewusstsein kämpfen konnte und aufwachte. Schwer atmend richtete sie sich auf und starrte in die Dunkelheit, in der Angst, den Traum mit in die Wirklichkeit hinüber genommen zu haben.

Sie meinte noch immer einen leisen Hauch von kühlem Nebel in der Luft zu spüren, aber dieses Gefühl konnte auch ihrer Fantasie entspringen.

In plötzlicher Verzweiflung schlug Joan die Hände vor das Gesicht. Ihre Hoffnung, im Haus ihrer Mutter von diesem Traum verschont zu bleiben, hatte sich nicht erfüllt, und dunkel ahnte sie, dass dies erst der Anfang einer unheimlichen Odyssee war.

Wie gerädert schleppte sich Joan am nächsten Morgen hinunter in die Küche. Sie war zwar wieder eingeschlafen, doch regelmäßig aufgeschreckt.

Ihre Mutter war längst in der Fabrik, auf dem Küchentisch fand sie eine Thermoskanne Tee und auf einem abgedeckten Teller ein Wurst- und ein Käsebrötchen.

Sie hatte also nicht vergessen, dass ihre Tochter morgens am liebsten etwas Herzhaftes aß anstatt Marmelade oder Honig.

Während sie frühstückte, maß Joan die Küche mit abschätzenden Blicken. Solange Marion den Raum mit ihrem Lachen erfüllte, schien er trotz des renovierungsbedürftigen Zustandes wohlige Wärme auszustrahlen – nun war er nichts weiter als eine schäbige Küche.

Es regnete noch immer, sodass Joan auf den geplanten Spaziergang durch Totton verzichtete. Ihre Mutter würde erst am späten Nachmittag heimkommen, und nachdem

Joan ihr benutztes Geschirr abgewaschen hatte, besann sie sich auf den Pappkarton mit Großmutter Fionas Unterlagen, der noch immer im Gästezimmer auf dem kleinen Tisch stand.

Mit einem Glas heißer Milch in der Hand stieg Joan die Treppe hinauf und warf einen Blick auf die Tür zum Badezimmer. Sie liebäugelte mit einem heißen Bad, aber die Aussicht, dafür zunächst den altersschwachen Gasboiler in Betrieb nehmen zu müssen, veranlasste Joan, sich in ihr Zimmer zurückzuziehen.

Durch die kleinen Fenster fiel trübes Licht, sodass Joan die Stehlampe neben dem Tisch anknipste, bevor sie sich erneut dem Inhalt des Kartons widmete.

Sie fand schließlich eine Buchungsbestätigung; Großmutter hatte sich ein Zimmer in einer Pension reservieren lassen, in einem Städtchen namens Baile a'Coille, was soviel wie ‚Ort am Wald' hieß, wie Joan inzwischen aus den Reiseprospekten wusste. Dieses Städtchen lag in der Nähe jener Burgruine Glenbharr Castle, die von großer Bedeutung für Fiona gewesen sein musste.

„Was hat sie dort gewollt?" Nachdenklich kaute Joan an ihrer Unterlippe und nahm weitere Werbeprospekte, Ansichtskarten und Landkarten aus dem Karton. Immer wieder stieß Joan auf Fotos und Zeitungsartikel von Glenbharr Castle, das eine Art Touristenattraktion in der Region zu sein schien.

Zum Schluss befand sich nur noch ein in schwarzes Kunstleder eingebundenes Notizbuch auf dem Boden des Kastens. Als Joan es aufschlug, hielt sie unwillkürlich den Atem an – Fiona hatte eine Art Tagebuch angelegt, das im Jahre 1974 begann.

Sie merkte nicht, wie ihre Hände zitterten, nachdem sie den ersten Eintrag gelesen hatte und schüttelte ungläubig den Kopf. Noch einmal las sie, was Fiona im Sommer 1974 niedergeschrieben hatte.

16.7.1974

Wieder einmal habe ich schlecht geschlafen, doch meine Schlafstörungen haben einen Grund; deshalb möchte ich hier meine Aufzeichnungen festhalten, weil ich nicht weiß, was noch alles passiert.

Es geschah vor ungefähr einem Monat, als ich zum ersten Mal diesen eigenartigen Traum hatte. Ich hörte eine ferne Frauenstimme, doch sie rief mich nicht, sondern weinte und klagte. Sie drang durch dichten, kalten Nebel – mal klang sie ganz dicht an mein Ohr, dann wieder wie aus weiter Ferne. Es waren unheimliche Laute, als würde mich diese Frau anflehen.

Dieser Traum wiederholte sich in den letzten Wochen mehrmals, mit jedem Mal wurde er intensiver – fast kann ich die Person, die zu dieser Stimme gehört, fühlen. Es ist unheimlich und gleichzeitig faszinierend.

Ich kann nicht verstehen, was die Stimme mir sagt, denn die Sprache ist ungewöhnlich. Aber ich glaube, sie schon einmal gehört zu haben, ganz sicher bin ich mir jedoch nicht.

Für mich steht eines fest: Ich muss die Hintergründe erfahren, vorher gebe ich keine Ruhe ...

Hier endete Fionas erste Eintragung. Wie in Zeitlupe hob Joan den Blick und starrte an die gegenüberliegende Wand, doch sie sah nicht die verblichenen Streublümchen der Tapete, sondern ihre Großmutter, wie sie sich nachts von Albträumen geplagt von einer Bettseite zur anderen warf.

„Genau wie ich“, hauchte Joan, ihre Stimme klang eigenartig tönern. „Auch sie hatte diese entsetzlichen Träume. Aber warum nur?“

Es war kühl im Zimmer, doch das bemerkte sie kaum. Wie gebannt las sie einen Eintrag nach dem anderen, die im Grunde immer wieder dasselbe schilderten: eben das, was auch Joan hörte und spürte.

Die Abstände der Träume waren demnach auch bei Fiona immer kürzer geworden, und im November desselben Jahres schrieb sie:

18.11.1974

Ich kann nicht mehr, die Stimme in meinen Träumen wird immer eindringlicher. Ich bin überzeugt davon, dass sie mir nicht drohen will, sondern Hilfe braucht. Jetzt glaube ich auch zu wissen, dass es sich um einen gälischen Akzent handelt, mit dem die Stimme zu mir spricht. Er erinnert mich an Ian MacMurray, einem früheren Freund meines verstorbenen Mannes. Ian ist Schotte, doch leider habe ich ihn aus den Augen verloren; also werde ich selbst versuchen, ein paar Worte gälisch zu lernen, um zu erfahren, was die unsichtbare Frau in meinen Träumen mir zu sagen hat.

21.11.1974

Morgen treffe ich mich mit Joseph, er ist Ahnenforscher und will versuchen, mehr über meine schottischen Vorfahren heraus zu bekommen. Wozu das nützlich sein könnte, weiß ich noch nicht, aber es kann nicht schaden, soviel wie möglich darüber zu erfahren.“

Unten schlug die Haustür zu. Ein Blick zur Uhr sagte, dass sie sich seit Stunden mit dem Tagebuch ihrer Großmutter beschäftigte. Es war bereits Nachmittag, und an

Marions Lachen erkannte sie, dass sie nicht alleine heimgekommen war, sondern wie angekündigt, Simon mitgebracht hatte.

Hastig fuhr sich Joan mit allen zehn Fingern durch die Haare, bevor sie das Gästezimmer verließ, um den Gast zu begrüßen.

„Hallo Joan!“, rief ihre Mutter ausgelassen. „Ich möchte dir gerne Simon vorstellen. Hattest du einen netten Tag?“

Joans Lächeln wirkte maskenhaft, als sie die letzten Stufen herunterstieg und dabei sagte: „Ja, sehr nett, ich habe lange geschlafen und dann ... ein wenig gelesen.“ Ihr Blick wandte sich dem interessant aussehenden Mann mit den grauen Schläfen zu. „Ich freue mich sehr, Sie kennen zu lernen, Simon.“

Sein Lächeln war offen. „Das Vergnügen ist ganz auf meiner Seite. Marion hat mir schon sehr viel von Ihnen erzählt, sie ist sehr stolz auf Sie und auf das, was Sie aus Ihrem Leben gemacht haben.“

Noch immer standen sie zu dritt in dem engen Flur. Aus den Augenwinkeln konnte Joan erkennen, wie glücklich ihre Mutter aussah.

„Ma übertreibt gerne“, sagte sie schließlich, und diesmal wirkte ihr Lächeln natürlicher. „Ich arbeite in einer Werbeagentur.“

„Ja, aber in einer der anerkanntesten Agenturen Londons. Glauben Sie nicht, in Southampton lebt man hinter dem Mond, Lincoln & Fletcher sind auch in unseren Regionen bekannt.“

Marion hatte sich bereits schmunzelnd abgewandt und in die Küche begeben, und mit schlechtem Gewissen folgte ihr Joan.

„Eigentlich hatte ich das Essen vorbereiten wollen“, sagte sie zerknirscht. „Du hast den ganzen Tag gearbeitet, und ich hab nur gefaulenzt, dabei hatte ich mir vorgenommen, dass alles fertig ist, wenn du nach Hause kommst."

Marion winkte ab. „Unsinn, du arbeitest in London genug und sollst dich bei mir erholen." Blitzschnell band sie sich eine Schürze um und begann mit flinken Fingern die Einkaufstüten auszupacken. „Außerdem hast du mir selbst oft genug gesagt, dass deine Kochkünste eher bescheiden sind."

„Das ist leider wahr, trotzdem möchte ich dir behilflich sein."

„Darf ich auch einen Vorschlag machen?", mischte sich Simon ein. „Wir kochen zu dritt, jeder übernimmt eine Aufgabe, dann geht es schnell und macht doppelt so viel Spaß."

Und genauso wurde es gemacht. Simon putzte Gemüse, Joan schälte Kartoffeln und Marion würzte das Fleisch. Es gab viel zu lachen, auch wenn Joans Gedanken immer wieder zu Fionas Aufzeichnungen huschten. War es Großmutter gelungen, etwas herauszufinden – und wenn, was war es?

Es wäre unhöflich gewesen, sich während Simons Anwesenheit davonzustehlen, deshalb widerstand Joan dem Drang, wieder nach oben zu gehen und weiterzulesen.

Auch während des anschließenden Essens herrschte eine gelöste Atmosphäre, und Joan fand, dass ihre Mutter um Jahre jünger wirkte. Simon tat ihr gut, man sah ihm an, wie viel Marion ihm bedeutete, die Blicke, die er ihr zuwarf, waren zärtlich und voller Liebe.

Joan betrachtete ihre Mutter jedoch mit anderen Augen. Hatte auch sie unter diesen Albträumen gelitten, zumindest für eine gewisse Zeit? Marion hatte nie Andeutungen darüber gemacht, aber das hatte Großmutter auch nicht getan, zumindest hatte Marion nie etwas davon erwähnt. Außerdem hatte Fiona in einer ihrer ersten Eintragungen geschrieben, dass sie niemandem von ihren Träumen erzählen mochte, weil sie fürchtete, für verrückt erklärt zu werden.

„Ihr möchtet jetzt sicher lieber allein sein", sagte Joan, als sie später im gemütlich warmen Wohnzimmer saßen. „Dafür habe ich vollstes Verständnis, ich werde ..."

„Wie kommst du denn darauf?" Verwundert schüttelte Marion den Kopf. Sie trug das dunkle Haar an diesem Abend offen, was sie sehr mädchenhaft aussehen ließ.

„Simon und ich haben alle Zeit der Welt, um allein zu sein. Bitte bleib und lass uns zusammen eine Flasche Wein trinken. Simon hat extra einen besonders guten Tropfen besorgt."

Es gab keinen triftigen Grund, diese Einladung abzulehnen, und so ließ sich Joan in einen der kitschigen Plüschsessel sinken, während ihre Mutter und Simon sich händchenhaltend auf dem durchgesessenen Sofa niederließen.

Mit unterdrücktem Gähnen setzte sich Joan an den kleinen Tisch und schlug das Notizbuch erneut auf. Sie würde nicht eher schlafen können, bis sie wusste, wie Fionas Recherchen verlaufen waren.

4.12.1974

In den vergangenen Wochen ist zuviel passiert, sodass ich meine Aufzeichnungen ein wenig vernachlässigen musste. Doch ich will versuchen, der Reihe nach zu schildern, was ich herausgefunden habe.

Joseph ist es tatsächlich gelungen, etwas über meine Ahnen in Erfahrung zu bringen, beziehungsweise über eine Ahnin.

Demnach gab es in den letzten Jahren des ausgehenden siebzehnten Jahrhunderts eine Frau namens Ceana Matheson, die in den schottischen Highlands lebte. Sie galt als Heilerin und Hebamme und zog durch Städte und Dörfer, von einem Clan zum nächsten, um den Menschen zu helfen. Ob sie einen festen Wohnsitz hatte, ist nicht bekannt, Joseph nimmt an, dass sie während ihrer Tätigkeiten bei den Menschen lebte, für die sie arbeitete.

Leider konnte er nicht herausfinden, ob sie eine Familie hatte, er fand nur vage Aufzeichnungen über Ceana Matheson. Ihr letzter Aufenthaltsort wird als die Umgebung von Glenbharr Castle angegeben, dem damaligen Stammsitz des Clans MacLaughlin. Dort ist sie im Jahre 1703 auf grausame Weise ums Leben gekommen. Joseph ist der Meinung, dass Ceana zumindest ein Kind hatte, das auf Irrwegen nach England gelangte und so den Familienstammbaum fortführte. Leider konnte er nicht mehr herausfinden.

Joan merkte nicht, dass sich die Finger ihrer rechten Hand unablässig mit einer Locke ihres Haares beschäftigten, sie zwirbelten und kneteten die Strähne, bis sie völlig zerzaust war.

Nun wusste sie zwar, wer aller Wahrscheinlichkeit nach diese schottische Vorfahrin war, aber den Grund für die Albträume hatte sie noch immer nicht erfahren.

Inzwischen spürte Joan eine bleierne Müdigkeit, und die Buchstaben verschwammen vor ihren Augen. Kurz entschlossen schlug sie das Notizbuch zu, legte es zu den anderen Unterlagen in den Pappkarton zurück und fiel nach einer Katzenwäsche in ihr Bett. In dieser Nacht schlief sie traumlos.

„Natürlich hatte ich schon Albträume“, sagte Marion am nächsten Morgen mit leichter Verwunderung. „Wer hat die nicht von Zeit zu Zeit?“

So gleichgültig wie möglich stocherte Joan in ihrem Porridge herum. „Ich meine ganz bestimmte Albträume."

„Na ja, nachdem dein Vater gestorben war, träumte ich tatsächlich oft davon, meine Rechnungen nicht mehr bezahlen zu können und mit dir auf der Straße zu stehen. Und dann gibt es hin und wieder mal einen gruseligen Traum nach einem Horrorfilm."

Joan beobachtete ihre Mutter bei diesen Worten kritisch; es war offensichtlich, dass Marion nichts verheimlichte. Demnach hatte sie nie im Schlaf die klagende Stimme gehört – bei der Joan inzwischen nicht mehr sicher war, ob es sich tatsächlich um einen Traum oder um eine Vision handelte.

„Warum fragst du?"

„Oh, nur so. Ich lese gerade ein interessantes Buch über Traumdeutungen, daher mein Interesse." Joan machte eine betont muntere Miene. „Dein Freund ist übrigens sehr nett, habe ich dir das schon gesagt?"

„Nein, aber ich habe es gestern gemerkt. Ihr habt euch prächtig verstanden, und du kannst mir glauben, dass er dich ebenso sympathisch findet." Marion machte eine winzige Pause, dann schnitt sie eine Grimasse. „Das heißt also, dass du mit meiner Wahl einverstanden bist, nicht wahr?"

Gegen ihren Willen musste Joan lachen. „Ma, ich bitte dich! Ich habe kein Recht, dir vorzuschreiben, in wen du dich verliebst."

„Schon, aber mir ist wohler bei dem Gedanken, dass du Simon akzeptierst", konterte ihre Mutter, warf einen Blick zur Küchenuhr und stand mit einem leisen Seufzer auf. „Für mich wird es Zeit, der Bus kommt gleich. Du weißt dich hoffentlich zu beschäftigen, bis ich von der Arbeit komme?"

Oh ja, das wusste sie ganz genau! Es gab noch einiges in Großmutters Notizen zu lesen, das interessant zu werden schien.

„Grüß Simon bitte. Bringst du ihn heute Abend wieder mit?“

„Nein, er trifft sich wie jeden Freitag mit seinen Freunden im Pub.“ Bedauern war aus ihren Worten heraus zu hören. „Aber dafür sehe ich ihn bei der Arbeit in der Pause.“

Simon arbeitete als Vorarbeiter in einer anderen Abteilung und wollte dafür sorgen, dass Marion in seine Abteilung versetzt wurde, das hatte er Joan am Vorabend verraten.

Zum Abschied umarmten sich Mutter und Tochter, und da sich das Wetter noch immer nicht gebessert hatte, zog Joan es vor, in Großmutters Tagebuch zu lesen.

4.1.1975

Die Feiertage sind vorüber und ich kann mich wieder meinen Aufzeichnungen widmen. Meine Tochter Marion und ihr Mann Paul haben mich besucht, ich habe ihnen nichts von meinen Träumen erzählt – ich fürchte, sie würden mich nicht verstehen. Allerdings machte ich vage Andeutungen, dass ich ein wenig Gälisch lernen wolle, was mir nichts als erstaunte Blicke einbrachte.

Von den Träumen bin ich leider auch während der Feiertage nicht verschont geblieben, obwohl ich den Eindruck habe, dass die Stimme nun sanfter und irgendwie dankbar klingt. Ich muss unbedingt diese Sprache lernen, um zu verstehen, was mir die Stimme sagen will.

15.1.1975

Ich fühle mich überhaupt nicht gut, mein krankes Herz macht mir zu schaffen. Einen weiteren Infarkt würde ich nicht überleben, sagen die Ärzte, also versuche ich mich zu schonen – aber wie soll ich das anstellen, wenn ich Nacht für Nacht von demselben mysteriösen Traum heimgesucht werde? Nach wie vor habe ich keine Ahnung, was er zu bedeuten hat, aber allmählich beschleicht mich das Gefühl, dass ich nach Schottland reisen muss, um Aufschluss darüber zu finden.

Daher also die Reiseunterlagen! Joan nickte verstehend und blätterte die Seite um.

21.1.1975
Ich glaube, dass der Traum irgendetwas mit meiner Vergangenheit zu tun hat, daher habe ich mich über das Gebiet erkundigt, in dem Ceana Matheson gelebt haben soll. Noch weiß ich nichts über die Zusammenhänge, aber ich spüre, dass ich auf dem richtigen Weg bin.

Im Reisebüro habe ich mir Prospekte besorgt, es existiert tatsächlich eine Ruine mit dem unaussprechlichen Namen Glenbharr Castle, von der ich mich eigenartigerweise angezogen fühle, wenn ich nur wüsste, warum das so ist. Vielleicht finde ich den Grund an Ort und Stelle heraus, das ist meine letzte Hoffnung.

5.2.1975
Ich habe es getan! Die Reise in die Highlands ist gebucht, und niemand kann mich davon abhalten, sie anzutreten. Ich bin mir nicht sicher, was mich dort erwartet, und möglicherweise kehre ich ohne neue Erkenntnisse zurück, aber zumindest muss ich alles versuchen.

15.2.1975
Von Tag zu Tag werde ich aufgeregter, in genau einer Woche ist es soweit. Marion habe ich lediglich erzählt, dass ich interessehalber auf den Spuren unserer Vorfahren wandeln möchte, mehr braucht sie nicht zu wissen. Natürlich ist sie längst skeptisch geworden und meinte erst neulich, ich sei

wunderlich, aber ich konnte mich damit herausreden, dass ich eigentlich schon immer mal die Highlands bereisen wollte, was allerdings gelogen war.

19.2.1975

Trotz intensiver Bemühungen ist es mir nicht gelungen, einen Lehrer zu finden, der mir die gälische Sprache beibringt, daher habe ich mir ein Buch darüber gekauft. Gleich morgen werde ich mit den Lektionen beginnen, heute bin ich zu müde, das trübe Wetter schlägt auf mein Herz.

Joan schluckte. Als ihre Großmutter diese Zeilen verfasst hatte, konnte sie nicht ahnen, dass sie niemals die Highlands sehen würde.

21.2.1975

Morgen nun werde ich die Reise in meine Vergangenheit antreten, aber mein Elan ist wie fortgespült. Mein Herz macht mir immer noch zu schaffen, ich fühle mich erschöpft, obwohl ich fast den ganzen Tag ruhe. Nachher habe ich einen Termin bei Doktor Beneter, er muss mir unbedingt stärkere Medikamente verschreiben.

An dieser Stelle endeten die Aufzeichnungen. Von ihrer Mutter wusste Joan, dass Fiona am selben Abend in der Praxis ihres Hausarztes zusammengebrochen und eiligst ins Krankenhaus eingeliefert worden war. Sie hatte es nicht wieder verlassen und war in der Nacht zum 4. März 1975 für immer eingeschlafen. Ob sie auch noch im Krankenhaus von ihrem Albtraum geplagt wurde, blieb im Dunkeln.

3. Kapitel

Ted Lincoln zeigte sich erfreut, als seine Assistentin nach einer Woche Urlaub zurückkam; allerdings lag eine Spur Skepsis in seinem Blick, als er sie begrüßte.

„Du siehst gut aus“, bemerkte er zufrieden. „Der Aufenthalt bei deiner Mutter scheint dir tatsächlich bekommen zu sein.“

Joan setzte sich ihrem Chef gegenüber und schlug die Beine übereinander. Nach den vielen Tagen in bequemen Jeans und Sneakers musste sie sich wieder an ihre Businessgarderobe und die oft viel zu hohen Schuhe gewöhnen.

„Ich fühle mich auch viel besser als vor einer Woche“, gestand sie und nahm die angebotene Zigarette an. „Peter hatte recht, diese Träume müssen ein Zeichen von Überarbeitung gewesen sein. In Southampton schlief ich nur in der ersten Nacht schlecht, seitdem habe ich Ruhe.“

Ted neigte den Oberkörper vor, gab Joan Feuer und zündete sich dann seine eigene Zigarette an. „Peters Sekretärin rief gestern an, um dich an den Termin heute Nachmittag zu erinnern.“

„Den brauche ich nicht mehr“, gab sie hastig zurück, dabei schüttelte sie energisch den Kopf.

„Ich fühle mich wohl und könnte Bäume ausreißen.“ Sie straffte sich. „Was gibt es Neues in der Agentur?“

„Gut, dass du fragst. Ich hätte um ein Haar vergessen dir mitzuteilen, dass ich ein neues Projekt für dich habe.“

Er kramte auf seinem Schreibtisch herum und reichte Joan dann eine Mappe hinüber. „Versuch, das Beste daraus zu machen."

Flüchtig überflog sie die wenigen Unterlagen, dann hob sie den Kopf und sagte mit zuversichtlicher Miene: „Noch habe ich keine Idee, wie ich aus Hosengummi und Stopfgarn attraktive Produkte mache, aber bisher ist mir immer etwas eingefallen, oder?"

„Aus diesem Grund beauftrage ich dich ja mit der Präsentation für diese Kurzwarenfabrik. Ich würde mich ja selbst darum kümmern, aber ich bin mit zwei anderen Großkunden beschäftigt."

Sie stand auf. „Schon klar, ich werde sofort beginnen." Sie wandte sich ab, um ihr eigenes Büro aufzusuchen, das sich direkt neben dem ihres Chefs befand.

„Joan?"

Sie blieb stehen und drehte sich halb um. „Ja?"

„Es ist gut, dass du wieder da bist." Aus diesen wenigen Worten konnte sie heraushören, wie dringend sie in der Agentur gebraucht wurde.

Mit gelöster Miene betrat Joan später ihr kleines Büro, das sie in den letzten Tagen kaum vermisst hatte. Das hatte aber nicht daran gelegen, dass ihr die Arbeit keinen Spaß mehr machte – sondern daran, dass sie mit den Aufzeichnungen von Großmutter Fiona beschäftigt gewesen war.

Das abgewetzte Notizbuch und ein Werbeheftchen mit geschichtlichen Hinweisen zum Gebiet um Glenbharr Castle hatte Joan mit nach London genommen, alles andere hatte sie zurück auf den Dachboden gebracht.

Zu Hause hatte sie beides in einer Schublade verschwinden lassen mit dem Hintergedanken, irgendwann noch einmal darin zu schmökern.

Marion hatte sie versprechen müssen, sich von nun an

regelmäßig zu melden, was Joan ihr versprach. Immerhin wollte sie auf dem Laufenden gehalten werden, wie die Liebesgeschichte zwischen ihrer Mutter und Simon weiterging.

Bereits nach wenigen Tagen hatte sich Joan wieder daran gewöhnt, dass sich ihr Leben in der Agentur abspielte. Ihre Wohnung betrat sie nur zum Schlafen. Ihre Großmutter geriet in Vergessenheit.

Es war einer dieser Abende, an dem Joan nichts weiter als ins Bett fallen und die Augen schließen wollte.

Noch bevor sie richtig eingeschlafen war, spürte sie, dass diese Nacht anders verlaufen würde als die Nächte der letzten Wochen. Joans Unterbewusstsein wehrte sich dagegen.

Zuerst waren wieder diese dichten Nebelschwaden zu erkennen, die auf Joan zukrochen und sie schließlich mit ihrem kalten Hauch einhüllten. Sie wollte flüchten, um Hilfe schreien, fühlte sich jedoch wie gelähmt.

Und dann erklang die schon so vertraute weibliche Stimme, erst ganz leise, kaum hörbar. Es schien, als käme sie näher geschwebt, bis sie sich dicht neben ihr befand. Das Klagen und Wimmern war unverkennbar, die Laute schienen dieselben zu sein wie in den früheren Träumen.

Als Joan erwachte, hätte sie vor Verzweiflung beinahe geweint. Ein Blick zur Uhr sagte ihr, dass es bereits gegen Morgen war – damit hatte dieser Traum länger gedauert, als sie es gewohnt war.

Die Luft im Schlafzimmer schien noch immer feucht zu sein, und Joan war davon überzeugt, dass sie sich dies nicht einbildete. Weshalb hatte sie in Marions Haus nur in der ersten Nacht von der Stimme geträumt und danach tief und fest wie ein Kind geschlafen?

Joans Gedanken glitten zu ihrer Großmutter und deren

Entschluss, der Sache auf den Grund zu gehen. War dies der Schlüssel, dem Geheimnis des nächtlichen Wehklagens auf die Spur zu kommen?

Kurz entschlossen machte Joan Licht, schlug die Bettdecke zurück und tapste auf nackten Füßen hinüber in den Wohnraum, wo sich Fionas Aufzeichnungen befanden. Wenn Joan wissen wollte, ob die Wurzeln allen Übels tatsächlich in den schottischen Highlands lagen, würde ihr nichts anderes übrig bleiben, als Fionas Plan in die Tat umzusetzen.

„Was für eine dämliche Idee", sagte sie kopfschüttelnd zu sich selber und kroch zurück ins warme Bett. Sie hatte sich nie etwas aus dem rauen Klima Schottlands gemacht und dem Besichtigen von Burgen, Steinkreisen und keltischen Rundtürmen, die in dem kleinen Heftchen in den höchsten Tönen angepriesen wurden.

Nachdenklich betrachtete Joan die Bilder von Glenbharr Castle, das in seinen Glanzzeiten sicherlich eine stolze Burg gewesen sein musste. Nun war nichts als eine Ruine von dem Bau aus dem zwölften Jahrhundert zurückgeblieben, und im Begleittext war zu lesen, dass Glenbharr Castle nach dem letzten blutigen Jakobitenaufstand von den Engländern zerstört worden war.

Je länger Joan die Abbildungen betrachtete, umso ungewöhnlicher erschien ihr eine Reise in die Highlands. Ihr dreiwöchiger Jahresurlaub stand kurz bevor, und bisher hatte sie sich noch keine Gedanken darüber gemacht, wie sie ihn verbringen wollte.

„Warum also nicht Schottland?", fragte sie sich. Zumindest wäre dies ein Urlaub der besonderen Art, ohne Meer, Sonne und Palmen – aber vielleicht war es von Nutzen.

Schon wenige Tage später hatte Joan einen Flug nach Aberdeen gebucht, von dort sollte es mit einer kleineren Maschine in die größte Stadt der Highlands, nach Inverness gehen. Nach Rücksprache mit dem Reisebüro erfuhr Joan, dass es bis zum Städtchen Baile a'Coille ungefähr vierzig Meilen war, die sie mit einem Leihwagen zurücklegen wollte. Sogar ein Zimmer dort in einer Pension mit unaussprechlichem Namen hatte sie sich reservieren lassen.

Dies war dieselbe Reiseroute, die Großmutter Fiona einst festgelegt hatte.

Ted hatte sie gesagt, dass sie eine Fahrt ins Blaue unternehmen wollte, und ihrer Mutter würde sie dasselbe erzählen.

4. Kapitel

Schon während Joan auf dem Flughafen Heathrow eincheckte, kamen ihr die ersten Zweifel.

Plötzlich bereute sie es, in den kalten unfreundlichen Norden des Landes zu fliegen anstatt auf eine der sonnigen Baleareninseln.

Doch nun war es zu spät, und entsprechend ihrer Laune setzte Joan eine mürrische Miene auf, als sie mit den anderen Fluggästen die Wartezone betrat. Was würde sie in den Highlands erwarten?

Das Risiko, unverrichteter Dinge wieder nach Hause zu kommen, war groß, und den wohlverdienten Jahresurlaub damit zu vergeuden, um sich alte Gemäuer anzusehen, eigentlich viel zu schade.

Joan setzte sich auf einen der unbequemen rigiden Plastikstühle, nahm die neuen Prospekte, die sie im Reisebüro erhalten hatte, aus der Tasche und blätterte ohne großes Interesse darin herum. Im Grunde genommen unterschieden sie sich nicht besonders von den alten, die Joan in Großmutters Nachlass gefunden hatte – außer, dass die Farbfotos eine bessere Qualität aufwiesen als jene aus dem Jahre 1974.

‚Entdecken Sie die Highlands und wandern auf den Spuren verwegener Clansmänner ', las Joan.

Sie war sich nicht sicher, ob sie sich freuen sollte, als der Flug nach Aberdeen aufgerufen wurde. Lustlos griff sie nach ihrem Handgepäck und reihte sich in die Schlange der Wartenden ein.

Nach einer Stunde Aufenthalt ging es weiter nach Inverness. Das Flugzeug war kleiner und weniger komfortabel als die Maschine der British Airways. Unauffällig musterte Joan die anderen Fluggäste, die meisten schienen Touristen zu sein; sogar eine Gruppe Japaner befand sich darunter.

Der Flughafen von Inverness war bescheiden im Gegensatz zu denen, die Joan bisher gesehen hatte. Allerdings konnte sie direkt am Flughafengebäude ihren vorbestellten Wagen, einen dunkelblauen Mini, abholen.

„Viel Spaß und einen angenehmen Aufenthalt in den Highlands, Miss Harris." Der junge Mann, der Joan lächelnd Autoschlüssel und -papiere überreichte, sprach mit starkem schottischem Akzent. „Benötigen Sie einen Routenplaner, oder kennen Sie Ihr Ziel bereits?"

„Ich habe eine Landkarte dabei."

„Wohin soll es denn gehen, wenn ich fragen darf."

Joan fischte den Zettel mit dem Zielort aus der Tasche. „Bitte lesen Sie selbst, ich kann dieses Wort nicht aussprechen."

Der Mann grinste. „Dafür müssen Sie sich nicht schämen, Miss Harris. Für die meisten Schotten ist Gälisch ein Buch mit sieben Siegeln." Er blickte mit verständnisvollem Nicken auf den Zettel. Baile a'Coille ist ein wunderschönes Städtchen am Fuße eines riesigen Waldgebietes, Sie werden es mögen."

„Davon bin ich überzeugt", murmelte Joan und wartete ungeduldig, dass der Mitarbeiter des Autoverleihers ihr den Zettel zurückgab.

Doch der junge Mann hatte wohl Langeweile, denn er begann über die Vorzüge des Hochlandstädtchens zu schwärmen. „Nach geschichtlichen Übermittlungen ist der Ort einer der ältesten in der Region – mit Ausnahme von Inverness. Früher war er Teil eines mächtigen Clans, der in der Nähe seinen Stammsitz hatte. Glenbharr Castle wurde vor über zweihundert Jahren zwar teilweise zerstört, aber noch heute kann man erkennen, wie mächtig und prachtvoll es in seiner Blütezeit gewesen sein muss."

Joan machte eine interessierte Miene.

„Gute Fahrt", sagte er nach weiteren Ausführungen über die unberührte Natur seiner Heimat.

Joan hatte den Wagen zunächst für eine Woche gebucht, obwohl sie sich nicht sicher war, ob sie so lange bleiben würde.

Kalter Wind und feiner Regen schlugen Joan ins Gesicht, als sie aus dem Gebäude trat, um sich zu ihrem Leihwagen führen zu lassen. Ihr war klar, dass sie mit Wärme und Sonne trotz Juli nicht rechnen durfte und fragte sich, wie die Bewohner der Highlands damit umgingen, fast das gesamte Jahr hindurch dicke Pullover und gefütterte Jacken tragen zu müssen.

Erst beim zweiten Versuch sprang der Wagen an. Auf dem Beifahrersitz lag Fionas alte Landkarte der Highlands, auf denen sie mit einem Rotstift die Route von Inverness nach Baile a'Coille nachgezeichnet hatte.

Die Scheibenwischer quietschten leise, als Joan sie in Gang setzte, doch viel besser wurde die Sicht dadurch auch nicht. Zum Glück brauchte sie nicht mehr durch die Stadt zu fahren, sondern konnte gleich auf eine Landstraße hinter dem Flughafengelände abbiegen.

Ein unangenehmes Gefühl beschlich Joan, je weiter sie sich von der Zivilisation entfernte. Zu beiden Seiten der Straße erstreckten sich hügelige Waldgebiete, die infolge des diesigen Wetters dunkel und bedrohlich wirkten.

Außer Joan befand sich niemand auf der Fahrbahn, und fast hatte sie das Gefühl, allein auf der Welt zu sein. Außer Wäldern, unterbrochen von kargen Wiesen, auf denen Felsbrocken verschiedener Größe verstreut lagen, gab es nichts zu sehen – kein Dorf, kein Fahrzeug, kein Mensch.

Auf einem verwaschenen Schild am Straßenrand stand etwas – vermutlich auf Gälisch – geschrieben, aber Joan konnte es natürlich nicht entziffern.

Nach Berechnungen des Reisebüros lag Baile a'Coille ungefähr vierzig Meilen von Inverness entfernt, doch Joan kam die Entfernung viel weiter vor. Ein Blick auf das Armaturenbrett sagte ihr, dass sie gerade erst zwölf Meilen gefahren war.

Es war erst siebzehn Uhr, verkündete die beleuchtete Digitaluhr neben dem Tacho, daneben war praktischerweise das aktuelle Datum angegeben: 14.7.2005.

Je weiter sie fuhr, umso mehr erschien der Eindruck, sich dem Ende der Welt zu nähern.

Wie konnten in dieser Einöde Menschen leben?, überlegte Joan und dachte an das pulsierende Londoner Leben, das sie weit hinter sich zurückgelassen hatte. Ob die Leute in den Highlands überhaupt Strom und Telefon kannten, oder waren diese Erfindungen an ihnen vorübergezogen?

Nach einer weiteren Stunde völliger Einsamkeit lichtete sich der Wald und machte hügeligen kargen Weiden Platz, auf denen riesige Schafherden grasten. Ihre Wolle sah so grau wie die Wolken aus, fand Joan.

Als sie den Blick wieder auf die Straße richtete, erkannte sie in der Ferne verschwommene Lichter. Das musste Baile a'Coille sein! Großmutters Karte zufolge gab es davor keine andere Ansiedlung.

Joan seufzte laut auf, als sie tatsächlich das Ortsschild las – sie war endlich am Ziel. Die grauen, aus grobem Stein gefertigten Häuser zu beiden Seiten schienen mit den Hügeln zu verschmelzen.

Der Ort war größer, als Joan angenommen hatte, und

nachdem sie erfolglos auf der Hauptstraße nach der Pension Cearc fhrangach Ausschau gehalten hatte, hielt Joan an, als sie einen älteren Mann mit Gummistiefeln, ausgebeulter Hose und nicht ganz sauberem Wollpullover am Straßenrand entdeckte.

Sie betete inständig, dass der Mann englisch sprach, kurbelte das Seitenfenster herunter und fragte: „Können Sie mir sagen, wo sich diese Pension befindet?" Dabei hielt sie ihm den Zettel hin, auf dem sie den Namen in säuberlichen Großbuchstaben gemalt hatte.

Der Mann nickte und erklärte mit starkem schottischen Akzent: „Fahren Sie bis zur Ortsmitte, dann rechts ab."

„Aha." Joan wartete höflich, ob noch etwas kam, aber der Mann drehte sich um und ging weiter. „Danke für die Auskunft!", rief sie ihm nach, aber er machte keine Andeutung, ob er die letzten Worte verstanden hatte.

Kopfschüttelnd schloss Joan das Fenster. „Ein komisches Volk, diese Schotten. Meine Güte, was tu ich hier eigentlich?" Trotz dieser Frage setzte sie den Mini wieder in Gang und fuhr langsam durch den Ort.

Etwas ratlos hielt Joan schließlich an, als sie die Ortsmitte gefunden hatte, denn sie befand sich auf einer Art Marktplatz. Allerdings gab es mehrere Straßen und Gassen zur rechten Seite, sodass sie schließlich aufs Geradewohl in die erste einbog.

Sie konnte einen leisen Freudenschrei kaum unterdrücken, als sie an einer Häuserfront tatsächlich das Blechschild mit dem Namen der Pension entdeckte; ein gemalter, übertrieben bunter Truthahn auf dem Schild vervollständigte das Bild.

Drinnen schlug Joan der Geruch von Tabak und Whisky entgegen, denn der untere Bereich der Pension schien als Gaststube oder Pub zu dienen.

„Sie müssen Miss Harris sein.“ Eine rundliche Frau in den Vierzigern kam auf Joan zu und reichte ihr freundlich die Hand. „Wir haben Sie schon erwartet.“

Joan lag die Frage auf den Lippen, ob es so selten vorkam, dass jemand ein Zimmer im Ccarc fhrangach buchte, dass man die Gäste sehnsüchtig erwartete.

„Ich bin Maggie, mein Mann und ich führen dieses Haus“, plauderte die Frau weiter, auch ihr schottischer Akzent war unverkennbar. „Kommen Sie, ich bringe Sie zu Ihrem Zimmer.“

Ohne große Worte nahm sie die Reisetasche, und nachdem Joan einen letzten Blick in die Schankstube geworfen hatte, folgte sie der Wirtin. Die wenigen Männer, die am Tresen oder einem der kleinen Tische saßen, musterten die Fremde schweigend, jedoch mit unverhohlener Neugier. Irgendwie hatten diese Männer große Ähnlichkeit mit dem Mann, den sie nach dem Weg gefragt hatte, fand Joan – und zwar nicht nur vom Aussehen her, sondern auch wegen ihrer abweisenden Haltung.

Das Zimmer erwies sich als sauber und gemütlich, wie Joan später feststellen konnte. Ihr war in diesem Augenblick allerdings schon klar, dass sie nicht länger als nötig dort bleiben würde.

„Sagen Sie, ist es hier immer so ruhig?“, fragte Joan, während sie sich aus ihrer Jacke schälte. „Im Reisebüro erzählte man mir, dass es hier viele Touristen gäbe.“

Maggie nickte, ihr freundliches Gesicht zeigte sich für einen Moment bekümmert. „Das ist richtig, aber bei diesem Wetter bleiben sie weg. Von Inverness aus finden bei schönem Wetter Tagesfahrten nach Baile a'Coille statt, Übernachtungsgäste sind nicht so häufig.“ Sie brach ab. „Gibt es einen besonderen Grund, weshalb Sie fragen?“

„Oh nein, es fiel mir nur auf, dass die Straßen menschenleer sind." Joan ließ sich vorsichtig auf der Bettkante nieder und musste dabei dem Drang widerstehen, sich sofort hinzulegen.

„Da sollten Sie mal sehen, wie es hier von Menschen wimmelt, wenn die Sonne scheint." Maggie lachte und zeigte dabei eine Reihe weißer ebenmäßiger Zähne. „Die Touristen überfallen hungrig die Lokale, wenn sie von der Burgruine zurückkommen."

„Wie weit ist es bis zur Ruine?", fragte sie und wünschte sich gleichzeitig, dass Maggie gehen würde. Die Schottin war zwar überaus sympathisch und nett, aber Joan konnte ihre Augen nur noch mit Mühe aufhalten.

„Mit dem Auto sind es zehn Minuten bis Glenbharr Castle. Deswegen sind Sie doch hier, nicht walu? Alle kommen wegen der alten Burg dort oben her – aber es gibt auch noch andere Sehenswürdigkeiten, zum Beispiel die Reste eines alten Rundturmes und ..."

„Ich weiß", gab Joan hastig zurück, bevor Maggie noch weitere Schauplätze aufzählen konnte. „Ich werde mir alles der Reihe nach ansehen."

Maggie nickte. „Das sollten Sie auch, Sie würden es bereuen, wenn Sie es nicht täten."

Joan unterdrückte ein Gähnen. „Sagen Sie, was bedeutet der eigenartige Name der Pension?"

„Das ist die gälische Bezeichnung für Truthahn. Meine Großeltern haben die Pension gegründet, und da sie nebenher Truthähne züchteten, die dann in der Küche landeten, war ein Name schnell gefunden." Sie runzelte die Stirn. „Sie sehen müde aus, Miss Harris. Möchten Sie zum Essen in die Gaststube kommen oder soll ich Ihnen etwas hinaufschicken?"

„Weder, noch", gab Joan höflich, aber bestimmt zurück. „Ich möchte nur noch schlafen, und da ich im Flugzeug etwas gegessen habe, bin ich nicht hungrig." Das lag zwar bereits Stunden zurück, aber Joan verspürte tatsächlich keinen Hunger.

Endlich wandte sich Maggie ab, blieb jedoch an der Tür stehen. „Wollen Sie morgen früh geweckt werden?"

Joan lehnte dankend ab und atmete erleichtert auf, als sich die Tür hinter der Wirtin schloss. Maggie schien der einzige Mensch in diesem Kaff zu sein, mit dem man vernünftig reden konnte, sagte sich Joan, während sie sich die Stiefeletten auszog.

Dann betrat sie das kleine einfache Bad, das an ihrem Zimmer angeschlossen war. Angenehme Wärme schlug ihr aus dem fensterlosen Raum entgegen, sodass sich Joan spontan entschloss, ein Bad zu nehmen, bevor sie sich schlafen legte.

Die Wasserhähne gaben beim Aufdrehen ein quietschendes Geräusch von sich, und Joan befürchtete, dass man den Lärm im ganzen Haus hören könnte.

Mit einem wohligen Seufzer ließ sie sich schließlich in das angenehm warme Wasser gleiten, dabei fiel ihr auf, dass sie seit ihrer Ankunft in Baile a'Coille immer ruhiger und entspannter wurde. Handelte es sich dabei möglicherweise um Einbildung? Oder war die Hoffnung, bald mehr über die Stimme aus den Träumen zu erfahren, dafür verantwortlich, dass Joan keine Angst mehr hatte, einzuschlafen?

In ein großes Badelaken gehüllt, ging Joan später in ihr Zimmer zurück. Flüchtig erfasste ihr Blick dabei die mittlere Tür des Kleiderschrankes, in der in ganzer Länge ein Spiegel eingelassen war.

Obwohl sie fröstelte, ließ Joan das Handtuch von den Hüften gleiten und betrachtete sich kritisch. Das Haar, an den gelockten Spitzen feucht vom Baden, lag wie ein roter

Schleier auf ihren Schultern, die weiche feine Haut, die normalerweise die Farbe von frischer Sahne hatte, schimmerte leicht rosa.

Hohe, feste Brüste, eine schmale Taille, sanft geschwungene Hüften und gut gewachsene lange Beine sorgten dafür, dass die Männer glänzende Augen bekamen, wenn sie Joan sahen.

Die rosafarbenen Brustwarzen waren wegen der Kühle im Zimmer hart und aufgerichtet, und das Dreieck aus feinem, rotem Flaum zwischen ihren Schenkeln leuchtete herausfordernd. Joan betrachtete sich nicht mit Wohlwollen, sondern eher interessiert, und plötzlich bedauerte sie es, ihr Sexleben so lange in den Hintergrund gestellt zu haben.

Als sie ins Bett kroch, nahm sie sich vor, nach ihrer Rückkehr aus Schottland Ausschau nach einem Partner zu halten. Mit diesen Gedanken und einem vorfreudigen Lächeln auf den Lippen schlief sie ein.

Ausgeruht erschien sie am nächsten Morgen in der Gaststube, sie hatte fest – und vor allem traumlos – geschlafen. Sie war zu dieser frühen Stunde der einzige Gast und entschied sich für einen der Tische am Fenster.

Aus der Küche hinter dem Tresen waren Stimmen und das Klappern von Geschirr zu hören, und gerade, als Joan durch einen Ruf auf sich aufmerksam machen wollte, erschien Maggies rundes Gesicht im Türrahmen.

„Guten Morgen, Miss Harris! Sehen Sie, es regnet nicht mehr.“ Maggie trat mit einem Tablett an Joans Tisch und wies aus dem Fenster. „Wenn Sie Glück haben, scheint später sogar die Sonne. Vom Broch hat man nämlich eine herrliche Sicht ins Tal.“

„Wer oder was ist dieser Broch?“

Flink deckte Maggie den Tisch. „Das ist ein alter Rundturm in der Nähe der Burgruine, ein Überbleibsel der Kelten, soviel ich weiß." Mit geübtem Blick überzeugte sie sich davon, dass alles vorhanden war, was eine Engländerin beim Frühstück bevorzugte. „Oh, da fällt mir ein, dass Sie sich unbedingt die Destille von Baile a'Coille ansehen müssen. In der Region sind wir berühmt für unseren Whisky."

Joan heuchelte Interesse, dabei hörte sie den ausschweifenden Schilderungen der Wirtin kaum zu. Ihre Gedanken waren bereits bei der Burgruine. Lag die Erklärung für die Träume wirklich dort oben, wie Fiona vermutet hatte?

Nach und nach füllte sich die Schankstube. Dieselben Männer wie am Vortag betraten einer nach dem anderen das Cearc fhrangach, warfen Joan nur einen gleichgültigen Blick zu und setzten sich an den Tresen.

Joan beeilte sich mit dem Frühstück.

Maggie rief ihr nach, dass sie besser eine Regenjacke mitnehmen sollte, als sie die Gaststube verließ. In der Tat sah es aus, als würde der Himmel in den nächsten Minuten erneut die Schleusen öffnen.

„Scheißwetter", murmelte Joan, als sie zu ihrem Leihwagen eilte. Obwohl es nicht besonders kalt war, fror sie in den Sommerjeans und dem leichten Pullover. Als sie den Motor startete, leuchtete die Datumsanzeige am Armaturenbrett auf: 15.7.2005.

Erst, als der Mini die Ortschaft verlassen hatte, fiel ihr ein, dass sie ihre Regenjacke nun doch vergessen hatte.

Der Weg zur Burg war ausgeschildert, die Straße wurde kurvig und stieg stetig an.

Nach einer letzten Biegung wurden endlich die Mauern von Glenbharr Castle sichtbar, und unwillkürlich hielt Joan den Atem an. Die Burg war größer und eindrucksvoller als auf den Abbildungen, ein Teil war sogar noch relativ gut erhalten.

Sie parkte den Mini direkt an der Straße und stellte dabei fest, dass sie die einzige Besucherin war. Noch bevor sie ausstieg, beäugte sie misstrauisch die dicken trutzigen Mauern aus grauem Felsstein, und als sie den Schlüssel abzog, zögerte sie.

Dieser Ort hatte etwas Unheimliches an sich, fand sie, doch dann gab sie sich einen Ruck und stieg aus. Es handelte sich um eine alte Burg, deren Bewohner seit Hunderten von Jahren tot waren – was sollte daran schon unheimlich sein?

Nur zögernd trat Joan durch das noch gut erhaltene Burgtor und fand sich im ehemaligen Innenhof wieder; zwischen den Lücken des regennassen Steinpflasters wucherte Unkraut.

Plötzlich erstarrte Joan, von einer Sekunde zur nächsten kam ihr Glenbharr Castle vertraut vor, als wäre sie schon einmal dort gewesen. Der Eindruck verstärkte sich, als sie sich dem erhaltenen Teil der Burg zuwandte.

Sie trat dicht an das Mauerwerk heran und strich mit den Fingerspitzen beinahe zärtlich über die rauen, unebenen Natursteine.

„Unfug." Joan wich kopfschüttelnd zurück, dabei rieb sie sich die Schläfen, hinter denen sich ein leichtes Pochen ankündigte. Vermutlich hatte sie in einem der zahlreichen Prospekte etwas über die früheren Räume von Glenbharr Castle gelesen, und ein amüsiertes Lächeln erschien auf ihrem Gesicht. „Joan, du fängst an zu spinnen."

Abermals schüttelte sie den Kopf, doch im nächsten Augenblick erstarb das Lächeln auf ihren Lippen. Zunächst ganz leise, kaum hörbar, erhob sich ein Wispern, das von Sekunde zu Sekunde lauter wurde.

Joan war starr vor Entsetzen; es handelte sich einwandfrei um die weibliche Stimme aus ihren Träumen – aber diesmal war es kein Traum!

Gehetzt sah sich Joan nach allen Seiten um, doch sie stand noch immer ganz alleine auf dem alten Burghof. Flüchtig dachte Joan an ein Schlossgespenst, und im selben Moment erstarb das gespenstische Flüstern.

Doch gerade, als Joan aufatmen wollte, erklang die feine Stimme erneut, diesmal eindringlicher, als wolle sie etwas erklären. Joan presste ihre Hände gegen die Ohren, doch die Stimme wurde nicht leiser.

„Ich muss hier weg", sagte sie so laut sie konnte, drehte sich auf dem Absatz um und eilte durch das Burgtor, über die Brücke des ehemaligen Wallgrabens, es trennten sie nur wenige Schritte bis zu ihrem Leihwagen.

Aber die Stimme redete auf sie ein, und ehe es sich Joan versah, lenkte sie ihre Schritte automatisch dorthin, wo der Wald begann, nicht weit hinter der Burg. Ohne es zu wollen, wie in Trance, setzte sie einen Fuß vor den anderen, folgte der Stimme, die sie tiefer und tiefer in den Wald hinein zu locken schien.

Sie versuchte gegen den Drang anzukämpfen, doch ihre Beine gehorchten nicht mehr.

Je tiefer Joan in den Wald hinein stolperte, umso schummriger wurde es, die Bäume standen inzwischen dicht bei dicht, sodass sie sich ein ums andere Mal die Schulter an einem der knorrigen Stämme stieß.

In ihrem Kopf herrschte Leere, und sie ließ sich nur noch treiben.

Sie ließ ihre Handtasche auf den Waldboden fallen, ohne es zu merken.

Mit starrem Blick bahnte sie sich ihren Weg zwischen Baumstämmen hindurch, über Wurzeln und verrottetes Laub. Jemand stieß einen spitzen Laut aus, und beiläufig registrierte sie, dass sie es selbst war.

Immer schneller wurden ihre Schritte. Das Summen schwoll an zu einem unerträglich hohen Zirpen, und plötzlich trat Joans Fuß ins Leere.

Noch bevor sie schreien konnte, merkte sie, dass sie in eine dunkle Tiefe stürzte. Hilflos ruderte sie mit den Armen, fühlte sich wie angezogen vom Inneren der Erde, der Sturz wurde begleitet von einem überirdischen Rauschen. Dann wurde Joan von einer barmherzigen Ohnmacht eingehüllt.

5. Kapitel

Ein stechender Schmerz durchfuhr Joans linken Fuß, als sie schließlich benommen die Augen aufschlug. Sie blinzelte, um zu sehen, wo sie sich befand, doch es war zu dunkel, um etwas erkennen zu können. Es roch nach feuchter Erde.

Joan versuchte aufzustehen und sank mit einem Schmerzensschrei zurück auf den nassen kalten Boden. Erst nach einigen Minuten hatten sich ihre Augen an das Dämmerlicht gewöhnt, und sie nahm die Umrisse eines Erdlochs oder einer Grube wahr.

Hoch über ihr lagen morsche Holzbalken, mit der die Grube vermutlich abgedeckt war. Durch eine breite Lücke war trübes Tageslicht zu erkennen. Bei dem Sturz musste sie sich den Knöchel verstaucht haben, er tat bei der geringsten Bewegung höllisch weh.

„Verdammter Mist!“, fluchte Joan unterdrückt und starrte angestrengt nach oben. Bis zur Abdeckung des Erdloches mussten es mindestens 2,50 Meter, eher 3 Meter sein – wie sollte man ohne fremde Hilfe jemals dort hinaufkommen?

Resigniert lehnte sich Joan an die feuchte Wand aus festem Erdreich. Nur ihr schneller Atem und das wilde Schlagen ihres Herzens waren zu hören.

Eine Gänsehaut jagte über ihren Körper, als sie an die unwiderstehlichen Laute dachte, denen sie gefolgt war, ohne eigentlich zu wissen, warum sie dies getan hatte. So mussten Junkies auf dem Trip empfinden, schoss es Joan durch den Kopf,während sie abermals versuchte, sich aufzurichten.

Doch kaum belastete sie ein wenig den linken Fuß, durchfuhr sie ein weiterer messerscharfer Schmerz, der sie schließlich mit Zornestränen in den Augen zurück in ihre sitzende Haltung zwang.

Vorsichtig betastete Joan den Knöchel, er war stark angeschwollen,sodass an ein eigenmächtiges Herausklettern aus der Grube nicht zu denken war. Sie verfluchte ihre Wissbegier, Großmutter Fionas Plan in die Tat umgesetzt zu haben.

Die Kälte kroch langsam in ihr hoch. Hätte sie statt des leichten Pullovers doch eine dicke Jacke angezogen! Reglos saß Joan da und schickte regelmäßig einen verzweifelten Blick hinauf zu der klaffenden Lücke hoch über ihr.

Wie lange würde es dauern, bis Spaziergänger sie fanden, wenn sie um Hilfe rief? Wahrscheinlich verirrte sich in diese unwegsame Gegend höchstens mal ein wildes Tier.

Vor Verzweiflung rannen Tränen über ihre Wangen, als sie sich flüchtig daran erinnerte, ihre Handtasche in der Nähe der Grube verloren zu haben. Darin befand sich ihr Handy, mit dem sie hätte Hilfe rufen können.

Ihre einzige Hoffnung war, dass Maggie Alarm schlagen würde, wenn Joan nicht bis zum Abend zurück in die Pension kehrte. Man würde vielleicht einen Suchtrupp losschicken, der sie dann hoffentlich fand, bevor sie erfroren oder verhungert war.

Joan rieb sich Arme und Beine, um die Kälte abzuwehren, dabei stieß plötzlich ihr rechter Fuß gegen etwas Hartes. Von ihrem Platz aus konnte Joan nicht erkennen, um was es sich bei diesem Gegenstand handelte, also kroch sie auf allen Vieren näher heran.

Im schummrigen Licht erkannte sie etwas Rundes, Kugeliges und berührte es vorsichtig. Doch dann erfassten ihre

Augen und ihr Verstand, womit sie sich beschäftigte – es handelte sich um einen Totenschädel, und zwar um einen menschlichen. Entsetzt wich Joan zurück, dabei berührte sie etwas Kaltes, das sich bei näherer Betrachtung als ein Oberschenkelknochen entpuppte. In panischer Angst robbte Joan so weit es ging fort von dem grausigen Fund.

Obwohl sie wusste, dass es zwecklos war, begann sie um Hilfe zu schreien, bis sie heiser war. Als das Licht immer mehr verblasste, und Joan sich schließlich in völliger Dunkelheit befand, sank sie in einen unruhigen Schlaf.

Ein hohles Gefühl im Magen und gedämpfte Stimmen in der Ferne ließen Joan aufschrecken. Benommen blinzelte sie, im ersten Augenblick wusste sie nicht, wo sie sich befand. Doch dann kam die Erinnerung zurück - und mit ihr die Panik.

Mittlerweile war es wieder heller geworden, also musste ein neuer Tag angebrochen sein. Ein vorsichtiger Blick zu der Stelle, an der Joan die Gebeine gefunden hatte, ließen sie noch enger gegen die Wand aus kalter, klammer Erde drücken.

Wieder waren ein paar männliche Stimmen zu hören, diesmal waren sie etwas näher. Es schien sich um Einheimische zu handeln, die zu früher Morgenstunde durch die Wälder streiften. Ihr raues Lachen klang belustigt, anscheinend hatte einer der Männer einen Witz gemacht.

Aus Leibeskräften fing sie an zu schreien. Hoffentlich hörten sie die Männer.

6. Kapitel

Erleichtert registrierte Joan, dass sich die Stimmen hastig näherten, trotzdem schrie sie weiter verzweifelt um Hilfe. Endlich wurde ein Schatten oben an der klaffenden Lücke sichtbar und jemand rief Joan etwas zu, was sie jedoch nicht verstand.

Vor Freude und Dankbarkeit darüber begann sie, laut zu schluchzen. Sie schwor sich, nie wieder auf eigene Faust und ohne Begleitperson Exkursionen zu unternehmen, und im Geiste sah sie sich bereits in der Pension ein heißes Bad nehmen, nachdem sie etwas gegessen und getrunken hatte.

Die Männer dort oben schienen zu beratschlagen, und es kam Joan wie eine Ewigkeit vor, bis ein grobes Tau heruntergelassen wurde, an dessen Ende sich eine Schlaufe befand.

Mit dem unverletzten Fuß trat Joan in die Schlaufe, rutschte mit ihrem Sneaker ab und versuchte es ein weiteres Mal. Beim dritten Versuch schließlich steckte ihr Fuß sicher in der Schlinge, und sie zupfte einmal kräftig am Seil, woraufhin die Männer langsam, aber stetig – unterstützt von einer Art Singsang - sie in die Höhe zogen.

Es kam Joan wie eine Ewigkeit vor, bis das Licht heller und die Luft wärmer wurde.

Ihre Hände umfassten die morschen Holzbohlen, an denen sie sich die letzten Zentimeter aus eigener Kraft hinauf zog.

Dann hangelte sie ihren restlichen Körper aus dem unfreiwilligen Gefängnis und fiel mit einem lauten Stöhnen bäuchlings direkt vor die Füße ihrer Retter.

Tief sog sie die frische Waldluft ein, noch nie hatte sie den Geruch nach Holz, Moos und Laub so intensiv gespürt. Sie wusste nicht, wie lange sie so dagelegen hatte, bis sie endlich merkte, dass die Männer keine Anstalten machten, sich weiter um sie zu kümmern.

Als Joan die Augen öffnete, traf ihr Blick auf ein paar nackte, beharrte Unterschenkel, die Füße steckten in einer Art zusammengebundener Lumpen. Schlagartig verflog Joans Erschöpfung und sie richtete sich auf.

Dicht vor ihr standen zwei Gestalten, wie Joan sie noch nie gesehen hatte – beide Männer trugen lange, verfilzte Haare, in denen sich Kletten und Blätter festgesetzt hatten, ihre ungepflegten Bärte waren lang und ebenso verfilzt wie das Haupthaar.

Die weiten Hemden, die einst weiß gewesen sein mochten, starrten vor Schmutz und wiesen etliche Löcher und Risse auf, und anstatt Hosen trugen die Gestalten knielange, rockähnliche Gebilde in einer undefinierbaren Farbe.

Die Männer schienen Joan mit demselben ungläubigen Interesse anzustarren, wie sie es tat. Schließlich richtete sie sich ganz auf, räusperte sich und fragte mit vom Schreien heiserer Stimme: „Ich danke Ihnen für Ihre Rettung und ..."

Noch bevor sie weitersprechen konnte, trat einer der Männer dicht vor sie, spuckte mit verächtlicher Miene direkt vor ihr aus und rief: „Sasannach[1]!"

Joan starrte weiterhin auf die zerlumpten, gefährlich aussehenden Gestalten, die sich plötzlich murmelnd berieten.

Einer der Männer schüttelte ein ums andere Mal den Kopf, während der andere gestikulierend auf ihn einredete und immer wieder auf die Frau zeigte.

Schockiert stellte Joan fest, dass sie in derselben oder einer ähnlichen Sprache redeten wie die Stimme in ihren

Träumen. Warum sahen die Männer so aus, als wäre die Zivilisation spurlos an ihnen vorbeigezogen?

Am liebsten hätte sich Joan davon geschlichen, doch das ließ ihr verstauchter Knöchel nicht zu. Und so blieb ihr nichts anderes übrig, als zu warten, bis die Männer ihre hitzige Unterhaltung beendet hatten und sich wieder ihrer erinnerten.

Aber konnte man überhaupt diese merkwürdigen, heruntergekommenen Kerle bitten, sie zur Burgruine zu führen? Sie schienen kein Englisch zu verstehen, und als sie plötzlich näher traten, bemerkte sie den gefährlichen Ausdruck in ihren Gesichtern, der sie erschauern ließ.

Ehe sie es sich versah, wurde sie an den Armen gepackt, unter einem Wortschwall unverständlicher Worte in die Mitte genommen und mitgezogen. Mit ihrem gesunden Fuß versuchte sich Joan der Entführung zu widersetzen, doch dieser klägliche Versuch der Befreiung brachte die Männer lediglich zum Lachen. Dabei fiel Joan beiläufig auf, dass sie kaum Zähne im Mund hatten, und die wenigen Stumpen, die noch vorhanden waren, sahen braun und verfault aus.

Die Männer achteten kaum auf Joans Humpeln und behielten ihren zügigen Schritt bei, der Griff um ihre Oberarme war zu beiden Seiten eisern und unnachgiebig. Vor Schmerzen schluchzte Joan auf, doch ihre Entführer scherten sich nicht darum, sondern setzten ihren Weg schwatzend und lachend fort.

In Joans Kopf herrschte ein heilloses Durcheinander. Wer waren diese Typen und was hatten sie mit ihr vor? Fern jeder Ortschaft war sie hilflos diesem lichtscheuen Gesindel ausgeliefert – doch noch immer hoffte Joan, dass sich ein paar Einheimische einen Scherz mit ihr erlaubten oder hinter dem nächsten Baum ein Fernsehmoderator auftauchte, der lachend verkündete, dass sie mit versteckter Kamera gefilmt worden war.

Doch nichts dergleichen geschah und nach einem schier endlosen Marsch quer durch das Dickicht schienen die Männer am Ziel angelangt zu sein. Eine Lichtung wurde sichtbar, auf der sich weitere zerlumpte, ungepflegte Gestalten aufhielten. Notdürftig aus zerschlissenen Decken und Holzstücken zusammengebaut, befanden sich über die Lichtung verstreut, zeltartige Gebilde.

Einer der Männer rief irgendetwas, worauf die anderen neugierig näher traten und Joan anstarrten, ihr größtes Interesse schien ihrer Jeans zu gelten, wie sie flüchtig bemerkte. Der größere von ihnen sprach zu den anderen und Joan bedauerte, nicht wenigstens ein paar Brocken Gälisch zu können, denn um diese Sprache handelte es sich eindeutig.

Sie wagte kaum zu atmen, während sie die zerlumpten Kerle musterte, einer sah furchterregender aus als der andere.

Eines der ungepflegten Exemplare, das besonders übel roch, trat plötzlich näher an Joan heran und griff ihr mit einem unverschämten Grinsen an die Brust, worauf seine Kumpane ihn sanft, aber bestimmt fortschoben.

Nachdem sie sich etwas gefangen hatte, sagte sie mit fester Stimme: „So, Jungs, ich finde, es reicht. Ihr habt euren Spaß gehabt, jetzt lasst mich bitte gehen. Ich verspreche euch, nicht die Polizei einzuschalten, allerdings unter der Bedingung, dass ihr mich auf der Stelle in Ruhe lasst."

Ratloses Achselzucken und unverständliche Mienen waren die Antwort. Joan fragte sich, ob es möglich war, dass die Männer sie nicht verstanden – oder wollten sie sie nur nicht verstehen?

Ganz allmählich kroch in Joan das Gefühl hoch, dass etwas nicht stimmte, dass diese ungewaschenen wilden

Typen keine ausgeflippten Waldmenschen waren, sondern ... ja, was eigentlich?

Einer der Männer, die Joan ins Lager gebracht hatten, packte grob ihren Arm und zog sie unsanft mit sich; Joan heulte vor Schmerz auf, als sie versehentlich ihren verletzten Fuß belastete.

Sie wurde zu einer dickstämmigen Eiche geführt, zum Hinsetzen gezwungen, und ehe sie es sich versah, waren Hände und Füße gefesselt.

„Bitte“, flehte sie, „Was wollen Sie von mir? Lassen Sie mich frei. Ich besitze nichts und bin mir keiner ...“

„Fan sàmhach[2]“, zischte der Mann, dabei streifte sein stinkender Atem Joans Gesicht, sodass diese unbewusst die Luft anhielt. Die Augen des Entführers waren zu engen Schlitzen verengt, und auch wenn Joan seine Worte nicht verstanden hatte, so sagte ihr der gesunde Menschenverstand, besser ruhig zu bleiben und abzuwarten.

Der Mann überprüfte noch einmal die Fesseln, dann wandte er sich ab, ohne Joan weiter zu beachten und ging hinüber zu seinen Kumpanen. Mittlerweile war die Sonne durch die Wolkendecke gestoßen und erwärmte den Platz, auf dem Joan saß. Schon bald begann sie zu schwitzen, doch sie wagte nicht, eine der zerrissenen Gestalten zu fragen, ob sie sie nicht wenigstens in den Schatten setzen könnten.

Und so saß sie da und beobachtete ungläubig das Treiben in der Mitte der Lichtung. Verkohlte Balken waren zu einem Haufen gestapelt, und Joan ging davon aus, dass es sich um eine Feuerstelle handelte.

Einige der Burschen hantierten daran herum, und plötzlich stieg dunkler Rauch über dem Stapel auf, etwa zur gleichen Zeit wurden zwei weitere Männer mit großem Hallo begrüßt, die Joan vorher noch nicht gesehen hatte.

Anscheinend waren sie auf der Jagd gewesen, denn sie

wiesen stolz vier tote Kaninchen vor, die ihnen sofort von den anderen abgenommen wurden.

Was ging hier vor? Joan saß reglos da, dies musste ein Albtraum sein – ein schlimmerer, als die Träume mit der mysteriösen Stimme!

Fast zeitgleich spürte Joan ihre volle Blase und ein nagendes Hungergefühl, doch sie traute sich nicht, eine der komischen, sich seltsam gebärdenden Figuren zu rufen. Stattdessen versuchte sie, ihre körperlichen Bedürfnisse zu unterdrücken und der Dinge zu harren, die da noch kommen mochten.

Offensichtlich wurden die Neuankömmlinge über Joans Anwesenheit unterrichtet, denn die beiden Entführer redeten auf ihre Genossen ein und zeigten dabei immer wieder auf die Gefangene. Einer der Jäger, dessen Haar nicht ganz so lang und verfilzt war, trat schließlich an Joan heran und hockte sich vor sie.

„Ich bin Iain", sagte er in gebrochenem Englisch, und vor Erleichterung hätte sie um ein Haar gejauchzt. „Meine Freunde sagen, dass du sehr vorlaut bist. Wenn dir dein Leben lieb ist, solltest du besser still sein, wie es sich für ein Frauenzimmer gehört."

Empört schnappte Joan nach Luft. „Was fällt Ihnen ein? Das ist Freiheitsberaubung! Was haben Sie mit mir vor ihnen muss doch klar sein, dass Sie sich strafbar machen." Die letzten Worte stieß Joan wütend hervor, doch der Mann lachte laut auf – zumindest fehlten ihm nicht ganz so viel Zähne wie den anderen.

„Bei wem willst du dich beschweren?"

„Sie verstoßen gegen das Gesetz, das ist Ihnen hoffentlich klar", zischte sie und zerrte an ihren Fesseln. „Ich verlange von Ihnen, dass Sie mich auf der Stelle losbinden und gehen lassen!"

Iain hob belustigt die Augenbrauen. „Für uns gibt es keine Gesetze, Sasannach, denn wir sind vogelfrei. Das Einzige, was ich für dich tun kann, ist die Fesseln zu lösen, damit du deine Notdurft verrichten kannst und dafür sorge, dass du etwas zu essen bekommst, was keine Selbstverständlichkeit ist."

„Vielen Dank für die Gastfreundschaft", schnaubte sie, fügte dann jedoch eine Spur zugänglicher hinzu: „Ich würde wirklich gern ... meine Notdurft verrichten."

Iain rief den anderen etwas zu, dann schnitt er mit einem spitzen, dolchähnlichen Messer die Fesseln durch. „Komm mit, ich führe dich etwas in den Wald hinein. Aber versuch nicht zu fliehen, denn sonst ..." Dabei fuchtelte er mit dem Messer gefährlich dicht vor Joans Nase herum.

Ergeben nickte sie, in der Tat hatte sie mit dem Gedanken an Flucht gespielt. Doch sie sah ein, dass sie keine Chance gegen die Wilden hatte – wer immer sie auch sein mochten.

Wie die anderen trug Iain eine Art Kilt und während er Joan in den Wald führte, meinte sie sich zu erinnern, gelesen zu haben, dass bei den früheren männlichen Bewohnern der Highlands Hosen verpönt waren und sie sich deshalb in eine Decke eingehüllt hatten.

Der Schotte besaß zumindest so viel Anstand, diskret zur Seite zu blicken, während Joan sich hinter einen Busch hockte. Doch sobald sie sich wieder erhoben hatte, war er bei ihr und griff nach ihrem Oberarm.

„Wenn du deine Widerspenstigkeit aufgibst, bekommst du vielleicht sogar etwas von dem Fleisch ab, das Seumas und ich besorgt haben", versprach er großzügig, worauf Joan eine hitzige Bemerkung auf den Lippen lag. Doch sie ahnte, dass sie gut daran tun würde, die Verrückten in dem Glauben zu lassen, dass sie ihren Widerstand gebrochen hatten. Im Augenblick war es wichtig, dass sie ihren leeren

Magen füllen konnte; über eine mögliche Flucht konnte sie später immer noch nachsinnen.

Auf der Lichtung roch es inzwischen nach gebratenem Fleisch, und automatisch knurrte Joans Magen. Ohne sich zu wehren, ließ sie sich wieder die Füße fesseln, obwohl sie fast vor Schmerz aufheulte, als der grobe Strick sich in die Haut des geschwollenen Knöchels grub. Das Ende des Strickes band der Mann fest um den Stamm eines Baumes.

Als schien Iain ihre Gedanken gelesen zu haben, raunte er ihr zu: „Ich lasse deine Hände nur frei, damit du nicht gefüttert werden musst."

Er gesellte sich zu den anderen, die nach einer ganzen Weile die aufgespießten, auf stabilen Ästen über dem Feuer gebratenen Wildkaninchen zerlegten und unter sich aufteilten. Anscheinend schien Iains Vorschlag, der Gefangenen ein Stück davon abzugeben, wenig Gefallen zu finden, denn seine Freunde murrten und machten unwillige Gesichter.

Doch schließlich kam Iain mit einem kleinen, halb rohen Stück zu Joan zurück und reichte es ihr wortlos. Mit gemischten Gefühlen sah sie sich den Klumpen an, aber da ihr Hunger inzwischen so groß geworden war, dass sie sogar Baumrinde gegessen hätte, biss sie mutig hinein.

Das Fleisch war zäh und ungewürzt, dennoch schmeckte es erstaunlich gut – zumindest, wenn man so ausgehungert war wie sie. Natürlich wurde sie von dem Stück nicht satt, doch ihr Magen rebellierte fürs Erste nicht mehr.

Vorsichtig schielte Joan zu ihren gefesselten Füßen; noch waren ihre Hände frei, sodass sie versuchen konnte, den Strick zu lösen. Aber noch während sie mit diesem Gedanken spielte, sah sie Iains Schatten neben sich, und sie blickte scheinbar desinteressiert zur Mitte der Lichtung, auf der die Männer saßen, lachten, aßen und die abgenagten Knochen achtlos über die Schulter warfen.

„Was ist mit deinem Fuß?“, erkundigte sich Iain, nachdem er Joans Hände wieder auf den Rücken gefesselt hatte. „Meine Freunde sagen, sie haben dich aus einer alten Tierfalle gezogen.“

Sie bejahte. „Ich habe mir beim Sturz wohl den Knöchel verstaucht. Daher bitte ich dich, mich zu einem Arzt zu bringen.“

„Hier gibt es keine Ärzte“, gab er gleichmütig zurück. „Dir wird nichts anderes übrig bleiben als zu hoffen, dass die Schwellung von alleine zurückgeht.“ Er zögerte einen Augenblick, dann setzte er etwas schärfer hinzu: „Aber vielleicht brauchst du dir darüber keine Gedanken mehr zu machen.“

Joans Herz schien einen Schlag auszusetzen, der Schotte sah plötzlich genauso hart und unnachgiebig aus wie seine merkwürdigen Kumpane.

Der restliche Tag verrann ohne weitere Vorkommnisse. Die Männer lungerten auf der Lichtung herum, einige lagen in der Sonne und schnarchten; doch die lockere Atmosphäre täuschte nicht darüber hinweg, dass Joan misstrauisch beobachtet wurde.

Bald taten ihr die Glieder weh, und sie versuchte, ihre Sitzhaltung zu verändern, was ihr jedoch in dem gefesselten Zustand, in dem sie sich befand, nicht glücken wollte.

Als die Sonne unterging, trat Iain zu ihr, und das mittägliche Ritual wiederholte sich; diesmal bekam sie allerdings nur einen knochenharten Kanten Brot und Wasser aus einem grob geschnitzten Holzbecher. Wenigstens war das Wasser sauber. Iain erklärte, dass sich ganz in der Nähe ein Bach befand, aus dem sich die seltsame Gruppe bediente.

Joan fragte sich im Stillen, weshalb niemand der Männer auf die Idee kam, diesen Bach zum Waschen von Körper und

Kleidung zu benutzen. Sie würgte das Brot herunter, dann wurden ihr erneut die Hände gefesselt, und als die Nacht hereinbrach, verkrochen sich die Männer nacheinander in ihre Unterschlüpfe – nur einer von ihnen blieb neben dem inzwischen niedergebrannten Lagerfeuer sitzen, blickte in regelmäßigen Abständen zu der Gefangenen hinüber und ließ auch nicht den Wald ringsherum aus.

Obwohl Joan müde und erschöpft war, fand sie keine Ruhe. Es war für sie unverständlich, weshalb man noch nicht nach ihr suchte, und sie hoffte inständig, dass wenigstens am nächsten Tag ein Hubschrauber das unwegsame Waldgebiet überfliegen würde und sie aus den Klauen der verrückten Waldmenschen befreite.

Irgendwann nickte Joan ein, doch an einen festen Schlaf war schon angesichts der unbequemen Lage nicht zu denken. In ihren wachen Phasen zerbrach sie sich den Kopf darüber, was diese Männer vorhatten und vor allem, warum sie überhaupt etwas mit ihr vorhatten. Ärgerlich darüber, dass man sie in der Pension nicht vor den Gefahren in den Wäldern gewarnt hatte, nahm sich Joan vor, später Anzeige zu erstatten, denn diese zerlumpten Gestalten mussten doch schon anderen Touristen aufgefallen sein.

In England säßen solche Irren längst im Gefängnis oder in der Klapsmühle, im benachbarten Schottland schienen hingegen ganz andere Gesetze zu herrschen.

Als es zu dämmern begann und die ersten Vögel zaghaft ihr Morgenkonzert anstimmten, konnte Joan kaum noch sitzen; sie hoffte, dass sich Iain, mit dem sie sich wenigstens verständigen konnte, sich wieder ihrer annahm.

Tatsächlich brachte er Joan, nachdem die Sonne aufgegangen war, ein Stück hartes Brot, das sie gierig hinunterschlang, nachdem sie von ihren Handfesseln befreit worden war. Iain ließ sie dabei nicht aus den Augen, musterte sie kritisch und mit einem Anflug von Interesse.

„Warum starren Sie mich so an?", entfuhr es ihr. „Ich würde gerne wissen, wie lange ich noch wie ein verschnürtes Paket hier sitzen soll."

Iain ließ sich neben ihr in das Gras fallen, dann zuckte er mit den Schultern und wies mit dem Kinn auf die anderen Männer. „Das kommt darauf an, wie sich meine Freunde entscheiden."

„Tatsächlich?" Joans Stimme klang ironisch. „Und um welche Entscheidung geht es dabei, wenn ich fragen darf?"

Der Schotte ließ sich mit der Antwort Zeit, sein schmutziges Gesicht blieb dabei unbeweglich. „Wir beratschlagen noch, ob wir dich umbringen oder dem Laird of Glenbharr übergeben sollen, vielleicht springt dabei eine kleine Belohnung für uns heraus. Der Laird mag nämlich genau wie wir keine Engländer."

Ein Blick in Iains dunkle, hart glänzende Augen ließen sie verstummen.

Er hatte nicht gescherzt, seine Worte waren bitterernst gemeint.

Joan schluckte und stammelte: „Ich verstehe nicht. Was habe ich denn getan?"

„Deine eigenartige Aufmachung macht dich verdächtig."

Irritiert blickte Joan an sich hinunter, sie trug noch immer Jeans und Sneaker, aber außer, dass Kleidung und Schuhe inzwischen schmutzig waren, gab es daran nichts Verdächtiges.

„Ich verstehe nicht," sagte sie noch einmal. Sie schluckte und bedauerte, dass sie den Becher Wasser schon leer getrunken hatte, ihre Kehle war bereits wieder ausgetrocknet – aber diesmal aus Angst vor dem Unbegreiflichen.

Iain lächelte schief. „Du stellst dich absichtlich dumm,

aber das wird dir nichts helfen. Dir sollte bekannt sein, dass sich eine Frau mit solch merkwürdigen Beinkleidern verdächtig macht. Nur weibliche Spione, die sich als Männer verkleiden, kommen auf die Idee, freiwillig so etwas zu tragen." Dabei zeigte er ein weiteres Mal auf ihre Jeans. „Also bete, dass wir uns nicht entscheiden, dich umzubringen, sondern auszuliefern." Er machte eine bedeutungsvolle Pause. „Man munkelt, dass der Laird nicht gerade zimperlich mit englischen Spionen umgehen soll."

Seine Worte verfehlten nicht ihre Wirkung, starr vor Angst saß Joan da und versuchte, ihre Gedanken zu ordnen. Entweder war der Mann komplett verrückt oder ... ? An das ‚oder' wagte Joan nicht weiter zu denken.

Der Tag hätte angenehm sein können, wenn sie nicht eine Gefangene gewesen wäre. Die Sonne schien von morgens bis abends auf die Lichtung, die Vögel zwitscherten, als wäre nichts geschehen, und gedämpft konnte man das leise Plätschern des Waldbachs in der Nähe hören.

Joan kam die Stille anders vor als in Englands Wäldern. Kein Geräusch von Zivilisation drang zu ihr, dabei waren ihre Ohren auf Hochspannung gestellt, um das eventuelle Knattern eines Suchhelikopters nicht zu überhören. Man hatte sie in Baile a'Coille doch nicht etwa vergessen?

Gegen Abend trat wieder Iain zu ihr und warf ihr ein Gebilde aus grober Wolle vor die Füße, bevor er sie losband. „Zieh das an."

„Was ist das?" Mit spitzen Fingern hob Joan den dreckigen, stinkenden Fetzen hoch.

„Frag nicht soviel, sondern zieh das Kleid endlich an", befahl er ihr, bevor er ihr aufzustehen half. Der verstauchte Knöchel tat nicht mehr ganz so weh beim Belasten, was wohl der unfreiwilligen Ruhe zuzuschreiben war.

Joan hatte eine spitze Bemerkung auf den Lippen, unter einem Kleid verstand sie etwas anderes als diesen übelriechenden Lumpen. Dennoch streifte sie sich das kratzige Kleidungsstück über den Kopf.

Das sackförmige, braune Gebilde war viel zu groß, und Joan fühlte sich äußerlich plötzlich wie einer von diesen irren Waldmenschen, ließ sich ihren Unmut jedoch nicht anmerken, sondern ließ sich von Iain zu ihrer provisorischen Toilette führen.

Als sie wenig später wieder auf ihrem Platz saß, fuhr sie sich durch das Lockenhaar – wenn sie weiterhin keine Gelegenheit bekam, sich zu waschen, würde sie in Kürze wohl genau so stinken und abgerissen aussehen wie Iain und seine Kumpane.

„Warte, ich habe etwas für dich", sagte dieser plötzlich, verschwand in einem Unterschlupf und kam kurz darauf zurück.

„Den kannst du haben." Er hielt ihr einen kleinen, mit Edelsteinen besetzten Kamm entgegen, der in seiner schmuddeligen Hand genauso fehl am Platze zu sein schien wie Joan in ihrem Lumpengewand.

„Für mich?"

„Aye, wir haben keine Verwendung dafür", erwiderte Iain mit ausdrucksloser Miene. „Er gehörte einer reisenden Lady, die wir kürzlich überfallen haben."

Joan ließ die Hand, die den Kamm gerade zu ihrem Haar führen wollte, sinken. „Überfallen?"

Er nickte wortlos.

„Was ist mit ihr geschehen?"

„Dasselbe wie mit ihrem Mann und ihrem Gefolge." Iain strich sich mit dem Daumen und einer eindeutigen Geste über die Kehle. „So machen wir es mit allen Reisenden, die wir ausplündern."

Entgeistert starrte Joan ihn an, doch Iain sah nicht aus, als würde er lügen.

„Wieso tut ihr das?“, fragte sie daher und nahm sich vor, möglichst locker zu bleiben. „Was haben euch diese Leute getan?“

Iain lachte, als hätte Joan gerade einen besonders guten Witz erzählt. „Du bist wirklich gut, m'eudail[3]! Was glaubst du wohl, wovon wir Gesetzlosen leben sollten, wenn wir nicht Reisende ausplündern und Vieh von den Clans stehlen würden?“

Joan begann vorsichtig, den Kamm durch die Locken zu ziehen, und verbiss sich den Schmerz, der dabei entstand. Zaghaft fragte sie: „Wie wäre es mit ehrlicher Arbeit?“

Er grinste, dabei sah er Joan fast mitleidig an. „Für uns gibt es keine ehrliche Arbeit, schon lange nicht mehr. Seitdem wir von unseren Clans verstoßen wurden, können wir nur noch im Wald leben und uns von dem ernähren, was uns der Herrgott beschert – und das ist zu wenig, um satt zu werden.“

„Ich verstehe“, sagte sie, obwohl sie überhaupt nichts verstand. Strähne für Strähne arbeitete sie sich währenddessen durch ihr Haar. Sie wollte gar nicht wissen, weshalb diese Männer angeblich von ihren Clans verstoßen worden waren, obwohl sie sich inzwischen völlig veralbert vorkam.

Es dauerte über eine Stunde, bis Joan ihre Locken entwirrt hatte. Iain warf ihr schließlich ein längliches Stück ausgefransten Stoff hin, mit dem sie sich das Haar am Hinterkopf zusammenband. Diesmal schien wieder einer der Männer Glück bei der Jagd gehabt zu haben, denn er trat mit einem triumphierenden Schrei und zwei fasanartigen toten Vögeln aus dem Wald.

Der Rest des Tages verlief ähnlich wie der am vorangegangenen. Joan bekam einige Bissen von der Mahlzeit, einen

Becher Wasser und wurde dann wieder an den Baum gefesselt.

Inzwischen machte sie sich nicht nur über eine Flucht Gedanken, sondern auch darüber, dass das Gehabe der komischen Kauze möglicherweise doch nicht gespielt war. Irgendetwas stimmte nicht, doch Joan wusste noch immer nicht, was es war. Doch sie ahnte bereits, dass dies alles mit dem Erdloch zusammenhing, in das sie gestürzt war.

7. Kapitel

Schon bald hörte Joan auf, die Tage zu zählen, die seit ihrer Gefangennahme verstrichen waren, sie hatte jegliches Zeitgefühl verloren. Eines Nachts musste sie sogar einen der Männer abwehren, als dieser sich unter ihrem Kleid zu schaffen machte, während sie schlief.

Sie hatte laut um Hilfe geschrien, und nur wenige Sekunden später fühlte sie sich umringt von den anderen, deren Silhouetten sie wegen der Dunkelheit nur erahnen konnte. Joan konnte auch nicht erkennen, welcher der Männer sie befummelt hatte, doch das war ihr im Grunde genommen gleich, denn für sie waren es allesamt verabscheuungswürdige, ekelhafte Gesellen – mit Ausnahme vielleicht von Iain, der zumindest Ansätze von Mitgefühl erkennen ließ.

Joan sehnte sich nicht nur nach einem weichen Bett, sondern auch nach einem heißen Bad, doch davon konnte sie nur träumen, solange sie sich in der Gewalt ihrer Entführer befand. Einmal hatte Iain ihr erlaubt, sich notdürftig am Bach zu waschen, aber das war mittlerweile auch schon wieder Tage her.

Tagsüber war es heiß, dafür die Nächte umso kühler. Die vor Dreck starrende Decke, die man ihr hingeworfen hatte, konnte die nächtliche Kälte kaum abhalten, und innerlich hatte Joan bereits mit ihrem Leben abgeschlossen. Diese Verrückten würden sie nie wieder frei lassen, eher würden sie sie umbringen, wie Iain bereits angedroht hatte.

Als er Joan wieder einmal morgens etwas zu essen brachte – diesmal eine dünne Suppe aus wilden Wurzeln und Kräutern – hielt er sich länger als gewöhnlich bei ihr auf.

„Wir werden dich heute ein paar Stunden alleine lassen, denn wir haben erfahren, dass eine der Viehherden von den MacLaughlins unbeaufsichtigt oberhalb der Burg weidet", erklärte er in einem Gleichmut, als würde er über das Wetter reden. „Natürlich werde ich dafür sorgen, dass du nicht fliehen kannst. Ich denke, wenn wir zurückkommen, werden wir endgültig entscheiden, was mit dir passiert, denn allmählich wirst du lästig. Bevor der Viehdiebstahl entdeckt wird, müssen wir unser Lager hier abbrechen, und wir haben keine Lust, dich mitzuschleppen."

„Dann lasst mich doch frei." Joan verlegte sich auf ein Flehen, denn sie wusste inzwischen, dass sie mit ihrer aufmüpfigen Art bei diesen ungehobelten naiven Klötzen nicht weiter kam. „Ich verspreche, dass ich nicht die Polizei einschalte, mein Handy habe ich ohnehin verloren und kann somit niemanden anrufen. Und euren genauen Standort kann ich später sicherlich nicht mehr beschreiben."

Iain runzelte die Stirn. „Was hast du verloren? Ich glaube, du hast zu viel in der Sonne gesessen." Nachsichtig schüttelte er den Kopf. „Mach kein dummes Zeug, während wir weg sind, denn du darfst nicht vergessen, dass meine Freunde und ich dieses Gebiet in- und auswendig kennen und wir dich finden werden – egal, wo du dich versteckst."

Die Worte klangen bedrohlich und duldeten keinen Widerspruch. Ernüchtert neigte Joan ihr Gesicht wieder über den verbeulten Blechnapf und trank den Rest der ungenießbaren Brühe. Es hatte keinen Zweck, sie würde ohnmächtig mit ansehen müssen, wie die rauen Kerle sie umbrachten.

Bevor die Männer das Lager verließen, wurden Joans Fesseln verstärkt, indem ihr weitere Stricke um Hand- und Fußgelenke geschlungen und fest verknotet wurde. Willenlos ließ Joan die Prozedur über sich ergehen, wusste sie doch, dass Abwehr ihr Leben auf der Stelle beenden konnte.

Durch die lange Zwangspause war der linke Knöchel inzwischen wieder abgeschwollen und schmerzte auch nicht beim Auftreten. Doch das nützte Joan überhaupt nichts; solange sie an diese Eiche gefesselt war, konnte sie sich keinen Zentimeter von ihrem harten Lager fortbewegen.

„Werdet ihr heute Abend zurück sein?“, fragte sie ängstlich, als Iain seine Arbeit beendet hatte. „Ich fürchte, wenn ihr mich noch länger alleine lasst, sterben mir Hände und Füße ab.“

„Aye, bei Anbruch der Dunkelheit sind wir wieder hier“, versprach der Schotte und wandte sich ohne einen weiteren Blick ab, um sich zu den anderen Burschen zu gesellen, die offensichtlich schon ungeduldig darauf warteten, aufbrechen zu können.

Stunde um Stunde verging, ohne dass etwas passierte. Die mittägliche Hitze war schier unerträglich, und die raue Wolle des grob gewebten Kleides kratzte Joan an Hals und Armen, an einem unangenehmen Kribbeln der Hände und Füße erkannte sie, dass durch die enge Verschnürung die Blutzirkulation stark eingeschränkt war.

Ganz vorsichtig versuchte sie die Fesseln zu lockern, zumindest so weit, dass die derben Stricke nicht mehr in ihre Haut einschnitten. Die Sonne ging bereits unter, als Joan sich etwas Erleichterung verschafft hatte, sodass das taube Gefühl in Händen und Füßen nachließ.

Immer wieder glitten ihre Blicke zu der Stelle, an der ihre Entführer im Wald verschwunden waren. Doch kein Laut wies darauf hin, dass die Männer von ihrem Raubzug zurückkehrten, und allmählich kroch kalte Angst in Joan hoch.

Vielleicht hatten sie ihre Absicht geändert, ins Lager zurückzukommen und überließen die Gefangene ihrem Schicksal; dass es den wilden Burschen auf ein Menschenleben mehr oder weniger nicht ankam, hatte sie bereits vor Tagen begriffen.

Die Dunkelheit brach herein, ohne dass die Männer auftauchten; von Hunger und Durst gepeinigt zerrte Joan an ihren Fesseln, was jedoch lediglich zur Folge hatte, dass die Stricke wieder stärker in ihr Fleisch einschnitten.

Die Nacht wurde zur längsten in Joans bisherigem Leben. Als sie begriff, dass die Männer nicht zurückkehren würden, versuchte sie vernünftig nachzudenken. Es gab keine andere Möglichkeit, als sich eigenständig von den Fesseln zu befreien, und wenn ihr dies gelang, konnte sie sich auf die Suche nach der Burgruine machen – dort, wo der Leihwagen parkte und sie auf zivilisierte Menschen treffen würde.

Am Horizont wurde es bereits wieder hell, als Joan die Handfesseln am knorrigen Stamm der Eiche, an der sie lehnte, so weit durchgescheuert hatte, dass sie merklich lockerer geworden war. Doch dann verließen sie ihre Kräfte, und sie fiel in einen erschöpften Schlaf.

Sie spürte im Traum, dass jemand bei ihr war ... nein, nicht irgendjemand, sondern die Person, deren klagende Stimme sie seinerzeit nach Schottland getrieben hatte. Joan konnte die Anwesenheit dieses Wesens spüren, doch sie hatte diesmal keine Angst, denn es strahlte Sicherheit und Trost aus. Joans Unterbewusstsein signalisierte ihr, dass die Person ihr nicht schaden, sondern sie schützen wollte. Dann war die Erscheinung fort, und Joan schreckte aus dem Schlaf.

Die Sonne stand mittlerweile hoch am Himmel und sendete ihre warmen Strahlen auf das verlassene Lager. Das Hungergefühl wurde fast übermächtig, und wie gewohnt zerrte Joan an den Handfesseln, ohne an einen Erfolg dieser Handlung zu glauben. Doch diesmal gaben die Fesseln nach und sie war endlich frei!

8. Kapitel

Vor Erleichterung schluchzte sie und blickte fassungslos auf ihre schmutzigen Hände. Noch konnte sie ihr Glück kaum begreifen, und es dauerte eine ganze Weile, bis sie sich mit steifen Fingern daran machte, das Seil um ihre Fußgelenke zu lösen.

Während dieser anstrengenden Tätigkeit blickte sich Joan immer wieder wie gehetzt um, doch die Männer ließen sich nicht sehen. Wie war es möglich, dass sich nach dem unruhigen Schlaf die Stricke gelöst hatten? War dies das Resultat des stundenlangen Reibens am Baumstamm – oder hatte sie gar nicht geträumt, und die unsichtbare Gestalt hatte die Fesseln gelöst?

Darüber wollte sich Joan später Gedanken machen, und zwar dann, wenn sie im Flugzeug nach London saß. Für sie stand fest, dass sie noch in derselben Stunde, in der sie in Baile a'Coille eintraf, einen Rückflug buchen würde. Keine zehn Pferde würden sie jemals wieder nach Schottland bringen!

Joan wusste nicht, wie viel Zeit sie damit verbracht hatte, ihre Fesseln zu lösen, und sie sich schließlich mit ungläubiger Miene und steifen Gliedern erhob.

Nach wie vor herrschte eine unheimliche Stille, sogar die Vögel schienen ihre Mittagsruhe eingelegt zu haben. Langsam ging Joan zu den primitiven Unterschlüpfen und suchte nach etwas Essbarem. Bevor sie sich auf die Suche nach Glenbharr Castle machte, musste sie sich stärken.

Sie fand etwas trockenen Käse und ein Stück ranzig riechenden Speck und würgte beides mit Todesverachtung hinunter. Inzwischen hatte sich ihr Magen an das ungenießbare Essen gewöhnt, ihre empfindliche Nase jedoch nicht an den Gestank ihres merkwürdigen Gewandes.

Im ersten Impuls wollte sie es sich vom Leib reißen, doch dann besann sie sich. Sie wusste nicht, wann sie die Burgruine in dem riesigen Waldgebiet finden würde, möglicherweise musste sie eine weitere Nacht inmitten der Natur verbringen. Sie fand eine zerschlissene Kordel, die sie sich um die Taille band, sodass das sackähnliche Gewand besser saß und Joan nicht so sehr beim Laufen behindern würde.

Bevor Joan das Lager endgültig verließ, machte sie sich auf die Suche nach dem Bach, indem sie dem plätschernden Geräusch nachging. Sie fand ihn schnell, das Wasser, das über die glatten Steine floss, war klar wie Kristall. In großen Zügen trank sie davon, danach wusch sie sich Gesicht und Hände.

Der kleine Kamm, den ihr Iain großzügig überlassen hatte, steckte noch immer in der Gesäßtasche der Jeans, und nachdem sich Joan gekämmt hatte, fühlte sie sich nach langer Zeit wieder wie ein Mensch.

Ein letztes Mal warf sie einen Blick auf die Lichtung, die in den vergangenen Tagen zu einer Art Zwangsaufenthalt geworden war, dann sah sie sich unschlüssig um. In welcher Richtung mochte Glenbharr Castle liegen? Orientierung war noch nie ihre Stärke gewesen und so wandte sie sich in die entgegengesetzte Richtung, in die ihre Entführer verschwunden waren. Immerhin konnten diese sich auf dem Rückweg befinden, und Joan wollte ihnen nicht in die Arme laufen.

Obwohl sie es eilig hatte, wandte sie den Blick kaum vom Waldboden, sie wollte nicht riskieren, noch einmal in eine dieser Tierfallen zu geraten, in die sogar Menschen stürzten

– so wie Joan und die Person, die weniger Glück gehabt hatte und deren Gebeine noch heute am Boden des feuchten Erdlochs lagen.

Bei der Erinnerung begann Joan trotz der Wärme zu frösteln und erhöhte das Tempo. Dank der Sneakers, die sie noch immer trug, kam sie zügig vorwärts, doch irgendwann blickte sie sich um und glaubte, im Kreis gelaufen zu sein.

Ein Baum sah aus wie der andere, vom Ende des Waldgebietes war keine Spur zu sehen. Es würde nicht mehr lange dauern, bis die Sonne unterging, und vor einer weiteren Nacht im Dickicht fürchtete sich Joan. Es waren nicht nur die Gefahren des Waldes, die wilden Tiere, die ihr Furcht einflößten, sondern auch die Angst, von ihren Entführern aufgespürt zu werden.

Orientierungslos schlug sich Joan weiter quer durch den Wald, aß zwischendurch Beeren und trank aus einer glasklaren Quelle.

„Warum begegnet mir kein Mensch?“ Der ungewohnte Klang ihrer eigenen Stimme erschreckte Joan. Doch dann erinnerte sie sich an die Beschreibung des Reiseführers, in dem gestanden hatte, dass das ganze Gebiet um Baile a'Coille sehr dünn besiedelt war. Das schien die einzige Erklärung zu sein, weshalb sich Joan fühlte, als wäre sie allein auf der Welt.

Während sie sich weiter durch das Unterholz schlug, überlegte Joan, was sie später der Polizei in Baile a'Coille sagen wollte. Die rauen Burschen, die sie gefangen genommen hatten, mussten bestraft werden; immerhin hatten sie Joan ihrer Freiheit beraubt.

Joan wusste nicht, wie viele Meilen sie bereits ziellos durch die Wildnis geirrt war, als sich der Wald endlich zu lichten begann. Wo der Wald aufhörte, begann die Zivilisation, und wenn sie ganz großes Glück hatte, kam sie sogar bei der Burgruine heraus, wo seit Tagen der Leihwagen stand.

Es war nur eine leichte Bewegung im Wind, die Joan aus den Augenwinkeln wahrnahm und ihren Kopf langsam wenden ließ.

Der Anblick, der sich ihr bot, ließ ihr fast das Herz stehen bleiben, und der Schrei, den sie ausstoßen wollte, blieb ihr im Hals stecken. Sie blinzelte mehrmals, um sich zu vergewissern, dass ihre Fantasie ihr keinen Streich spielte, doch dann nahm ihr Verstand wahr, dass sie hellwach war und keineswegs träumte.

An den Ästen einiger besonders kräftiger Bäume baumelten die Leichen der zerlumpten Männer, deren Gefangene Joan für viele Tage gewesen war. Es gab keinen Zweifel, dass es sich um sie handelte, sie erkannte Iain, der sie mit gebrochenen Augen vorwurfsvoll anzustarren schien.

Joan war minutenlang unfähig, sich zu bewegen. Sie konnte den Blick nicht von den aufgeknüpften Gestalten wenden. Dies war kein Spiel mehr und wer immer die Morde begangen haben mochte, musste noch irrer als die ungewaschenen Spät-Hippies sein.

Ein Rascheln im Gehölz ließ Joan herumfahren, doch als sie sah, dass es sich lediglich um ein Eichhörnchen handelte, das flink an einem Baumstamm hochzuklettern begann, atmete sie erleichtert auf. Ohne noch einen weiteren Blick auf die Gehängten zu werfen, setzte sie ihren Weg fluchtartig fort.

Die Gegend war gefährlicher, als sie geahnt hatte, und die Polizei würde viel zu tun haben, nachdem Joan ihre Geschichte erzählt haben würde. Doch zunächst galt es, den Ausgang aus dem grünen Gefängnis zu finden.

Je weiter Joan voranschritt, desto sicherer war sie sich, dass sie genau dort aus dem Wald treten würde, von wo aus sie die Stimme aus ihren Träumen hinein gelockt hatte. Etwas unterhalb des Hügels, auf dem sich Joan befand, entdeckte sie plötzlich einen Pfad,das erste Zeichen von Zivilisation seit Tagen!

Aus Angst, den Mördern ihrer Entführer zu begegnen, zog es Joan vor, sich im Schutze der Bäume weiter ihrem Ziel zu nähern. Plötzlich blieb sie überwältigt stehen – zwischen Blättern und Ästen wurden die Mauern von Glenbharr Castle sichtbar.

Vor Erleichterung weinend, stolperte Joan vorwärts. Nun achtete sie nicht mehr darauf, wohin sie trat, ihr Blick war fest auf die Burgruine gerichtet, doch mit jedem Schritt, mit dem sie sich näherte, wurde sie zögerlicher.

Sie glaubte sich zu erinnern, dass die Felssteine der Mauern verwittert ausgesehen hatten und teilweise mit Moos bewachsen gewesen waren, doch nun wirkten sie ... irgendwie neuer und gepflegter. Nach einigen weiteren Schritten wurde die anfängliche Skepsis zur Gewissheit: Dort, wo noch vor einigen Tagen das Mauerwerk niedergerissen und die wenigen noch vorhandenen Fenster nichts als schwarze Höhlen gewesen waren, befand sich ein vollständiger Burgtrakt.

Atemlos blieb Joan stehen, es musste sich um eine andere Burg handeln, die lediglich große Ähnlichkeit mit Glenbharr Castle hatte. Fieberhaft überlegte sie, denn in ihrem Reiseführer hatte nichts von einer anderen Burg in der Nähe des Waldgebietes gestanden – und dennoch konnte es gar nicht anders sein.

Noch während sich Joan überlegte, ob die Burg bewohnt war und sie dort um Hilfe bitten konnte, hörte sie plötzlich Schritte. Es mussten sehr viele Menschen sein, die dort im Gleichschritt marschierten, und instinktiv duckte sie sich. Versteckt hinter wildem Gestrüpp und mit angehaltenem Atem starrte sie hinunter auf den Weg und wartete.

Sie traute ihren Augen nicht, als sie erkannte, dass es sich um eine Gruppe Soldaten handelte – Soldaten in altmodischen Uniformen, die aus roten Röcken, schwarzen Zweispitzen, weißen Hosen und langen, schwarzen Stiefeln bestanden. Auf den Köpfen trugen die Dragoner weiß gepuderte Perücken, und über den Schultern hingen Gewehre mit Bajonetten.

Es war keine große Gruppe, es waren vielleicht zwanzig oder fünfundzwanzig Mann.

Allmählich dämmerte Joan, dass nichts so war, wie es sein sollte. Im Zeitraffer erlebte sie noch einmal die vergangenen Tage und kam zu dem Entschluss, dass etwas Ungeheuerliches passiert sein musste.

Es gab keine verrückten Überlebenskünstler, kein Rollenspiel, keine Dreharbeiten für einen historischen Film – Joan musste in einer anderen Zeit gelandet sein! Der letzte Beweis war Glenbharr Castle, dessen Mauern im Licht der Abendsonne einladend leuchteten.

Joans Verstand weigerte sich, ihren Verdacht als Realität anzunehmen, doch es konnte gar nicht anders sein. Zu eigenartig war das Verhalten der schmuddeligen Männer gewesen, zu brutal ihr Tod, als dass es ins einundzwanzigste Jahrhundert passen würde.

Die letzten Männer marschierten gerade unter Joans Versteck vorbei, als sich plötzlich eine große Hand auf ihren Mund legte.

9. Kapitel

Starr vor Entsetzen wartete Joan ab, was passierte. Es handelte sich offensichtlich um eine männliche Hand, die sich auf ihren Mund presste und ihr somit fast die Luft zum Atmen nahm. In ihrem Kopf überschlugen sich die Gedanken – hatte sie der nächste Wegelagerer erwischt, um sie zu vergewaltigen oder zu töten?

Erst als die Schritte der Dragoner in der Ferne verhallten, lockerte sich der Griff.

Vor ihr stand der schönste Mann, den sie jemals gesehen hatte. Er war groß, breitschultrig und glatt rasiert, seine gepflegten langen Haare waren dunkel, fast schwarz und die hellen blauen Augen betrachteten Joan mit einer Mischung aus Neugierde und Skepsis.

Auch er trug eine Art Kilt, allerdings sauber und aus einem fein gewebten karierten Stoff, an einem Ledergürtel baumelte am Unterbauch eine Felltasche. Sein weites, schneeweißes Hemd leuchtete in der eintretenden Dämmerung.

Endlich hatte Joan ihre widersprüchlichen Gefühle wieder unter Kontrolle. Sie holte tief Luft: „Was fällt Ihnen ein, mir den Mund zuzuhalten?"

Der Mann hob erstaunt die Augenbrauen. „Ihr seid Engländerin, wer hätte das gedacht?" Seine Stimme klang männlich und zugleich weich, sein Englisch war gut, doch der schottische Akzent unverkennbar. „Wer seid Ihr und was habt Ihr hier zu suchen?"

„Ich ..." Joan stockte. Was sollte sie sagen? Dass sie vermutete, aus einer anderen Zeit zu stammen? Sie zog es vor, ihr Geheimnis für sich zu behalten und verschränkte mit herausfordernder Miene die Arme. „Ich heiße Joan und komme aus London.“

„Soso, aus London.“ Der Mann trat näher, er roch leicht nach Wald und Heu, nach Seife und Tabak ... und nach einem Hauch von Moschus. „Weshalb habt Ihr euch vor euren eigenen Landsleuten versteckt? Als Engländerin habt Ihr doch nichts zu befürchten. Als ich Euch hier so kauern sah, dachte ich, Ihr wärt Schottin, denn dann hättet Ihr wenigstens einen guten Grund, Euch vor den Sasannach zu verbergen.“

Ohne auf seinen Einwand zu reagieren, fragte Joan: „Und wer sind Sie ... seid Ihr?“

Er deutete eine Verbeugung an. „Mein Name ist Ewan MacLaughlin of Glenbharr – mein Vater ist Laird Dòmhnall.“ Die letzten Worte sprach er mit Nachdruck, als müsse Joan wissen, um wen es sich handelte.

„Aha.“ Sie nickte verstehend, dabei begriff sie überhaupt nichts mehr. Wenn sie wirklich in einer anderen Zeit gelandet war, musste es auch einen Weg zurück ins Jahr 2005 geben. Sie wandte sich zum Gehen ab. „Es war nett, Euch kennen gelernt zu haben, ich wünsche Euch einen schönen Abend.“

Sie quiekte vor Schreck auf, als sie sich am Handgelenk gepackt fühlte, das noch immer wund von den groben Fesseln war.

„Nicht so eilig, junge Lady.“ Ewans Miene hatte einen harten Zug angenommen. „Ich kann Euch nicht einfach laufen lassen, das müsst Ihr verstehen.“

„Nein, das verstehe ich überhaupt nicht.“ Sie versuchte die Hand abzuschütteln, doch der Mann gab nicht nach. „Ich habe Euch nichts getan!“

„Das nicht, aber Ihr befindet Euch auf dem Gebiet meiner Familie und wollt mir nicht verraten, was Ihr hier treibt. Das macht Euch verdächtig. Mein Vater soll entscheiden, was mit Euch geschehen soll.“

Als Joan keine Anstalten machte, freiwillig zu folgen, nahm er sie einfach beim Handgelenk und zog sie sanft, aber bestimmt mit sich fort. Seit ihrer Erfahrung mit den zerlumpten Männern war ihr klar, dass jeglicher Widerstand zwecklos war.

„Eine Frau sollte niemals alleine durch den Wald streifen“, sagte Ewan mit mahnendem Unterton. „Wie kann man nur so leichtsinnig sein, wo doch alle Welt weiß, dass es dort nur von Plünderern und Wegelagerern wimmelt.“

Wäre die Situation nicht so ernst gewesen, hätte Joan über diese Worte lachen können.

„Erst gestern haben einige dieser Burschen versucht, von einer unserer Weiden oben in den Bergen Vieh zu stehlen“, fuhr der Mann fast belustigt fort. „Die dummen Kerle ahnten wohl nicht, dass wir unsere Herden immer bewachen. Die Clansmänner folgten den Dieben, bis sie die Rinder versteckt hatten und sich wieder auf den Weg hinunter in den Wald machten. Ganz in der Nähe gingen sie dann zum Angriff über und knüpften das Gesindel auf.“

„Ich habe sie baumeln sehen“, erwiderte Joan tonlos. „Geht man hier immer so streng mit Dieben um?“

Ewan blieb abrupt stehen und musterte sein schönes Gegenüber verblüfft. „Ihr scheint mit den Gesetzen der Highlands nicht besonders gut vertraut zu sein. Mit Viehdieben wird kurzer Prozess gemacht, das ist hier überall so.“

Mittlerweile hatten sie sich dem Waldrand genähert, und Joan starrte fast ehrfürchtig auf die nun völlig intakte Burg, die sich majestätisch vor ihr erhob. Sie wunderte sich kaum, dass der Leihwagen verschwunden war und mit ihm die asphaltierte Straße, stattdessen befand sich an der gleichen Stelle ein breiter festgetretener Weg mit deutlichen Spuren von Hufen und Wagenrädern.

„Meine Familie und ich leben auf Glenbharr Castle", erklärte Ewan im Plauderton, doch der eiserne Griff um Joans Handgelenk ließ keinen Zweifel darüber, dass sie kein normaler Gast, sondern eine Gefangene war. „Die Burg ist so groß, dass sie auch meinen Schwestern Màiri und Darla mit ihren Familien genügend Platz bietet."

Sie überquerten die Brücke über dem Wallgraben, und als sie schließlich das Burgtor passierten, kam Joan aus dem Staunen nicht mehr heraus. Dort im Innenhof, wo noch vor wenigen Tagen zentimeterhohe Grasbüschel zwischen dem Kopfsteinpflaster gewuchert hatten, wo leere Fensterhöhlen und abbröckelndes Mauerwerk die letzten Reste der Vergangenheit waren, herrschte nun Leben.

Geschäftig liefen Frauen in langen Röcken, Miedern und weißen Hauben auf dem Kopf hin und her, etliche Kinder verschiedenen Alters tollten zwischen den Erwachsenen herum, und vereinzelt sah man Männer, die Holz schleppten oder mit Reparaturarbeiten beschäftigt waren.

Verwirrt schaute sich Joan um, während sie von Ewan MacLaughlin quer über den Burghof geführt wurde. Es gab keinen Zweifel darüber, dass sie nicht träumte, zu lebendig war das Geschehen um sie herum.

Eine dickliche, ältere Frau in einem langen Wollrock und einen Henkelkorb am Arm, starrte Joan sekundenlang an, ihr Blick war fassungslos, dann bekreuzigte sie sich und eilte wie gehetzt davon. Joan vermutete, dass ihr schmutziges Gewand für die Verwunderung gesorgt hatte, denn die Leute um sie herum waren zwar einfach gekleidet, doch einen stinkenden Fetzen wie sie selbst ihn trug hatte keiner von ihnen an.

Joan fiel auf, dass die Kilts der Männer, die auf dem Burghof beschäftigt waren, dasselbe rot-grüne Karomuster aufwiesen wie Ewans, jedoch nicht in diesen auffälligen leuchtenden Farben, und sie schienen aus gröberer Wolle gewebt worden zu sein. Auch diese Männer trugen lange Haare und teilweise Bärte, aber sie sahen viel kultivierter aus als die Gestalten aus dem Wald.

„Wo bringt Ihr mich hin?“, fragte Joan ängstlich, als Ewan sie ins Innere der Burg führte. Sie traten in eine große Halle, deren Steinwände naturbelassen waren, jedoch makelloser aussahen als die Außenmauern.

Der Mann an ihrer Seite antwortete nicht, sondern rief einigen Leuten, die wohl Bedienstete waren, etwas auf Gälisch zu, worauf sie eiligst hinter irgendwelchen Türen verschwanden.

Ungeduldig versuchte Joan, die große Hand an ihrem Oberarm abzuschütteln. „Ich will auf der Stelle wissen, was Ihr mit mir vorhabt. Es ist mein gutes Recht, es zu erfahren!“

Ewan blieb stehen, sein Gesichtsausdruck wirkte amüsiert. „Engländer, die sich auf dem Boden der MacLaughlins befinden, ohne sich ausweisen zu können und ohne den Grund für ihren Aufenthalt anzugeben, haben keine Rechte. In den Highlands gelten die Gesetze der Clanoberhäupter – und das ist in diesem Fall mein Vater.“

Noch bevor Joan eine weitere Frage stellen konnte, zog Ewan sie weiter. Sie stiegen eine breite Holztreppe hinauf, an den Wänden hingen verbeulte Schutzschilde, Beile und Äxte. Joan fragte sich, ob diese Kriegswaffen der Zierde galten oder noch benutzt wurden. Inzwischen wunderte sie gar nichts mehr.

Ewan stieß eine Tür auf, ohne seine Gefangene loszulassen. Dahinter befand sich eine Art Saal, an einem langen

Tisch saßen mehrere Männer mit ernsten Mienen und schienen etwas zu beratschlagen.

Als Ewan näher trat, wand der älteste der Männer seinen Kopf den Ankömmlingen zu. Auch er war breitschultrig, muskulös und trug das Haar lang, doch es war blond, durchsetzt mit grauen Strähnen, genauso wie sein Vollbart. Seine Augen waren von demselben auffallenden Blau wie Ewans, und Joan vermutete, dass es sich hierbei um seinen Vater und somit den Clanführer handelte.

Ewan sagte etwas in diesem fürchterlichen Gälisch zu ihm, und erst dann glitt Laird Dòmhnalls Blick zu der Frau an der Seite seines Sohnes. Bei Joans Anblick veränderte sich allerdings das Verhalten des Lairds schlagartig. Seine Augen weiteten sich vor Schreck, und als er unvermittelt aufsprang, fiel der schwere Sessel, in dem er gesessen hatte, polternd auf die Steinfliesen.

Joan erschrak über die Größe des Mannes, er musste fast zwei Meter groß sein! Sein Gesicht lief vor Wut rot an, während er auf Joan wies, und obwohl sie kein Wort von dem verstand, was er mit polternder rauer Stimme brüllte, ahnte sie, dass die Aufregung ihrer Person galt.

Ewan ließ sie plötzlich los und wich einige Schritte zurück, als hätte er sich an ihr verbrannt. Und dann ging alles ganz schnell – zwei Clansmänner nahmen sie grob in ihre Mitte und zerrten sie davon.

10. Kapitel

Joan ließ sich willenlos durch Gänge und Flure schleifen. Es ging treppauf, dann wieder treppab, und nach einer Weile fand sie sich in einem Kellergang wieder.

Die Decke war niedrig und gewölbt, und es roch nach Schimmel und Feuchtigkeit, in regelmäßigen Abständen befanden sich an den Wänden Fackeln. Starr vor Angst blickte sich Joan um, ihr Herz klopfte wild in ihrer Brust, sodass sie befürchtete, es könnte jeden Augenblick zerspringen.

Am Ende des Ganges wurde eine Tür aus grob gezimmertem Holz aufgestoßen, dahinter befand sich ein weiterer Gang, der jedoch wesentlich schmaler war und im Nichts zu enden schien.

Einer der Männer öffnete eine Tür, und bevor es sich Joan versah, wurde sie in eine dunkle, fensterlose Kammer gestoßen, in der es bestialisch stank. Die beiden Männer sahen finster aus und riefen Joan etwas zu, was sie nicht verstand.

Die Tür wurde hart zugestoßen und dem Geräusch nach von außen verriegelt, dann entfernten sich die Clansmänner mit schweren Schritten.

Reglos blieb Joan minutenlang stehen, dann begann sie, sich vorsichtig umzusehen. In der Tür war ein glasloses vergittertes Fenster eingelassen, sodass Joan durch den Fackelschein, der von außen dünn in die Kammer drang, allmählich erkennen konnte, wo sie gelandet war.

Das war keine Kammer, sondern eine Art altertümliche Gefängniszelle! Die Felswände des winzigen Raumes sahen feucht und glitschig aus, in einer Ecke lag ein Häufchen schmutzigen Strohs, und der Fußboden aus festgestampfter Erde sonderte eisige Kälte ab.

Vorsichtig tastete sich Joan zu dem Strohlager in der Ecke und ließ sich darauf nieder. Der faulige Geruch, der ihr dabei aus dem Stroh entgegenströmte, verschlug ihr fast den Atem. Sie atmete so wenig wie möglich und unterdrückte den Brechreiz – nie wieder würde sie wohl den Gestank, der aus einer Mischung von Exkrementen, faulendem Stroh und Schimmelpilz bestand, vergessen.

Sie wagte es nicht, sich an die feuchte Wand zu lehnen, sondern blieb gerade sitzen und versuchte, ihre Gedanken zu ordnen. Allmählich kroch die Kälte in alle Knochen, und sie war froh, dass sich unter dem Fetzen, den sie trug, noch ihre Jeans befand.

Im Zeitraffer zogen die vergangenen Tage an ihr vorüber, und nachdem sie wieder klarer denken konnte, stand für sie fest, dass die eigenartigen Erlebnisse angefangen hatten, nachdem sie in das Erdloch gestürzt war.

Ihre Vermutung, in einer anderen Zeit gelandet zu sein, wurde zunehmend verstärkt, doch richtig realisieren konnte sie es erst jetzt – in diesem Kerker, aus dem sie wohl nie wieder herauskommen würde, wenn kein Wunder geschah.

Von plötzlicher Panik getrieben, sprang Joan auf, ging langsam zur Tür und blickte vorsichtig durch die vergitterte Öffnung. Viel zu sehen gab es nicht; gegenüber der Zelle befand sich die Fackel, dank der Joan nicht in völliger Dunkelheit eingeschlossen war. Der Blickwinkel war nicht besonders groß, doch schienen zu beiden Seiten ebenfalls Zellen zu sein.

Joan räusperte sich, dann sagte sie leise: „Hallo?" Die Hoffnung auf Antwort erfüllte sich nicht, sie schien die einzige Gefangene zu sein.

Voller Verzweiflung sank sie schließlich zurück auf das dürftige Strohlager, diesmal konnte sie noch nicht einmal der Gestank daran hindern, sich hinzulegen. Auf dem Rücken liegend, blickte sie an die gewölbte Decke, die man eher ahnen als sehen konnte. Es herrschte Grabesstille, nur hin und wieder konnte man ein gedämpftes Hüsteln hören – vermutlich wurde die Außentür von einem dieser Clansmänner bewacht.

Gequält schloss Joan die Augen und ließ ihren verworrenen Gedanken freien Lauf. In einer anderen Zeit gelandet zu sein, durch den Sturz in eine alte Tierfalle, war so absurd, dass Joan beinahe an ihrem Verstand zweifelte. Und dennoch musste es so gewesen sein, eine andere Erklärung gab es nicht.

Allmählich begannen sich zwei Fragen in Joans Hirn zu formen, die sie halblaut aussprach: „Wieso bin ich hier?“ und „Wie kann ich fliehen, um in meine Zeit zurückzukehren?“

Sie wusste nicht, wie lange sie reglos auf dem fauligen Stroh gelegen und gegrübelt hatte, als sie plötzlich das knarrende Geräusch einer sich öffnenden Tür vernahm. Eine weiche, weibliche Stimme sagte etwas, worauf sich Schritte näherten.

Joan konnte im Dämmerlicht einen Schatten erkennen, und als sich gleich darauf die Zellentür öffnete, richtete sie sich auf. Sie konnte die Silhouette einer weiblichen Person ausmachen, die sich neugierig näherte. Der männliche Bewacher blieb an der Tür stehen.

Instinktiv presste sich Joan noch dichter in die Ecke, sodass die spitzen Mauersteine in ihren Rücken stachen. Die Frau trat näher, und nun konnte Joan auch das Gesicht erkennen; es war hübsch und ebenmäßig, über dem dunklen Haar trug sie eine weiße Spitzenhaube.

Dicht vor Joan blieb sie stehen und rief dem Mann draußen etwas zu, worauf dieser die Pechfackel von der Wand nahm und in die Zelle brachte. Die Angst vor dem Ungewissen war inzwischen so groß für Joan, dass sie wie gelähmt dasaß und die Frau wortlos anstarrte. Als der Schein der Fackel ihr Gesicht traf, kniff Joan automatisch die Augen zu.

Die Frau hingegen sah mit schreckgeweiteten Augen zu der am Boden kauernden Gefangenen, und als diese schließlich den Blick erwiderte, schrie die Frau entsetzt auf, ließ den Napf, den sie in den Händen hielt fallen und rannte davon. Der Mann folgte ihr, verriegelte die Zellentür, und kurz darauf herrschte wieder völlige Stille.

Minutenlang starrte Joan auf das vergitterte Viereck in der Tür, durch das nun wieder schummriges, flackerndes Licht fiel. Ganz allmählich begann es Joan zu dämmern, dass das Entsetzen der jungen Frau, des Lairds und der dicklichen Frau im Burghof mit ihrem Aussehen zu tun haben musste.

Noch während sich Joan weiter den Kopf darüber zerbrach, hörte sie, wie erneut erst die äußere Tür geöffnet wurde und dann ihre Zellentür. Wieder stand die hübsche, zierliche Frau im Türrahmen, diesmal trug sie eine Kerze in der einen und eine dampfende Schüssel in der anderen Hand.

Dicht vor Joan blieb sie stehen und rief dem wartenden Clansmann etwas zu, woraufhin der sich zögernd zurückzog. Sie leuchtete Joan mitten in das schmutzige Gesicht, dann atmete sie erleichtert auf und sagte weich: „Verzeiht mir, dass ich mich eben so töricht verhalten habe und fortgelaufen bin. Ich bin Màiri MacLaughlin, mein Vater ist der Laird of Glenbharr. Als ich hörte, wer unsere Gefangene sein soll, wurde ich neugierig und bot an, Euch mit einer

Mahlzeit zu versorgen." Ihr Englisch war klar und deutlich, der schottische Akzent jedoch genauso ausgeprägt wie bei Ewan.

Sie raffte ihre Röcke, hockte sich auf den nackten Boden und reichte Joan zögernd die Schüssel. „Ihr seht sehr hungrig aus, sicherlich habt Ihr schon lange nichts mehr gegessen."

Wortlos nickte Joan, ergriff die warme Schüssel und nahm mit der anderen Hand den Holzlöffel entgegen. Der Inhalt schien eine Art Brei zu sein, der nicht unangenehm roch.

„Das ist Hafergrütze", klärte Màiri sie auf. „Etwas anderes darf ich unseren Gefangenen leider nicht bringen, aber so übel ist sie nicht." Dabei lächelte sie sanft.

Schon nach dem ersten Löffel stellte Joan fest, dass die Tochter des Laird nicht gelogen hatte. Der Brei war pappig, aber etwas gewürzt und machte satt.

Während Joan still ihr Essen hinunterschlang, ließ Màiri sie nicht aus den Augen .

Noch hatte Joan kein Wort mit der Anderen gewechselt, doch als sie satt war, fragte sie mit dünner Stimme: „Warum seid Ihr eben davon gelaufen?"

Màiri zögerte einen Moment:„Beim Abendessen war Eure Gefangennahme das ausschließliche Gesprächsthema, mein Vater ist noch immer völlig aufgebracht, weil er der Meinung ist, Ihr seid eine Hexe, die bereits vor achtundzwanzig Jahren gestorben ist."

Joan wollte etwas entgegnen, doch kein Laut entrang sich ihrer Kehle.

„Als ich Euch eben gesehen habe, dachte ich im ersten Augenblick ebenfalls, dass es sich um diese Hexe handelte. Ihr habt dasselbe flammende, rote Haar wie sie – aber auf den zweiten Blick habe ich erkannt, dass Ihr es nicht sein könnt. Eure Gesichtszüge sind anders, feiner, und außerdem erwähnte mein Bruder beim Essen, dass Ihr Engländerin seid und somit nichts mit dieser schottischen Hexe zu tun haben könnt."

Màiri erhob sich. „Ich muss jetzt gehen, Peader wird Euch gleich noch etwas Wasser bringen. Er ist mein Schwager und hat ein Auge zugedrückt, als ich ihn bat, mit Euch alleine reden zu dürfen."

„Aber ich habe noch so viele Fragen", protestierte Joan schwach. „Was soll mit mir geschehen? Ich bin doch keine Hexe."

„Das weiß ich auch nicht." Màiri wich bei diesen Worten ihrem Blick aus, dann setzte sie jedoch ein zuversichtliches Lächeln auf. „Solange Ihr Euch ruhig verhaltet, wird Euch sicher nichts geschehen."

Die junge Frau eilte zur Zelle hinaus, schloss die Tür und schob den Riegel vor. Bevor sie sich endgültig abwandte, sah sie noch einmal kurz durch das Guckloch – dann war Joan wieder allein. Allein mit den quälenden Gedanken und der Angst, was man mit ihr vorhaben könnte.

Sie legte schließlich den Kopf auf die angezogenen Knie; der große, starke, stolze Laird of Glenbharr war abergläubisch und fürchtete sich vor einer zarten Frau.

Wenig später brachte ihr der Clansmann, von dem Màiri gesagt hatte, er sei ihr Schwager, einen großen Blechbecher mit Wasser. Er stellte ihn direkt neben die Zellentür, ohne ein Wort zu sagen. Anscheinend war Màiri die einzige Person in der Burg, die keine Angst vor ihr hatte.

Irgendwann schlief sie von Müdigkeit überwältigt ein, es war ein tiefer Schlaf, und sie träumte von den Wegelagerern, dem zornigen Gezeter Laird Dòmhnalls und von Màiris lieblichem Lächeln.

Schlief so fest, dass sie noch nicht einmal das Rascheln in ihrem Verlies bemerkte, das die Ratten bei ihren nächtlichen Streifzügen verursachten.

11. Kapitel

Joan erwachte von dem Geräusch, das der Riegel der Zellentür verursachte, wenn er aufgeschoben wurde. Sofort war sie hellwach und richtete sich auf.

„Guten Morgen." Màiri betrat die Zelle mit einem Tablett. Diesmal hatte sie eine größere Kerze in einem Ständer dabei, der die Zelle in ein warmes Licht tauchte, was den Kerker allerdings auch nicht ansehnlicher machte. „Ein neuer Tag ist angebrochen."

Geblendet blinzelte Joan. In diesem Verlies gab es keine Tageszeiten, dort herrschte ewige Dunkelheit.

Die Schottin stellte das Tablett vor Joan auf den Boden, dann drehte sie sich hastig zur Zellentür um, und als sie sah, dass sich Peader wieder auf seinem Posten vor der Außentür befand, zog sie eine kleine karierte Decke unter ihrem Rock hervor.

Dankbar nahm Joan die Decke an sich, die noch warm von ihrem Körper war. Ihre Glieder waren taub von der feuchten Kälte.

Das Frühstück bestand aus einigen runden plätzchenähnlichen Gebilden und einem Becher Milch. Vorsichtig nahm Joan einen der Kekse in den Mund und stellte fest, dass er vorzüglich schmeckte.

„Das sind Haferplätzchen", sagte Màiri in ihrer ruhigen, sanften Art. „Normalerweise bekommen unsere Gefangenen nicht so etwas Feines, aber bei Euch bin ich mir sicher, dass Ihr unschuldig seid, deshalb hab ich Euch Plätzchen und Milch gebracht, das darf mein Vater allerdings nicht wissen." Sie lächelte fein. „Mein Schwager hat getan, als sähe er nichts, er wird mich nicht verraten."

Joan hielt beim Kauen inne. „Hier gibt es sehr viel Dinge, die aus Hafer gemacht werden, scheint mir."

„Aye, anderes Getreide gedeiht schlecht in den Highlands." Sie sah Joan eine Weile beim Essen zu, dann fragte sie zaghaft: „Wollt Ihr mir nicht verraten, was Ihr in unseren Wäldern wolltet?"

„Ich habe mich verlaufen", gab Joan schließlich zurück, und das war noch nicht einmal gelogen.

Màiris skeptischer Blick blieb an Joans unförmigem, zerlumptem Gewand hängen. „Aber Euer Aufzug – Ihr scheint eine feine Lady zu sein und tragt das Kleid einer Bettlerin. Seid ihr am Ende gar ausgeraubt worden?"

„Genau so war es." Joan spülte den Rest des Plätzchens mit einem Schluck Milch hinunter, bevor sie zum nächsten Keks griff. „Das ist eine lange Geschichte."

„Ich habe Zeit", erwiderte Màiri rasch. Sie setzte sich Joan gegenüber, ihre langen Röcke dienten ihr dabei als Kissen und gleichzeitig als Schutz vor der Kälte. Als sie merkte, dass Joan keine Anstalten machte, weiterzureden, fragte sie: „Verratet Ihr mir wenigstens Euren Namen?"

„Joan, ich heiße Joan Harris."

Màiri legte den Kopf ein wenig schief. „Joan, ein schöner Name ... Seonag ..."

Joans Kopf fuhr in die Höhe. „Was habt Ihr gerade zu mir gesagt?" Dieses eine Wort hatte sie immer wieder in ihren Träumen gehört. Die geisterhafte Stimme hatte es mehrmals ausgestoßen – mal klagend, mal bittend, mal schluchzend.

„Ich sagte Seonag, das ist der gälische Name für Joan." Màiri lachte leise, es klang fast wie das weiche Gurren einer Taube. „Ihr Engländer würdet mich Mary nennen."

Überwältigt von der Tatsache, dass die Stimme in den

Träumen sie beim Namen genannt hatte, vergaß Joan für einen Moment sogar ihren Hunger. Es war also wirklich kein Zufall gewesen, dass ausgerechnet sie von der unheimlichen Stimme heimgesucht worden war.

„Mögt Ihr die Plätzchen nicht?“, fragte Màiri mit fast traurigem Blick. „Es sind dieselben, die meine Familie und ich essen.“

Joan richtete sich ein wenig auf und holte tief Luft. „Sie sind wunderbar, ich kann mich nicht erinnern, jemals etwas Köstlicheres gegessen zu haben.“ Zum Beweis biss sie herzhaft in den Keks. Ihr fiel wieder Màiris Bemerkungen über diese Hexe ein und fragte schließlich: „Mich interessiert die Geschichte dieser Frau, wegen deren Ähnlichkeit ich hier sitze.“

„Das ist schon lange her, ich war damals ein kleines Mädchen von vier Jahren“, begann Màiri zu erzählen, ihr Blick senkte sich nachdenklich auf das unruhig flackernde Licht der Kerze. „Meine Mutter Ealasaid war wieder in der Hoffnung, aber die Schwangerschaft stand unter keinem guten Stern. Die ganzen Monate hindurch fühlte sie sich elend und hatte Schmerzen; die meiste Zeit musste sie ruhen.“ Màiri hielt inne, griff gedankenverloren nach einem Haferplätzchen und begann, daran zu knabbern. „Ich habe meiner Mutter oft Gesellschaft geleistet. Sie sagte oft, sie würde spüren, dass mit dem Baby etwas nicht in Ordnung sei und weinte dann. Ich konnte sie kaum trösten, und mein Vater versuchte es auch vergeblich.“

Mit angespannter Körperhaltung saß Joan da, ihr Blick hing an Màiris Lippen.

„Die Wehen waren lang und schmerzhaft. Anna, eine Freundin meiner Mutter, die auch mir schon auf die Welt geholfen hatte, erinnerte sich plötzlich an eine umherziehende Frau, die als Heilerin und Hebamme bekannt war. Eiligst wurde nach ihr gerufen, und nach weiteren qualvollen Stunden wurde mein Bruder geboren."

„Ewan?"

„Oh nein, Ewan kam erst ein Jahr später zur Welt. Der kleine Junge, den meine Mutter in dieser Nacht gebar, lebte nicht mehr, seine Arme und Beine wiesen Verkrüppelungen auf und sein Kopf wirkte eigenartig deformiert."

Wie gebannt hörte Joan zu, hin und wieder trank sie einen Schluck Milch, die inzwischen längst kalt war.

„Meine Eltern waren untröstlich", fuhr Màiri leise fort. „Sie hatten sich so sehr einen Sohn gewünscht – einen starken Sohn wie mein Vater, der später den Clan führen sollte." Sie blickte auf. „Wisst Ihr, ich war noch sehr klein, aber ich kann mich an alles genau erinnern, was damals geschah."

Joan schluckte den letzten Bissen hinunter und spülte mit Milch nach. Wäre die ungastliche Umgebung nicht gewesen, hätte sie sich direkt wohl fühlen können. Hunger und Durst waren gestillt, und in ihrem Körper breitete sich dank der Wolldecke eine wohlige Wärme aus. Màiris weiche Stimme tat ihr Übriges.

„Was geschah dann?", bohrte Joan sanft. Sie wollte unbedingt die restliche Geschichte hören.

Màiri zog die Knie an. „Wenige Tage nach der Geburt begannen böse Zungen zu behaupten, dass diese Heilerin schuld am Tod meines Bruders war, angeblich würde sie Kinder schon im Mutterleib verhexen, sodass sie tot oder missgebildet zur Welt kämen. Ich weiß nicht, wer dieses Gerücht in die Welt gesetzt hatte, aber ich hörte meine Eltern eines Abends darüber reden, dass diese Frau womöglich auf diese Art unseren Clan auszurotten versuchte, denn zu dieser Zeit kamen in unserer Gegend besonders viele Totgeburten oder verkrüppelte Kinder zur Welt, und immer war angeblich diese Heilerin bei der Niederkunft anwesend."

Hexenglaube und Schwarze Magie waren Ausgeburten kranker Menschen, doch angesichts Màiris ernster Miene hielt sie es für besser, den Mund zu halten.

„Außer sich vor Wut ließ mein Vater nach dieser Frau suchen, seine Leute erwischten sie, als sie in den Bergen verschwinden wollte. Als sie zurück zur Burg gebracht wurde, sah ich sie zum ersten Mal." Màiri stockte und warf Joan dabei einen unsicheren Blick zu. „Sie hatte dasselbe rote lockige Haar wie Ihr, und sie trug es genauso lang. Ich versteckte mich hinter einem Vorhang, als sie meinem Vater vorgeführt wurde."

Beide Frauen fuhren erschrocken zusammen, als die Außentür geöffnet wurde. Gleich darauf erschien Peaders Gestalt bei der angelehnten Zellentür und rief Màiri ein paar gälische Worte zu.

Sie antwortete, dann wandte sie sich mit einem bedauernden Lächeln an die Gefangene. „Mein Schwager wird misstrauisch, deshalb lasse ich Euch jetzt besser alleine. Mein Vater darf nicht erfahren, wie viel Zeit ich im Kerker verbringe."

„Und wenn Euch Euer Schwager nun verrät?"

„Das wird er nicht. Er ist der Mann meiner Schwester Darla, und ich habe ihm auch schon einige Male geholfen." Sie bückte sich, nahm das Tablett auf und fügte hinzu: „Heute Abend komme ich wieder, dann werdet Ihr den Rest der Geschichte erfahren."

„Heute Abend erst?", rief Joan erschrocken. Die Aussicht, den ganzen Tag mit ihren Gedanken alleine in diesem finsteren Loch zu verbringen, flößte ihr Angst ein. Doch sie musste dankbar sein, dass es überhaupt jemanden unter diesen Vandalen gab, der sie nicht wie eine Aussätzige behandelte.

„Aye, ich muss mich jetzt um meine Söhne kümmern." Màiri lächelte ihr noch einmal zum Abschied zu, bevor sie die enge Zelle verließ.

Mittags schob Peader mit argwöhnischer Miene einen Napf mit Brühe in die Zelle. Es hatte den Anschein, als würde sich dieser große, breitschultrige Mann mehr vor Joan fürchten als seine kleine, zierliche Schwägerin.

In der Brühe befanden sich Gemüsestücke und eine Art Graupen; sie schmeckte gut und machte satt. Das Überleben war inzwischen das Wichtigste für Joan geworden.

Nach dem kargen Mahl versuchte Joan ein wenig zu schlafen, aber sie war zu aufgewühlt. Ihre Gedanken kreisten um eine Flucht – aber sie wusste selbst, wie hoffnungslos dieser Wunsch war. Der Kerker wurde streng bewacht, und einen anderen Ausgang als den, vor dem sich der Wachposten befand, schien es nicht zu geben.

Sehnsüchtig wartete Joan auf die Tochter des Lairds, und auch wenn sie ihr nicht helfen konnte, so vertrieb sie ihr zumindest ein wenig die Zeit. Außerdem war Joan begierig darauf, die Geschichte der Frau, die ihr angeblich so ähnlich gesehen hatte, weiter zu hören.

Als Màiri nach endlosen Stunden wieder im Kerker erschien, hätte Joan ihr beinahe vor Dankbarkeit die Füße geküsst. Diesmal brachte sie ein Stück gebratenes Fleisch, frisches Brot und Käse mit; außerdem einen kleinen Krug aus Steingut.

„Ich habe dies alles beim Abendessen heimlich beiseite geschafft", erklärte sie kichernd. „Den Saft hab ich selbst gemacht, aus frischen Waldbeeren."

Zufrieden sah sie zu, wie die Gefangene aß und trank, doch hin und wieder war ein Anflug von Skepsis in ihrer

Miene zu erkennen. Sie strahlte, als Joan immer wieder das Essen und vor allem den Saft lobte.

„Könnt Ihr noch etwas bleiben, um mir die Geschichte der angeblichen Hexe zu Ende zu erzählen?“, bat Joan zwischen zwei Bissen, worauf Màiri nickte, ihr Tuch enger um die Schulter zog und mit ihrer herrlich sanften Stimme zu erzählen begann.

„Nun ja, ich hörte hinter dem Vorhang, hinter dem ich mich versteckt hielt, wie die Heilerin weinte und ihre Unschuld beteuerte, doch mein Vater ließ sie kaum zu Wort kommen, sondern beschuldigte sie, die Kinder des Clan MacLaughlin und der Gefolgsleute verhext zu haben. Immer wieder flehte sie um ihr Leben, aber mein Vater kannte keine Gnade und fällte ein hartes Urteil. Er ordnete an, dass die Frau lebendig begraben werden sollte.“

Vor Entsetzen blieb Joan fast der Bissen im Halse stecken. »Ohne ordentliche Gerichtsverhandlung?“

„Aye, die Clans haben ihre eigenen Gesetze.“

Diese Worte glaubte Joan schon einmal gehört zu haben.

„Natürlich sehen die Sasannach ... die Engländer nicht gerne, wenn wir Highlander uns nicht an die Gesetze der Krone halten, aber innerhalb der Clans hatten schon immer die Lairds das Sagen, und das wird sich auch niemals ändern.“ Stolz schwang bei diesen Worten in Màiris Stimme mit. „Seht mich nicht so entgeistert an, mir ist klar, dass Politik mich als Frau nichts angeht und es meine ausschließliche Pflicht ist, mich um meine Kinder und meine Arbeit zu kümmern.“ Um ihre Lippen spielte plötzlich ein Lächeln. „Möchtet Ihr jetzt das Ende der Geschichte hören?“

Joan nickte stumm.

„Die Verurteilte wurde in dieses Verlies gebracht, währenddessen machten sich einige Clansmänner auf den Weg in den Wald. Weit fort von hier im Dickicht gruben sie ein tiefes Loch, das sollte das Grab der Hexe werden." Sie stockte, über ihrer Nase erschien eine steile Falte; vermutlich erlebte sie im Geiste das damals Erlebte noch einmal mit.

Joan hörte gespannt zu, und noch bevor Màiri weitersprach, ahnte sie bereits, wie die tragische Geschichte enden würde.

„Ich versteckte mich, als man die Hexe aus dem Kerker holte", fuhr die Tochter des Lairds mit belegter Stimme fort. „Heimlich schlich ich den Männern, die die Frau in den Wald zerrten, nach – ich kann mich noch heute an jeden Baum und jeden Stein erinnern, den wir passierten."

„Was geschah dann?" Joans konnte ein Zittern in ihrer Stimme nicht vermeiden.

Màiri spielte geistesabwesend mit den Fransen ihres Schultertuches, ihre Miene sah dabei leidend aus, als wäre sie selbst die Verurteilte gewesen. „Bis zuletzt wehrte sie sich, aber die Männer kannten kein Erbarmen. Sie warfen die Frau in die Grube, legten dann Holzbohlen darüber und beschwerten diese mit großen Felsbrocken." Màiri schluckte. „Noch heute kann ich mich an das verzweifelte Schreien erinnern. Seonag, sie muss Todesängste ausgestanden haben! Ich schlich weinend zur Burg zurück, erst einen Tag später kamen die Männer zurück und berichteten, dass die Schreie aus der Grube aufgehört hatten."

Joan wurde abwechselnd heiß und kalt, allmählich begannen sich die Puzzleteilchen zu einem Ganzen zusammenzufügen. „Könnt Ihr Euch an den Namen der ... Hexe erinnern?"

„Aye, sie hieß Ceana ... Ceana Matheson."

Joans Urahne! Jene Frau, die als letzte Schottin im Familienstammbaum galt. Jene Frau, deren Spuren Großmutter Fiona hatte verfolgen wollen!

„Einen Monat später wurde ein Trupp in den Wald geschickt, um in die Grube zu schauen“, fuhr Màiri fort, der Joans plötzliche Veränderung entgangen war. „Meinem Vater wurde berichtet, dass die Hexe tot sei und fortan keinen Schaden mehr anrichten könne.“

Trotz der warmen Decke fror Joan erbärmlich. Sie begriff, dass die klagende Stimme in ihren Träumen Ceana Matheson gehörte - und bei dem Erdloch, von dem Joan angenommen hatte, es sei eine Tierfalle gewesen, musste es sich um das grausige Grab der Urahne handeln.

Die Gebeine, in deren Gesellschaft Joan eine Nacht hatte verbringen müssen, waren demnach die sterblichen Überreste von Ceana Matheson. Die Erkenntnis darüber war so ungeheuerlich, dass Joan schwer zu atmen begann.

Sofort sprang Màiri auf und kniete sich vor die Gefangene. „Ist Euch nicht gut? Sicherlich habt Ihr zu schnell gegessen oder ...“

Joan winkte ab und beteuerte, dass es ihr ausgezeichnet ginge, dabei versuchte sie verzweifelt, ihre wirren Gedanken zu ordnen. Sie erinnerte sich an die Stimme aus den Träumen, die sie von der Burgruine in den Wald gelockt hatte – es musste Ceanas Stimme gewesen sein, und ihr Grab hatte als eine Art Zeittunnel fungiert.

Aber wozu? Es ergab keinen Sinn, weshalb Joan durch die Zeit gereist war – nur eines stand für sie in diesem Augenblick fest: Sie musste zurück zum Grab, um in ihre Zeit zurückkehren zu können – und zwar, bevor der rüde Laird Dòmhnall MacLaughlin etwas Ähnliches mit ihr planen konnte, wie mit ihrer Vorfahrin.

Màiri saß noch immer direkt vor Joan und musterte diese mit einer Mischung aus Neugier und Angst. „Was ist denn mit Euch los? Euer Verhalten macht mir bange.“

„Nein, es ist wirklich alles in Ordnung“, gab Joan mit

einem erzwungenen Lächeln zurück und fuhr sich durch das Haar, das dank des Schmuckkämmchens noch nicht verfilzt war. „Aber ich fühle mich schmutzig und gäbe alles darum, mich waschen zu dürfen."

Erleichtert ließ sich Màiri zurückfallen. „Ich werde versuchen, morgen eine Schüssel Wasser herzuschmuggeln." Sie hielt inne. „Nein, morgen geht nicht, da übernimmt jemand anderes Peaders Wachposten. Er und meine Schwester wollen nach Inverness."

Immerhin, die Stadt gab es also schon! Einem inneren Impuls nachgebend, fragte Joan plötzlich: „Welches Jahr haben wir eigentlich?"

„Das wisst Ihr nicht?" Ungläubigkeit spiegelte sich in Màiris Miene. „Jetzt wollt Ihr mich aber veralbern, nicht wahr?"

Stumm schüttelte Joan den Kopf. Sie musste wissen, wie viele Jahre nach Ceanas Tod im Jahre 1703 vergangen waren.

Màiris begann das Geschirr auf das Tablett zu stellen. „Wir schreiben das Jahr des Herrn 1731."

Schottland
Glenbharr Castle, 1731

12. Kapitel

Màiri hielt ihr Versprechen und brachte Joan eine Blechschüssel Wasser, mit der sie sich notdürftig waschen konnte. Nebenbei erfuhr sie, dass Màiri für das Weben der Stoffe zuständig war, aus denen dann die Plaids für die Männer und die Schultertücher für die Frauen genäht wurden.

Täglich besuchte die Tochter des Lairds die Gefangene, denn sie schien allmählich wirklich davon überzeugt zu sein, dass die Gefangene nichts mit Ceana Matheson zu tun hatte, obwohl die Engländerin immer wieder auswich, wenn sie ihre Geschichte erzählen sollte.

In Joans Gedächtnis hatte sich ein aberwitziger Plan festgesetzt: Sie musste Màiri überreden, ihr bei der Flucht aus dem Kerker zu helfen, denn sie war die einzige Person, die dies tun konnte. Joans ganzes Denken galt dem Grab der Hexe, das zu einem Zeittunnel geworden war. Nur wenn sie die Möglichkeit hatte, in das Erdloch zu steigen, würde sie ins Jahr 2005 zurückkehren können – ansonsten bliebe sie für immer in der Vergangenheit gefangen.

Während der Tage im Kerker – Joan schätzte sie auf eine Woche – wurde Màiri immer redseliger und schmuggelte oft einen kleinen Leckerbissen ins Verlies. Allerdings hatte sie sich einen letzten Rest Skepsis bewahrt, das spürte Joan überdeutlich.

„Peader ist ein lieber Kerl“, meinte Màiri eines Abends, als sie Joan das Essen brachte. „Aber er macht immer häufiger Bemerkungen darüber, ob ich mit einer Hexe im Bunde stehe.“

Sie lächelte nachsichtig. „Er ist genauso abergläubisch wie Ewan und mein Vater."

Joan lächelte zurück. „Typisch Mann, nicht wahr. Und Ihr? Glaubt Ihr auch an Hexen?"

„Nein ... jedenfalls weiß ich, dass Ihr keine seid. Bei Ceana Matheson bin ich mir nicht sicher, ich war damals zu klein, um nachforschen zu können, ob die Gerüchte stimmten, nach dem auffallend viele Kinder des Clans zu dieser Zeit tot geboren wurden."

„Erzählt mir von Eurer Familie", forderte Joan sie mit sanfter Stimme auf. Sie wollte so viel von den MacLaughlins und deren Gewohnheiten wissen, sie wollte erfahren, wie die Menschen im Jahre 1731 gelebt hatten.

Màiri setzte sich entspannt hin, wie sie es immer tat, wenn sie etwas zu erzählen hatte. „Tèarlach, mein Mann, ist sehr liebevoll zu mir und unseren Söhnen. Er ist oft unterwegs, aber das war schon immer so."

„In welchem Teil der Burg lebt Ihr?"

„Die Gemächer liegen im Westflügel", erklärte Màiri bereitwillig und sah mit Genugtuung zu, wie Joan herzhaft in die Lammkeule biss. „Aber meine Söhne Ewan und Anndra halten sich nur zum Schlafen dort auf, sie sind neun und sechs Jahre alt und spielen oft, dass sie wie die Erwachsenen gegen die englischen Soldaten kämpfen." Ihr Blick wurde bekümmert. „Für sie ist es ein Spiel, aber sie wissen nicht, wie viele Männer schon bei den Kämpfen gestorben sind. Möge das Blutvergießen doch endlich aufhören!"

Joan hätte zu gern Genaueres darüber gewusst, aber sie hatte Angst, sich verdächtig zu machen. So beließ sie es, zu fragen: „Einer Eurer Söhne heißt also genau wie Euer Bruder."

„Allerdings, das war der Wunsch meines Vaters." Sie schob flink eine dunkle Haarsträhne, die sich gelöst hatte, unter ihr Häubchen zurück und fügte schmunzelnd hinzu: „Und ich habe das Gefühl, dass der Junge einmal genauso wird wie sein Onkel. Er macht den Mädchen jetzt schon schöne Augen."

Vor Joans geistigem Auge tauchte Ewans athletische Gestalt auf; ihm hatte sie es zu verdanken, dass sie nun im Kerker saß. Mit ihr hatte er nicht geflirtet, sondern sie ziemlich brüsk behandelt, und bei dem Gedanken daran loderte wilde Wut in ihr auf.

„Mein Bruder ist herzensgut", fuhr Màiri ahnungslos fort, und Joan musste sich zusammenreißen, um nicht aufzulachen. „Ein Jahr nach der Totgeburt kam er zur Welt, und ich habe mich von Anfang an viel um ihn gekümmert. Unser Verhältnis ist etwas ganz Besonderes, es ist viel enger als zu unserer Schwester Darla, dem Nesthäkchen. Sie ist vierundzwanzig, ihren Mann Peader habt Ihr ja bereits kennen gelernt."

Vage nickte Joan, der Kerkerwächter machte einen ebenso finsteren Eindruck auf sie wie der Laird und dessen Sohn.

„Darla hat auch ein Baby, die kleine Ealasaid ist neun Monate alt", erzählte Màiri weiter. „Sie wurde nach unserer Mutter getauft."

Joan dachte an den polternden Laird Dòmhnall, und seine Gemahlin tat ihr entsetzlich leid. „Ist Eure Mutter noch am Leben?"

„Aye, sie ist sehr zart und hält sich meistens in der Burg auf. Das raue Klima tut ihr nicht gut, daher verbringt sie die Wintermonate oft in Edinburgh bei Freunden."

Fieberhaft überlegte Joan, wie sie Màiri klar machen konnte, dass sie fliehen musste. „Wisst Ihr, was Euer Vater mit mir vorhabt? Womöglich lässt er mich auch lebendig begraben, obwohl ich nichts getan habe."

„Mein Vater redet mit Frauen nicht über diese Dinge,

aber ich kann Ewan fragen", wich Màiri aus. Sie schien mehr zu wissen, als sie vorgab, und über Joans Rücken kroch eine Gänsehaut.

Was nützte es ihr, dass man vielleicht einen Suchtrupp losgeschickt hatte, wenn sie sang- und klanglos in der Vergangenheit verschwunden war? Niemand würde jemals mehr etwas von ihr hören und sehen, man würde nur ihre Tasche finden, die noch irgendwo in der Zukunft auf dem Waldboden lag.

Màiri zuckte erschrocken zusammen, als Joan plötzlich nach ihren Händen griff und sie eindringlich anschaute. „Was wisst Ihr? Bitte sagt es mir."

„Nun ja", die junge Schottin zierte sich ein wenig, „ich habe gestern beim Frühstück nur ein paar Wortfetzen aufgeschnappt, als sich Ewan und mein Vater über Euch unterhielten. Es ist noch ungewiss, was mit Euch geschehen soll, aber Eure Freiheit werdet Ihr nicht zurück bekommen."

Erschüttert starrte Joan sie an. „Ihr meint ... ich werde für immer hier in diesem Loch eingesperrt bleiben?"

„Ich weiß es nicht." Màiris Stimme klang gequält. „Mir ist klar, dass mein Vater damit gegen die Gesetze verstößt, aber er ist noch immer davon überzeugt, dass Ihr Ceana Matheson seid, die aus ihrem Grab gestiegen ist, um neues Unheil anzurichten."

„Aber das ist nicht wahr! Ihr wisst, dass ich Engländerin bin – Ihr müsst mit Eurem Vater reden!"

Die Augen der kleinen Schottin weiteten sich vor Schreck, und kopfschüttelnd entgegnete sie: „Wie stellt Ihr Euch das vor? Ich bin nur eine Frau und kann den Willen meines Vaters nicht beeinflussen."

Resigniert sank Joan zurück an die feuchte Zellenmauer. Laird Dòmhnall würde sie in diesem Kerker verschimmeln lassen.

Zusammengesunken und mit unglücklicher Miene kauerte Màiri da. „Ich würde Euch gerne helfen, aber wie sollte ich das anstellen?“

Joan ahnte, dass nun die Stunde gekommen war, um Màiri zu überreden, ihr zur Flucht zu verhelfen. Sie beugte sich wieder vor und suchte ihren Blick. „Wenn Ihr mir behilflich seid, werde ich fliehen.“

„Fliehen? Aus diesem Verlies? Das ist unmöglich!“ Erschrocken sprang Màiri auf. „Ihr vergesst, dass die Aussenpforte streng bewacht wird.“

„Aber ich werde hier sterben, wenn Ihr mir nicht helft.“ Joan flehte sie an und appellierte damit an das gute Herz der Anderen. „Ihr wisst so gut wie ich, dass ich keine Hexe bin. Könnt Ihr denn mit Eurem Gewissen vereinbaren, untätig zuzusehen, wie mir mitgespielt wird?“

Joans Worte schienen Màiri nachdenklich zu machen, sie setzte sich wieder und starrte dann minutenlang in die Flamme der Kerze. Joan achtete auf jede winzige Muskelbewegung in Màiris Gesicht, im Stillen schickte sie ein Stoßgebet zum Himmel, dass sie nicht in der Vergangenheit sterben musste – möglicherweise unter grausamen Bedingungen.

Endlich blickte Màiri wieder auf, ihre Miene war noch immer nachdenklich. „Es gibt keine Möglichkeit, Euch aus der Burg zu schleusen, das Einzige, was ich versuchen kann, ist einen Plan zu entwickeln, Euch aus dem Kerker zu holen und Euch irgendwo in der Burg zu verstecken. Aber macht Euch nicht zu viel Hoffnung, ich weiß wirklich nicht, wie ich das anstellen soll.“ Sie stockte. „Ihr wisst, was mir blüht, wenn Ihr plötzlich verschwunden seid? Der Verdacht wird auf mich fallen, und mein Vater kann sehr hart und streng sein.“

Daran hatte Joan überhaupt nicht gedacht, sie konnte nicht Màiris Zukunft und die ihrer Familie aufs Spiel setzen.

Auch wenn Joans Sehnsucht nach ihrer Zeit fast unbändig war, blieb sie so vernünftig, um einzusehen, dass andere Menschen wegen ihrer Flucht nicht in Gefahr geraten durften.

„Am besten, Ihr vergesst, worum ich Euch gebeten habe“, sagte sie schließlich und strich sich mit ihrer vor Dreck starrenden Hand über das ebenso schmutzige Gesicht. Gütiger Himmel, wie lange war es her, dass sie ein Bad genommen, sich die Zähne geputzt und ihre Kleidung gewechselt hatte?

Màiri setzte ein zuversichtliches Lächeln auf. „Wer weiß, vielleicht fällt mir etwas ein, das den Verdacht nicht auf mich fallen lässt.“ Sie richtete sich auf und hauchte Joan einen leichten Kuss auf die Wange. „Ich werde Euch nicht Eurem Schicksal überlassen, mo bràmair[4].“

Sie erhob sich flink, griff nach dem Essenstablett und huschte aus der Zelle, die sie danach ordnungsgemäß verriegelte. Aus Erfahrung wusste Joan, dass Peader oder der andere Wächter, der sich die Wache mit Màiris Schwager teilte, jedes Mal kontrollierte, ob der Riegel wirklich vorgeschoben war. Aber wäre er es nicht, würde es Joan auch nicht viel nützen, denn es bestand wenig Hoffnung, dass die Außentüre nicht bewacht war.

Wie so oft, konnte Joan nicht schlafen. Von Màiri wusste sie, dass es Abend war, und ihre Gedanken schweiften nach London, in ihr Appartement, mit dem Bad und ihrem traumhaft breiten französischen Bett.

Sie merkte nicht, dass Tränen über ihre Wangen rollten, als sie daran dachte, dass sie dies alles wohl nie wieder sehen würde. Und schuld daran war nur dieser Traum, dessen Ursprung sie hatte ergründen wollen. Ob Fiona wohl in derselben Zeit gelandet wäre, hätte sie ihr Vorhaben in die Tat umsetzen können?

Schluchzend verbarg Joan ihr Gesicht in den Händen. Sie war gefangen – nicht nur im Verlies des Laird of Glenbharr, sondern auch in der Vergangenheit. Seitdem Joan sich im Jahre 1731 befand, hatten die mysteriösen Träume aufgehört, aber das war ihr in diesem Augenblick kein Trost. Sie wollte nach Hause, und zwar auf dem schnellsten Weg!

Màiri war die einzige Rettung, doch würde es der jungen Schottin gelingen, einen Plan zu entwickeln, Joan zu befreien? Und selbst wenn – wie gelangte sie wieder zu der Grube tief im Wald?

Als Màiri am nächsten Morgen das Frühstück – eine Art Weißbrot, Butter, etwas Schafskäse und ein Krug Milch – brachte, machte sie eine optimistische Miene. Es sah ganz danach aus, als wäre ihr über Nacht ein Fluchtplan eingefallen.

„Ich habe nachgedacht", sagte sie dann auch, und ihre Stimme vibrierte leicht vor Anspannung. „Dein verzweifeltes Flehen verfolgte mich bis in meine Träume, und heute morgen fragte ich Ewan beiläufig, was mit Euch geschehen solle." Sie wich Joans Blick aus. „Er meinte, Ihr werdet hier drinnen schmoren bis in alle Ewigkeit ..."

„Nein!" Joan sprang auf, dabei kippte der Milchkrug um und sein Inhalt ergoss sich über das verrottete Stroh. „Das dürft Ihr nicht zulassen, ich habe doch nichts verbrochen!"

Erschrocken legte Màiri einen Zeigefinger auf ihre Lippen. „Pst, nicht so laut. Peader könnte Euch hören. Setzt Euch wieder, ich habe einen Plan, wie ich Euch aus dem Kerker befreien kann, ohne dass der Verdacht auf mich fällt."

Mit weichen Knien ließ sich Joan wieder fallen und wartete, bis Màiri weitersprach. Obwohl sie hungrig war, wusste sie, dass sie keinen Bissen herunter bekommen würde, solange sie nicht wusste, was auf sie zukam.

„Also, passt gut auf." Die Tochter des Lairds senkte die Stimme. „Ich habe meine Schwester gefragt, wann die Hochzeit einer Freundin ist, zu der sie und ihr Mann eingeladen sind. Am nächsten Wochenende werden die beiden für einige Tage zu dieser Feier reisen. In dieser Zeit werden Calum und Seòras die Wache übernehmen, beide sind junge unbedarfte Burschen, die noch abergläubischer sind als mein Vater." Als sie Joans irritierten Blick bemerkte, setzte sie erklärend hinzu: „Ich möchte nur ungern meinen Schwager in die Geschichte verwickeln."

Joan nickte verständnisvoll, und ihr Herz machte einen Hüpfer. Noch wusste sie nicht, was Màiri ausgetüftelt hatte, aber die Hoffnung auf Freiheit machte sie schon jetzt fast glücklich.

„Wie so oft werde ich Euch eine Schüssel Wasser zum Waschen bringen, dazu ein kleines Stück Seife. Wenn ich den Kerker wieder verlasse, nehme ich nur die Wasserschüssel mit. Dann lasst Ihr etwa eine Stunde verstreichen, bis Ihr ein wenig von der Seife in den Mund steckt und so lange darauf herum lutscht, bis dichter Schaum entsteht."

Argwöhnisch runzelte Joan die Stirn. „Wozu soll das gut sein?"

„Wartet ab. Ihr schreit um Hilfe, so laut Ihr könnt, und wenn der Wachposten nach Euch sieht, wälzt ihr Euch wie unter großen Schmerzen auf dem Boden. Vermutlich wird er alles stehen und liegen lassen und meinen Vater informieren – unsere Hoffnung besteht darin, dass er in der Aufregung vergisst, den Riegel der Zellentür wieder zu schließen."

Bedächtig nickte Joan, der Plan nahm allmählich Formen an. Doch ein Risiko blieb natürlich. „Und wenn er den Riegel vorschiebt?"

„Dann ist mein schöner Plan nichts mehr wert. Ich selbst muss mich zur selben Zeit nämlich gut sichtbar in einem anderen Teil der Burg aufhalten, damit der Verdacht nicht auf mich fällt."

„Angenommen, ich nutze die Zeit, in der der Wachtposten Hilfe holt – wie finde ich aus diesem Verlies heraus?"

Màiri lächelte verschmitzt. „Als Ewan und ich noch Kinder waren, entdeckten wir durch Zufall einen alten Geheimgang, er beginnt in einem kaum benutzten Gang in der Nähe der Wohnräume und endet hier unten im Keller. Ewan und ich machten uns einen Spaß daraus, uns stundenlang vor unserer Mutter darin zu verstecken, sie hat uns nie gefunden. Als Kinder machten wir uns keine Gedanken darüber, woher der Geheimgang wohl stammen mochte, aber ich nehme an, es handelt sich um einen alten Schmuggelweg meiner Ahnen."

Die Verlockung, Màiri um den Hals zu fallen, war groß, doch Joan nahm sich zusammen.

Stattdessen schenkte sie Màiri ein dankbares Lächeln und fragte: „Wie finde ich dorthin, und wie geht es dann weiter?"

„Ich fertige Euch eine Zeichnung an, damit Ihr den versteckten Eingang findet, er unterscheidet sich nicht von den übrigen Mauersteinen. Vorher werde ich ihn von innen unauffällig einen Spalt öffnen, damit Ihr hineinschlüpfen könnt. Aber Ihr müsst Euch beeilen, die Wache wird möglicherweise nur wenige Minuten fort sein – und wenn man Euch dann erwischt, habt Ihr Euer Leben verwirkt. Es wird wahrscheinlich einen schrecklichen Aufruhr geben, wenn man Euer Verschwinden entdeckt. Sowie sich die Lage etwas beruhigt hat, hole ich Euch, das kann unter Umständen aber einige Zeit dauern."

„Wer weiß alles von dem Geheimgang?", warf Joan ungeduldig ein. „Dort wird man mich zuerst suchen."

Màiri schüttelte lächelnd den Kopf. „Diesen Gang kennen nur Ewan und ich, und er wird mit Darla bei der Hochzeit in Cùil Lodair sein."

Joan wagte nicht, sich zu freuen – noch nicht. Würde der Plan gelingen? Und wenn nicht, was würde der Laird mit ihr dann anstellen? Màiris vorsichtiger Äußerung nach zu urteilen, würde man sie auf der Stelle hinrichten.

„Ich werde Euch in meinen Gemächern verstecken", plauderte Màiri weiter, als würde sie über die neueste Mode sprechen, „dort seid Ihr am sichersten. Tèarlach wird erst in einigen Monaten zurück erwartet, und meine Söhne kann ich von der kleinen Kammer fern halten, in der ich das Tuch für die Familie webe."

Joan lag die Frage auf der Zunge, wie lange sie sich dort würde verstecken müssen, bis sie ihre Freiheit zurückgewonnen hatte, aber das traute sie sich nicht. Màiri riskierte ziemlich viel, indem sie bei der Flucht half – und unbemerkt aus der Burg zu entkommen, schien tatsächlich sehr schwer zu sein.

Bereits am nächsten Tag brachte Màiri eine Skizze mit. Auf einem zerknitterten Stück grobem Papier, mit Kohle gezeichnet, fand Joan ein Wirrwarr von Gängen und Bezeichnungen wieder.

„Wie soll ich jemals diesen Geheimgang finden?", fragte sie verzweifelt. „Ich werde mich hoffnungslos verlaufen und meinen Haschern vermutlich direkt in die Arme laufen."

Màiri lachte leise. „Es ist gar nicht so schlimm, wie es ausschaut. Seht Ihr hier die Pfeile? Wenn Ihr Euch daran haltet, stoßt Ihr direkt auf den Geheimgang."

Etwas anderes lag Joan schon seit Tagen auf der Seele. „Haben Euer Schwager oder der andere Wachposten noch nie Fragen gestellt, weshalb Ihr so viel Zeit bei mir verbringt und mich mit den Resten Eurer Mahlzeiten versorgt?"

Fast belustigt erwiderte Màiri: „Ich kümmere mich immer um unsere Gefangenen, weil ich Leid nicht ertragen kann. Vor einigen Monaten wurde ein junger Mann gefangen genommen, der Pächter auf unserem Gebiet ist und sich somit unserem Clan angeschlossen hat."

„Was hat er verbrochen?"

„Die Eltern eines Mädchens behaupteten, dass er ihre Tochter mit Gewalt ... nun, Ihr wisst schon, was ich meine. Das Mädchen war nämlich schwanger und gestand weinend, dass der junge Mann der Vater des Kindes sei. Ich habe mich lange mit ihm hier unten unterhalten, er und das Mädchen liebten sich, aber beide hatten Angst, dass sie nicht heiraten durften."

Joan runzelte nachdenklich die Stirn. „Gab es einen Grund für diese Angst?"

„Aye, das Mädchen sollte einen wohlhabenden Mann heiraten, keinen armen Pächter." Màiris Blick wurde sanft. „Ich sprach mit dem Mädchen und bedrängte es, meinem Vater die Wahrheit zu sagen ... inzwischen sind sie verheiratet und Eltern eines prächtigen kleinen Jungen."

Während Joan aß, erzählte Màiri von weiteren Gefangenen; einem alten Wilddieb, der in seiner Zelle an der Schwindsucht gestorben war, einigen Männern verfeindeter Clans und einer Frau, die den Pächtern Geflügel gestohlen hatte.

Màiri hatte ein weiches Herz, glaubte immer an das Gute im Menschen, und auch wenn die Schuld eines Gefangenen einwandfrei bewiesen worden war, nahm sie ihn noch in Schutz und sorgte zumindest dafür, dass er eine warme Decke und ausreichend Nahrung bekam.

Als sie an diesem Tag ging, verriet sie, dass sie die Kammer, in der sie Joan verstecken wollte, ein wenig herzurichten gedachte, auch frische Kleidung wollte sie besorgen.

„In drei Tagen ist es soweit", sagte sie leise, bevor sie die

Zellentür hinter sich schloss. „Lasst Euch nur nicht anmerken, was wir vorhaben."

Joan lachte unfroh. „Vor wem soll ich mich denn verstellen, etwa vor den Ratten, die mir allnächtlich einen Besuch abstatten? Oder vor Eurem ständig finster dreinblickenden Schwager, wenn er den Riegel kontrolliert?"

„Es tut mir Leid", entschuldigte sich Màiri hastig. „Wenn alles gut geht, wart Ihr die längste Zeit an diesem grässlichen Ort."

Joan hatte bereits einen kurzen Blick auf Calum werfen können, als er Peaders Wache übernahm. Er begleitete Màiri zur Zellentür und erst, als sie ihm auf Gälisch etwas sagte, verschwand er zögernd zurück auf seinen Posten. Der junge Mann sah aus, als könne er nicht bis drei zählen, fand Joan.

Ihr Herz schlug schneller, als Màiri die Schüssel mit warmem Wasser vorsichtig abstellte und aus einem Handtuch ein kleines Stück Seife rollte.

„Ihr braucht Euch nur notdürftig zu waschen", raunte sie Joan zu. „Ich werde später Wasser erwärmen lassen, damit Ihr in Eurem Versteck ein Bad nehmen könnt."

Ohne es zu wollen, begann Joan zu weinen. „Ich danke dir. Noch nie in meinem Leben habe ich eine so herzensgute Person wie dich kennen gelernt."

Màiri war sichtlich gerührt, und auch ihre Augen glänzten von Tränen. „Ich weiß, dass du nicht Ceana Matheson bist und auch nichts mit ihr zu tun hast." Auch ihr kam das vertraute Du wie von selbst von den Lippen. „Selbst wenn du mir noch immer nicht erzählt hast, wer du wirklich bist, habe ich Mitleid mit dir und kann nicht einfach zusehen, wie du in diesem Kerker elendig zugrunde gehst."

„Und wenn man in der ganzen Burg nach mir sucht?"

Energisch schüttelte Màiri den Kopf. „Wenn du keinen

Fehler machst, sucht man nicht sehr lange. Nachdem du die Zelle verlassen hast, musst du den Riegel hinter dir schließen, sodass es aussieht, als hättest du dich in Luft aufgelöst. Calum wird sich später sicherlich nicht mehr erinnern, ob er die Tür verriegelt hat oder nicht. In meinen Räumen sucht man sicherlich nicht, und außerdem gibt es in meiner Webkammer eine Nische, in der du dich verstecken kannst, falls sich fremde Schritte nähern sollten."

Das klang beruhigend, und im Geiste ging Joan noch einmal die Skizze durch, die sie im trüben Licht der Fackel in der Nacht zuvor immer wieder studiert hatte.

Bevor Màiri ging, nahm sie Joans Hände. „Wir treffen uns im Geheimgang. Bleib bitte ganz in der Nähe des Eingangs, bis ich dich hole, denn es existieren einige Nebengänge, in denen du dich verlaufen könntest."

„Vielleicht führt einer dieser Nebengänge in die Freiheit!", platzte es auch Joan heraus. „Wir müssen versuchen ..."

Abwehrend hob Màiri die Hand. „Sie führen alle ins Nichts, Ewan und ich haben damals jeden Gang genauestens untersucht – auf der Suche nach einem Schatz", fügte sie schmunzelnd hinzu. „Mach also bitte keine Dummheiten, Seonag."

Joan versprach es widerstrebend, dann gingen die beiden Frauen noch einmal jedes Detail vom Anfang bis zum Ende durch. Nun half nur noch beten, damit alles so verlief, wie es geplant war.

Mit gemischten Gefühlen betrachtete Joan den grauen Seifenrest, es behagte ihr nicht, auf dem Stück zu lutschen, dennoch tat sie es schließlich. Die Seife schmeckte nach Talg und einem Hauch Parfüm, und je länger sie daran leckte, umso mehr gewöhnte sie sich an den eigenartigen Geschmack.

Schnell bildete sich ein dichter heller Schaum, und Joan konzentrierte sich auf die Szenerie, die vor ihr lag. Sie erinnerte sich an den Film ‚Der Exorzist' und nahm sich vor, sich ebenfalls zu gebärden, als wäre sie vom Teufel besessen.

Als sie sich innerlich gefasst hatte, brach sie in schrilles Schreien aus, erst einmal, dann mehrmals hintereinander. Wie nicht anders zu erwarten, wurde kurz darauf die Außentür aufgestoßen und Calums verdattertes Gesicht erschien vor der vergitterten Luke der Zellentür.

Joan wälzte sich auf dem schmutzigen Boden, wie von schrecklichen Schmerzen geplagt. Calum rief ihr etwas zu, doch sie reagierte nicht, sondern schrie noch lauter, dabei krümmte sie sich wie ein Wurm.

Aus den Augenwinkeln konnte sie erkennen, wie der junge Clanmann zögernd die Zellentür öffnete und neugierig näher trat. Als er dicht vor Joan stand, richtete sie sich plötzlich kerzengerade auf, verdrehte die Augen und gurgelte, als würde sie gleich ertrinken. Dann stieß sie ihren Zeigefinger in Calums Richtung, spuckte Seifenschaum und zischte.

Der junge Mann wich entsetzt zurück, und als Joan ein zweites Mal mit rollenden Augen auf ihn zeigte, stieß er einen sehr unmännlichen Schrei aus, drehte sich auf dem Absatz um und stürzte davon.

Joan konnte es kaum glauben, die Zellentür stand sperrangelweit offen, ebenso die dicke Holztür, die hinaus aus dem Kerker führte.

Vor Erleichterung und Anspannung versagten Joans Beine fast ihren Dienst, als sie hinaus auf den Gang taumelte. Sie war allein – Calum holte wahrscheinlich Verstärkung.

Irritiert blickte sich Joan um, in der Aufregung hatte sie vergessen, in welche Richtung sie sich begeben musste, um zu dem Geheimgang zu gelangen. Mit zitternden Fingern suchte sie in ihrer Jeanstasche nach Màiris Plan und heulte auf, als sie ihn nicht gleich fand. Doch dann hielt sie ihn in den Händen, faltete ihn auseinander und betrachtete ihn angestrengt.

Ihre Augen mussten sich an den hellen Fackelschein erst einmal gewöhnen, und als die Skizze deutlich zu erkennen war, erinnerte sie sich wieder. Sie hatte nicht viel Zeit, die Schergen des Lairds waren sicherlich schon auf dem Weg zum Verlies.

Siedend heiß fiel ihr ein, dass sie den Riegel der Zellentür nicht vorgeschoben hatte. Voller Widerwillen rannte sie noch einmal zurück.

Als sie wieder auf den Gang trat, meinte sie schwere Schritte in der Ferne zu hören und wandte sich schnell nach links, wie Màiri es aufgezeichnet hatte. Joan landete in einem weiteren Gang, der kaum beleuchtet war und leicht nach Alkohol roch. Irgendwo in der Nähe schien der Laird seinen Whiskyvorrat gelagert zu haben, vermutete Joan.

Die Gänge, die nur durch einen schwachen Lichtschein erhellt waren, wurden immer niedriger und schmaler, und Joan war froh, die Skizze genau im Kopf zu haben. Endlich gelangte sie zu dem Erkennungszeichen des Geheimganges – auf der gegenüberliegenden Seite hing ein eisernes, an die Felswand geschlagenes Keltenkreuz.

Mit angehaltenem Atem tastete sich Joan an der Mauer von einem großen Stein zum nächsten, bis sie merkte, dass einer von ihnen locker war. Problemlos ließ er sich aufschieben und entpuppte sich als eine Art Tür.

Gedämpft hörte Joan aufgeregte Stimmen – ihr Verschwinden war also entdeckt worden! Hastig schlüpfte sie in den Geheimgang und zog den Stein, an dessen Innenseite sich ein eiserner Griff befand, zu sich heran, bis sie ein Einrasten vernahm; genauso hatte Màiri es beschrieben.

Sie hatte ein Talglicht aufgestellt, sodass Joan nicht in völliger Finsternis ausharren musste. Die erste Hürde ihrer Flucht war gelungen, nun galt es, einen Weg aus der Burg zu Ceana Mathesons Grab zu finden.

Erst nach einer Weile hatte sich Joan so weit gefangen, dass sie ihre Umgebung in näheren Augenschein nehmen konnte. Der Gang ähnelte denen, durch die sie kurz zuvor gerannt war, mit dem Unterschied, dass er noch niedriger und schmaler war und leicht anstieg.

Joan kauerte sich auf den Boden, zog die Beine an, bettete den Kopf auf die Knie und schloss die Augen. Sie konnte nichts mehr tun, nur noch warten und hoffen.

13. Kapitel

Joan schreckte hoch, als jemand sie an der Schulter berührte, erleichtert erkannte sie Màiris gütiges Gesicht.

„Verzeih mir, dass ich dich so lange warten ließ“, sagte sie, und ihre warme Stimme klang in dem engen Gang ungewohnt dumpf. „Die Burgbewohner sind in Panik, alle denken, du hast dich tatsächlich in Luft aufgelöst, und mein Vater ist außer sich.“ Sie kicherte. „Ich hörte, wie Calum mit kreideweißem Gesicht erzählte, dass du dich gebärdet hättest, als würde der Leibhaftige in dir stecken.“

Obwohl Joan durch das stundenlange Hocken in der Kälte kaum noch ihren Beine spürte, musste sie grinsen. „Ich habe die Szene eines Horrorfilms nachgespielt.“

„Hm, was ist das?“, fragte Màiri prompt, während sie Joan half, aufzustehen. „Was ist ein Horrorfilm, Seonag?“

Joan hätte sich für ihre Bemerkung ohrfeigen können, doch nun war es zu spät. Es war besser, wenn niemand erfuhr, dass sie aus der Zukunft stammte, nicht einmal Màiri – zumindest noch nicht.

„Etwas Ähnliches wie ein Buch“, redete sich Joan schließlich heraus und schüttelte abwechselnd ihre Beine, damit das taube Gefühl verschwand.

Màiri wartete geduldig, bis Joan ein paar unsichere Schritte machte, dann sagte sie: „Es ist nicht weit bis zum Ausgang, bleib mir dicht auf den Fersen und achte nicht auf die Ratten.“

Bei dem Gedanken daran schüttelte sich Joan, aber sie hatte nächtelang ihr Lager mit diesen widerlichen Nagern verbracht und außerdem mit einer anderen Menge Ungeziefer, von denen sie lieber nicht genau wissen wollte, um was es sich dabei gehandelt hatte.

Teilweise wurde der Gang so niedrig, dass sich die beiden Frauen bücken mussten, um hindurchzukommen. Màiri, die voranging, hielt das Talglicht, das gespenstische Schatten an die unebenen Wände warf.

„Gleich sind wir da“, hauchte Màiri unvermittelt und drehte sich zu Joan um. „Bevor du mir folgst, sehe ich besser nach, ob wir alleine sind.“ Sie drehte eine Art Hebel an der Wand, und wie durch Zauberhand ließ sich der schwere Stein zur Seite schieben, ähnlich dem am anderen Ende des Ganges.

Mit angehaltenem Atem wartete Joan, bis die Tochter des Lairds ihr ein stummes Handzeichen gab, dann schlüpfte auch sie aus dem Versteck – und atmete zum ersten Mal seit Tagen wieder normale Luft.

Sie standen in einer Art breitem Korridor, zur linken Seite befanden sich Türen, zur rechten einige große Fenster. An den Wänden hingen genau wie in der Eingangshalle alte Kriegswaffen.

„Dort drüben sind die Gemächer meiner Familie“, wisperte Màiri, „da hinten wohnt meine Schwester und gleich daneben Ewan.“

Joan hatte Mühe, ihre Umgebung zu erkennen. Ihre Augen waren an Fackel- und Kerzenlicht gewöhnt, und als sie zu einem der Fenster hinübersah, musste sie die Augen zusammenkneifen, weil das grelle Tageslicht sie blendete.

Sie huschte hinter Màiri her, dabei sah sie an sich herunter und erschrak. Erst jetzt wurde ihr der erbärmliche Zustand, in dem sie sich befand, klar. Das Lumpengewand sah noch schmieriger aus als vorher, die Hände waren dreckverkrustet und unter den langen Fingernägeln hatte sich ein breiter unansehnlicher Schmutzrand gebildet. Hoffentlich hatte Màiri etwas Sauberes für sie zum Anziehen gefunden.

„Da sind wir“, sagte diese im nächsten Augenblick feierlich und öffnete eine der breiten Holztüren. Dahinter verbarg sich ein erstaunlich gemütlicher Raum, in dessen Mittelpunkt ein verschnörkeltes Bett stand. Es gab mehrere Kommoden, Tischchen, Stühle mit hohen Lehnen – und einen Kamin, in dem ein Feuer loderte.

„Es ist zwar Sommer, aber die Sonne dringt nicht durch die dicken Mauern“, erklärte Màiri entschuldigend, nachdem sie Joans Blick gefolgt war, dann wies sie auf eine Tür zur Linken. „Dort schlafen meine Söhne, aber keine Angst, die beiden spielen den ganzen Tag irgendwo in der Burg.“

Dann wandte sie sich zur anderen Seite, an der sich eine weitere Tür befand. „Und hier ist meine Kammer, in die ich mich zurückziehe, wenn ich alleine sein will oder webe. Sie wird für die nächste Zeit dein Heim sein.“

Das Zimmer war nicht sehr groß, strahlte jedoch eine wohlige Atmosphäre aus. Auch hier brannte ein Feuer im Kamin, in der Mitte des Raumes befand sich ein breiter Holztisch, auf dem eine Art Webrahmen lag; Joan hatte einen ähnlichen, kleineren besessen, als sie noch zur Schule ging.

In der Luft lag ein feiner Geruch nach Kräutern und Ölen und als Màiri sie bei der Hand nahm und um den Tisch herumführte, erkannte Joan, woher der angenehme Duft kam. Eine Zinkwanne, gefüllt mit dampfendem Wasser, verströmte die lieblichen Gerüche.

„Für mich?“ Joan freute sich über die Aussicht auf ein Bad wie ein kleines Kind, dem man seinen Herzenswunsch erfüllt hatte, und flüchtig dachte sie daran, wie selbstverständlich all diese kleinen Dinge doch in ihrem Jahrhundert geworden waren.

„Du hast dieselbe Figur wie ich und bist ungefähr genauso groß.“ Màiri begann geschäftig hin- und herzueilen und zauberte schließlich aus einer Truhe einen Stapel Kleidungsstücke hervor. „Ich habe dir etwas von mir herausgesucht, es müsste dir passen. Den Fetzen, den du da am Leib trägst, solltest du gleich ins Feuer werfen.“

Joan rümpfte die Nase. In der Tat begann sich der Duft des Badewassers, mit dem des stinkenden Gewandes zu vermischen.

„Soll ich dir beim Ausziehen helfen, oder schaffst du das alleine?“, bot Màiri hilfsbereit an.

Energisch schüttelte Joan den Kopf, unter dem Lumpen trug sie noch immer ihre Jeans – wie sollte sie einer Frau aus dem achtzehnten Jahrhundert dieses Kleidungsstück erklären?

„Gut, dann besorge ich in der Zwischenzeit etwas zu essen für dich.“

Unsicher schielte Joan zur Tür. „Bist du sicher, dass mich hier niemand entdeckt?“

„Aye, diesen Raum betritt noch nicht einmal mein Mann, und meine Söhne haben hier auch nichts zu suchen. In dieser Nische“, sie trat zu einem Vorhang und zog ihn beiseite, dahinter verbarg sich ein schmales Bett, „kannst du schlafen und dich notfalls verstecken, falls doch jemand Unbefugtes in der Nähe ist.“

Die Kammer war tatsächlich ein ideales Versteck, doch Joan wagte sich nicht auszumalen, was mit ihr und Màiri passierte, wenn man sie dennoch fand.

Im sanften Schein der Kerzen, die von mehreren Wandhaltern aus ihr Licht verströmten, zog sich Joan langsam aus, nachdem Màiri den Raum verlassen hatte. Die junge Schottin hatte auch an ein großes Handtuch, eine Wurzelbürste und ein Stück rosafarbener Seife gedacht, wie Joan dankbar feststellte.

Angewidert hielt sie das Bettlergewand, in dem sie unzählige Tage hatte verbringen müssen, weit von sich ab, bevor sie es ins Kaminfeuer warf. Die Funken stoben, als sich die Flammen durch den Stoff fraßen, das zum größten Teil nur noch durch Schmutz zusammen gehalten worden war.

Nachdenklich betrachtete Joan ihre Jeans, die ebenfalls vor Dreck starrte wie auch der Pullover und die Schuhe. Wenn man diese untypischen Kleidungsstücke bei ihr fand, würde sie viele unangenehme Erklärungen abgeben müssen, und mit Grausen dachte sie an die Wegelagerer, die sie für eine Spionin gehalten hatten.

Kurz entschlossen packte sie ihre gesamte Kleidung aus dem Jahr 2005 zu einem Bündel zusammen und versteckte dieses in dem schmalen Zwischenraum unter dem Bett. Bevor sie in die Wanne stieg, blickte sie noch einmal an sich herunter und erschrak. Ihr Körper war übersät mit winzigen roten Stichen, und eigentlich wollte sie gar nicht wissen, ob diese Stiche von Flöhen oder Wanzen stammten.

Das Badewasser brannte im ersten Moment auf ihrer geschundenen Haut, doch schon nach wenigen Minuten umspielte es sanft ihren Körper. Während sie sich entspannend zurücklegte, versuchte sie sich an ihr letztes Bad zu erinnern; es war in der Pension Cearac fhrangach gewesen – einen Tag vor ihrer unfreiwilligen Reise.

Wie lange war das her? Tage? Wochen? Angestrengt versuchte Joan nachzurechnen, aber es gelang ihr nicht. Seufzend tauchte sie unter, dann wusch sie ihre vor Schmutz hart gewordenen roten Locken mehrmals, um den Gestank endgültig abzuspülen.

Wie neugeboren fühlte sie sich, als sie nach einer kostbaren Ewigkeit aus der Wanne stieg und sich in das Handtuch hüllte. Bevor sich Joan anzog, schob sie vorsichtig den schweren Samtvorhang zur Seite, der sich vor dem einzigen Fenster der Kammer befand.

Draußen war es noch hell, obwohl die Sonne bereits untergegangen war. Joans Blick traf auf das hügelige Waldgebiet, und von dieser Höhe aus sah sie erst, wie groß und unübersichtlich es war. Ein Wunder, dass sie vom Lager der Gesetzlosen aus den richtigen Weg zur Burg eingeschlagen hatte, wie leicht hätte sie sich in dem unübersichtlichen Dickicht verirren können. In der Ferne erhoben sich majestätisch die Berge und wäre Joan unter anderen Gesichtspunkten in die Highlands gereist, hätte ihr das Panaroma, das sich ihr bot, sicherlich gefallen.

Ein vorsichtiger Blick nach unten sagte ihr, dass eine Flucht aus dem Fenster den sicheren Tod bedeuten würde. Sie ließ den Vorhang zurückgleiten und widmete sich der Inspektion ihrer neuen Dessous, die aus einem Unterkleid bestanden, das aus feinem Stoff angefertigt worden war sowie einem weiten Unterrock, dessen untere Hälfte aus Spitzenrüschen bestand.

Joan runzelte die Stirn. Kein Büstenhalter, kein Slip? Trugen die Frauen im achtzehnten Jahrhundert keine Unterwäsche? Joan würde sich hüten, Màiri danach zu fragen und zog beide Teile, die sich sofort weich an ihren Körper schmiegten, an.

Dazu gab es eine weiße Bluse mit weiten langen Ärmeln, die an den Bündchen mittels eines Bandes zusammengebunden wurden, einen weiten, schwarzen, bodenlangen Rock und ein dunkelgrünes Mieder, dessen Schnürung Joan einige Probleme bereitete. Bei Màiri hatte sie gesehen, dass es über der Bluse getragen wurde. Jetzt verstand sie allerdings, weshalb man damals keine Büstenhalter brauchte – das Mieder hob den Busen automatisch attraktiv hervor.

Zum Schluss schlüpfte Joan in ein paar flache Leinenschuhe, eine Art Ballerinas. Etwas unbeholfen bewegte sie sich zum Kamin und ließ sich davor nieder. Durch die Wärme des Feuers war ihr Haar schon fast trocken, und sie bearbeitete es mit dem Zierkamm, der ihr schon im Kerker gute Dienste geleistet hatte.

Als zaghaft an die Tür geklopft wurde, schrak Joan zusammen und erstarrte in ihrer Bewegung. Als sie jedoch Màiris hübsches Gesicht erkannte, entspannte sie sich sofort wieder.

Màiri trug ein Tablett bei sich, das sie auf dem Tisch abstellte, bevor sie sich zu Joan vor den Kamin hockte. Sie betrachtete Joan eine Weile, dann sagte sie leise: „Wie schön du bist. Willst du mir nicht endlich verraten, woher du kommst?"

„Ich bin mir nicht sicher, ob du es begreifen würdest", versuchte Joan zu erklären und blickte dabei angestrengt auf den Kamm, dessen Edelsteine im Feuerschein geheimnisvoll funkelten. „Aber zu gegebener Zeit werde ich es dir erzählen."

Damit schien sich Màiri zufrieden zu geben. Sie nickte, erhob sich und eilte an den Tisch zurück. „Ich habe etwas für dich in der Küche stibitzt, aber jetzt muss ich wieder gehen, sonst fällt es auf, wenn ich beim Abendessen fehle." Ihre Lippen kräuselten sich amüsiert, als sie hinzufügte: „Bestimmt wird deine Flucht das einzige Thema am Tisch sein. Wie ich hörte, soll der arme Calum demnächst die Schafherden in den Bergen bewachen, denn er hat seinen Posten verlassen, was eine schwere Sünde ist."

Flüchtig dachte Joan daran, dass in ihrer Zeit ein Handyanruf gereicht hätte, um Hilfe zu holen und musste unwillkürlich schmunzeln.

„Was amüsiert dich so?", erkundigte sich Màiri auf der

Stelle, und als Joan schwieg, setzte sie ebenfalls ein Grinsen auf und sagte: „Du hast recht, Calum ist ein Tölpel und gerade gut genug, um Vieh zu beaufsichtigen."

Sie kicherte, dann wirbelte sie herum und entschwand mit der Bemerkung, dass sie nach dem Essen zurückkäme und Joan die neusten Nachrichten übermitteln würde.

Mit Heißhunger stürzte sich Joan auf das gebratene Huhn, dazu gab es frisches dunkles Brot und eine Art süßes Bier. Sie glaubte, noch nie in ihrem Leben solche Köstlichkeiten gegessen zu haben, und als sie satt war, lehnte sie sich zurück, blickte ins Feuer und ging noch einmal im Geiste die Ereignisse des Tages durch.

Noch vor wenigen Stunden hatte sie in diesem übelriechenden Loch gesessen und gedacht, den Gestank nie wieder aus ihrer Nase zu bekommen. Doch nun, da sie nach Kräutern und frisch gewaschener Wäsche duftete, kam ihr die Zeit im Kerker nur noch wie ein böser Traum vor.

Die Kammer war gemütlich, doch konnte sie Joan nur eine vorübergehende Zuflucht bieten. Màiri musste ihr bei der Flucht aus der Burg helfen, aber falls sie es jemals tun würde, musste sie zuvor die Wahrheit kennen, aber wie sollte sie ihr alles erklären, wo ihr doch selbst das alles ein Rätsel war.

Noch während Joan sich den Kopf darüber zerbrach, kam ihre Beschützerin zurück.

„Du musst dich verstecken", raunte sie Joan zu, „die Wanne wird gleich abgeholt. Ich hatte vorhin, als man sie brachte, gesagt, dass ich ein Bad nehmen wolle – und eben fragten mich die Männer, ob ich damit fertig sei."

Wie von der Tarantel gestochen war Joan aufgesprungen und blickte angstvoll zur Tür, doch Màiri beruhigte sie schnell wieder. „Niemand von den Clansmännern würde es wagen, meine Räume zu betreten, ohne vorher anzuklopfen."

Helle Kinderstimmen drangen durch das dicke Holz der Tür, offensichtlich waren der kleine Ewan und sein Bruder Anndra auf der Suche nach ihrer Mutter.

Mit weichen Knien kroch Joan unter das Federbett, das nach frischem Heu und Wäschestärke roch.

„Bleib dort, bis ich dir Bescheid gebe." Màiri zog rasch den Vorhang zu und entfernte sich. Joan konnte hören, wie sie mit ihren Söhnen sprach und dann herzhaft lachte.

Nur wenige Minuten später öffnete sich erneut die Tür und schwere Schritte kündigten die Männer an, die die Zinkwanne abholten. Joan fragte sich, warum sie das Wasser nicht aus dem Fenster schütteten, sondern stattdessen die volle Wanne.

Eine weitere halbe Stunde musste Joan in ihrem Versteck verharren, bevor Màiri wieder auftauchte. „Es ist alles in Ordnung, du kannst herauskommen, meine Kinder schlafen. Heute werden wir nicht mehr gestört."

Erleichtert verließ Joan das Bett und gesellte sich zu Màiri, die mittlerweile am Tisch Platz genommen hatte und sich am Webrahmen zu schaffen machte.

„Was tust du da?", fragte Joan interessiert und wies auf den Webrahmen. Màiri spannte innerhalb des Rahmens flink mit einem langen Faden ein dichtes Gitter.

„Ich will Tuch für ein neues Plaid weben", erklärte Màiri geduldig. „Meine Familie trägt nur den Tartan, den ich herstelle."

„Oh", machte Joan, die überhaupt nichts begriff.

Als Màiri dies bemerkte, lächelte sie und sagte: „Jeder Clan hat sein eigenes, ganz spezielles Karomuster in verschiedenen Farben, das man Tartan nennt. Du musst dich wegen deiner Unwissenheit nicht genieren, die meisten Engländer wissen nicht viel über unsere Kultur."

Neugierig geworden, erwiderte Joan: „Ich sah einige Männer im Burghof, die dieselben Farben in ihren Plaids trugen, allerdings nicht so leuchtend wie in dem deines Bruders."

Bei diesen Worten überzog ein Anflug von Stolz Màiris Gesicht. „Daran erkennst du die Familienmitglieder der MacLaughlins, die Plaids der anderen Männer werden von deren Frauen gewebt. Die leuchtenden Farben sind mein Geheimnis, nur ich kenne die Zusammenstellung aus verschiedenen Moosen und Blumen, um dieses auffällige Rot und Grün zu erzeugen."

Im Verlauf des Abends erfuhr Joan, dass Màiri eine ganz bestimmte Stelle im Wald kannte, an der die Pflanzen wuchsen, die sie zum Färben des Garnes benötigte, das ihre Schwester Darla zuvor zu feinen Fäden spann.

„Mein Vater ist übrigens immer noch völlig außer sich", sagte Màiri unvermittelt, ihre kleine Hand führte dabei unaufhörlich das Webschiffchen zwischen den gespannten Fäden hindurch. „Wie ich mir bereits gedacht habe, wurde nur über das Verschwinden der ‚Hexe' geredet. Alle glauben, du hättest dich durch einen Zauber in Luft aufgelöst und der arme Calum ist noch immer verstört, weil er den unverzeihlichen Fehler begangen hat, dich für kurze Zeit alleine zu lassen."

„Dein Vater weiß doch bestimmt, dass du dich viel um mich gekümmert hast", entgegnete Joan. „Hat er dich denn gar nicht im Verdacht, dass du deine Hände im Spiel hattest?"

„Aye, natürlich hat er mich gefragt, ob mir etwas aufgefallen ist, aber ich habe verneint und ganz entsetzt getan, weil die Gefangene, der ich die Mahlzeiten gebracht habe, doch eine Hexe ist." Màiri ließ für einen Augenblick das Schiffchen sinken. „Was wohl Ewan dazu sagt, wenn er morgen Abend zurückkommt?"

„Du wirst ihm doch nicht die Wahrheit sagen?"

„Natürlich nicht!" Màiri nahm ihre Arbeit wieder auf.

Obwohl das Tuch erst wenige Zentimeter lang war, konnte man schon den typischen Tartan der MacLaughlins erkennen. „Ewan und ich haben zwar keine Geheimnisse voreinander, aber in diesem Fall werde ich schweigen. Mein Bruder ist ein Hitzkopf, und die Gefahr, dass er dich verrät, ist zu groß."

Joan sah den gutgebauten Mann wieder vor sich und fragte beiläufig: „Hat er auch schon eine eigene Familie?"

„Nein, obwohl es mehrere Kandidatinnen gibt. Er hat sich bisher noch nicht entschieden, obwohl die Frauen ihn anhimmeln und einige sich ihm sogar anbiedern." Màiri warf einen vorsichtigen Seitenblick auf Joan und als sie merkte, dass die Engländerin nicht schockiert zu sein schien, fuhr sie in vertraulichem Ton fort: „Es ist schon vorgekommen, dass Ewan nach einem Fest eines der Mädchen in seinem Bett vorfand ... völlig unbekleidet." Die letzten Worte hatte sie nur gehaucht. „Selbstverständlich hat er sie sofort hinausgeworfen."

„Selbstverständlich", wiederholte Joan und dachte wieder an das attraktive Äußere des Highlanders. Sie wusste nicht, wie die Männer in früheren Jahrhunderten reagiert hatten, aber zu ihrer Zeit würde ein Mann von Ewans Format seine Beliebtheit ausnutzen und nichts anbrennen lassen.

Unvermittelt legte Màiri das Webschiffchen neben den Rahmen und stand auf. „Wir sollten zu Bett gehen, es ist schon spät."

Auch Joan war müde, erst jetzt merkte sie, wie erschöpft sie nach den Strapazen des vergangenen Tages war und freute sich darauf, endlich wieder in einem richtigen Bett schlafen zu dürfen.

Bevor Màiri die Kammer verließ, nahm Joan sie in den Arm und sagte leise: „Ich danke dir für alles."

„Ich habe doch gar nicht viel getan", wiegelte Màiri verlegen ab, „nur ein wenig Hilfestellung geleistet."

„Nein, es ist viel mehr, und das weißt du genau. Du riskierst Kopf und Kragen, indem du mich versteckst, obwohl du so wenig von mir weißt."

Màiri strich ihr sachte über den Arm. „Du wirst es mir schon erzählen, aye? Ich vertraue dir, wenn du sagst, dass du nichts Böses im Sinn hattest, als Ewan dich entdeckte."

Ohne auf eine Antwort zu warten, eilte sie flink zur Tür. Dort hielt sie einen Moment inne und drehte sich noch einmal zu Joan um. „Wir sollten ein Klopfzeichen ausmachen, damit du weißt, dass ich es bin, die zu dir will. Zweimal klopfen?" Und als Joan zustimmend nickte, machte Màiri eine leichte Kopfbewegung zum Fenster. „Hüte dich davor, tagsüber hinauszusehen, du könnest von jemandem entdeckt werden, der aus dem Wald kommt. Dein Haar ist so auffällig, man würde dich sofort erkennen. Vielleicht sollte ich dir eine Haube besorgen."

Dann winkte sie Joan zu und entschwand in ihr Schlafgemach. Das Feuer war inzwischen heruntergebrannt, nur die Reste einiger Scheite glimmten noch.

Joan gähnte herzhaft. Wie primitiv die Menschen damals doch gelebt hatten, ohne Elektrizität, fließendem Wasser, Fernsehen und Telefon, und doch waren sie zufrieden und schienen nichts zu vermissen.

Wie auch? Was man nicht kannte, konnte man schwerlich vermissen, und nachdem Joan sich in das schmale Bett gequetscht hatte, fiel ihr ein, dass sie nun dieses Leben mit ihnen teilen musste.

Noch während sie sich überlegte, wie lange es wohl noch dauern würde, bis sie wieder in ihrer Zeit war, fielen ihr die Augen zu.

Ein zweimaliges Klopfen ließ Joan auffahren, doch dann beruhigte sie sich schnell wieder. Es konnte nur Màiri sein, die da an der Tür war. Fahles Licht fiel durch einen Vorhangspalt ins Zimmer, demzufolge musste der neue Tag bereits begonnen haben.

Vorsichtig wurde die Tür geöffnet. Màiri trug noch ihr bodenlanges Nachthemd und das lange, dunkle Haar offen, und erst jetzt konnte Joan erkennen, wie schön und dicht es war – so schön wie das ihres Bruders.

„Hast du gut geschlafen?“ Barfuß trippelte Màiri näher und ließ sich auf der Bettkante nieder. „Ich hab vor Aufregung kaum ein Auge zugetan. Das Bett ist ziemlich eng, aye?“

Joan streckte sich, dann setzte sie sich auf und bekannte ehrlich: „Ich habe herrlich geschlafen, nach dem schmutzigen Stroh im Kerker kommt mir das Bett wie das Lager eines Königs vor.“

Beruhigt atmete Màiri auf und verkündete, dass ihre Söhne bald wach sein würden und sie sich dann um sie kümmern müsse. Sie bückte sich und nahm ohne Scham den Nachttopf auf, den Joan zu benutzen gezwungen war.

„Ich werde dir erst nach dem Frühstück etwas zu essen bringen können“, sagte sie weiter. „Dann kann ich dir auch sagen, wie die Stimmung unter den Leuten ist. Du kannst dich inzwischen ankleiden und etwas lesen, wenn du magst.“ Dabei wies sie auf ein kleines Regal neben dem Kamin, in dem ordentlich aneinander gereiht einige Bücher standen.

Ohne Eile zog sich Joan an, nachdem Màiri sie wieder allein gelassen hatte. Noch wagte sie nicht zu fragen, wie lange die kleine Kammer ihr Zuhause sein sollte, denn irgendwann musste die Tochter des Lairds sie doch aus dem Versteck lotsen – und wenn sie Glück hatte, würde Màiri ihr sogar den Weg zu Ceana Mathesons Grab zeigen.

Die Stützstäbe des Mieders kniffen unangenehm in Joans

Brust, daher lockerte sie die Verschnürung ein wenig. Sie fragte sich, wie die Frauen es ertrugen, ihr ganzes Leben in diesen panzerartigen, bewegungseinschränkenden Leibchen zu verbringen.

Wie von Màiri empfohlen, zog Joan den dunklen Vorhang nur ein kleines Stück zur Seite und achtete darauf, dabei nicht von unten gesehen zu werden. Süchtig nach Frischluft öffnete sie das Fenster einen Spalt und sog tief die würzige Luft ein, die vom nahen Wald in die Kammer hinein strömte.

Unten wurden Männerstimmen laut, und ertappt zog sich Joan zurück; einige Clanleute schienen sich zu unterhalten, und kurz darauf hörte man mehrstimmiges Hufgetrappel. Joan vermutete, dass es sich um einen Trupp handelte, der sie in den Wäldern suchen sollte, und tatsächlich konnte sie wenig später einige Reiter, gehüllt in den MacLaughlin-Tartan, geradewegs in den Wald hinein reiten sehen.

Eiligst schloss Joan das Fenster wieder; die Aussicht, was man mit ihr anstellte, wenn ihr Versteck aufflog, jagte ihr eine Gänsehaut nach der anderen über den Körper.

Allmählich meldete sich Joans Magen, und um die Zeit bis Màiris Rückkehr zu überbrücken, unterzog sie das Stück Tuch auf dem Webrahmen einer genaueren Untersuchung. Sachte strich sie mit den Fingerkuppen über den gleichmäßig gewebten Stoff; glatter konnte keine noch so moderne Maschine Tuch herstellen.

Dann schweiften Joans Blicke zu dem Regal, und sie besah sich die einzelnen Buchtitel. Die meisten Werke waren in Gälisch verfasst, aber es gab einige englische Bücher, die man in Joans Zeitalter als Klassiker bezeichnete.

Als es zweimal klopfte, war Joan nahe daran, in die Nische zu springen, doch dann fiel ihr ein, dass Màiri dieses Klopfzeichen vorgeschlagen hatte. Trotzdem blieb Joan einen Augenblick das Herz stehen, als sich langsam die Tür öffnete.

Erleichtert atmete sie auf und eilte Màiri entgegen, um ihr das Tablett abzunehmen.

„Verzeih, dass es so lange gedauert hat“, sagte Màiri verlegen. „Aber es wäre aufgefallen, wenn ich bei der sonntäglichen Andacht nicht dabei gewesen wäre.“

Joan wusste aus den Reiseführern, dass die Schotten erzkatholisch waren und viele Clans ihre eigenen Kirchen und Kapellen besaßen.

„Wie ist die Stimmung bei deinen Leuten?“, erkundigte sich Joan, bevor sie sich über das Frühstück hermachte. „Bin ich immer noch Gesprächsthema Nummer eins?“

Màiri betrachtete sie einen Moment nachdenklich, dann setzte sie wieder ihre gutmütige, sanfte Miene auf und kicherte dann hinter vorgehaltener Hand.

Verblüfft fragte Joan: „Was ist denn plötzlich so lustig?“

„Och, deine Ausdrucksweise ist manchmal ein wenig eigenartig, aber das kommt sicherlich daher, weil du aus London kommst, da spricht man wohl etwas anders.“

Im Stillen nahm sich Joan vor, besser aufzupassen, bevor sie das nächste Mal den Mund aufmachte, um keinen unnötigen Verdacht zu erregen. Sie nickte, hob die Schultern und erklärte beiläufig, dass Stadtmenschen eine etwas saloppere Wortwahl vorzogen.

„Meine Mutter ist heute gar nicht aufgestanden, die gestrigen Ereignisse haben sie zu sehr mitgenommen“, schilderte Màiri daraufhin. „Und mein Vater wettert und poltert, seitdem dein Verschwinden bemerkt wurde. Jetzt hat er einige seiner Männer in alle Himmelsrichtungen losgeschickt, um nach dir suchen zu lassen.“

Joan nickte bedächtig. „Ich weiß, ich habe ein paar von

ihnen in den Wald reiten sehen." Und als Màiri erschrocke die Augen aufriss, fügte sie beschwichtigend hinzu: „Sie haben mich nicht gesehen."

Màiri leistete ihrem Gast während des Frühstücks Gesellschaft, danach entschuldigte sie sich. „Ich muss die gefärbten Garne von der Trockenstange nehmen und aufwickeln das wird den ganzen Tag in Anspruch nehmen."

Die Aussicht, stundenlang mutterseelenallein in der Kammer verbringen zu müssen, behagte Joan überhaupt nicht, aber zumindest war sie dort in Sicherheit, trug saubere Kleidung und war satt.

Mittags brachte Màiri etwas Brot und Käse, dazu Milch, dann verschwand sie wieder, damit ihre Abwesenheit nicht auffiel. Erst am Abend kam sie zurück; Joan hatte in der Zwischenzeit King Lear von William Shakespeare zu lesen begonnen, aber kaum etwas begriffen, weil ihre Aufmerksamkeit in erster Linie der Kammertür galt. Màiri hatte zwar geschworen, dass niemand Unbefugtes ihr Privatrefugium betreten würde, doch Joan blieb skeptisch. Wer konnte schon ahnen, ob Laird Dòmhnall nicht doch noch einmal die ganze Burg nach der vermeintlichen Hexe durchkämmen ließ?

„Ich habe dieses Werk verschlungen", sagte Màiri am Abend und wies auf das dicke Buch. „Es hat mich völlig gefesselt, sodass ich beinahe meine täglichen Pflichten darüber vergessen habe."

Joan konnte die Begeisterung für die schwere Lektüre zwar nicht teilen, nickte aber zustimmend und sah interessiert zu, wie Màiri vor dem Webstuhl Platz nahm und ihre Arbeit vom Vorabend wieder aufnahm.

„Wie lange webst du für ein Plaid?", fragte sie. „Das muss doch eine Heidenarbeit sein."

„Oh, das geht ziemlich schnell, in einer Woche ist es fertig, dann wird es an den Längsseiten zusammengenäht, damit es die nötige Breite für einen breacan feile[5] hat."

Joan schätzte die Breite des Tuchs auf siebzig bis achtzig Zentimeter. „Und dann werden diese Röcke genäht? Machst du das etwa auch?"

„Nein!" Màiri stieß ein helles Lachen aus. „Das Plaid wird nur gefältelt und mit einem Gürtel am Körper befestigt, ein Teil des Tuches schlingen sich die Männer über die Schulter und befestigen es mit der Clanbrosche."

Joan runzelte die Stirn. Sie kannte nur diese Kilts, die oft bei Schottland-Paraden im Fernsehen gezeigt wurden. „Sind die Gewänder denn nicht furchtbar unpraktisch?"

„Im Gegenteil, sie sind sehr nützlich, denn sie dienen gleichzeitig als Regenschutz und Decke in der Nacht. Oft müssen die Männer die Nächte unter freiem Himmel verbringen, etwa bei einem mehrtägigen Ritt oder wenn sie eine der Herden oben in den Bergen bewachen, wie der arme Calum."

Joan überlegte kurz, dann stellte sie die Frage, die ihr schon seit einiger Zeit auf den Lippen brannte. „Man sagt, die Männer trügen unter ihren Plaids nichts, stimmt das?"

„Aye", gab Màiri lächelnd zurück. „Aber ihre Hemden sind so lang, dass sie sich keine wichtigen Teile erkälten können." Sie kicherte, und diesmal fiel Joan in das Kichern ein.

Es hätte ein lustiger Frauenabend sein können, wenn Joan sich nicht in Lebensgefahr befinden würde. Während Màiri sprach, webte sie, sodass im Verlauf des Abends ein weiteres handbreites Stück Tuch in leuchtenden Farben fertig wurde.

„Mein Bruder war übrigens entsetzt, als er von deinem Verschwinden erfuhr", sagte Màiri unvermittelt. „Auch Peader ist fassungslos, und meine Schwester, das dumme Ding, begann aus Angst vor der Hexe zu heulen." Zuvor hatte sie berichtet, dass die drei kurz vor dem Abendessen heimgekehrt waren. „Ewan ist genauso verbohrt wie mein Vater, er ist fest davon überzeugt, dass du dich in Luft aufgelöst hast."

Joans Blick schweifte wieder zur Tür, hinter der sich Màiris Schlafgemach befand. „Wann kommt dein Mann eigentlich zurück?" Spätestens dann wurde das Versteck zu unsicher.

„Ich habe keine Ahnung, wann Tèarlach wieder hier sein wird. Manchmal ist er Monate unterwegs, manchmal nur wenige Wochen. Oft erhalte ich in dieser Zeit keine Nachricht von ihm." Màiris Tonfall hatte sich bei diesen Worten verändert, sie schien nicht sehr traurig darüber zu sein, sondern klang eher gleichgültig, als sei dieser Zustand schon immer so gewesen und daher unabänderlich.

„Aha, und was macht dein Mann, wenn er so viel unterwegs sein muss?"

„Er streift mit ein paar anderen Männern durch die Highlands und sucht nach Leuten, die keinem Clan angehören", erwiderte Màiri. „Er bietet ihnen den Schutz der MacLaughlins an und die Aussicht, als Kleinbauer auf unserem Gebiet Grund und Boden zu pachten, wenn sie meinem Vater den Treueeid schwören."

„Was soll das für einen Sinn haben?"

Abrupt erhob sich Màiri, legte den Webkamm ordentlich neben den Rahmen und gab mit plötzlich verschlossener Miene zurück: „Wir leben in unruhigen Zeiten, Seonag. Dir als Engländerin brauche ich wohl nicht zu sagen, weshalb die Clans gesunde, kräftige Männer brauchen, die im Ernstfall gegen unsere Feinde kämpfen."

Joan begnügte sich mit dieser Antwort, sie erinnerte sich noch gut an den Trupp Dragoner, den sie von ihrem Versteck aus beobachtet hatte. Die Männer hatten finster und entschlossen ausgesehen.

Die nächsten Tage verliefen ähnlich. Joan, die ihre Freiheit immer geliebt hatte, wanderte oft stundenlang in ihrem Gefängnis auf und ab, und nur der Gedanke, dass sie nun wesentlich besser aufgehoben war als im Lager der Gesetzlosen und im Kerker der Burg, hielt sie aufrecht.

Die Sehnsucht nach dem einundzwanzigsten Jahrhundert, dem Komfort ihres Lebens und den Annehmlichkeiten, die früher so selbstverständlich gewesen waren, zeriss Joan fast. Wenn sie sich vorstellte, nie wieder die Londoner Stadtluft mit ihren Autoabgasen riechen zu können, nie wieder ihre Mutter und Ted Lincoln sehen zu können, geriet sie in Panik und würde am liebsten die Kammer verlassen, um sich auf eigene Faust zum Grab ihrer Urahne durchzuschlagen, obgleich ihr klar war, dass sie keinen Fuß aus Glenbharr Castle setzen würde, ohne nicht entdeckt und festgenommen zu werden.

Nur ihre angeborene Vernunft hielt sie davor zurück und die Aussicht, dass Màiri sich zu gegebener Zeit bereit erklären würde, ihr zur Flucht zu verhelfen. Inzwischen befand sich Joan eine Woche in ihrem Versteck, und aus den beiden so unterschiedlichen Frauen waren Freundinnen geworden; auch wenn Màiris mitunter skeptisch gegenüber der geheimnisvollen Engländerin eingestellt war.

Seit der Ankunft in der Kammer hatte Màiri nicht mehr gefragt, was Joan auf dem Gebiet der MacLaughlins verloren hatte, doch Joan spürte, dass die Schottin gerne mehr darüber erfahren würde. Doch Màiri war klug genug zu warten, bis Joan freiwillig plauderte.

14. Kapitel

Wieder einmal verbrachten die Frauen den Abend gemeinsam in der kleinen Kammer. Màiri hatte Joan angeboten, ihr das Weben beizubringen und einen weiteren Rahmen besorgt. In geheucheltem Interesse hatte Joan das Angebot angenommen, doch sie hatte rasch Gefallen an dieser Arbeit gefunden, und außerdem vertrieb sie ihr die Zeit.

Joans Tuch sah grob und unregelmäßig aus, so fingerfertig wie Màiri würde sie wohl nie werden. Aber wenn diese ihre Arbeit lobte, strahlte Joan vor Stolz. Die Zeit bei Lincoln & Fletcher schien schon Jahre zurückzuliegen, dabei waren erst ein paar Wochen vergangen.

Màiri hatte gerade von den Fortschritten ihrer kleinen Nichte Ealasaid erzählt, als plötzlich die Tür zur Kammer aufgestoßen wurde. Beide Frauen fuhren erschrocken zusammen und sprangen kreischend auf.

Ewan MacLaughlin blieb wie angewurzelt im Türrahmen stehen, als er erkannte, wer sich in der Kammer seiner Schwester aufhielt. Joan stand ebenfalls reglos da. Beide starrten sich ungläubig und entsetzt an.

Màiri hatte sich als Erste wieder in der Gewalt, sie trat zögernd zu ihrem Bruder und erklärte ihm etwas auf Gälisch, doch es schien, als würde er ihr überhaupt nicht zuhören. Nach wie vor hing sein Blick an Joan, die inzwischen die Stuhllehne fest umklammerte.

Jetzt war alles vorbei! Ewan würde nichts Eiligeres zu tun haben, als zu seinem Vater zu eilen und ihm zu verraten, dass er die Entflohene gefunden hatte.

Schließlich stieß Ewan ein paar gälische Worte aus, worauf Màiri auf Englisch bat: „Lass uns in Seonags Sprache reden, damit sie versteht, was wir sagen."

Ihr Bruder wandte langsam den Blick von Joan ab und trat näher. Eiligst schloss Màiri die Tür hinter ihm, um weitere unliebsame Besucher zu verhindern.

„Warum hast du nicht geklopft?", fragte Màiri vorwurfsvoll. „Es gehört sich nicht, einfach in meine ganz persönliche Kammer einzudringen."

Ewan blieb in einem sicheren Abstand zu Joan stehen, und erwiderte, ohne sie aus den Augen zu lassen: „Ich habe geklopft, und das sogar mehrmals, aber es hat niemand geantwortet. Stattdessen hörte ich Lachen, wegen dem du mein Klopfen wohl überhört hast."

Joan begann am ganzen Körper zu zittern. Ihr Herz schlug so laut, dass sie glaubte, die anderen könnten es hören.

Noch immer richtete Ewan das Wort nicht an die vermeintliche Hexe, sondern an seine Schwester und nahm auf einer Wäschetruhe Platz. „Weshalb hältst du sie versteckt? Weißt du nicht, wer sie ist?"

„Aye, sie ist Engländerin und ganz sicher nicht die wiederauferstandene Ceana Matheson. Hätte Vater sie genauer in Augenschein genommen, wäre ihm aufgefallen, dass Seonag nur dieselbe auffällige Haarfarbe hat wie Ceana. Ich hab sie damals mit eigenen Augen gesehen, Vater hat sich geirrt!"

Ewan blieb weiterhin skeptisch, sein schönes Gesicht wurde geheimnisvoll durch den Schein des Kaminfeuers erhellt. Die bitterböse Miene allerdings milderte das Bild des stolzen, edlen Highlanders.

„Du hast gegen Vaters Willen verstoßen!" Seine Augen blitzten zornig. „Außerdem hat Calum geschildert, dass ...

diese Frau", dabei blickte er abwertend zu Joan, die noch immer keinen Ton von sich gegeben hatte, „sich eigenartig gebärdet hat. So etwas hat er noch nie gesehen, sagt er."

Màiri setzte sich auch wieder, dabei schüttelte sie den Kopf und erklärte, dass es sich um ein Schauspiel gehandelt hatte, um Calum zu erschrecken.

„Wie hast du sie hierher geschmuggelt? Die ganze Burg wurde durchsucht."

Ein feines Lächeln erschien kurz auf Màiris Lippen. „Du erinnerst dich an den alten Geheimgang, den wir als Kinder entdeckten?"

Ewan sprang entrüstet auf und trat zu seiner Schwester. „Wie konntest du nur?"

„Ich bin von Seonags Unschuld überzeugt und wollte verhindern, dass sie im Kerker zugrunde geht. Sie hat mir leidgetan; sieh sie dir doch an. Sieht so eine Hexe aus?"

Dazu äußerte sich Ewan nicht, sondern ging wortlos zu der Truhe zurück und ließ sich wieder darauf nieder. „Und was soll jetzt mit ihr passieren? Soll sie in deiner Kammer hausen und dir Gesellschaft leisten, so lange Tèarlach nicht da ist?"

Màiris Blick wurde unsicher, als sie entgegnete: „Natürlich nicht, aber ich kann Seonag auch nicht in die Freiheit führen. Zunächst muss der Aufruhr verebbt sein, und ich hoffe, dass Tèarlach in der Zwischenzeit nicht auftaucht."

„Hm, er würde genau dasselbe machen, was ich jetzt tun werde." Wieder stand er auf, wandte sich aber nun der Tür zu. „Ich sage Vater, dass er die Suche abbrechen kann, weil ich sie gefunden habe."

Màiri stand rasch auf und war mit wenigen Schritten bei ihrem Bruder, der sie um Haupteslänge überragte. Verzweifelt rang sie die Hände, als sie flehte: „Tu es nicht, ich bitte dich! Wenn du Seonag verrätst, verrätst du gleichzeitig mich, deine Schwester! Vater wird mich und meine Söhne aus dem Clan verstoßen, das kannst du doch nicht wollen."

Unentschlossen blieb Ewan stehen und schien nachzudenken. Dann warf er einen letzten flüchtigen Blick zu Joan und ging, ohne ein weiteres Wort zu sagen.

Diese war mittlerweile so bleich wie ein Leichentuch geworden und starrte noch minutenlang der heftig ins Schloss geworfenen Tür nach, aus Furcht, der schottische Hüne könne jederzeit wieder auftauchen, im Schlepptau ein paar finster dreinblickende Clansmänner.

„Mach dir keine Sorgen, er wird nichts verraten." Màiri bedeckte Jonas zitternde Hände mit ihren eigenen.

„Dadurch würde er auch mir schaden, und das wird er niemals riskieren. Ewan und ich haben eine sehr enge Bindung; er ist der einzige Mensch auf dieser Welt, der alles von mir weiß, und umgekehrt ist es ebenso." Ihre Stimme klang fest, doch ein Hauch von Unsicherheit war nicht zu überhören.

War Ewans Liebe zu seiner Schwester wirklich größer als die Gehorsamspflicht gegenüber seinem Vater?

In dieser Nacht schlief Joan wieder kaum, beim kleinsten Geräusch schreckte sie hoch und blickte sich verwirrt in der Nische um, in der es so dunkel wie in einem Grab war.

Bevor Màiri am Vorabend gegangen war, hatte sie Joan versprochen, noch einmal mit ihrem Bruder zu reden und ihm klar zu machen, dass er auch Màiris Leben gefährdete, wenn er plaudern würde.

Stundenlang lag Joan wach, sie rechnete damit, dass man jeden Augenblick kommen würde, um sie zu holen. Mit Schaudern dachte sie an Ceana Mathesons schreckliche Strafe; Laird Dòmhnall war nicht nur streng, sondern grausam – und dazu abergläubisch.

Fieberhaft überlegte sie, ob es nicht doch eine Fluchtmöglichkeit aus der Burg gab, denn nicht nur Ewan war eine Gefahr, sondern auch Màiris Mann, der jeden Tag von seinen Streifzügen in den Bergen zurückkommen konnte. Joan zweifelte nicht daran, dass Tèarlach sie auf der Stelle verraten würde, wenn er sie entdeckte.

Es musste doch einen zweiten Ausgang bei einem so riesigen Gebäude geben! Gleichzeitig fiel ihr ein, gelesen zu haben, dass Glenbharr Castle wie die meisten Burgen nur durch das Haupttor zu erreichen war; aus Angst vor Feinden, die durch Nebenpforten eindringen konnten, gab es keine weiteren Tore.

Also hatte Màiri nicht gelogen, als sie behauptet hatte, dass eine Flucht durch das scharf bewachte Burgtor unmöglich war. Eine Flucht aus dem Fenster war ebenso ausgeschlossen.

Vor Erleichterung stöhnte Joan leise auf, als sie Màiris vereinbartes Klopfen hörte. Die junge Schottin trat mit zuversichtlichem Lächeln ein und balancierte das Frühstückstablett zum Tisch. Seitdem auch Joan sich im Weben übte, war nicht mehr viel Platz auf der blank gescheuerten Tischplatte.

„Hast du mit deinem Bruder gesprochen?“, fragte Joan mit unsicherer Stimme, als sie sich an den Tisch setzte und sich das Haar flocht, um das weiße Häubchen aufzusetzen, das Màiri ihr bereits vor Tagen gegeben hatte. Bisher hatte sich Joan geweigert, es zu tragen, aber nach dem schockierenden Ereignis musste Màiri sie nicht mehr daran erinnern. Ewans Blick hatte sich in Joans feuerrotem Haar verfangen, wie gebannt hatte er darauf gestarrt, in einer Mischung aus Furcht und Abscheu.

„Aye, er hat mir noch einmal bittere Vorwürfe gemacht und über meinen Leichtsinn geschimpft; natürlich musste ich ihm jedes Detail der Flucht verraten. Aber dann versprach er, Vater nichts zu sagen."

„Kann man sich auf sein Wort verlassen?" Ungeduldig versuchte Joan ihre Haarpracht unter die ungewohnte Haube zu quetschen, doch erst, als Màiri eingriff und geschickt die Flechten um Joans Kopf schlang, klappte es. „Ich traue deinem Bruder nicht, denn immerhin habe ich es ihm zu verdanken, dass ich im Kerker gelandet bin und mich verstecken muss."

Langsam setzte sich Màiri ihr gegenüber, legte die Hände in den Schoß und erwiderte nachdenklich: „Ich habe mich heute Morgen lange mit Ewan unterhalten, er hat dich mit zur Burg genommen, um mehr von dir zu erfahren. Es kam ihm verdächtig vor, dass du dich vor einem Trupp Dragoner versteckt hattest, wo du doch selbst Engländerin bist. Und deine eigenartige Aussprache passte auch nicht zu der Lumpenkleidung, die du getragen hast; all dies hat dich in Ewans Augen verdächtig gemacht. Die Sasannach machen uns das Leben schwer, wo sie nur können, und es ist Ewans Pflicht, die Augen aufzuhalten und verdächtige Personen festzunehmen." Sie brach ab und sah Joan eine Weile beim Essen zu.

„Hätte er mich doch bloß laufen lassen", gab Joan unvermittelt mit Verzweiflung in der Stimme zurück, „dann wäre ich längst wieder zu Hause!"

Bedächtig ruhten Màiris dunkle Augen auf Joan, dann schluckte sie einmal und fragte kaum hörbar: „Wer bist du?"

Einen Moment überlegte sie, dann entschloss sie sich, zumindest einen Teil ihrer Geschichte zu erzählen. „Ich machte einen Spaziergang durch den Wald, als ich in eine Art Grube stürzte und um Hilfe rief, weil ich mir das Fußgelenk verstaucht hatte. Leider hörten nur ein paar Wegelagerer meine Rufe, sie nahmen mich mit und hielten mich tagelang gefangen." Sie schob die Ärmel etwas hoch, sodass die inzwischen verblassten Wunden, die die Handfesseln verursacht hatten, zu sehen waren. „Nach einigen Tagen gelang mir die Flucht und gerade, als ich aus dem Wald herausgefunden hatte, traf ich auf deinen Bruder ... oder besser gesagt, er auf mich."

Doch diesmal ließ sich Màiri nicht so schnell beschwichtigen; offensichtlich hatte sie das Gespräch mit Ewan nachdenklich gemacht. „Aye, das will ich dir gern glauben, aber du sagst, dass du aus London kommst und dorthin zurück möchtest. Wie bist du in unsere Wälder geraten? Keine feine Dame macht einen Spaziergang im Dickicht, wenn sie keinen guten Grund dafür hat."

Dem hatte Joan nichts entgegen zu setzen und machte sich wieder über ihr Frühstück her. „Vertrau mir, eines Tages werde ich dir alles sagen, aber jetzt kann ich noch nicht darüber reden."

„Schade." Màiri erhob sich. „Wenn Ewan genau wüsste, weshalb du dich vor den Soldaten deines Landes versteckt hast, könnte er vielleicht besser verstehen, weshalb ich dir Unterschlupf gewähre."

Joan nickte, obwohl sie eher das Gegenteil annahm. Würde sie dem Sohn des Lairds die Wahrheit sagen, würde sie vermutlich nicht wieder im Kerker landen, sondern in der Grube.

„Was hast du vor?", fragte sie, als Màiri aus einer Ecke einen geflochtenen Henkelkorb holte und Anstalten machte, die Kammer zu verlassen. „Ich dachte, du würdest mir zumindest so lange Gesellschaft leisten, bis ich mit dem Frühstück fertig bin."

„Das würde ich gern, aber ich muss neue Pflanzen und Blumen zum Färben sammeln. Ich hatte dir doch von dieser einsamen Stelle erzählt, wo sie besonders farbenprächtig wachsen." Sie machte mit dem Kinn eine Bewegung zum Fenster, dessen Vorhänge nun aufgezogen waren, sodass helles Morgenlicht in die kleine Kammer strömte. „Heute wird ein besonders sonniger Tag, und ich möchte nicht versäumen, meinen Vorrat an Pflanzen zu vergrößern."

Joan beneidete Màiri um ihre Freiheit. Sie konnte gehen, wohin sie wollte und so viel klare Luft einatmen, wie sie mochte.

Nachdem sie wieder alleine war, zog sie ihren Webrahmen zu sich heran und betrachtete kritisch ihr Werk. Ihr Tuch würde niemals so fein werden wie Màiris, doch das Weben half, mit ihrer Angst fertig zu werden.

Sie wusste nicht, wie lange sie mit gesenktem Kopf über ihrer Arbeit gesessen hatte, als ein Geräusch sie herumfahren ließ.

An der Tür stand Ewan, sein Verhalten schien allerdings nicht mehr ganz so abweisend zu sein wie am Vorabend. Langsam trat er näher und blieb neben dem Tisch stehen.

„Màiri ist nicht hier", sagte Joan mit belegter Stimme, als sie merkte, dass Ewan sie stumm betrachtete. „Sie hat nicht gesagt, wann sie zurück sein wird."

„Ich weiß, dass sie im Wald auf Pflanzensuche ist", gab er mit verschlossener Miene zurück. „Deshalb bin ich auch nicht hier."

Joans Herz schien in die Magengegend zu rutschen, sie hatte bereits befürchtet, dass Ewan ihretwegen die Kammer seiner Schwester aufgesucht hatte. Er griff die Lehne eines Stuhles, drehte ihn herum und setzte sich rittlings darauf, Joan ließ er dabei nicht aus den Augen.

„Màiri und ich haben uns vorhin lange über Euch unterhalten. Sie ist von Eurer Unschuld überzeugt, aber ich bin das nicht. Möglich, dass Ihr keine Hexe seid und unser Vater bei Eurem Anblick zu hysterisch reagiert hat ... doch Ihr seid nicht ohne Grund durch unsere Wälder geirrt."

Stockend erzählte Joan noch einmal so viel, wie sie bereits Màiri anvertraut hatte. Doch genau wie sie schien ihr Ewan nicht zu glauben, hin und wieder erschien sogar ein spöttisches Grinsen auf seinem hübschen Gesicht.

„Wenn Ihr mir die Freiheit schenken würdet, würde ich Euch nie wieder unter die Augen treten", bemerkte Joan beiläufig, obwohl sie wusste, dass sie Ewan damit kaum beeindrucken konnte. Als er zur Antwort laut auflachte, war sie deshalb auch nicht erstaunt.

„Das könnt Ihr vergessen, Teuerste." Er neigte seinen muskulösen Oberkörper etwas vor, sodass Joan wieder seinen verführerischen männlichen Geruch wahrnehmen konnte. „Wenn es nach mir ginge, würdet Ihr bis in alle Ewigkeit im Kerker bleiben. Aber ich habe meiner Schwester versprochen, zu schweigen und daran halte ich mich, aber nicht Euretwegen, sondern um Màiri und ihre Familie zu schützen."

Er stand so abrupt auf, dass Joan zusammenzuckte.

„In Zukunft werde ich ein Auge auf Euch halten, und glaubt mir ... wenn mir etwas verdächtig an Euch vorkommt, werde ich Euch eigenhändig an den Haaren zu meinem Vater schleifen." Die Drohung war eindeutig, und Joan hielt es für angebrachter, keinen Protest zu erheben.

Das Zufallen der Tür hinter ihr sagte Joan, dass Ewan gegangen war, ohne sich zu verabschieden.

„Blödmann", zischte sie, nachdem sie sich vergewissert hatte, dass sie wirklich alleine war und fluchte dann verhalten, als sie bemerkte, dass sich das Garn auf dem Webschiffchen verknotet hatte.

Offensichtlich wusste Màiri vom Besuch ihres Bruders bereits, als Joan ihr am Abend davon erzählte. Sie war überhaupt nicht erstaunt, sondern sagte lediglich: „Er ist eben neugierig, will wissen, was du für ein Mensch bist.“

„Neugierig? Mir kam er sehr misstrauisch und grimmig vor“, gab Joan zurück.

„Er kann auch sehr charmant sein. Aye, das kann er. Wenn ihm ein Mädchen gefällt, wird er zahm wie ein Hündchen, und kein Mensch würde ihm abnehmen, dass er ein starker, stolzer Krieger ist und eines Tages Clanoberhaupt der MacLaughlins sein wird.“

Joan versuchte, sich Ewan als Liebhaber vorzustellen, doch das gelang ihr nicht. Allerdings musste sie widerwillig zugeben, dass der Sohn des Lairds ein anziehendes Äußeres besaß, eine wilde Männlichkeit, die sie bei Männern in ihrem Jahrhundert immer vergeblich gesucht hatte. Wäre Ewan ihr im Jahr 2005 begegnet, würde sie sich sehr angezogen von ihm fühlen.

„Wie alt ist dein Bruder?“, fragte Joan beiläufig. „Er sieht noch sehr jung aus.“

„Siebenundzwanzig, er wurde genau ein Jahr später geboren, nachdem meine Mutter ...“ Sie stockte, sprach dann leise weiter. „Ein Jahr nach der Geburt des toten Babys kam Ewan zur Welt, ich war damals fünf Jahre alt.“

Im Geiste rechnete Joan nach, demnach war Màiri zweiunddreißig Jahre alt und sah dafür noch erstaunlich jung aus.

„Dein Bruder ist genauso alt wie ich“, bemerkte Joan. „Das ist aber auch die einzige Gemeinsamkeit, fürchte ich.“

„Du darfst ihm sein ruppiges Verhalten nicht übel nehmen, er ist ein vorsichtiger Mensch, und das muss er auch sein. Er erzählte mir, dass ihn fast der Schlag getroffen hatte, als er mit dir vor unseren Vater trat und dieser schrie, dass du die wieder auferstandene Hexe seiest.“

Joan hatte noch deutlich die kurze, aber beeindruckende Szene mit Laird Dòmhnall MacLaughlin vor Augen; und bei der Erinnerung an den Riesen mit seinen wütenden Gestikulationen lief ihr noch nachträglich ein Schauer über den Rücken. Màiri hatte erwähnt, dass ihr Vater streng, aber gerecht war ... nun, das konnte Joan nicht beurteilen, nur, dass er eine angsteinflößende Persönlichkeit war. Seiner großen Gestalt und den wilden blonden Haaren nach zu urteilen, musste er von den Wikingern abstammen.

Die Gesichtszüge seines Sohnes hingegen waren feiner und edler.

Màiri merkte nichts von Joans eigenartigen Gedankengängen, sondern ließ unaufhörlich das Webschiffchen durch die gespannten Fäden gleiten.

„Ewan wird uns in Zukunft öfters Gesellschaft leisten", sagte sie, ohne aufzusehen. „Ich weiß nicht, warum er das tun will, aber er wird seine Gründe haben. Vermutlich möchte er versuchen, von dir zu erfahren, wer du wirklich bist."

Bis auf das dumpfe Geräusch des Webkamms, mit dem Màiri nach jeder gewebten Reihe das fertige Tuch zusammenschob, und dem knisternden Kaminfeuer war es still in der Kammer.

Langsam legte Joan ihr Webschiffchen zur Seite. „Ich muss dir und deinem Bruder sehr geheimnisvoll erscheinen, und ich werde dir eines Tages sagen, wieso ich hier bin. Aber eines musst du mir glauben: Ich habe nichts verbrochen und auch nichts Böses im Sinn."

Mit einem sanften Lächeln blickte Màiri auf, nahm Joans Hand und drückte sie leicht. „Ich weiß, dass du nichts Böses im Sinn hast, aber das will Ewan einfach nicht glauben."

Unterdrückt seufzte Joan auf. Wenn er seine Androhung wahr machte und sie öfters aufsuchen würde, müsste sie sich wohl auf einige Wortgefechte gefasst machen.

Bereits am nächsten Vormittag, während Màiri sich um

ihre Söhne kümmerte, betrat Ewan, ohne vorher anzuklopfen, die kleine Kammer, sodass Joan, die mit Shakespeares King Lear in der Nähe des Fensters saß, einen spitzen Schrei ausstieß und das Buch mit einem lauten Knall zu Boden fallen ließ.

„Habt Ihr denn keine Manieren?", stieß sie atemlos hervor, nach der Unterhaltung mit Màiri mutig geworden. „Man betritt den Raum einer Lady nicht, ohne vorher anzuklopfen."

Amüsiert hob Ewan eine Augenbraue, bevor er näher trat und erwiderte: „Ich sehe hier keine feine Dame." Ungefragt zog er sich einen Stuhl heran und setzte sich dicht gegenüber Joan. „Was lest Ihr da?"

„King Lear, das Buch gehört Eurer Schwester."

Er lächelte breit und sah plötzlich gar nicht mehr so grimmig aus. Dann hob er den dicken Wälzer vom Boden auf und erklärte: „Genau wie Màiri und Darla hatte ich Privatlehrer, denen ich mein heutiges Wissen zu verdanken habe. Neben der englischen Sprache standen natürlich auch die großen Dramatiker und griechischen Philosophen auf dem Stundenplan."

Vor Verblüffung fiel Joan keine Antwort ein, und so nickte sie nur vage. Ein gebildeter Highlander – so etwas gab es also auch!

Mit einer großzügigen Geste reichte er Joan das Buch zurück. „Ihr könnt ruhig weiterlesen, das stört mich nicht."

„Aber mich", antwortete sie knapp und legte das Buch auf den Fenstersims. Dann richtete sie ihren Blick auf den Mann vor sich, der ihr direkt in die Augen schaute. Sie fragte sich, was er wohl von ihr denken mochte, und als sie bemerkte, dass sein Blick langsam zu ihrem hochgeschnürten Busen glitt, griff sie spontan zu ihrem Schultertuch und schlang es sich um, obwohl es warm im Zimmer war.

„Mein Vater hat sich mittlerweile wieder etwas beruhigt“, sagte Ewan unvermittelt. „Das heißt allerdings nicht, dass Ihr jetzt sicher seid. Jeder Bewohner von Glenbharr Castle ist angehalten, ihm sofort Bescheid zu geben, wenn er Euch sieht.“

„Dann ahnt er, dass ich noch hier bin?“

Achselzuckend erwiderte er: „Das kann ich nicht sagen, aber zumindest konnte ihn meine Mutter besänftigen. Auch sie will nicht glauben, dass Ihr diese Hexe seid.“

Immerhin etwas! Leicht beflügelt sagte Joan: „Wenn es so ist, brauche ich mich doch eigentlich nicht mehr zu verstecken.“

Wieder hob Ewan eine Augenbraue, und Joan sollte bald erfahren, dass dieses eine Geste der Belustigung war. „So einfach ist es aber nicht, Seonag. Ihr seid als Engländerin unsere Feindin, habt Ihr das vergessen? Weshalb habt Ihr Euch vor den Truppen des Königs versteckt? So etwas tut nur jemand, der nicht entdeckt werden will.“

„Unsinn.“ Sie zog das Plaid fester um ihre Schultern, um Zeit zu gewinnen. Eine logische Erklärung musste schnellstens gefunden werden, wenn sie sich nicht noch verdächtiger machen wollte.

Ewan lehnte sich zurück, verschränkte die Arme unter der muskulösen Brust und blickte abwartend zu Joan hinüber, die noch immer mit ihrem Schultertuch beschäftigt war. „Ich warte.“

„Meine Güte, ich hatte Angst!“, stieß sie schließlich hervor. „Nachdem ich von Wegelagerern überfallen worden war, hielt ich es für sicherer, mich bei jedem verdächtigen Geräusch im Dickicht zu verstecken.“

„Soso. Ihr hättet aber zu den Dragonern laufen und sie um Hilfe bitten können. Ich denke, der Kommandant hätte dafür gesorgt, dass Ihr schnell und sicher wieder nach England gekommen wärt."

„Was haben die Soldaten in Euren Wäldern gewollt?", fragte sie, um vom eigentlichen Thema abzulenken. „Sie sahen ziemlich entschlossen aus."

Ungläubig starrte Ewan sie an. „So dumm und unerfahren könnt Ihr doch nicht sein. Die Sasannach versuchen, uns Hochlandschotten zu unterdrücken und uns ihre Gesetze aufzuzwingen. Das ist seit den ersten Aufständen im Jahre 1715 so, ich kenne es gar nicht anders. Überall sind die Rotröcke stationiert, auf der Route von Perth nach Inverness, in Ruthven, haben sie sogar Zeltlager errichtet, um unsere Clans besser kontrollieren zu können." Seine Stimme klang hart und verbittert, und zum ersten Mal konnte Joan eine Spur Verständnis dafür aufbringen, dass Engländer bei den Highlandern so verhasst waren.

Sie holte tief Luft. „Ich kann nichts für das, was meine Landsleute hier treiben und habe nichts damit zu tun." Sie wich erschrocken zurück, als Ewan sich plötzlich nach vorn beugte.

„Seid Ihr sicher, dass Ihr nichts damit zu tun habt? Ihr wolltet meiner Schwester nicht sagen, was Ihr auf dem MacLaughlin-Gebiet zu tun hattet – aber ich werde es herausfinden."

Langsam stand er auf.

„Ich werde wiederkommen, falsche Lady", sagte er an der Tür gefährlich leise, „und ich verspreche, dass ich Euer Geheimnis lüften werde, und wenn es Jahre dauern sollte."

Der Gedanke, noch Jahre in dieser Kammer eingesperrt bleiben zu müssen, ließ Joan verzweifelt aufschluchzen. Ewan ließ sich nicht so einfach beschwichtigen wie seine

Schwester, aber wenn sie von ihrer Zeitreise erzählte, würde man ihr erst recht nichts mehr glauben.

An diesem Abend schien Màiri besonders gut gelaunt zu sein. Ihr Gesicht glühte vor Aufregung, und ihre braunen Augen glänzten voller Vorfreude. Joan wagte nicht zu fragen, ob Tèarlach zurück erwartet wurde, denn das würde bedeuten, dass ihr Versteck zu unsicher wurde.

„Du siehst sehr glücklich aus", stellte sie daher betont beiläufig fest. „Gibt es etwas Besonderes?"

Màiri lachte fröhlich. „In zehn Tagen hat mein Vater Geburtstag, es soll ein großes Fest geben – und morgen will ich wieder hinaus in den Wald, um nach meinen ganz speziellen Pflanzen zu suchen."

Joan spürte, dass sie ihr etwas verschwieg, ging jedoch nicht näher darauf ein, sondern erzählte von Ewans Besuch.

„Er hat es sich wohl in den Kopf gesetzt, zu ergründen, wer du wirklich bist." Sie lächelte plötzlich geheimnisvoll. „Weißt du eigentlich, wie schön du bist?"

„Ich ... äh", stammelte Joan und zupfte verlegen an ihrer Haube, die wie meistens irgendwie nicht richtig sitzen wollte. „Ja, das heißt nein ..."

Wieder lachte Màiri. „Verlegenheit steht dir gut. Übrigens wird Ewan dich heute nicht mehr belästigen, er und Vater sind bei einer Versammlung."

Joan war es recht, so konnte sie wenigstens den Abend genießen, wenn man das eintönige Weben bei Kerzenlicht überhaupt als Genuss bezeichnen konnte.

„Daingead!", sagte Màiri plötzlich heftig, als der Faden riss und entschuldigte sich gleich darauf mit errötendem Gesicht. „Verzeihung, das ist mir nur so herausgerutscht."

„Keine Ursache, ich weiß überhaupt nicht, was dieses Wort bedeutet."

„In deiner Sprache würde man sagen: Verdammt!“ Màiri schien einen Augenblick nachzudenken, dann fragte sie mit Begeisterung in der Stimme: „Hast du Lust, ein wenig Gälisch zu lernen?“

Joan zögerte. Warum eigentlich nicht? Das war sicherlich lustiger, als Shakespeare zu lesen; also nickte sie. „Sehr gerne. Ich kann mir zwar nicht vorstellen, jemals so zu sprechen, aber vielleicht kann ich deinen Vater das nächste Mal verstehen, wenn er mich anbrüllt.“

Für den Bruchteil einer Sekunde schien Màiri schockiert zu sein, doch als sie sah, dass Joan grinste, lachte sie erneut. „Nun gut, fangen wir mit dem schönsten Satz an, den es gibt: Tha gaol agam ort!“

Beifallheischend sah sie Joan an, doch die hob nur ratlos die Schultern.

„Das bedeutet: Ich liebe dich. Sag selbst, sind diese Worte nicht wundervoll?“ Ihre Augen leuchteten, und ihre Stimme klang wärmer und weicher, als Joan sie jemals vernommen hatte.

„Ja wirklich, sehr schön“, beeilte sie sich zu sagen, dann ließ sie ihren Blick durch den Raum gleiten. „Und was heißt Fenster?“

„Uineag“, kam es, wie aus der Pistole geschossen zurück, ein paar weitere Beispiele folgten.

Joan schnitt eine Grimasse. „Das werde ich nie lernen!“ In Gedanken fügte sie hinzu, dass sie in ihrem Zeitalter, in dem sie bald wieder zu sein hoffte, Gälisch glücklicherweise niemals brauchen würde.

Später erzählte Màiri begeistert von der cèilidh[6], die zu Ehren von Laird Dòmhnalls zweiundfünfzigstem Geburtstag veranstaltet werden sollte.

„Alle Oberhäupter unserer befreundeten Clans mit ihren Familien sind eingeladen“, schwärmte Màiri. „Für unsere

Pächter gibt es einige gebratene Ochsen und zwei Fässer Whisky, und abends wird auf dem Burghof Musik gemacht und getanzt." Sie hielt inne. „Schade, dass du nicht dabei sein kannst. Vielleicht ist es möglich, dass du von einem Fenster im Gang aus einen Blick auf den Burghof werfen kannst. Abends werden die meisten Männer ohnehin betrunken sein und nicht darauf achten, ob jemand am Fenster steht", überlegte Màiri laut. „So hättest du wenigstens etwas von dem Fest."

Joan plagten ganz andere Sorgen; sie musste unbedingt einen Weg aus der Burg herausfinden. Vielleicht bot die cèilidh eine Gelegenheit dazu?

Dieser Gedanke hatte sich in Joan festgebrannt und ließ sie nicht mehr los. Zwar hatte sie noch keine Ahnung, wie sie sich durch das Burgtor schummeln sollte, aber zumindest bestand nun die Hoffnung auf Freiheit.

Bevor sie einschlief, musste sie wieder an Ceana Matheson denken. Aus welchem Grund hatte ihre Urahne sie in die Vergangenheit geholt, wie sie es schon einmal bei Großmutter Fiona versucht hatte? Seit dem Aufenthalt im Lager der Gesetzlosen hatte Joan keinerlei Zeichen mehr von Ceana erhalten, ihr Schlaf war schwer und traumlos. Doch sie spürte, dass sie nicht grundlos ins Jahr 1731 gelockt worden war.

„Seid Ihr jetzt mit mir zufrieden?" Ewan verbeugte sich tief mit spöttischer Miene, nachdem er an die Tür geklopft und die Kammer betreten hatte. Ob Màiri wohl ein ernstes Wort mit ihrem ungehobelten Bruder gesprochen hatte?

In gespielter Würde nickte Joan. „Ich sehe, Ihr seid lernfähig." Um ein Haar hätte sie hinzugefügt: ‚Was führt Euch zu mir?' Aber das klang ihr dann doch zu hochtrabend.

Ewan hockte sich auf die Kante des Tisches. „Habt Ihr mich gestern Abend vermisst?" Und als sich ihre Miene verschloss, fügte er, immer noch grinsend, hinzu: „Sagt nichts, ich weiß auch so, dass Ihr nicht viel Wert auf meine Anwesenheit legt."

„Dem kann ich nicht widersprechen." Fast wütend stach sie das Webschiffchen zwischen den Spannfäden hindurch.

Eine Weile sah er ihr schweigend zu, dann sagte er: „Wenn Ihr den Rahmen weiterhin wie einen Feind behandelt, werdet Ihr niemals so feines Tuch wie meine Schwester weben."

„Ich bin auch lernfähig", gab sie mit honigsüßer Stimme zurück und schob den Webrahmen von sich. Ewans Anwesenheit machte sie nervös, auch wenn sie das nur ungern zugab.

Herausfordernd blickte sie ihn an und fügte hinzu: „Nun, wollt Ihr mich weiter verhören?"

Sie bemerkte, dass er wunderschöne, gleichmäßige weiße Zähne hatte, als er plötzlich lachte. „Ihr habt eine ziemlich spitze Zunge, Seonag. Ich glaube fast, Ihr habt kein Benehmen, denn sonst wüsstet Ihr, dass eine Lady niemals vorlaut und widerspenstig zu sein hat."

„Das mag zwar auf den Highlands zutreffen, nicht aber auf das moderne London im Jahre ...", konterte sie, und konnte sich gerade noch rechtzeitig zurückhalten, um sich nicht zu verplappern.

Ewan schien sie mit ihrem Gefühlsausbruch wenig beeindruckt zu haben, denn er hatte nichts als einen belustigten Blick für sie übrig. „So lange Ihr unser ‚Gast' seid, wird Euch nichts anderes übrig bleiben, als sich den Gepflogenheiten meines Landes anzupassen."

„Wenn es nach mir ginge, würde ich diese Art von Gastfreundlichkeit auf der Stelle beenden." Sie streifte ihn mit einem giftigen Blick, um gleich darauf den Webrahmen weiter zu traktieren. „Niemand hat Euch gebeten, mich hierher zu verschleppen – und das auch noch völlig ungerechtfertigt! Man wird mich längst vermisst haben und nach mir suchen."

Das war noch nicht einmal gelogen, allerdings würde sie niemand finden, solange sie sich im achtzehnten Jahrhundert aufhielt. All ihre Freunde würden erst in mehr als zweihundert Jahren geboren werden, ging es ihr durch den Kopf.

„Habt Ihr in London Familie?", fragte Ewan unvermittelt, dabei klang seine Stimme wieder etwas versöhnlicher.

Sie nickte beklommen, verspürte plötzlich wieder diese verzweifelte Sehnsucht nach ihrem Leben in der Zukunft.

„Dann gibt es also tatsächlich einen Mann, der mit Eurer Widerspenstigkeit zurecht kommt?"

Ihn traf ein weiterer bitterböser Blick, bevor sie hervorstieß: „Ich bin nicht verheiratet und habe auch keine Kinder, wohl aber eine Mutter und viele Freunde. Was geht es Euch überhaupt an?" Sie machte eine heftige Handbewegung, dabei glitt ihr das Webschiffchen aus der Hand und fiel mit einem dumpfen Ton auf den Steinfußboden.

Ewan stand auf und bückte sich, und zur selben Zeit, als Joan nach dem Schiffchen griff, erreichte er es ebenfalls. Für den Bruchteil einer Sekunde berührten sich ihre Hände und als hätte sie sich verbrannt, zuckte Joan zusammen.

„Màiri sollte Euch eine andere Aufgabe zuteilen, für das Weben unseres Tartans scheint Ihr mir völlig ungeeignet zu sein", sagte er, als er Joan das Webschiffchen reichte. Und obwohl seine Stimme so ironisch klang wie meistens, sagte sein Blick etwas ganz anderes.

Er schien in Joans grüne Augen einzutauchen – nur für ein paar Sekunden, doch das genügte, um sie aus dem Konzept zu bringen. Die spitze Bemerkung, die ihr auf der Zunge gelegen hatte, war vergessen.

Stumm standen sie sich gegenüber, bis sich Joan räusperte und so gleichgültig wie möglich fragte: „Warum helft Ihr mir nicht, aus dieser Gefangenschaft zu entkommen?“

Wie auf ein geheimes Kommando verschloss sich Ewans Miene wieder, er zuckte lässig mit den Schultern und sagte beiläufig: „Das kommt darauf an, ob Ihr mir die Wahrheit sagt.“

„Und wenn Ihr die Wahrheit wüsstet?“

„Dann würde ich entscheiden, ob ich meinem Vater von Eurem geheimen Versteck erzähle oder Euch gleich wieder in den Kerker werfen lasse.“

Wütend drehte sich Joan auf dem Absatz um, verschränkte die Arme und ging zum Fenster, wo sie sehnsüchtig erst auf die Bäume, dann in den blauen Himmel blickte. Es hatte keinen Zweck, mit Ewan kooperieren zu wollen, der sture Kerl ließ einfach nicht mit sich reden.

Flüchtig dachte sie daran, ihm eine Lügengeschichte aufzutischen, aber diesen Gedanken verwarf sie schnell wieder, denn Ewan war zu klug, um alles zu glauben ... allerdings würde er die Wahrheit auch nicht glauben.

Als sich Joan wieder umdrehte, war er verschwunden, und Tränen der Verzweiflung schossen ihr in die Augen. Es musste doch einen Weg geben.

Màiri zeigte sich erfreut, als Joan ihr später berichtete, dass ihr Bruder in der Kammer gewesen war. Auf Joans Bemerkung, dass man mit Ewan nicht reden könnte, winkte Màiri nur lächelnd ab und meinte: „In Wahrheit ist er ein liebenswerter Mensch, und man kann ihm bedingungslos vertrauen. Du siehst, er hat dich nicht bei unserem Vater verraten, wie er es versprochen hat.“

„Ich traue ihm trotzdem nicht“, murrte Joan, worauf Màiri vorsichtig entgegnete, dass das wohl auf Gegenseitigkeit beruhe.

Joan beschloss, nicht mehr an Ewan zu denken, sondern bat Màiri, ihr weitere gälische Wörter beizubringen. Und so verging ein weiterer Abend, ohne dass Joan einen Schritt weiter gekommen wäre in Bezug auf ihre Freilassung. Als sie später in ihrem schmalen Bett lag, nahm sie sich vor, Màiri zu verraten, dass sie eine Zeitreisende war – noch nicht am nächsten Tag, aber so bald wie möglich.

Lange würde Joan es nicht mehr ertragen, eingesperrt zu sein. Sie versuchte sich zu erinnern, wann sie in diese unselige Grube gestürzt war, dann fiel es ihr plötzlich wieder ein, die blaue Datumsanzeige am Armaturenbrett des Leihwagens sprang vor ihr geistiges Auge: Es war der 15. Juli 2005 gewesen.

15. Kapitel

Màiri machte ein nachdenkliches Gesicht, als Joan sie am nächsten Morgen nach dem Datum fragte. „Ich glaube, wir haben heute den 10. August. Wieso fragst du?“

„Ich möchte wissen, wie lange ich schon hier bin.“ Wie jeden Tag mühte sich Joan mit der Verschnürung des Mieders ab, sodass Màiri ihr anbot, zu helfen. In wenigen Sekunden hatte sie das Band durch die Ösen gezogen und zum Abschluss mit einer Schleife versehen.

„Ist das so wichtig für dich?“ Sie schielte vorsichtig zu Joan hinüber, die an diesem Morgen besonders unglücklich aussah. „Wenn es einen Weg gäbe, dir die Freiheit zu schenken, würde ich es tun, das weißt du.“

Resigniert ließ Joan die Schultern sinken, um sich gleich darauf an den Tisch zu setzen, auf dem ihr Frühstück stand. „Dein Bruder würde mich am liebsten wieder ins Verlies stecken, und es ist nur eine Frage der Zeit, bis er es wirklich tut. Außerdem ist es sehr wichtig zu wissen, wie lange ich in den Highlands bin ... es sind über drei Wochen.“

Màiri setzte sich ebenfalls und erwiderte nachdenklich: „Ich kann mir vorstellen, wie sehr du dich nach deinem Zuhause sehnst. Warum sagst du Ewan nicht endlich, wer du wirklich bist, Seonag? Vielleicht würde er sich dann etwas einfallen lassen, um dich aus der Burg zu schleusen. “Es gibt nur einen Weg in die Freiheit: Mein Vater muss dazu seine Einwilligung geben.“

Joan stöhnte leise auf, es war wie ein Teufelskreis, aus dem sie wohl niemals herauskommen würde.

„Ja, aber er darf doch gar nicht wissen, dass ich mich noch in der Burg aufhalte“, sagte sie mutlos und legte den Rest des hellen Brotes auf den Teller zurück.

„Wie ist es bei der Geburtstagsfeier deines Vaters?“, fragte sie schließlich, „da wird das Burgtor doch nicht bewacht, oder?“

Màiri sah sie mit großen Augen an. „Es wird wie immer abends fest verschlossen sein, außerdem wird es selbstverständlich bewacht. Du ahnst nicht, wie gefährlich wir hier leben.“

„War ja auch nur so eine Idee“, murmelte Joan und aß den letzten Rest Brot, indem sie ihn mit einem Stück Schafskäse belegte.

Ein Geräusch ließ Joan herumfahren, und als sie Ewan MacLaughlin erkannte, der wieder ohne Anklopfen eingetreten war, konnte sie nicht umhin, ihn wenig höflich zu begrüßen, indem sie zischte: „Ah, der hohe Herr lässt sich herab, die Gefangene zu besuchen.“

„Ihr seid heute aber besonders freundlich“, entgegnete er unbeeindruckt, spazierte gemütlich durch die Kammer und ließ sich auf einen Stuhl fallen.

„Nun, wollt Ihr mich weiter verhören?“

„Wer redet denn davon?“ Er lehnte sich bequem zurück, was darauf schließen ließ, dass er es nicht eilig hatte, seinen täglichen Pflichten in der Burg nachzugehen. „Es handelt sich um einen ganz normalen Besuch.“

„Ach.“ Joan begann erneut um den Tisch herumzuwandern, als wäre Ewan gar nicht vorhanden.

„Würdet Ihr mir freundlicherweise erklären, was Ihr da treibt?“

Ihre Antwort kam schnell: „Ich will nicht, dass meine Beinmuskeln erschlaffen. Infolge meiner Gefangenschaft gibt es für mich leider keine andere Art von Spaziergängen."

„Redet Ihr mit allen Männern in diesem giftigen Ton?", erkundigte er sich scheinheilig, ohne auf Joans Worte einzugehen. „Ich fürchte, Ihr werdet als alte Jungfer enden."

Abrupt blieb Joan stehen, das war zu viel! Sie holte tief Luft, dann drehte sie sich langsam zu Ewan herum und sagte: „Ihr scheint es zu genießen mich zu quälen."

Ihr Tonfall schien ihm nicht zu gefallen, denn sein Gesichtsausdruck wurde sehr ernst. „Hütet Eure Zunge, Seonag. Ich bin kein Bauer, den ihr damit beeindrucken könnt."

„Schon gut." Sie hob resigniert die Hände. „Ich werde versuchen, mich zu bessern, aber versprechen kann ich nichts, okay?"

Als er sie verständnislos anblickte, fiel ihr ein, dass es das Wort ‚okay', das aus den USA stammte, noch gar nicht gab. Amerika war noch Kolonie und die großen Unabhängigkeitskriege würden erst in über fünfzig Jahren stattfinden.

„Ihr redet manchmal wirklich merkwürdig", bemerkte Ewan nach einer Weile, in der beide geschwiegen hatten. „Das ist meiner Schwester auch schon aufgefallen."

„Ich finde Euer Gälisch auch recht gewöhnungsbedürftig", gab sie schlagfertig zurück.

An diesem Tag ließ sich Ewan nicht mehr sehen, und abends erzählte Màiri, dass er sehr brummig beim Essen gewesen sei.

„Vermutlich machen ihm wieder einige Plünderer das Leben schwer", sagte sie.

Um Màiri abzulenken, bat Joan sie, über ihren Clan zu erzählen.

„Die einzelnen Clans wurden schon vor vielen hundert

Jahren gegründet", erzählte diese prompt, und Joan lehnte sich entspannt zurück. „Ein Mann namens Laughlin hat unseren Clan im Jahre 1398 ins Leben gerufen."

Andächtig lauschte Joan.

„Er erwarb das Gelände mit dem Namen Glenbharr und ließ diese Burg bauen; wie du siehst, ist die noch heute unser Familienstammsitz." Auch Màiri hatte, ohne es zu merken, ihre Arbeit niedergelegt.

„Dann gehören alle Leute hier und in der Umgebung zu deiner Familie?"

„Oh nein, nur meine Eltern, Geschwister und einige nähere Verwandte, die anderen sind Leute, die sich unserem Clan angeschlossen haben."

„Wie Calum?"

Màiri schmunzelte. „Aye, wie der arme Calum. Aber es gibt auch sehr viele Familien, die ein Stück unseren Landes gepachtet haben und es bewirtschaften, sie haben sich rund um die Burg angesiedelt. Auf dem steinigen Boden wächst allerdings außer Hafer kaum Getreide, deshalb leben die meisten von ihnen von der Schaf- und Rinderzucht."

„Ihre Namen lauten dann etwa Seumas Innes vom Clan MacLaughlin. Die meisten Crofter sind arm, deshalb besteht ihre Pacht oft aus Wolle oder Leder." Sie lachte kurz auf. „Wir können gar nicht alles verarbeiten, deshalb wird ein großer Teil davon verkauft, an andere Clans oder an die Lowlander."

Dass es mehr Schafe als Menschen gab, hatte Joan bereits auf ihrer Fahrt nach Baile a'Coille bemerkt; also schien sich dies in den kommenden Jahrhunderten kaum geändert zu haben.

„Was haben diese Leute davon, sich einem Clan anzuschließen?", fragte sie stirnrunzelnd. „Schottland ist groß und es gibt sicherlich genügend Land zum Siedeln."

„Das ist richtig, aye. Aber wer sich einem Clan anschließt, steht unter dem Schutz der Familie, bei Hungersnöten oder Angriffen durch verfeindete Clans sind die MacLaughlins sofort zur Stelle.“

„Hm, du erzähltest neulich etwas von einem Treueeid, was ist das?“

Langsam nahm Màiri wieder das Webschiffchen zur Hand, und während sie es geschickt zwischen den Spannfäden hindurchschob, sagte sie: „Das ist die Gegenleistung. Jeder, der sich auf unserem Gebiet niederlassen möchte, muss meinem Vater diesen Schwur leisten. Er bedeutet, dass die Männer aufseiten des Clans kämpfen, früher waren die Feinde meistens andere Clans, die Fehden reichten oft bis Hunderte von Jahren zurück.“ Sie hielt kurz inne und ihr Gesicht verdunkelte sich. „Inzwischen sind die meisten Fehden begraben, denn es gibt einen anderen, viel stärkeren Feind.“ Dabei warf sie einen schnellen Blick zu Joan.

Obwohl sie sich nicht näher dazu äußerte, wusste Joan, dass die englischen Truppen gemeint waren, die in ihrer Fremdherrschaft das schottische Volk kontrollierten und unterdrückten.

Sie erinnerte sich dunkel daran, in einem der Reiseführer von der Zerschlagung der Clans gelesen zu haben und grübelte darüber nach, wann dies gewesen war. Inständig hoffte sie, dass die herzensgute Màiri und ihre Familie diese Niederlage nicht mehr erleben mussten.

„Ich glaube, wir sollten zu Bett gehen, es ist schon recht spät geworden“, sagte die Schottin im nächsten Moment, legte die Webutensilien beiseite und streckte sich. „Morgen beginnen die Vorbereitungen für die cèilidh, ich werde dann leider nicht viel Zeit für dich haben.“

Im Stillen hoffte Joan, dass auch Ewan in die Vorbereitungen eingebunden wurde.

Ihr stilles Gebet wurde nicht erhört, denn kurz nach dem Frühstück machte er seine Aufwartung und begrüßte Joan mit den bissigen Worten: „Es ist immer wieder aufregend, die Freude in Eurem Gesicht zu sehen, wenn ich Euch besuchen komme, Seonag."

„Es steht Euch frei, Euch von meinem Anblick zu befreien, indem Ihr mich laufen lasst", gab sie zurück.

Sie zuckte leicht zusammen, als sie plötzlich Ewans Stimme dicht an ihrem Ohr vernahm. „Ihr kennt doch die Spielregeln: Erst sagt Ihr mir, wer Ihr seid, und dann entscheide ich, was mit Euch geschehen wird."

Er stand so dicht bei Joan, dass sie die Wärme seines Körpers spüren und seinen männlichen Duft riechen konnte. Als sein langes Haar ihre Schulter streifte, wich sie instinktiv einen Schritt zur Seite und drehte sich zu ihm um.

„Ich versichere Euch noch einmal, dass ich nichts Böses im Sinn hatte, als ich Eure Wälder durchstreifte und ...", sagte sie mit fester Stimme, doch ein Blick in Ewans Augen ließ sie verstummen.

„Sagt, wart Ihr in Begleitung, als Ihr in jenes Erdloch gefallen seid?"

„Nein", erwiderte sie wahrheitsgemäß.

„Sehr merkwürdig, meint Ihr nicht? Eine Frau streift ganz allein durch die schottischen Wälder?"

Langsam wandte sie den Kopf und sah zu Ewan hinauf, der sie mit einem unergründlichen Blick musterte.

Joan fühlte sich plötzlich unwohl unter seiner Musterung und fragte ziemlich schroff: „Was starrt Ihr mich eigentlich so an?"

Ewans Miene verhärtete sich augenblicklich, er murmelte etwas, das sich wie ‚Verzeihung' anhörte, und dann hatte er es sehr eilig, die Kammer zu verlassen.

Kopfschüttelnd blickte Joan ihm nach; aus diesem Mann wurde sie einfach nicht schlau.

Begeistert berichtete Màiri abends von den Vorbereitungen zum Fest, die sie den ganzen Tag über beschäftigt hatten.

„Erzähl mir von deiner Mutter", bat Joan unvermittelt. „Ich hatte bisher nicht das Vergnügen, sie kennen zu lernen – ebenso wenig wie deine Schwester."

Màiri blickte einige Sekunden versonnen ins Kaminfeuer, dann sagte sie: „Mutter ist eine wundervolle Frau und der einzige Mensch, der unserem Vater hin und wieder die Meinung sagen darf. Sie ist sehr schön und sanftmütig, von ihr haben meine Geschwister und ich das volle dunkle Haar geerbt." Sie brach ab und wandte sich Joan zu. „Wenn du Glück hast, kannst du sie bei der cèilidh im Burghof sehen. Im Grunde genommen ist mein Vater auch ein guter Mensch, aber er muss oft streng sein, als Clanoberhaupt wird das von ihm erwartet."

„Und deine Schwester, wie ist sie?" Joan konnte nicht sagen, weshalb sie sich plötzlich für Màiris Familie interessierte – vielleicht, weil sie selbst nie Geschwister hatte?

„Darla ist ein kleiner Wirbelwind, sie lacht viel und sieht noch aus wie ein ganz junges Mädchen, obwohl sie selbst schon ein Kind hat. Peader hat sich schon vor Jahren in meine Schwester verliebt, doch er hatte erst vor zwei Jahren den Mut, es ihr zu gestehen."

Wie üblich saßen die beiden Frauen am Tisch vor ihren Webrahmen, für Joan waren es die schönsten Stunden des Tages und das nicht nur, weil sie dann Gesellschaft hatte, sondern auch, weil sie sich in Màiris Gegenwart wohl, ja fast geborgen fühlte.

„Aber Ewan und mich verbindet etwas ganz Besonderes", fuhr Màiri mit sanfter Stimme fort. „Schon bei seiner Geburt wusste ich, dass er mein Lieblingsgeschwisterchen werden würde – obgleich ich damals erst fünf Jahre alt war und nicht ahnen konnte, wie vielen Kindern meine Mutter noch das Leben schenken würde." Sie lächelte leicht. „Mein Gott, war Ewan ein hübscher kleiner Junge! Er konnte mit seinem Lachen jeden um den kleinen Finger wickeln, und ich fühlte mich fast wie seine zweite Mutter."

„Da kann man mal sehen, was aus solch netten kleinen Jungen alles werden kann", murmelte Joan trocken und sah erstaunt auf, als sie Màiri lachen hörte.

„Ewan ist nicht so schlecht, wie du denkst. Er redet übrigens sehr nett von dir, wenn wir uns über dich unterhalten."

„Tatsächlich?" Joans Interesse war geweckt. „Was sagt er denn?"

„Oh, erst vorhin meinte er, dass er dich sehr attraktiv findet und es eine Schande ist, dass du Engländerin bist."

Joan schnitt eine Grimasse. „Wie reizend von ihm. Hat er auch etwas darüber verlauten lassen, wie lange ich noch hier bleiben muss?"

„Ach Seonag, was soll er denn machen? Ihm sind doch die Hände gebunden, und ohne unseren Vater einzuweihen, kannst du die Burg nicht verlassen."

„Schon gut, inzwischen weiß ich ja, dass ich als Engländerin jedem Schotten ein Dorn im Auge sein muss. Aber ich kann doch nichts dafür, du und deine Landsleute waren nie meine Feinde!"

„Wenn es sich so verhält, hast du nichts zu befürchten, wenn du die Wahrheit sagst", gab Màiri leise zurück. Die lodernden Flammen des Kaminfeuers spiegelten sich in ihren sanften brauen Augen wider.

Die Vorbereitungen für Laird Dòmhnall MacLaughlins Geburtstag schienen zügig voranzugehen, jedenfalls berichtete Màiri jeden Tag von den Fortschritten. In ihrer Kammer bekam Joan von alldem nichts mit, sie hörte noch nicht einmal die Klänge der a'phiob[8], die vor jeder Mahlzeit der Familie ertönte. Auch dies wusste Joan nur durch Màiris Erzählungen.

Während der langen einsamen Stunden hatte Joan viel Zeit zum Nachdenken, und die schrecklichen Tage bei den Wegelagerern und im Kerker verblassten allmählich. Màiri sorgte dafür, dass Joan immer saubere Kleidung trug, hin und wieder baden konnte, und sie erneuerte jeden Tag das Wasser in der Waschschüssel. Auch zu essen und zu trinken bekam Joan genug, und ihre im Verlies eingefallenen Wangen waren verschwunden, doch durch die fehlende frische Luft wirkte ihr Teint noch heller und durchscheinender, als er von Natur aus war.

Manchmal gesellte sich auch Ewan zu ihnen, doch er zog es vor, Joan aufzusuchen, wenn diese alleine war. Wenn sie an ihn dachte, loderte wilder Zorn in ihr auf, für sie war er noch immer ein arroganter Widerling, wenn sich inzwischen auch ein anderes, unbekanntes Gefühl in Joan breit gemacht hatte.

Zwei Tage vor Dòmhnalls Geburtstag stieß Ewan zu den beiden Frauen, als sie abends beieinander saßen. Màiris Tartan war fast fertig, während Joans Webarbeit sich weiterhin auf einige unregelmäßige Reihen beschränkte.

„Zu schade, dass Ihr nicht an unserem Fest teilnehmen könnt", sagte Ewan grinsend, zog sich einen Stuhl vor den Kamin und begann, mit einem dolchähnlichen Messer ein Stück Holz zu bearbeiten. „Dann hättet Ihr Gelegenheit, einige sehr wohlerzogene Damen kennen zu lernen."

„Ewan! Sguir dheth[9]!" Màiri streifte ihren Bruder mit

einem strafenden Blick, dann wandte sie sich mit einem entschuldigenden Lächeln an Joan, die eine finstere Miene aufgesetzt hatte. „Er meint es nicht so.“

„Davon bin ich überzeugt. Dein Bruder ist die Liebenswürdigkeit in Person.“

Irgendwann steckte Ewan seinen Dolch in den Strumpf, warf das geschnitzte Holzstück ins Feuer und erhob sich. Bevor er die Kammer verließ, beugte er sich über Joan und sagte mit weicher Stimme: „Und ich bekomme doch noch heraus, wer Ihr seid, Seonag.“

16. Kapitel

Einen Tag vor Laird Dòmhnalls Geburtstag wurde es hektisch in der Burg, und die Geräusche, die die ankommenden Gäste mit ihren Pferdefuhrwerken verursachten, drangen sogar bis nach oben in die Kammer. Joan hatte vom Fenster aus keinen Einblick zur Vorderfront der Burg, aber sie konnte hören, wie immer mehr Menschen eintrafen, mit einem merkwürdigen Ruf begrüßt und dann durch das Burgtor eingelassen wurden.

Zu gerne hätte Joan einen Blick auf das Treiben im Hof geworfen, doch sie wusste selbst, dass dies viel zu gefährlich war. Allerdings fühlte sie sich durch die Aussicht, am nächsten Abend vom Gang her heimlich zusehen zu dürfen, ein wenig versöhnt.

Ewan hatte sich in den vergangenen Tagen kaum blicken lassen, was Joan mit gemischten Gefühlen registriert hatte. Vermutlich hatte ihm sein Vater einige Aufgaben zugeteilt.

„Warte, bis es draußen dunkel ist“, mahnte Màiri am Tag des cèilidh. „Dann schleichst du dich auf den Gang, aber wenn du Schritte oder Stimmen hörst, eile sofort wieder in deine Kammer. Es werden zwar alle im Burghof feiern, aber trotzdem könnten Ewan oder Darla und ihr Mann zu ihren Gemächern gehen.“

Joan wusste bereits, dass die Zimmer des Lairds und seiner Frau sowie dem Personal und der Gäste in anderen Flügeln untergebracht waren, sodass die Gefahr der Entdeckung relativ gering zu sein schien.

„Durch die Fenster im Gang hat man einen genauen Blick auf den Burghof", versicherte Màiri, während sie Joans Frühstücksgeschirr abräumte. „Aber sei vorsichtig und verberge dich hinter dem Vorhang. Ich denke zwar nicht, dass jemand ausgerechnet zu diesen Fenstern schaut, doch man muss mit allem rechnen. Viele unserer Gäste werden um diese Zeit ohnehin betrunken sein und gar nichts mehr merken." Bei den letzten Worten lächelte sie nachsichtig.

„Gehört dein Bruder auch zu denen, die sich bei Festen gerne betrinken?", entfuhr es Joan, bevor sie es verhindern konnte, denn eigentlich interessierte sie das ja gar nicht.

„Och, er ist einem guten Whisky oder Bier nicht abgeneigt, aber ich habe ihn noch nie richtig betrunken gesehen." Màiri war sichtlich nervös, sie zupfte ständig an ihrer Haube oder an den Falten ihres Rockes und schweifte dann vom Thema ab. „Zwischendurch werde ich dir etwas zu essen bringen, aber ich kann dir nicht versprechen, wann das sein wird. Vater möchte uns Kinder gerne den ganzen Tag in seiner Nähe haben, und ich muss einen günstigen Augenblick abpassen."

Im großen Speisesaal von Glenbharr Castle sollte es am Nachmittag ein festliches Bankett geben, hatte Màiri berichtet, und fast alle Gäste, die teilweise tagelang unterwegs gewesen waren, seien inzwischen eingetroffen.

Bevor Màiri an diesem Morgen die Kammer verließ, umarmte sie Joan herzlich und ermahnte sie noch einmal, vorsichtig beim Verlassen der Kammer zu sein.

Trotz der dicken Mauern konnte Joan gedämpft hören, wie im Speisesaal gelacht und gefeiert wurde. Kurz vor Eröffnung des Banketts erschien Màiri mit einem Tablett voller Köstlichkeiten, die sie in der Küche stibitzt hatte. Sie sah sehr hübsch aus in dem langen weißen, rot, blau und schwarz gestreiften Kleid und dem prachtvoll gewebten arisaid, einem Schultertuch, das auf der Brust mit einer Silberschnalle zusammengehalten wurde. Die Ärmel des Unterkleides waren scharlachrot und mit goldener Spitze besetzt. Die langen Haare trug sie an diesem Tag offen.

Als Joan ihr ein Kompliment machte, errötete Màiri zart und drehte sich einmal im Kreis. „Findest du?"

„Aye", erwiderte Joan und dachte flüchtig daran, dass sie zum ersten Mal dieses schottische Wort der Zustimmung ausgesprochen hatte, doch Màiri schien es gar nicht wahrgenommen zu haben. Ihre Wangen glühten und ihre Augen leuchteten, und wenn sie nicht verheiratet gewesen wäre, hätte man meinen können, dass sie ihren Liebsten erwarte.

Joans Herz schlug heftig, als sie schließlich leise die Kammertür öffnete. In Màiris Zimmer war es dunkel, doch die Vorhänge waren geöffnet, und durch den leichten Schein, den die Lichter im Burghof verbreiteten, war es nicht stockfinster.

Mit wenigen Schritten hatte Joan die Tür zum Gang erreicht, doch ihre Hand am Türgriff zögerte. Was sollte sie tun, wenn ihr Màiris Schwester entgegen kam? Darla kannte sie zwar nicht, aber sie würde sich wundern, wer diese fremde Person war und was sie in Màiris Gemach zu suchen hatte.

Vorsichtig spähte Joan auf den Gang hinaus, der jedoch menschenleer und durch einige Wandleuchter schwach erhellt war. Von draußen drangen Dudelsack- und Geigenklänge durch das hohe geschlossene Fenster, vermischt mit lautem Lachen und Grölen.

Wie Màiri ihr geraten hatte, schob Joan einen der nicht zugezogenen Vorhänge beiseite und lugte durch einen schmalen Spalt hinunter auf den Burghof. Es wimmelte von fröhlichen Menschen, die Joan dank der vielen Fackeln und Kerzen und trotz der Höhe gut erkennen konnte.

Als sie Laird Dòmhnall inmitten seiner Gäste entdeckte, schien ihr Herz für einen Schlag auszusetzen, an ihn hatte sie keine besonders gute Erinnerung. Doch an diesem Abend sah der Herr von Glenbharr alles andere als verdrießlich oder wütend aus. Er trug zu seinem breacan feile eine dunkelgrüne Uniformjacke mit goldenen Knöpfen und Tressen, sein wildes Haar war mit einem Samtband ordentlich am Hinterkopf zusammengebunden. Dòmhnall wirkte zufrieden, lachte und scherzte mit seinen Gästen und prostete ihnen zu.

Schließlich schritt er zu einer kleinen zierlichen Frau und umarmte sie zärtlich. Sie schien Màiri wie aus dem Gesicht geschnitten zu sein, sodass Joan annahm, dass es sich um Lairdess Ealsasaid handeln musste; auch sie trug eine ähnliche Tracht wie ihre Tochter.

Interessiert wanderte Joans Blick weiter, dabei stellte sie fest, dass viele der männlichen Gäste andere Tartans als die MacLaughlins trugen, die also demzufolge von anderen Clans stammen mussten. Die Oberhäupter waren gut zu unterscheiden von den anderen, denn all diese Männer wirkten stolz und stattlich und trugen reich verzierte Jacken.

Und dann gewahrte Joan ihre Freundin Màiri, die neben einem gut aussehenden jungen Mann am Brunnen stand und sich offensichtlich angeregt mit ihm unterhielt. Verzückt schaute sie zu ihm auf.

Der Mann gehörte einem anderen Clan an, wie Joan an seinem Tartan erkennen konnte und himmelte die Tochter des Lairds voller Hingabe an, und wenn Joan nicht gewusst hätte, dass Màiris Mann unterwegs war, hätte sie angenommen, dass es sich bei diesem gut aussehenden Burschen um Tèarlach handelte.

Allmählich bekam Joan auf ihrem Beobachtungsposten kalte Füße, die dünnen Leinenschuhe hielten die Kälte des Steinfußbodens kaum ab. Doch das störte sie nicht, zu interessant war das farbenfrohe Geschehen im Burghof. Flüchtig erinnerte sie sich daran, wie verwaist und verlassen er Jahrhunderte später aussehen würde und verdrängte diesen deprimierenden Gedanken.

Und dann sah sie Ewan, und bei seinem Anblick hielt sie den Atem an, was sie allerdings ärgerte. Auch er trug das Haar ausnahmsweise zusammengebunden und eine ähnliche Jacke wie sein Vater; das Spitzenjabot ließ ihn wie einen Edelmann erscheinen. Umringt wurde er von vornehmlich weiblichen Gästen, die ihn teils ehrfürchtig anstarrten, teils unverhohlen anbeteten.

Einem bildhübschen Mädchen strich er liebevoll über die Wange, was bei Joan einen Stich ins Herz auslöste. Ob diese junge Frau seine Auserwählte war? Màiri hatte zwar behauptet, dass ihr Bruder sich noch nicht festgelegt hatte, doch es war möglich, dass sie nicht alles über Ewans Liebesleben wusste.

Verstört fragte sich Joan, ob dieses Mädchen auch so weit ging und sich ungefragt völlig nackt in Ewans Bett legen würde, um eine Nacht mit ihm zu verbringen.

Verärgert schnaufte Joan – sie war doch nicht etwa eifersüchtig? Gleich darauf redete sie sich ein, dass es ihr völlig gleichgültig war, mit wem Ewan flirtete und wen er beschlief. Trotzdem blieb ihr Blick an ihm und der jungen Frau haften, und als Ewan sich abwandte und zu seinem Vater schritt, war sie erleichtert.

Das Fest schien mittlerweile den Höhepunkt erreicht zu

haben, der Whisky floss in Strömen und die ersten Gäste schienen nicht mehr ganz so sicher auf ihren Beinen zu sein. Noch immer war es ruhig im Gang, doch Joan wusste, dass sie sich bald in ihre Kammer zurückziehen musste, um nicht zu guter Letzt doch noch entdeckt zu werden.

Bevor sie ihren Blick endgültig losreißen konnte, sah sie Peader, der sie tagelang mit finsterer Miene bewacht hatte. Dicht an seiner Seite befand sich ein wunderschönes junges Mädchen, dessen Haar im Feuerschein geheimnisvoll glänzte. An der Art, wie die beiden miteinander umgingen, schloss Joan, dass es sich dabei um Màiris jüngere Schwester Darla handeln musste. Auch sie hatte viel Ähnlichkeit mit ihrer Mutter.

Joan zog das Schultertuch fester um ihren Körper, und nach einem letzten sehnsüchtigen Blick schlich sie in die Kammer zurück, die ihr plötzlich noch winziger vorkam. Zu ihrem Erstaunen war Joan enttäuscht darüber, dass sie Ewan nicht mehr gesehen hatte – vielleicht bestieg er gerade das hübsche Mädchen, mit dem er geflirtet hatte.

Sie verzog unmutig den Mund, während sie sich auskleidete, um schlafen zu gehen. Was ging sie dieser Grobian an, der sie wie eine Verbrecherin behandelte? Unnötig, nur einen einzigen Gedanken an ihn zu verschwenden.

Màiris Klopfen weckte Joan am nächsten Morgen. Sie war abends sofort eingeschlafen.

„Hast du etwas sehen können?“ erkundigte sich Màiri, die nun wieder ihre Alltagskleidung trug. „Es war ein wunderschönes Fest.“

Nachdem sich Joan den Schlaf aus den Augen gerieben hatte, erwiderte sie: „Es muss ein sehr schönes und feuchtfröhliches Fest gewesen sein. Hinter dem Vorhang hatte ich einen wunderbaren Beobachtungsposten." Am liebsten hätte sie Màiri nach dem gutaussehenden Mann gefragt, mit dem sie augenscheinlich etwas Vertrauliches verband. Aber sie wollte die Freundin nicht in Verlegenheit bringen, und so schwieg sie. Vielleicht würde Màiri ja von selbst auf diesen Mann zu sprechen kommen.

Zunächst jedoch wies diese sie darauf hin, dass die meisten Besucher noch in der Burg wären und erst im Laufe des Tages ihren Heimweg antreten würden.

„Wenn sie wieder nüchtern sind", fügte sie schmunzelnd hinzu. „Ich habe erfahren, dass die Letzten erst im Morgengrauen zu Bett gegangen sind."

Mit gemischten Gefühlen stand Joan auf; für sie bedeutete es ein weiterer einsamer Tag ohne Gesellschaft, denn Màiri musste sich als Tochter des Hauses um das Wohl der zahlreichen Gäste kümmern.

Am späten Nachmittag – Joan hatte stundenlang am Fenster der Kammer gestanden und sehnsüchtig hinaus gestarrt – klopfte es zweimal hart an die Tür. Noch bevor sie den Mund öffnen konnte, wusste sie, dass nicht Màiri um Einlass bat, sondern ihr Bruder, der dann tatsächlich wenige Sekunden später in voller Lebensgröße vor Joan stand.

„Nun, habt Ihr Euch Gedanken darüber gemacht, ob Ihr mir endlich die Wahrheit gestehen wollt, Mylady?", fragte er ohne Begrüßung und stellte sich neben Joan ans Fenster.

„Ich hätte große Lust, meinem Vater ein nachträgliches Geburtstagsgeschenk zu bereiten, indem ich ihm verrate, welch reizenden Gast er ohne sein Wissen unter seinem Dach beherbergt."

Obwohl Joan innerlich bebte, wirkte sie völlig ruhig.

Sie wandte sie sich langsam zu Ewan um und musste sich zusammenreißen, um nicht loszubrüllen. Doch ihre Wut verebbte, als sie seinen Gesichtsausdruck bemerkte – er lächelte äußerst freundlich.

Trotzdem beschloss Joan, sich nicht davon beeindrucken zu lassen, sondern gab in schnippischem Ton zurück: „Ihr könnt Euch Euren Sarkasmus sparen, Mylord. Euch scheint es großen Spaß zu machen, meine Hilflosigkeit auszunutzen. Aber ich kann Euch trotzdem nicht mehr sagen, als ich bereits getan habe."

Er schnalzte leise mit der Zunge und schüttelte dabei nachsichtig den Kopf. „Seonag, Seonag. Warum seid Ihr nur so furchtbar verbohrt?" Genau wie seine Schwester trug Ewan nun auch wieder seine alltägliche Kleidung, was ihn allerdings nicht weniger attraktiv machte als der Galaaufzug.

Vor Joans innerem Auge erschien wieder die kurze Szene auf dem festlich erhellten Burghof. Ewan lächelte zärtlich, während er dem schönen Mädchen über das Gesicht strich.

„Habt Ihr Euch gestern Abend amüsiert?", fragte sie spitz, ohne auf seine Frage einzugehen. „Màiri erzählte mir, dass der Geburtstag Eures Vaters ein gelungenes Fest gewesen sein soll."

Bedächtig nickte er, während er die Arme verschränkte und sich gegen den Fenstersims lehnte. „Aye, man kann davon ausgehen, dass die Leute noch wochenlang darüber sprechen werden; übrigens musste mein Vater den Gästen immer wieder vom geheimnisvollen Verschwinden der Hexe erzählen."

Was war nur los mit ihr? Sie konnte Ewan MacLaughlin doch nicht ausstehen, weshalb wurden dann bei seinem Anblick ihre Kniee weich?

Eine Weile musterte er sie stumm, dann sagte er erstaunlich sanft: „Ich muss Euch jetzt wieder alleine lassen, mo ghràidh[10]." Er hob langsam die Hand, und einen Moment sah es fast so aus, als wolle er Joan ebenso streicheln wie das junge Mädchen, doch dann ließ er die Hand wieder sinken, setzte eine hochmütige Miene auf und fügte in seinem üblichen spöttischen Ton hinzu: „Lasst Euch nicht die Zeit zu lang werden, Seonag."

„Morgen früh reisen die letzten Gäste ab." Màiris Blick wirkte eigenartig traurig bei diesen Worten, aber immerhin war ihre Reaktion verständlich. Viel erlebte die junge Frau, deren Leben daraus bestand, sich um ihre Söhne zu kümmern und auf ihren Mann zu warten, nicht, deshalb war eine cèilidh, wie die zu Ehren ihres Vaters, ein ganz besonderes Ereignis im eintönigen Alltag. „Meine Eltern möchten, dass sich die gesamte Familie heute Abend um den Besuch kümmert."

Joan nickte verständnisvoll. Sie war seit Ewans Auftauchen in der Kammer verwirrt und verunsichert, und um mit ihren Gedanken ins Reine zu kommen, brauchte sie noch etwas Zeit und würde daher nicht so stark an der Einsamkeit leiden.

Bevor Màiri ging, umarmte sie Joan herzlich, sie roch nach frischen Blumen und Seife.

Das Feuer, das Màiri entfacht hatte, knisterte behaglich vor sich hin, und Joan, die sich einen Stuhl vor den Kamin geschoben hatte, starrte abwesend in die Flammen.

Wie lange lebte sie nun schon in der Vergangenheit? Hatte man die Suche nach ihr längst aufgegeben?

Man hatte sicherlich Maggie von der Pension in Baile a'Coille befragt, und an der Burgruine würde man den Leihwagen gefunden haben. Dann verliefen sich die Spuren, und es wäre nur Zufall, wenn man die Grube fände, in die Joan gestürzt war. Aber selbst wenn man das Erdloch entdeckte, würde man nur die Gebeine einer schon lange toten Frau finden.

Mit geschlossenen Augen lehnte sich Joan schließlich zurück.

17. Kapitel

Während des folgenden Tages wirkte Màiri traurig, fast melancholisch, und Joan nahm sich vor, sie am Abend darauf anzusprechen. Es schien mehr als die Traurigkeit zu sein, für die nächste Zeit auf Vergnügungen zu verzichten – vielmehr lag ein bestimmter, unerklärlicher Schatten über ihrem Gesicht.

Ewan ließ sich nicht blicken, doch Màiri fand sich wie üblich abends ein, über den Armen trug sie mehrere Stränge Wollgarn in verschiedenen Farben.

„Hilfst du mir beim Aufwickeln?", fragte sie Joan, die sofort ihre Arme ausbreitete, damit Màiri einen der Stränge darüber spannen konnte. „Meistens behelfe ich mich mit einer Stuhllehne, aber so geht es viel besser."

Joan fiel auf, dass das Garn etwas dicker war als jenes, welches sie und Màiri kürzlich verarbeitet hatten.

„Für den Winter wird die Wolle etwas dicker gesponnen", erklärte diese spontan. „Hier oben kann es nämlich schon Mitte Oktober bitterkalt werden." Es war ihr anzumerken, dass sie ihre Niedergeschlagenheit zu unterdrücken versuchte, indem sie munter drauflos plauderte, doch Joan konnte sie damit nicht mehr hinters Licht führen.

Einige Minuten wickelte Màiri mit geschickten Handbewegungen die Wolle zu einem dicken Knäuel, dann nahm sich Joan ein Herz und fragte behutsam: „Was bedrückt dich?"

Überrascht blickte Màiri auf. Sie lachte und behauptete, dass alles in bester Ordnung sei. Doch ihr Lachen hatte gekünstelt geklungen, und so fragte Joan erneut, diesmal eindringlicher.

Zu ihrem Erstaunen legte Màiri das Wollknäuel auf ihren Schoß, senkte den Kopf und begann leise zu weinen. Bestürzt neigte sich Joan zu ihr und wiegte sie in ihren Armen, ohne etwas zu sagen.

Nach einigen Minuten hatte sie sich wieder gefangen, ordnete ihre Haube und wischte ihre Tränen am Ärmel ihrer Bluse ab. „Es tut mir leid, dass ich mich eben so gehen ließ, ich sollte lernen, meine Gefühle besser zu verbergen, aye?"

Joan war anderer Meinung und sagte dies auch. „Es ist nichts Verwerfliches dabei, seine Gefühle zu zeigen. Warum bist du traurig, was macht dich so bedrückt?"

Màiri schluckte, dann blickte sie fest in Joans Augen. „Wirst du schweigen, wenn ich dir etwas anvertraue, worüber ich gerne mit jemandem sprechen würde?"

Beklommen nickte Joan, flüchtig dachte sie daran, dass sie außer Ewan niemandem etwas verraten könnte, selbst wenn sie es wollte. Und ihm würde sie das Geheimnis seiner Schwester sicherlich nicht auf die Nase binden.

„Nun gut." Màiri rückte ihren Stuhl näher an das Feuer, die Wolle wurde auf den Tisch gelegt. „Ich habe dir ja schon von Tèarlach erzählt, aye? Er ist ein herzensguter Mann, seine Söhne und ich sind das Wichtigste in seinem Leben."

„Was ist mit ihm?"

Màiri machte eine lässige Handbewegung. „Nichts ist mit ihm, der Himmel weiß, wo er sich gerade aufhält und wann er zurückkommt. Den letzten Winter verbrachte er bei einigen Leuten irgendwo in den Bergen, da er durch den plötzlichen Wintereinbruch keine Möglichkeit fand, heimzukehren."

Joan runzelte die Stirn. „Deshalb bist du aber doch nicht so traurig, oder doch?"

„Nein, nein", beeilte sich Màiri zu sagen. „Tèarlach begann mit seiner Mission kurz nach Anndras Geburt, ich bin es gewohnt, die meiste Zeit alleine mit den Kindern zu sein." Sie brach ab. „Du musst wissen, dass wir nicht aus Liebe geheiratet haben." Und als sie Joans verblüffte Miene entdeckte, fuhr sie lächelnd fort: „Es mag dich vielleicht erstaunen, aber es ist wirklich so. Tèarlach gehörte einst einem kleinen, fast winzigen Clan an, der sich Braines nannte; seine Leute und er beschlossen eines Tages, sich einem größeren Clan anzuschließen. Das geht nicht so einfach, wie man sich das vorstellt, in diesem Fall geschah es durch Einheirat; der Grundbesitz der Braines fiel dadurch an den MacLaughlin Clan."

Joan zeigte offen ihre Überraschung. „Hast du nicht versucht, dich dagegen zu wehren?"

„Aye, das habe ich. Aber ich bin die Tochter des Clanoberhauptes, Darla war zum Zeitpunkt, als Tèarlach mit meinem Vater verhandelte, noch ein Kind und kam somit nicht in Frage. Und da es keinen anderen Mann in meinem Leben gab, habe ich letztendlich zugestimmt." Ihre braunen Augen sahen Joan fast bittend an. „Du darfst das nicht falsch verstehen, ich verehre und bewundere Tèarlach, und ich weiß, dass er ebenso für mich empfindet, aber ..."

„... aber ihr liebt euch nicht", vollendete Joan leise den Satz.

Kaum merklich nickte Màiri und betonte noch einmal, dass Tèarlach ein wundervoller Mann sei. Joan konnte ihre Erschütterung kaum verbergen, Màiri wirkte immer so lebenslustig und fröhlich, dabei lag ein dunkler Schatten auf ihrer Ehe. Joan konnte sich nicht vorstellen, mit einem Mann verheiratet zu sein, den sie nicht liebte.

Nach geraumer Zeit, während die beiden Frauen schwiegen und jede mit ihren Gedanken beschäftigt ins Kaminfeuer starrten, erhob Màiri schließlich wieder das Wort.

„Du fragst dich sicher, weshalb ich trotz allem so gut gelaunt bin, aye?“ Es schien fast, als hätte sie Joans Gedanken gelesen. „Das hat einen ganz bestimmten Grund. Bitte versprich mir, dass du auch darüber mit niemandem redest.“ Ihr Blick war fast flehend auf Joan gerichtet, die spürte, dass sich Màiri ihr unbedingt anvertrauen wollte.

„Ich werde schweigen wie ein Grab.“

Màiri nickte zufrieden, dann lehnte sie sich entspannt zurück. „Das ist gut. Weißt du, ich war mit meinem Leben ganz zufrieden und vermisste nichts, bis etwas passierte, das mich zuerst sehr verwirrte und dann unbeschreiblich glücklich machte.“

Mit angehaltenem Atem wartete Joan darauf, dass die Andere weitersprach.

„Im letzten Sommer war ich wie so oft unterwegs, um Pflanzen zum Färben zu sammeln. Durch Zufall hatte ich kurz zuvor eine Stelle gefunden, an der die Blumen besonders rot und Moos sowie Farne von einem unbeschreiblichen Grün sind. Diese Stelle befindet sich ungefähr einen Stundenmarsch von hier entfernt an der Grenze des Gebietes vom Clan MacGannor; dort gibt es einen Broch, einen alten Rundturm.“

Flüchtig erinnerte sich Joan daran, dass auch Maggie von einem solchen Turm gesprochen hatte, es musste sich um denselben handeln, den Màiri meinte.

„Vor langer Zeit hat dort ein Feuer gewütet und die Leute munkeln, dass es seitdem zuweilen nicht mit rechten Dingen zugehen soll in der Nähe des Brochs. Davon hab ich noch nichts gemerkt, aber es ist sehr eigenartig, dass gerade rund um den Turm die Pflanzen besonders farbenprächtig blühen." Màiris Blick war noch immer starr auf das Kaminfeuer gerichtet, doch plötzlich wurden ihre Gesichtszüge weich, und in ihren Augen lag eine unerklärliche Sehnsucht.

„Als ich zum dritten Mal diese Stelle aufsuchte, passierte es. Ich kniete im Gras und war mit dem Aussuchen der schönsten Blumen beschäftigt, als mich jemand von hinten packte, auf den Rücken warf und dann versuchte, mich zu küssen." Bei der Erinnerung daran schüttelte sich Màiri. „Es war ein Wegelagerer, das erkannte ich sofort an seinem Aussehen und seinem schrecklichen Geruch. Vor Angst war ich wie gelähmt, ich war ja ganz alleine mit diesem Kerl und fürchtete schon, dass mein letztes Stündlein geschlagen hatte."

Joan nickte verständnisvoll, sie erinnerte sich an die Halunken, denen sie tagelang ausgesetzt gewesen war.

Mitfühlend legte Joan ihr die Hand auf die Schulter. „Wenn du nicht weiter darüber reden möchtest, habe ich Verständnis dafür."

Ein kleines Lächeln huschte über Màiris Gesicht. „Die Geschichte hatte ein gutes Ende. Ich kniff die Augen zusammen, doch noch bevor diese zerlumpte Gestalt mich küssen konnte, fühlte ich plötzlich, dass sein Gewicht nicht mehr auf mir lastete. Als ich die Augen öffnete, stellte ich fest, dass sich ein anderer Mann den Strolch geschnappt hatte und auf ihn eindrosch." Bei der Erinnerung an diese Szene fasste sich Màiri instinktiv an die Kehle. „Der Andere war groß, stark und hatte einen Sgian Dubh[11] bei sich. Der Wegelagerer war ihm unterlegen und winselte schließlich um sein armseliges Leben. Mein Retter ließ ihn laufen, aber nicht, ohne ihm vorher nahe zu legen, sich nie wieder blicken zu lassen."

Màiri hielt inne. In Gedanken schien sie diese aufregenden Minuten noch einmal zu erleben, denn ihre Miene spiegelte das fassungslose Entsetzen wider, das sie damals gepackt hatte.

„Nachdem der Halunke im Dunkel des Waldes verschwunden war, half mir mein Retter beim Aufstehen und stellte sich mir vor: Mìcheal MacGannor, ein Neffe des Clanoberhauptes. Ich hatte ihn bisher noch nie gesehen, und er erklärte mir daraufhin, dass er lange Zeit in den Lowlands gelebt habe."

Joan ahnte bereits, wie die Geschichte weiterging.

„Was suchte er denn auf dem Gebiet der MacLaughlins?", warf sie ein, bevor Màiri fortfahren konnte. „Es wundert mich, dass dein Bruder ihn nicht längst entdeckt und verhaftet hat."

Màiri lachte hell auf, sie schien Joans Äußerung sehr spaßig zu finden. „Die MacGonners sind ein befreundeter Clan und haben somit das Recht, in unseren Wäldern zu jagen, genauso umgekehrt auch. Und so war es auch bei Mìcheal gewesen; er hatte einen Hirsch verfolgt. Das erzählte er mir später, als ich mich wieder etwas gefangen hatte und ruhiger atmen konnte." Ihre Augen glänzten plötzlich, und das kam nicht vom Kaminfeuer. „Wir saßen zusammen im Gras, und Mìcheal gestand mir, dass er jemanden singen hörte, als er der Spur des Hirsches folgte und dann mich entdeckte, wie ich vor dem Broch kniete und Blumen in meinen Korb legte. Dabei muss ich gesungen haben, ich habe keine Erinnerung mehr daran."Es war behaglich in der Kammer, und immer, wenn Màiri mit ihrer sanften ruhigen Stimme erzählte, hörte es sich an, als würde sie eine Geschichte vorlesen.

Joan räusperte sich und sagte leise: „Ich spüre, dass dieser Mann dein Leben durcheinander gebracht hat."

„Das hat er. Aber er hat es auch viel lebenswerter gemacht. Höre, wie es weiterging: Mìcheal verriet mir, dass er mir wie gebannt zugesehen hatte und seinen Blick nicht von mir lösen konnte. Dann tauchte der Strauchdieb auf, und Mìcheal sah sich gezwungen, einzuschreiten, dabei hatte er mich eigentlich nur beobachten und mir zuhören wollen. Er meinte, er hätte mir stundenlang zusehen können." Verlegen senkte Màiri den Kopf. „Schon da spürte ich, dass uns das Schicksal zusammengeführt hatte und ich Mìcheal wiedersehen musste, um jeden Preis! Er blickte mir tief in die Augen, und dabei hatte ich das Gefühl, dass mein Herz zerspringt." Sie seufzte. „Ich war zum ersten Mal in meinem Leben verliebt, vorher wusste ich nicht, wie schön Liebe sein kann. Hast du schon einmal einen Mann mit allen Fasern deines Herzens geliebt, Seonag?"

„Hm ..." Joan zögerte. Sie war schon öfters verliebt gewesen – zumindest hatte sie das gedacht. Aber wenn die Beziehung zu Ende gewesen war, hatte sie immer sehr schnell gemerkt, dass die Liebe nicht allzu groß gewesen sein konnte, weil sie keinem Mann eine Träne nachgeweint hatte. „Nein, jedenfalls nicht so sehr, dass ich für einen Mann alles tun würde."

„Das ist jammerschade, verliebt zu sein ist das schönste Gefühl, das es gibt."

Joan verkniff sich ein Schmunzeln, als sie erwiderte: „Ich habe davon gehört. Hast du Mìcheal gesagt, dass du verheiratet bist?"

„Aye, aber erst bei unserem zweiten Treffen. Für ihn brach eine Welt zusammen, und er wollte mich nicht wiedersehen, um meine Ehe nicht zu gefährden; erst, als ich ihm von den Umständen meiner Heirat mit Tèarlach erzählte, wurde er versöhnlicher. Seitdem treffen wir uns heimlich am Broch, obwohl wir nicht wissen, wie es weitergehen soll."

Nachdenklich kaute Joan eine Weile an ihrer Unterlippe, bevor sie lässig vorschlug: „Dann lass dich doch scheiden."

Vor Entsetzen wurden Màiris Augen groß. „Du weißt nicht, wovon du redest, Seonag. Ich kann mich aus vielen Gründen nicht scheiden lassen, Tèarlach hat es nicht verdient, wegen eines anderen Mannes verlassen zu werden – und zudem würden dadurch meine Söhne ihren Vater verlieren. Außerdem sind wir katholisch, eine Annullierung müsste beim Papst in Rom beantragt werden." Sie machte eine winzige Pause und setzte leise hinzu: „Und mein Vater würde mich wahrscheinlich verstoßen, womöglich käme es sogar zu einer Fehde mit den MacGanners, obwohl unsere Clans seit Jahrhunderten befreundet sind. Begreifst du jetzt, dass alles so weiterlaufen muss, wie bisher?"

Vage nickte Joan. „Hast du als Katholikin denn kein schlechtes Gewissen, dich mit einem anderen Mann zu treffen?"

„Oh, mehr als genug", gab Màiri offen zu. „Wir haben uns sogar schon mehrere Male vorgenommen, uns nicht mehr zu sehen, weil mich das schlechte Gewissen plagte, aber wir haben es nicht geschafft. Mìcheal und ich gehören zusammen, und niemand kann das Band, das zwischen uns entstanden ist, zerreißen." Ihre feine Stimme klang dabei fest entschlossen.

Joan wagte sich nicht auszumalen, wie Laird Dòmhnall reagieren würde, wenn er vom Liebhaber seiner Tochter erführe, vermutlich würde er sich ähnlich gebärden, wie er es getan hatte, als er Joan ansichtig geworden war.

„Jetzt verstehe ich auch, weshalb du immer so ausgelassen bist, wenn du dir deinen Korb schnappst, um Pflanzen zu sammeln", sagte Joan schmunzelnd. „Ihr trefft euch heimlich, nicht wahr?"

Màiri nickte, und trotz des hellen Feuerscheins konnte man erkennen, dass sie errötete. „So oft es geht, aber wir müssen vorsichtig sein und verabreden uns niemals gleich für das nächste Mal. Ewan überbringt Mìcheal dann stets eine Botschaft von mir und sorgt auch dafür, dass mein Liebster die Briefe bekommt, die ich ihm schreibe."

„Ewan?" Joan kam aus dem Staunen nicht mehr heraus. „Weiß er etwas von dir und Mìcheal?"

„Aye, ich habe es ihm erzählt. Ewan und ich haben keine Geheimnisse voreinander, er versteht mich und verurteilt mich deswegen nicht." Sie blickte kurz auf. „Nur mein Bruder und du kennen nun mein Geheimnis."

Noch immer war Joan völlig verblüfft, sie hatte Ewan als Abbild seines Vaters gesehen, zumindest, soweit es die angebliche Gerechtigkeit betraf. Doch wie es aussah, hatte der wilde stolze Sohn des Clanoberhauptes tatsächlich so etwas wie ein Herz.

„Dieser Mann auf dem Fest", sagte sie schließlich, „war das dein Mìcheal? Ich konnte euch von meinem Beobachtungsposten sehen, ihr seid sehr vertraut miteinander umgegangen."

„Das war er. Wir mussten uns zusammenreißen, um uns nicht zu küssen. Eigentlich waren wir während des ganzen Festes nicht eine Minute allein, aber zumindest konnten wir uns sehen und miteinander reden."

„Er sieht gut aus." Joan lächelte. „Ich kenne zwar Tèarlach nicht und habe somit keinen Vergleich, aber ich denke, dein Mìcheal würde dabei gut abschneiden."

Verhalten seufzte Màiri auf. „Mein Mann ist über zwanzig Jahre älter als ich."

„Oh." Mehr fiel Joan dazu nicht ein und sie betrachtete Màiri, deren Blick wieder verträumt auf das knisternde Feuer im Kamin gerichtet war.

„Kannst du mich verstehen?", nahm Màiri nach einer Weile den Gesprächsfaden wieder auf. „Heute Morgen ist er mit den anderen Leuten seines Clans aufgebrochen, und wir werden uns wahrscheinlich eine ganze Woche nicht sehen können."

„Das wird schwer für dich, aber ich frage mich, was macht ihr im Winter, wenn es keine Pflanzen zum Sammeln gibt?"

„Moose und Farne gibt es auch im Winter, und im Inneren der Turmruine ist es warm – wenn man sich gegenseitig wärmt." Bei diesen Worten kicherte sie, und Joan begann ebenfalls zu kichern.

Doch dann wurde sie wieder ernst, und sie spürte, dass nun die Stunde gekommen war, Màiri die Wahrheit über ihre Herkunft zu verraten. Sie griff nach der Hand der Schottin und drückte sie leicht. „Ich danke dir für deine Offenheit. Nun will auch ich dir sagen, woher ich wirklich komme, aber auch ich muss dich bitten, mit niemandem darüber zu reden, auch nicht mit Ewan, dem du ja sonst alles anvertraust."

Stumm nickte Màiri, ihre sanften braunen Augen sahen fast schwarz aus. Dann sagte sie so leise, dass Joan sie kaum verstehen konnte: „Ich werde dein Geheimnis hüten wie meinen Augapfel, mo ban-chàraid."

Joan atmete tief durch: „Ich komme aus der Zukunft ..."

Màiris Gesichtsausdruck änderte sich blitzschnell von erwartungsvoll zu belustigt, doch sie sagte nichts. Erst, als sie merkte, dass Joan nicht weitersprach, schüttelte sie verwirrt den Kopf und fragte tadelnd: „Warum bindest du mir solch einen Bären auf? Jedermann weiß, dass es so etwas nicht gibt."

Müde fuhr sich Joan über das Gesicht. „Das dachte ich bis vor einigen Wochen auch, und nachdem mich diese zerlumpten Gestalten aus dem Erdloch befreit hatten, glaubte ich, sie scherzten, als sie mich gefangen nahmen, bis ich erkannte, dass etwas nicht stimmte." Vorsichtig spähte sie zu Màiri hinüber, um deren Reaktion zu beobachten. „Ich wurde am 27. März 1978 geboren und meine Zeitreise begann am 15. Juli 2005."

„2005", hauchte Màiri, sie schien mit dieser Eröffnung völlig überfordert zu sein. Ihre Stirn war gerunzelt und sie suchte in Joans Gesicht nach einem Anzeichen von Schmunzeln oder Belustigung, nach irgendetwas, das darauf schließen ließe, dass Joan scherzte, aber Joan blieb ernst und nickte nur langsam.

„Möchtest du meine Geschichte hören?", fragte sie schließlich, und als Màiri zögernd bejahte, begann sie mit dem immer wiederkehrenden Traum, der ihr zu schaffen gemacht hatte ...

Völlig verwirrt hatte sich Màiri verabschiedet, nachdem Joan ihre unglaubliche Geschichte fertig erzählt hatte. Joan hatte nichts ausgelassen, noch nicht einmal, dass sie die Urahnin der vermeintlichen Hexe war. Während der ganzen Geschichte hatte sich Ungläubigkeit in Màiris Gesicht gespiegelt, doch sie hatte keine Fragen gestellt, sondern einfach nur zugehört.

Joan indessen hatte sie nicht bedrängt, sie wusste, dass Màiri eine kluge Frau war, die sich Gedanken über das Erfahrene machte und zu einem späteren Zeitpunkt sicherlich mit vorsichtigen Fragen herausrückte.

War es richtig gewesen, Màiri ihr unglaubliches Geheimnis anzuvertrauen, musste sie nachts vor dem Einschlafen denken. Hin und wieder hatte sie Joan angesehen, als habe sie es mit einer Irren zu tun. Und doch schien es ihr der einzige Weg zu sein, wieder zurückzugelangen, denn ohne Màiris Hilfe würde sie es nicht schaffen. Wenn sie nur nicht zu ihrem Bruder rannte und ihm erklärte, dass sie eine Geistesgestörte in ihrer Kammer beherbergte.

Am anderen Morgen ließ Màiri sich nicht anmerken, was sie dachte, sie benahm sich wie immer, schwatzte munter drauflos, als sie das Frühstück brachte und meinte, dass der Tag wieder sehr sonnig zu werden versprach.

Gegen Mittag machte Ewan seine Aufwartung, und Joan befürchtete einen Moment, dass er inzwischen Bescheid wusste, doch seiner Miene war nichts zu entnehmen, was darauf hinwies, und seiner Begrüßung ebenfalls nicht.

„Nun, wie ich sehen kann, gefällt es Euch sehr gut bei uns“, bemerkte er grinsend. Joan hatte gelesen, dabei ihre Beine auf einen zweiten Stuhl gelagert und sich schnell ordentlich hingesetzt, als Ewan eintrat, aber zu ihrer Verärgerung hatte er es doch bemerkt. „Und ich dachte, feine Damen tun so etwas nicht. Oder ist das neuerdings in England modern?“

Nervös zupfte Joan an ihrer Haube, warf Ewan dabei einen vernichtenden Blick zu und erwiderte kühl: „Ihr könnt Euch ja nicht vorstellen, wie es ist, wochenlang eingesperrt zu sein und sich nicht bewegen zu können, meine Beine leiden darunter, deshalb musste ich sie hochlegen.“

„Darf ich?“ Er wies auf den nun freien Stuhl, und Joan hob erstaunt die Augenbrauen; Ewan hatte bisher noch nie gefragt, ob er sich setzen durfte.

Sie nickte vage in seine Richtung und beäugte ihn dabei argwöhnisch. Sein langes dunkles Haar kringelte sich leicht an den Spitzen, sodass Joan versucht war, darüber zu streichen – was sie jedoch nicht tat.

„Weshalb seid Ihr immer so giftig zu mir, Seonag?“, fragte er, sein Grinsen war mittlerweile erloschen. „Wie es scheint, ist es mein Los, mich mit schwierigen Frauen zu umgeben. Erst vor ein paar Tagen auf der cèilidh musste ich eine meiner Cousinen fast den ganzen Abend trösten, weil ihr Liebster sie nicht zum Fest begleiten konnte und Darla beschwerte sich gestern bei mir, dass ihr Mann einen dummen Streit mit ihr angefangen habe."

Ob diese Cousine etwa jenes schöne Mädchen gewesen war, um das Ewan sich auf dem Burghof so rührend gekümmert hatte? Sie wollte nicht daran denken. Ihre Stimme klang überhaupt nicht mehr scharf, als sie entgegnete: „Ihr könntet Euch viel Ärger ersparen, indem Ihr mich laufen lasst."

Er lachte leise, dabei schüttelte er gemächlich den Kopf. „Den Ärger nehme ich gerne in Kauf, Seonag. Solange Ihr mir nicht die Wahrheit sagt, werde ich nichts unternehmen, um Euch Eure Freiheit zu schenken. Zudem wisst Ihr bereits, dass es keinen Weg aus der Burg gibt, außer durch das Tor, und das wird Tag und Nacht bewacht." Er rückte etwas näher, und Joan wurde fast schwindelig von seiner männlichen Ausstrahlung. „Die einzige Möglichkeit, diese Kammer zu verlassen, ist, mir zu sagen, wer Ihr seid. Aber da Ihr Euch weigert, muss ich davon ausgehen, dass Ihr etwas zu verbergen habt oder etwas im Schilde führt, und deshalb seid Ihr ganz gut hier aufgehoben, aye?"

Gegen ihren Willen nickte Joan, sie konnte plötzlich seine Beweggründe verstehen. „Aber Ihr könnt mich nicht für immer hier gefangen halten. Spätestens, wenn Màiris Mann zurückkommt, fliegt das Geheimnis auf."

„Wir werden ja sehen." Er hob nur die Schultern.

„Woran denkt Ihr?", fragte er unvermittelt mit zusammengekniffenen Augen. „Falls Ihr darüber nachgrübelt, wie Ihr mich überreden könnt, Euch zur Flucht zu verhelfen, muss ich Euch enttäuschen. Ich will wissen, wer Ihr seid, Sasannach!"

Sie betrachtete angestrengt ihren Webrahmen, der noch immer mitten auf dem Tisch lag. Ewan sollte bloß nicht glauben, dass er ihr Angst machte; allerdings brauchte er auch nicht zu merken, dass sie sich zunehmend von ihm angezogen fühlte.

Schweigsam saß sie da, und irgendwann erhob sich Ewan, trat neben ihren Stuhl und raunte ihr zu: „Warum macht Ihr es mir nur so schwer? Früher oder später werdet Ihr Euer Geheimnis lüften. Ich habe viel Geduld, sehr viel Geduld."

Joan machte sich nicht die Mühe, ihn anzusehen, sondern zupfte an ihrem holprigen Webgut, das dadurch auch nicht gleichmäßiger wurde.

Mit einem hingeworfenen „Tioraidh an-dràsda[12]" verließ er die Kammer, und Joan fragte sich, wie lange er dieses Spielchen wohl noch mit ihr treiben wollte. Mal war er frech, beinahe unverschämt, dann wieder recht zugänglich und teilweise richtig liebenswürdig.

„Mist!", fluchte Joan laut und schob den schweren Webrahmen beiseite. Mit Ewan konnte man nicht vernünftig reden, mit seiner Schwester schon ...

Geduldig wartete Joan, bis Màiri die Sprache auf die ungeheuerliche Eröffnung brachte, mit der Joan sie konfrontiert hatte.

Und tatsächlich musste sie nicht lange darauf warten, bereits einen Abend später, als beide Frauen wieder mit ihren Webarbeiten beschäftigt waren, sagte Màiri: „Ich habe über dein Geständnis nachgedacht. Du sagst, du kommst aus der Zukunft, aus einer Zeit, die in unbeschreiblicher Ferne liegt."

„So ist es, und oft kann ich es selbst nicht begreifen."

Màiri kräuselte die Oberlippe. „Wenn es wirklich so ist,

dass dich Ceana Mathesons Stimme hierher gelockt hat ... warum sollte sie das getan haben?"

„Wenn ich das wüsste." Joan seufzte leise. „Darüber zerbreche ich mir seit Wochen den Kopf, es ergibt alles keinen Sinn."

„Was sagt die Stimme in deinen Träumen?"

„Seitdem ich hier bin, sagt sie gar nichts mehr, ich träume seitdem nicht mehr von ihr. Es scheint, als sei Ceanas Geist oder was immer es sein mag, zufrieden, dass ich hier bin."

An Màiris Mimik erkannte Joan erleichtert, dass die Schottin wohl anfing, ihrer Geschichte ein wenig zu glauben, zumindest musterte sie Joan nicht mehr wie eine Kandidatin für die Psychiatrie.

„Ich habe nie verstanden, was die Stimme in meinen Träumen sagte", fuhr Joan nachdenklich fort. „Aus dem gleichen Grund wollte meine Großmutter wohl Gälisch lernen und nach Schottland reisen, sie muss unter diesen Träumen auch sehr gelitten haben."

Màiri holte tief Luft. „Kannst du mir irgendwelche Beweise liefern, dass du die Wahrheit sagst?"

„Nein, leider nicht." Joan stockte und stand auf. „Oder vielleicht doch. Die Kleidung, die ich bei der Zeitreise trug und später unter dem Lumpengewand versteckte, habe ich aufgehoben." Sie eilte zur Nische, riss den Vorhang beiseite und bückte sich, um ihre neuzeitlichen Kleidungsstücke unter dem Bett hervorzuholen. Mit triumphierendem Blick breitete sie schließlich Jeans, Pullover, Schuhe und Unterwäsche auf dem Tisch aus. „Das trägt man im Jahre 2005!"

Entgeistert starrte Màiri auf die ihr fremdartige Garderobe, dann nahm sie mit spitzen Fingern Joans schwarzen Spitzen-BH hoch und fragte irritiert: „Was ist denn das?"

„Ein Büstenhalter, er ist Anfang des Zwanzigsten Jahrhunderts erfunden worden, wenn ich mich nicht irre. Er ersetzt den Frauen das sperrige Mieder."

„Unglaublich." Vorsichtig strich Màiri über das zarte Gewebe, dann wies sie auf den winzigen, ebenfalls schwarzen Stringtanga. „Und was ist das für ein Tüchlein?"

Joan räusperte sich. Wie sollte man jemandem, der keine Unterwäsche kannte erklären, was ein Tanga war? „Nun, in meiner Zeit trägt man kleine Höschen, Slips unter der Kleidung."

„Wozu, ich sehe keinen Sinn darin."

„Nun, um sich nicht zu erkälten."

Màiri runzelte die Stirn, sie schien sich veralbert vorzukommen. „So ein winziges Stück Stoff soll vor Erkältung schützen? Du machst dich über mich lustig, aye?"

„Keineswegs." Joan griff nach der vor Schmutz starrenden Jeans, der noch immer der Geruch des Kerkers anhaftete. „Und hier, wegen dieses Beinkleides, das in meiner Zeit ein ganz normales Kleidungsstück ist, habe ich mich bei den Wegelagerern verdächtig gemacht."

Mit einer Mischung aus Neugierde und Skepsis begutachtete Màiri nacheinander Joans gesamte Garderobe, bis sie schließlich aufblickte und mit fester Stimme sagte: „Ich glaube dir, Seonag."

Vor Erleichterung hätte Joan beinahe geweint, und schnell versteckte sie die Beweisstücke wieder unter dem Bett. Man konnte nie wissen, wann Ewan auftauchte, und er war der Letzte, der die Wahrheit erfahren würde.

„Kannst du jetzt verstehen, dass ich nach Hause möchte?", fragte sie, als sie sich wieder zu Màiri gesellt, hatte. „Es war nicht meine Schuld, dass ich hier gelandet bin und ich weiß nicht, was ich in diesem Jahrhundert soll."

Verständnisvoll nickte Màiri. „Wenn es sich so verhält,

wie du sagst, dann hat Ewan dich wirklich zu unrecht gefangen genommen. Willst du meinem Vater nicht sagen, wer du bist? Mag sein, dass er dir dann die Freiheit schenkt.“

Unfroh lachte Joan auf. „Wenn ich ihm gestehe, dass ich die Nachfahrin der Frau bin, die er noch immer abgrundtief hasst, wird er mich auf der Stelle wieder in den Kerker werfen oder gleich hinrichten lassen. Nein, ich muss fliehen, und nur du kannst mir dabei helfen.“

„Aber nein, das kann ich nicht!“, rief Màiri verzweifelt, ihre Hände hielten dabei krampfhaft das Webschiffchen umklammert. „Niemandem gelingt es, sich ungesehen aus der Burg zu stehlen, das Unternehmen wäre von Anfang an zum Scheitern verurteilt, du weißt es.“

Heftig sprang Joan auf. „Es muss doch einen Weg zurück in den Wald geben. Verstehst du denn nicht, dass ich wieder in meine Zeit zurück möchte, dort, wo meine Familie ist und meine Freunde auf mich warten? Vermutlich sind sie schon halb irrsinnig vor Sorge um mich und glauben, ich bin nicht mehr am Leben!“ Betroffen erhob sich auch Màiri, trat zu der inzwischen weinenden Joan und umarmte sie. „Vielleicht ... wenn wir Ewan einweihen ... möglicherweise hat er eine Idee ...“

„Nein, er darf davon nichts wissen, auf keinen Fall!“ Joan schluchzte noch heftiger. „Er besitzt nicht deine Großmut und würde mir kein Wort glauben.“

Màiri rückte liebevoll Joans ständig verrutschte Haube zurecht, ihr Blick war mitfühlend, aber auch resigniert. „Lass mich ein paar Tage nachdenken. Ich würde dir so gerne helfen.“

Es tat gut, sich an der Schulter einer Freundin auszuweinen, und als sich Joan wieder beruhigt und ihre Tränen getrocknet hatte, setzten sich die beiden Frauen wieder.

„Magst du mir ein wenig aus deiner Zeit erzählen?“,

erkundigte sich Màiri behutsam. „Oder ist es dir lieber, darüber zu schweigen, damit dein Heimweh nicht übermächtig wird?"

„Morgen", gab Joan zurück, während sie sich die brennenden, vom Weinen geröteten Augen rieb, „morgen werde ich all deine Fragen beantworten. Ich bitte dich noch einmal, weder deinem Bruder noch jemand anderem zu sagen, wer ich wirklich bin. Mein Leben hängt von dir ab, das weißt du doch."

Màiri drückte verständnisvoll Joans Hand und versprach noch einmal, niemandem etwas davon zu erzählen.

17. Kapitel

Während der folgenden Abende entpuppte sich Màiri als wissbegierig und interessiert; sie wollte alles über das Leben im einundzwanzigsten Jahrhundert erfahren. Sie lachte über die Vorstellung, dass die Menschen in riesigen Vögeln aus silbernem Metall durch die Luft flogen und war beeindruckt von der Erzählung über aus der Wand fließendes Wasser, über Wärme, die nicht von einer Feuerstelle kommt. Dass man es Tag und Nacht hell haben konnte ohne die Sonne oder das Feuer. Dass man über jede Entfernung mit jedem sprechen konnte, erschien ihr geisterhaft.

Ewan kam nur sporadisch in der Kammer, und Joan war jedes Mal froh, wenn er wieder fort war – und das nicht nur, weil sie sich über seine Bemerkungen ärgerte, sondern auch, weil sie sich zu ihrem Verdruss magisch von ihm angezogen fühlte. Auch merkte sie, dass es ihm ähnlich ging, und das machte die Situation nicht unbedingt leichter.

„Wenn du aus der Zukunft kommst", sagte Màiri eines Tages versonnen, „dann musst du doch auch wissen, was in der Vergangenheit geschehen ist. Du sagst, in deiner Zeit ist Glenbharr Castle eine Ruine. Wo leben denn die Nachfahren meiner Familie?"

Diese Frage hatte Joan befürchtet, seitdem sie Màiri mit der Wahrheit konfrontiert hatte. Es war nicht einfach, darauf zu antworten, denn nach dem letzten Jakobitenaufstand waren 1746 die meisten Clans zerschlagen worden. Doch das brauchte die sanfte Schottin, die keiner Fliege etwas zuleide tun konnte, nicht zu wissen.

„Hm, das kann ich dir nicht sagen, vielleicht haben die MacLaughlins einen neuen Stammsitz.“ Joan erinnerte sich an die Umgebung von Glenbharr Castle, außer Wälder, einigen verstreut gelegenen, verfallenen Steinhäusern und riesigen Schafweiden war ihr nichts aufgefallen, was auf eine bewohnte Ansiedlung hinwies.

„Es müsste aufregend sein, einen Blick in deine Welt zu werfen.“ Dann schüttelte sie den Kopf und fügte hinzu: „Nein, eigentlich möchte ich gar nicht wissen, wie die Zukunft aussieht. Alles, was du erzählst, klingt wie ein Märchen, so fantastisch, dass man es kaum glauben mag. Für dich muss meine Zeit ja schrecklich sein.“

Um Màiri nicht zu bekümmern, die sich so viel Mühe gab, ihren geheimnisvollen Gast nicht zu verletzen, beteuerte Joan, dass sie sich sehr wohl in der Kammer fühle, nur eben ihre Freiheit schmerzlich vermisse.

„Du meinst wirklich, dass es einmal Geräte geben wird, die Stoffe weben können?“

„Ja, und zwar in Minutenschnelle“, versicherte Joan mit Nachdruck. „Und nicht nur dafür – es wird praktisch für alles Geräte ... Maschinen geben.“

Màiri schielte verstohlen zu Joan hin. „Und in einer Welt, die von diesen Maschinen beherrscht wird, kann man sich zurechtfinden?“

„Ja, meine Generation ist schließlich damit aufgewachsen und gewohnt, dass man kaum noch etwas selber machen muss.“

„Erzähl mir doch noch einmal von diesen lustigen Fuhrwerken, die sich ohne Pferde oder Ochsen vorwärts bewegen“, bat Màiri, und Joan tat ihr gerne den Gefallen.

Bis tief in die Nacht saßen die Freundinnen bei ihrem Gespräch.

Tags darauf eröffnete Màiri ihr mit leuchtenden Augen,

dass sie am Nachmittag Mìcheal am alten Broch treffen würde. „Ewan hat mir die Nachricht überbracht, dass Mìcheal heute dort sein wird. Ist das nicht wundervoll?"

Übermütig umarmte sie Joan, und für einen Augenblick vergaß Joan ihren eigenen Kummer. Mittlerweile lebte sie fast zwei Monate in der Vergangenheit, und in der Luft lag schon der nahende Herbst. Die ersten Blätter der Eichen im nahen Wald begannen sich bereits zu verfärben, das hatte Joan mit Erschrecken gesehen, als sie eines Morgens flüchtig aus dem Fenster geblickt hatte.

„Wahrscheinlich werde ich erst am Abend zurückkehren." Màiri wirkte wie ein ganz junges Mädchen vor seiner ersten Verabredung.

„Verzeih, dass ich in meiner Freude vergaß, wie unglücklich du bist", sagte sie plötzlich zerknirscht. „Während ich meinen Liebsten treffe, wirst du hier einsam und verlassen sitzen."

Lässig winkte Joan ab. „Ich habe mich fast an die Einsamkeit gewöhnt und gönne dir von Herzen, dass du Mìcheal triffst. Genieße die Stunden mit ihm." Bekümmert dachte sie, dass sich Màiri ebenfalls in einer hoffnungslosen Lage befand, sie würde nie für den Mann frei sein, dem sie ihr Herz geschenkt hatte.

Sie war nicht überrascht, als Ewan am späten Nachmittag die Kammer betrat. Wie üblich trug er zu seinem breacan feile ein weites, sauberes Leinenhemd, und sein langes Haar schimmerte leicht im Glanz der untergehenden Abendsonne, deren Strahlen durch das Fenster fielen.

An diesem Tag war jedoch alles anders als sonst, eine knisternde Spannung lag in der Luft. Joan hatte sich kurz zuvor die Haare gewaschen und am Kaminfeuer getrocknet, und nun lagen sie wie ein flammender Schleier auf ihren Schultern.

Ewan hatte seit seinem Eintreten in die Kammer kein Wort gesprochen, sein Blick war fest auf Joan geheftet. Auch sie redete nicht, sondern sah fasziniert auf den großen, breitschultrigen Highlander, der langsam näher trat.

Er hockte sich neben Joan an den Kamin, dann öffnete er seinen sporran[13], griff hinein und förderte eine Blume mit dunkelroten Blüten zutage. Joan wusste ihren Namen nicht, aber sie fand sie wunderschön.

„Ihr habt neulich gesagt, dass Ihr Euch danach sehnt, an einer Blume zu riechen“, sagte er sanft und hielt sie Joan hin. „Als ich vorhin über eine Lichtung ging, entdeckte ich ein Meer dieser Blumen.“

Zögernd griff Joan danach. Ein zarter Duft schlug ihr entgegen. Sie war gerührt über diese Geste des stolzen Highlanders, der bisher nur Spott und Hohn für sie übrig gehabt hatte.

„Sie ist bezaubernd“, sagte Joan und befühlte vorsichtig die zarten Blätter der dahlienähnlichen Blume. Noch nie zuvor war ihr aufgefallen, wie farbenprächtig und vielfältig die Natur sein konnte.

Ewan setzte sich nun ebenfalls auf das Schaffell, seine Knie berührten dabei Joans Schenkel, und sie zuckte leicht zusammen. Als sie ihren Kopf hob, bemerkte sie, dass er sie unverwandt ansah, doch es lag keine Ironie in seinem Blick, nur unverhohlene Bewunderung.

Joan hüstelte verlegen, dann bedankte sie sich höflich für die Blume. „Es war sehr nett, an mich zu denken.“

„Ich denke mehr an Euch, als Ihr Euch vorstellen könnt, Seonag“, gab er ernst zurück. „Ihr seid so geheimnisvoll, so fremd, und trotzdem habe ich das Gefühl, Euch schon eine Ewigkeit zu kennen.“

Sie lachte leise auf. „Nun ja, ich sitze schon eine Ewigkeit in dieser Kammer, deshalb bin ich Euch vermutlich so vertraut.“

„So habe ich es nicht gemeint." Zu Joans Entsetzen rückte er näher, sodass sich ihre Schultern berührten. Sein Körper war warm, und Joan musste an sich halten, um sich nicht an seine muskulöse Brust zu lehnen. „Ich habe noch nie eine Frau wie Euch kennen gelernt, und das ist die Wahrheit."

Joan verzog das Gesicht, dabei sog sie erneut den Duft der Blume ein. „Das mag ich gar nicht glauben. Ihr seid so stattlich und außerdem der Sohn des Clanoberhauptes, Euch müssen doch die schönsten und begehrenswertesten Frauen zu Füßen liegen." Ihre Stimme zitterte leicht bei diesen Worten.

„Aye, das kann schon sein", gab er unbekümmert zurück, es klang überhaupt nicht eingebildet, sondern eher beiläufig. „Aber mich hat bisher keine so gefesselt wie Ihr, mo nighean[14]."

Joan versuchte in seinen strahlenden, blauen Augen eine Spur von Sarkasmus zu entdecken, doch sein Blick war klar und ehrlich. Als er die Hand hob und Joan zart über das Haar strich, bog sie ihren Kopf mit geschlossenen Augen zurück und genoss die zärtliche Berührung.

Sie fühlte sich wie betäubt von Ewans männlichem Duft und bedauerte plötzlich, dass sie den Mann nicht in ihrem Jahrhundert kennen gelernt hatte.

Sein Gesicht war plötzlich dicht neben ihrem, automatisch schloss sie die Augen und öffnete leicht den Mund. Seine Lippen strichen zunächst zärtlich über ihre Wangen, hauchten kleine heiße Küsse auf Nasenspitze und Stirn, bis sie sich sanft auf Joans vor Verlangen gerötete Lippen senkten.

Ewans Kuss war zunächst zart, nicht mehr als ein Hauch. Doch dann wurde sein Kuss drängender und sie stöhnte leise auf, als seine Hände, die vorher sachte über ihren Rücken gestrichen waren, nach vorne glitten und liebevoll den Ansatz ihrer festen Brüste streichelten.

„Mo nighean mhaiseach[15]“, murmelte er an ihrem Ohr, nachdem er seine Lippen von ihrem Mund gelöst hatte und zärtlich mit ihren Ohrläppchen spielte. „Tha mi ag iarraidh a dhol air do mhuin[16].“

Obwohl Joan den Wortlaut nicht verstand, ahnte sie, was er bedeutete und presste ihren Körper fester gegen den seinen. Ihre Hände fuhren durch den Ausschnitt seines Hemdes, glitten zaghaft zu seiner muskulösen Brust, verweilten dort kurz und schoben sich dann weiter zu den kleinen harten Brustwarzen. Joan spürte seine Erregung. Bei Gott! sie wollte diesen Mann, wollte ihn in sich spüren und seine Leidenschaft teilen, und sie merkte, wie sie feucht zwischen den Schenkeln wurde – sehr feucht sogar.

Sanft, aber bestimmt zwang er Joan, sich hinzulegen, seine Hände verrieten die Erregung, als er an ihrem Mieder zu nesteln begann und sie ließ es mit geschlossenen Augen sehnsüchtig geschehen, als sie trotz der Stoffbarrieren zwischen ihnen seine harte Männlichkeit an ihrem Schenkel spürte. Würde all dies in ihrer Zeit geschehen, hätte Joan sich nicht gescheut, ihre Hand unter Ewans Plaid zu schieben und nach seinem steinharten, pulsierenden Glied zu tasten. Doch sie wusste nicht, wie ein Mann des achtzehnten Jahrhunderts auf solche weibliche Initiative reagieren würde. Seine weichen Haare streiften Joans Schultern, als er begann, ihren Hals zu küssen und sich sein Mund dann auf ihre nun freigelegten Brüste senkten, um erst eine und dann die andere harte rosa Brustwarze mit der Zunge zu massieren.

Ewans Verlangen wurde heftiger, und seine Hand schob langsam Joans Röcke hoch, streichelte die zarte Haut der Innenseiten ihrer Schenkel, und wie selbstverständlich öffnete sie ihre Beine. Sie wollte ihn, sie wollte alles vom ihm!

Rufende Kinderstimmen aus dem Nebenzimmer beendeten abrupt den erotischen Zauber. Ewan fuhr erschrocken auf und flüsterte mit belegter Stimme: „Meine Neffen. Ich hab Màiri versprochen, mich um sie zu kümmern, weil sie erst spät heimkommt."

Ernüchtert nickte Joan, und plötzlich war es ihr peinlich, halb nackt zu sein. Während er aufsprang und die Knöpfe seines Hemdes schloss, bedeckte Joan die Brüste mit den Händen und wand den Kopf zur Seite.

Ewan murmelte etwas, und als Joan aufblickte, war er bereits gegangen. Ihr Körper glühte noch immer. Nur langsam ebbte die Erregung ab und wich einem Gefühl von Scham und Wut über sich selbst. Um ein Haar hätte sie ihre Selbstbeherrschung verloren und mit einem Mann geschlafen, der sicher nur ihre Lage auszunutzen versucht hatte.

Als sich Joan umständlich das Mieder schloss, schwor sie sich, Ewans Verführungskünsten in Zukunft standzuhalten. Auch wenn sie zugeben musste, dass er eine Sünde wert war, durfte es nicht wieder zu solch einer Situation kommen wie dieser. Vermutlich war sie nur eine von vielen Frauen, die er sich nahm, um sein männliches Ego zufrieden zu stellen.

An Màiris hochgezogenen Augenbrauen erkannte Joan später, dass ihr Verhalten ziemlich auffällig sein musste. Sie merkte ja selbst, dass sie viel zu schrill lachte und ihre Stimme zitterte.

„Geht es dir gut?", erkundigte sich Màiri prompt. „Du scheinst mir etwas verändert zu sein, seitdem wir uns heute Morgen gesehen haben."

Lässig winkte Joan ab und war in diesem Augenblick sehr froh, dass die Blume, die Ewan ihr gebracht hatte, sicher in ihrem Mieder versteckt war. Sie würde vor Scham im Boden versinken, wenn Màiri erführe, was sie und Ewan kurz zuvor auf dem harmlos vor dem Kamin liegenden Schaffell getrieben hatten.

„Das bildest du dir ein", gab sie sorglos zurück. „Erzähl mir lieber, wie das Treffen mit Mìcheal war."

Wie auf ein geheimes Kommando hin veränderten sich Màiris Gesichtszüge.

„Es war wie immer wunderschön, ich habe jede Sekunde genossen. Wenn ich doch nur für ihn frei wäre ..." Die letzten Worte klangen niedergeschlagen.

„Was macht ihr denn, wenn ihr zusammen seid?" Joan erschrak über ihre eigene Frage. Was Màiri und ihr Liebster taten, ging sie absolut nichts an.

Doch Màiri schien die indiskrete Frage überhaupt nicht übel zu nehmen, denn sie lachte verschmitzt und sagte augenzwinkernd: „Oh, was Mann und Frau eben gemeinsam tun, wenn sie sich lieben, aye?"

„Ah ja." Joan versuchte sich auf ihre Webarbeit zu konzentrieren, doch es gelang ihr nicht. „Und wenn du schwanger wirst?"

Zu ihrer Überraschung seufzte Màiri sehnsüchtig auf. „Ein Kind von Mìcheal unter dem Herzen zu tragen, wäre das größte Glück für mich, aber ich weiß selbst, dass das nicht sein darf. Ich bin mir natürlich bewusst, dass ich jederzeit ein Kind bekommen kann, wenn ich nicht aufpasse und stelle mich darauf ein." Sie schwieg einige Sekunden, dann fragte sie in plötzlicher Verlegenheit: „Wie gehen Frauen in deinem Jahrhundert damit um?"

„Oh, da gibt es verschiedene Möglichkeiten: die Pille, Kondome, die Spirale oder die Dreimonatsspritze, die ich mir regelmäßig geben lasse."

Màiri blinzelte irritiert und geduldig erzählte Joan ihr alles über moderne Verhütungsmethoden. Sie zeigte sich tief beeindruckt von Joans Ausführungen und warf immer wieder Zwischenfragen ein.

„Das ist ja unglaublich. Ich möchte so viel mehr über deine Zeit erfahren, aber ich weiß, wie schmerzlich es für dich ist, darüber zu reden."

Joan ergriff ihre Hand. „Du musst einen Weg finden, um mich aus der Burg zu schleusen und mich dann zu dieser Grube führen. Sie ist der einzige Weg in mein Jahrhundert – wenn es überhaupt ein Zurück gibt. Vielleicht bleibe ich für immer in der Vergangenheit gefangen."

Mitfühlend war Màiris Blick auf Joan gerichtet, als sie erwiderte: „Ich habe versprochen, mir darüber Gedanken zu machen, aber bisher ist mir nichts eingefallen. Du bist mir in all den Wochen eine gute Freundin geworden und ich würde dich sehr vermissen, wenn du fort wärst, aber ich darf nicht egoistisch sein. Du gehörst nicht hierher, sondern in deine Zeit mit diesen eigenartigen Erfindungen, die mir so fremd sind."

Erleichtert schloss Joan für einen Moment die Augen; Màiri hatte endlich begriffen, dass sie nicht hierher gehörte, dass sie in dieser Zeit niemals glücklich werden konnte, selbst wenn sie in Freiheit leben würde.

„Aber was ist, wenn sich Ceanas Grab doch nicht als Zeittunnel entpuppt, über den es ein Zurück gibt und du fur Immer hierher berufen bist?", sprach Màiri gleich darauf auch Joans geheime Zweifel laut aus. „Wenn das wirklich so wäre, muss Ceanas Seele dich aus einem ganz bestimmten Grund hierher gelockt haben, und möglicherweise kann sie auch deine Rückkehr verhindern."

Nachdenklich nickte Joan, als sie antwortete „Ich muss es trotzdem versuchen."

Joan blickte ihr tief in die Augen. „Ich bitte dich noch einmal, deinen Bruder aus der Sache herauszuhalten." Sie musste wieder an das erotische Intermezzo denken, das kurz zuvor stattgefunden hatte, und Schamesröte schoss ihr ins Gesicht.

Màiri versicherte ihr zum wiederholten Mal, keiner Menschenseele etwas zu verraten, bevor sie zu Bett ging und schloss feierlich mit den Worten: „Wir beide teilen unsere größten Geheimnisse. Wenn die Zeitreise gelingt, werde nicht nur ich dich wirklich vermissen, sondern auch …" Sie winkte ab. „Ach, lassen wir das, es ist nicht so wichtig, Seonag." Dabei lächelte sie wehmütig.

Als Joan später allein war, gestand sie sich ein, dass Màiri ihr auch fehlen würde.

Beim Öffnen des Mieders fiel Joan die rote Blume entgegen, inzwischen ließ sie den Kopf hängen, doch Joan entschloss sich, Ewans winzige Geste der Aufmerksamkeit aufzubewahren. Sie verbarg sie in ihrer Rocktasche.

In den folgenden Tagen mied Ewan eine Begegnung mit der Gefangenen, und das fiel sogar Màiri auf. Vermutlich war ihm der kurze Moment der intimen Vertraulichkeit ebenso peinlich wie Joan, und er wusste nicht, wie er ihr gegenübertreten sollte. Wenn sie an Ewans Zärtlichkeit dachte, schwankten ihre Empfindungen zwischen Erregung und Schamgefühl. Stets versuchte sie diese Gedanken zu verdrängen, und wenn sie mit Màiri zusammen war, gelang es ihr auch teilweise. Aber sowie sie wieder allein war, glaubte sie die heißen Lippen des Highlanders auf ihrer Haut zu spüren.

Als Ewan sich dann wieder sehen ließ, geschah dies im Beisein seiner Schwester; er vermied es, Joan anzusehen, tat aber ansonsten, als wäre nichts geschehen. Und doch spürte Joan, dass auch ihn ihre Begegnung vor dem Kamin nicht kalt gelassen hatte.

Màiri schien nach wie vor ahnungslos zu sein, sie scherzte mit ihrem Bruder, und er ging lässig darauf ein.

„Meine Söhne hängen sehr an Ewan“, wandte sie sich an Joan. „Sie sind sein großes Vorbild und wollen einmal genauso werden wie er.“ Sie seufzte verhalten und fuhr dann traurig fort: „Eigentlich sollte Tèarlach ihr Vorbild sein, aber sie sehen ihn so selten, dass sie sich direkt ein wenig vor ihm fürchten.“

„Bevor der Winter anbricht, wird dein Mann wieder hier sein“, gab Ewan ernst zu bedenken, dabei schielte er unauffällig zu Joan. „Dir ist hoffentlich klar, dass deine Kammer dann geräumt sein muss.“

„Aye.“ Seine Schwester sog scharf die Luft ein, bevor sie weitersprach. „Aber ich werde versuchen, bis dahin ein neues Versteck für Seonag zu finden.“

Joan ärgerte sich, dass von ihr gesprochen wurde, als wäre sie gar nicht anwesend, unterdrückte jedoch jeglichen Protest.

„Und dann?“ Ewan verschränkte die Arme und lehnte sich weit zurück. „Wir sollten Vater endlich erzählen, wen du hier beherbergst.“

Joans Kopf fuhr in die Höhe, und mit zusammengekniffenen Augen bemerkte sie scharf: „Ihr könnt es wohl kaum erwarten, mich im Kerker zu wissen, nicht wahr? Oder habt Ihr Euch inzwischen Gedanken darüber gemacht, mir endlich die Freiheit zu schenken?“

Sein Blick war unergründlich, als er trocken erwiderte: „Wir haben eine Abmachung, Mylady. Schon vergessen?“

Anscheinend hatte sie sich nur eingebildet, dass der Sohn des Lairds etwas für sie empfand – vermutlich hatte er lediglich jemanden benötigt, um seinen sexuellen Notstand zu befriedigen. Und plötzlich war Joan sehr dankbar, dass Màiris Söhne unbewusst das Schlimmste verhindert hatten.

18. Kapitel

Mittlerweile war es Ende September, es wurde empfindlich kühl und der Winter nahte mit großen Schritten. In der Zwischenzeit hatte Joan ihrer Freundin immer wieder erzählen müssen, wie die Menschen im einundzwanzigsten Jahrhundert lebten; Màiri hatte allerdings keinen Hehl daraus gemacht, dass sie sich im Zeitalter der Technik nicht wohlfühlen würde.

Zu weiteren intimen Berührungen zwischen Ewan und Joan war es nicht mehr gekommen, er suchte sie zwar nach wie vor in der Kammer auf, doch meistens schimpfte er dabei über die Sasannach, deren Truppen das Land kontrollierten und die Bewohner zu gängeln versuchten.

Immer häufiger fielen Begriffe wie ‚Revolution' und ‚Jakobitenaufstände', von denen Joan dank Màiris Aufklärung mittlerweile wusste, dass sich die Anhänger des im französischen Exil lebenden schottischen Königs James Stuart, the Pretender [17], Jakobiten nannten, die sich heimlich zu Versammlungen trafen. Selbstverständlich waren sie dem König ein Dorn im Auge, zumal die Jakobiten ihren eigenen König gerne wieder auf den britischen Thron bringen wollten.

Màiri ließ durchblicken, dass auch der MacLaughlin Clan zu James Anhängern gehörte, bat Joan jedoch, Stillschweigen darüber zu bewahren, auch Ewan gegenüber.

Beinahe hätte sich Joan mit ihrem Schicksal abgefunden, als Màiri eines Tages aufgeregt in die Kammer gestürzt kam;

sie hatte sogar vergessen, anzuklopfen, was Joan veranlasste, sich erschrocken hinter den schützenden Tisch zu stellen.

„Seonag, ich glaube, ich habe einen Weg gefunden, um dich aus der Burg zu schmuggeln“, sagte sie mit vor Erregung bebender Stimme. „Ein Händler hat meinen Vater überredet, mehrere Ballen Stoffe zu kaufen, aus denen Kleider und Wäsche genäht werden sollen.“

„Wie schön“, entgegnete Joan verwirrt.

„Ich habe dir doch von dieser Frau erzählt, die für meine Familie sämtliche Schneiderarbeiten übernimmt. Jemand muss die Stoffballen zu ihr bringen, und ich habe mich dazu bereit erklärt. Natürlich war mein Vater erstaunt darüber, denn das habe ich noch nie getan, aber mir fiel eine glaubwürdige Ausrede ein: Unter den Ballen befinden sich wunderschöne Seidenstoffe und Spitzen, daraus möchte ich mir ein Kleid nähen lassen, wie die feinen Damen in Paris und muss daher der Schneiderin genaue Anweisungen geben.“ Beifallheischend blickte sie Joan an, die noch immer nicht verstand, worauf Màiri hinaus wollte.

„Was hat das mit meiner Flucht zu tun?“

Mit nachsichtigem Lächeln erwiderte Màiri: „Begreifst du denn nicht, mon ban-charaid? Die Stoffe werden mit einem Pferdewagen zur Schneiderin gebracht, und du kannst dich unter den Ballen verstecken. So kommen wir durch das Burgtor, ohne dass die Wachen argwöhnisch werden.“

Vor freudiger Überraschung wusste Joan zunächst nicht, was sie antworten sollte. Im Zeitraffer sah sie ihre moderne Wohnung vor sich, ihr Büro in der Agentur und die beiden Menschen, die ihr am meisten bedeuteten: ihre Mutter Marion und Ted Lincoln.

Eine unbändige Freude nahm von Joan Besitz – all dies würde sie bald wiedersehen! Und auch die Gefahren, dass der Zeittunnel doch keinen Weg zurück bot oder schon wieder geschlossen sein könnte oder sie in einem anderen Jahrhundert als dem ihren landete, konnte in diesem Augenblick ihre Freude nicht schmälern.

Überschwänglich fiel sie Màiri um den Hals und dankte ihr, obwohl Màiri bereits vorsichtig angedeutet hatte, dass sie noch nach einer Möglichkeit suchte, Joan ungesehen zum Pferdewagen zu bringen.

„Lass dir vor Ewan nichts anmerken, falls er dich heute noch besucht", sagte sie schließlich. „Wenn er von unserem Plan erfährt, wird er versuchen, ihn zu vereiteln."

Ernüchtert setzte sich Joan wieder. „Was willst du ihm erzählen, wenn er merkt, dass ich verschwunden bin?"

„Mir fällt schon etwas ein", gab Màiri achselzuckend zurück. „Mach dir keine Sorgen um mich, mein Bruder wird mir zwar Vorwürfe machen, aber trotzdem unserem Vater gegenüber schweigen."

Joan streckte sich mit einem wohligen Seufzen. „Frei! Ich werde endlich wieder frei sein!"

Zu ihrer Erleichterung ließ sich Ewan an diesem Tag nicht mehr blicken, und doch war Joan etwas betrübt darüber, dass sie sich nicht von ihm verabschieden konnte. Den ganzen Abend verbrachten die Frauen damit, einen genauen Fluchtplan auszuarbeiten.

Màiri hatte veranlasst, dass der Wagen bereits beladen worden war, am frühen Morgen wollte sie sich auf den Weg machen. Der Grund dafür war plausibel: Am Vormittag war geplant, gemeinsam mit Darla größere Mengen von Wolle zu färben, und Màiri wollte ihre jüngere Schwester nur ungern die schwere Arbeit alleine machen lassen.

Noch während der Nacht sollte Joan sich unter den Stoffballen, die mit einem alten Plaid abgedeckt worden waren, verstecken; am Morgen würde dann lediglich ein Pferd vor das Fuhrwerk gespannt werden.

„Schlaf noch ein paar Stunden“, riet sie Joan, die vor Nervosität nicht mehr still sitzen konnte. „Ich werde es auch versuchen, und wenn alles ruhig ist, dann hole ich dich.“

„Nein, ich werde mich höchstens etwas hinlegen, aber an Schlaf ist nicht zu denken“, gab Joan zurück. „Bist du ganz sicher, dass du den Weg zu Ceanas Grab noch weißt?“

„Aye, ich kann mich noch genau daran erinnern, obwohl es schon so lange her ist.“ Màiri lächelte sanft. „Wir müssen allerdings einen recht weiten Weg zu Fuß machen, der Wald dort oben ist für ein Fuhrwerk unpassierbar.“

In der Tat lag Joan später hellwach in ihrem engen Nischenbett, dabei dachte sie nach längerer Zeit wieder an die Träume, die sie ins achtzehnte Jahrhundert gebracht hatten. Was hatte Ceana Matheson von ihrer Nachfahrin gewollt? Joan hatte während der Wochen auf Glenbharr Castle keinerlei Zeichen mehr von Ceana erhalten und im Grunde genommen war es ihr auch egal – Hauptsache, sie war bald wieder in ihrer vertrauten Umgebung mit den technischen Annehmlichkeiten, die sie so bitter vermisste. Ruhelos wälzte sich Joan auf ihrem Lager, bis sie Màiri leise an die Tür klopfen hörte. Nun also begann das Abenteuer der Rückreise ins Jahr 2005.

Mit einem vor den Mund gelegten Zeigefinger betrat Màiri die Kammer. Màiris Geste war unbegründet, denn Joan nickte stumm und schlich ihr hinterher, nachdem sie sich ein letztes Mal in der Kammer umgesehen hatte. Viel war in der Dunkelheit nicht zu erkennen, denn das Kaminfeuer war bereits erloschen, nur Màiris Talglicht warf einen unruhig flackernden Schein in den winzigen Raum.

Ohne einen Ton von sich zu geben, forderte Màiri Joan

mit einer Handbewegung auf, ihr leise zu folgen, und auf Zehenspitzen huschte sie mit gerafften Röcken und wild klopfendem Herzen ihrer Freundin nach.

Der stille Gang wurde nur von wenigen trüb scheinenden Wandleuchtern erhellt, und während sie schließlich die Treppe erreichten, über die Joan Wochen zuvor von Ewan MacLaughlin zu dessen Vater gebracht worden war, stockte ihr der Atem und die Füße schienen sie nicht länger tragen zu wollen. Das Blut rauschte in ihren Ohren, zu deutlich stand noch immer das Bild des grimmig blickenden Lairds und dessen Gefolgsleute vor ihren Augen.

„Was ist los?", flüsterte Màiri, die Joans Zögern bemerkt hatte. „Du musst keine Angst haben, es schlafen alle. Um diese Zeit hält sich niemand unten in der Halle auf, nur draußen vor dem Burgtor ist ein Wächter."

Joan schluckte, ihre Mundhöhle war wie ausgetrocknet. „Es ist alles in Ordnung, lass uns weitergehen."

Der Weg führte quer durch die Halle, und die Kriegswaffen an den Wänden wirkten gespenstisch und bedrohlich im flackernden Schein des Talglichtes.

Rechts von der Treppe befand sich ein flurähnlicher Gang, den Màiri kurz als Küchen- und Wirtschaftstrakt bezeichnete, in der Luft lag noch immer ein Hauch der gebratenen Lammkeulen, die es zum Abendessen gegeben hatte. Am Ende des Ganges befand sich eine Tür, die ins Freie führte, direkt davor stand das Fuhrwerk, ein Holzwagen mit Kutschbock und Ladefläche.

Vorsichtig spähte Màiri um die Ecke, und als sie sicher war, dass der Wachmann in eine andere Richtung schaute, winkte sie Joan zu sich heran und forderte sie auf, sich flach auf die geladenen Stoffballen zu legen, nachdem sie das Plaid zur Seite geschoben hatte.

„Verhalte dich ruhig, auch wenn du Geräusche hörst. Das ist dann nur der Knecht, der das Pferd einspannt, denn ich habe Anordnung gegeben, noch vor dem Frühstück fahren zu wollen.“ Màiri sprach so leise, dass sie kaum zu verstehen war.

Beklommen nickte Joan und tat, wie ihr befohlen. Ganz flach legte sie sich auf das Lager aus Stoffballen, das sich überraschend angenehm und warm anfühlte.

Sie hörte kaum, wie Màiri wieder zurückging und die Tür leise ins Schloss zog. Für Joan begann nun zum zweiten Mal das große Warten, und trotz des dicken Plaids, begann sie zu zittern. Wo würde die Reise enden – und würde sie überhaupt enden? Ewan könnte überraschend am nächsten Morgen die Kammer aufsuchen und feststellen, dass die Gefangene geflohen war. Natürlich würde er sofort seine Schwester um Aufklärung ersuchen und rasch einen Zusammenhang zwischen der Flucht und Màiris Begehren, selbst zur Schneiderin zu fahren, erkennen.

Bei dieser Vorstellung schlug Joans Herz noch heftiger. Wenn das geschah, war alles aus, dann war gewiss, dass sie bis zu ihrem Tode in der Vergangenheit leben musste – der in diesem Fall sicherlich nicht allzu lange auf sich warten lassen würde.

Ein unvermitteltes unterdrücktes Hüsteln ließ Joan das Blut in den Adern gefrieren, bewegungslos und mit angehaltenem Atem lag sie da und harrte der Dinge, die da kommen mochten. Doch es blieb alles ruhig, und allmählich entspannte sie sich wieder. Das Geräusch musste von dem Torwächter gekommen sein, denn es waren keine sich nähernden Schritte zu hören.

Siedend heiß fiel Joan plötzlich ein, dass sie vergessen hatte, die Kleidungsstücke aus ihrer Zeit mitzunehmen. Falls es ihr tatsächlich gelang, im Jahr 2005 wieder aufzutauchen, würde sie es schwer haben, ihren altertümlichen Aufzug zu erklären – aber im Grunde genommen spielte es keine große Rolle, denn sie würde sehr viel zu erklären haben, zum Beispiel, wo sie sich in den letzten zwei Monaten aufgehalten hatte.

Leise seufzte Joan in ihrem Versteck auf. Auch im einundzwanzigsten Jahrhundert durfte sie nicht die Wahrheit sagen, um nicht als geistig Verwirrte in der geschlossenen Psychiatrie zu landen.

Die Stunden bis zum Morgengrauen zogen sich schier endlos in die Länge, und als die Burg langsam zum Leben erwachte, rechnete Joan fest damit, im letzten Augenblick entdeckt zu werden.

Doch niemand schien das beladene Fuhrwerk zu beachten, auch der Knecht, der wie von Màiri angekündigt, wenig später ein Pferd einspannte, achtete nicht auf den brisanten Inhalt des einfachen Holzwagens.

Endlich war Màiris betont fröhliche Stimme zu hören, sie sprach kurz mit einer männlichen Person auf gälisch und lachte kokett, als der Mann ihr etwas zurief, während sie auf den Kutschbock kletterte.

Gedämpft konnte Joan die Schottin mit der Zunge schnalzen hören, dann setzte sich der Wagen in Bewegung und holperte langsam über das unebene Kopfsteinpflaster des Burghofes. Joan wagte nicht, sich zu rühren, als das Gefährt plötzlich wieder anhielt, jemand rief etwas und gleich darauf war ein leises Quietschen zu vernehmen.

Das Burgtor! Das unüberwindlich scheinende Hindernis hatte sich geöffnet und somit Joan die Freiheit geschenkt! Einige Zeit ging es auf einem ebenen geraden Weg weiter, dann bog der Wagen ab, und es ging langsamer vorwärts, bis er schließlich anhielt.

Seitdem Màiri in der Nacht das Plaid über Joan gelegt hatte, hatte diese nicht gewagt, auch nur einen Deckenzipfel zu lüften, und als Màiri das Plaid vorsichtig anhob, kniff Joan die Augen gegen das grelle Morgenlicht zu.

„Wir haben es geschafft!“, jubelte Màiri mit munterer Miene. „Kein Mensch ist darauf gekommen, dass ich jemanden aus der Burg schmuggele!“ Diese Tatsache schien sie glücklich zu machen, und sie half Joan behutsam, sich aufzusetzen.

Benommen blickte Joan sich um, nachdem sich ihre Augen an das Licht gewöhnt hatten. Sie befanden sich auf einem Waldweg, stellte sie zufrieden fest und somit außer Sichtweite.

„Ich bin dir unendlich dankbar.“ Bei diesen Worten schien Joans Stimme versagen zu wollen. Màiri war damit beschäftigt, in der Fülle der Stoffe zu kramen und schließlich hielt sie triumphierend ein Leinenbündel und einen Krug in die Höhe. „Bevor wir zu Fuß weitergehen, solltest du dich ein wenig stärken, ich habe heimlich etwas Brot und Wein eingepackt.“

Unbeholfen befreite sich Joan von dem Plaid und kroch langsam vom Wagen herunter. Von der ganzen Angst und Aufregung war sie so schwach, dass ihr die Knie einknickten, als sie ihre Füße auf den feuchten Waldboden setzte.

Skeptisch blickte sie sich um, dann wandte sie sich an Màiri und fragte zögernd: „Was ist, wenn uns jemand auf dem Gang zur Grube entdeckt? Ich hörte, dass es hier von Wegelagerern wimmeln soll, und bestimmt befindet sich um diese Zeit auch schon der eine oder andere Jäger auf der Pirsch.“

Doch Màiri schüttelte den Kopf. „In den frühen Morgenstunden findet man keine Menschenseele in diesem Gebiet, noch nicht einmal die Sasannach bei ihren Streifzügen.“ Mit dem Kinn wies sie auf den weiterführenden Weg, der leicht anstieg und im Dickicht zu verschwinden schien. „Dort oben verirrt sich ohnehin niemand, denn der Pfad führt bis kurz vor die Grube. Die Leute meines Clans meiden diesen Weg, aus Angst, die Hexe könne aus ihrem Grab steigen."

Obwohl Joan bewusst war, dass das purer Aberglaube war, begann sie zu frösteln und zog sich das Schultertuch enger um den Oberkörper.

Die Sonne, die gerade erst aufgegangen war, sandte ihre Strahlen durch das gelb gefärbte Laubwerk der Bäume, und die Luft roch nach Herbst und dem baldigen Anbrechen des Winters.

„Wir haben Glück", sagte Màiri, während sie das Pferd samt Fuhrwerk an den Wegrand zog und die Zügel an einem stabil aussehenden Ast befestigte. „Der Winter kann jeden Tag beginnen, dann sind die Wege gefroren und oftmals unpassierbar. Lass uns eine Kleinigkeit essen, bevor wir ..." Sie brach ab und wandte sich schnell zur Seite, doch nicht schnell genug. Joan hatte die Tränen in Màiris Augen bereits gesehen und auch sie selbst unterdrückte ein Schluchzen. Sie sehnte sich danach, die lieb gewonnene Freundin in den Arm zu nehmen, doch dann würden beide hemmungslos zu weinen beginnen.

Als sich Màiri mit dem Essensbündel umdrehte, hatte sie ihre Gefühle wieder unter Kontrolle und brachte sogar ein aufmunterndes Lächeln zustande. „Du musst dich stärken für deine ungewöhnliche Reise, denn dazu wirst du all deine Kraft benötigen."

„Ja, du hast recht", gab Joan zurück.

Die beiden Frauen hockten sich an den Wegrand und teilten sich das süße, kuchenähnliche Brot und den etwas herben Wein, den sie wie einfache Leute abwechselnd direkt aus dem Krug tranken.

Joan warf einen argwöhnischen Blick zu dem immer schmaler werdenden Pfad, der im Nichts zu enden schien. „Bist du ganz sicher, dass dies der richtige Weg ist?“

„Aye, das bin ich. Auch wenn ich damals noch klein war, werde ich den grausigen Zug meiner Clansleute niemals vergessen.“ Sie schüttelte sich bei der Erinnerung an die kleine Gruppe von Männern, die die sich mit Händen und Füßen wehrende und in Todesangst schreiende Ceana Matheson immer tiefer in den Wald zogen, um sie dann bei lebendigem Leibe zu begraben.

Lange hielten sie sich mit ihrem bescheidenen Mahl nicht auf, denn sie hatten einen langen Weg vor sich, und Joan fragte sich, wie Màiri später in der Burg ihr langes Fernbleiben erklären sollte. Doch die Schottin schien unbekümmert zu sein, und bevor sie sich endgültig auf den Weg machten, nahm sie ein Leinensäckchen aus dem Wagen und öffnete es.

„Was hast du damit vor?“, fragte Joan entsetzt und wies auf das Messer, dessen Griff schwarz war, ebenso wie die Hülle in der es steckte.

„Die Männer tragen den sgian dubh immer bei sich, entweder unter der Achselhöhle oder verborgen im Stiefel oder Strumpf“, erklärte Màiri sorglos. „Er gehört meinem Mann, er hat mehrere davon. Man kann nie wissen, wozu man eine Waffe brauchen kann“, setzte sie bedeutungsvoll hinzu.

Erst während des Aufstiegs zur Grube wurde Joan gewahr, dass sie endlich wieder reine, klare Luft atmete. Tief sog sie die würzige, feuchte Waldluft ein, so stark, dass ihr bald die Lungen schmerzten.

Je tiefer und höher sie schritten, desto unheimlicher schien Joan die Umgebung zu werden. Sie konnte sich nicht daran erinnern, schon jemals hier gewesen zu sein, aber das hatte nichts zu bedeuten. Als die Wegelagerer sie gefangen genommen hatten, war sie zu empört und vor Angst blind gewesen.

Sie gingen hintereinander, Màiri vorneweg, auf dem schmaler werdenden Pfad. Unvermittelt blieb die Schottin stehen und drehte sich um. Von der Anstrengung des steten Bergangehens war ihr hübsches ovales Gesicht gerötet und der Atem ging flach.

Sie deutete zaghaft auf einen riesigen, grauen Felsbrocken am Wegrand und sagte mit gesenkter Stimme: „An dieser Stelle müssen wir uns durch das Dickicht schlagen, ich erinnere mich genau. Wenn wir uns immer geradeaus halten, stoßen wir bald auf das Grab."

Beklommen nickte Joan, ihr Herz raste. Und das nicht nur wegen der Anstrengung, sondern auch wegen der inneren Anspannung. Sie tat es Màiri gleich und raffte ihre Röcke, bevor sie über dicke, vermoderte Laubteppiche, Wurzeln und kleine Sträucher stiegen.

Plötzlich blieb Joan abrupt stehen und reckte das Kinn in die Höhe. Mit belegter Stimme fragte sie: „Hörst du es?"

„Nein, was meinst du?" Màiri folgte Joans Blicken nach oben. „Was hörst du?"

Das Summen war nur ganz schwach zu erkennen, doch es war eindeutig da! Exakt das gleiche Geräusch, begleitet von einem kaum wahrnehmbaren Vibrieren des Bodens, hatte Joan vernommen, als sie, angezogen von Ceanas lockender Stimme, wie in Trance durch den Wald gestolpert war – vermutlich an derselben Stelle, auf der sie sich in diesem Augenblick befand.

„Wir sind auf dem richtigen Weg", murmelte Joan, dabei konnte sie das Zittern in ihrer Stimme nicht verbergen. „Das Grab muss sich ganz in der Nähe befinden."

„Aye, wir müssen bald dort sein", versicherte ihr auch

Màiri, deren Stimme ebenfalls ergriffen klang. Aus Joans Erzählungen wusste sie von dem eigenartigen Summen, das die Engländerin tief in den Wald hinein gelockt hatte, daher fragte sie nicht länger, sondern setzte ihren Weg fort.

Joan achtete nicht mehr auf ihre Umgebung, ihr Blick war auf einen fernen Punkt im Dickicht gerichtet. Ihr Atem ging schwer, wie beim ersten Mal, als sie sich in der Nähe des Erdlochs befunden hatte, und sie fühlte sich magisch angezogen von dem gruseligen Ort, an dem ihre Urahnin ums Leben gekommen war. Als Màiri, die noch immer voranging und den Arm hob, blieb Joan wie auf Kommando stehen.

„Dort drüben ist es", flüsterte Màiri, ihre Miene war fast ehrfürchtig auf eine kleine freie Stelle zwischen den dicken Baumstämmen gerichtet. Aus der Entfernung konnte man nicht erkennen, was sich an diesem Ort verbarg, doch als sie näher traten, sahen sie die morschen, verfaulten Holzbohlen, die teilweise von Laub bedeckt waren.

Joan schluckte kräftig, das Summen in der Luft hatte sich verstärkt, war jedoch nicht so durchdringend wie bei der ersten Begegnung mit der Grube.

„Vielleicht solltest du besser nicht bis ganz zum Grab mitgehen, es könnte gefährlich für dich werden", gab Joan zu bedenken, doch die Schottin dachte gar nicht daran, Abstand zu halten.

„Oh, ich habe keine Angst", sagte sie mutig und folgte Joan bis an den Rand der Grube. Vorsichtig knieten beide nieder und spähten durch den breiten, klaffenden Spalt ins Innere des Erdlochs. Just in diesem Augenblick bahnte sich die Sonne ihren Weg zwischen den Baumkronen hindurch und erhellte mit ihren Strahlen für einen kurzen Moment die Grube; wie reinstes Elfenbein schimmerten Ceana Mathesons Gebeine im Sonnenlicht.

„Gütiger Himmel!“, entfuhr es Màiri. „Das ist der endgültige Beweis, dass du nicht die Hexe sein kannst.“

Erstaunt blickte Joan hoch. „Hast du etwa bis jetzt daran gezweifelt?“

„Ein wenig schon“, gab Màiri widerstrebend zu. „Diese ganze Geschichte von der Zeitreise klang etwas unwahrscheinlich, aye?“

„Und trotzdem hast du mir geholfen?“

Màiri hob lächelnd die Schultern. „Ich habe dir einfach vertraut.“ Wieder ernst geworden, erhob sie sich und sagte traurig: „Es ist Zeit, Abschied zu nehmen, Seonag.“

Auch Joan stand unbeholfen auf, und für die nächsten Minuten ignorierte sie das inzwischen durchdringende, zirpende Geräusch. Schweigend standen sich die beiden so unterschiedlichen Frauen gegenüber, die das Schicksal zusammengeführt hatte und nun wieder trennte.

Sanft ergriff Màiri die kalten Hände ihrer Freundin: „Ich werde dich niemals vergessen, niemals. Du wirst mir fehlen, und nicht nur mir, mon ban-charaid ... auch Ewan wird dich vermissen. Er hat dich sehr gern, weißt du?“

Überraschung machte sich in Joans Gesicht breit. „Hat er das gesagt?“

„Nein, natürlich nicht.“ Màiri setzte ein geheimnisvolles Lächeln auf. „Dazu ist er zu stolz, aber er muss mir nichts sagen, in kann in seinen Augen lesen, das habe ich dir doch schon immer gesagt. Und wir haben oft über dich geredet.“

Joan nickte stumm.

„Wirst du hin und wieder auch an uns denken?“, fragte Màiri mit dünner Stimme und ließ langsam Joans Hände los.

„Ja, das werde ich, ganz sicher.“ Sie schielte misstrauisch zur Grube. „Falls es für mich ein Erwachen nach dem Abstieg gibt.“

„Noch ist es nicht zu spät, Seonag. Du kannst immer noch mit mir zur Burg zurückkehren und ..."

„Nein", unterbrach Joan sie heftig. „Ich bin hier nicht in meiner Zeit, ich gehöre nicht hierher." Im Geiste sah sie sich bereits an den Wurzeln hinuntersteigen, die sie damals zwar gefühlt hatte, aber als Tritthilfe wegen des verletzten Knöchels nicht nutzen konnte.

„Gott möge dich beschützen." Màiri umarmte ihre Freundin. „Und nun geh, bevor mich der Trennungsschmerz noch ganz übermannt."

Mit einem beklommenen Gefühl erwiderte Joan die herzliche Umarmung, dann löste sie sich fast heftig, hob ihren langen Rock etwas an und machte sich an den Abstieg.

Die Schottin kniete sich wieder an den Rand der Grube und verharrte still, während Joan sich hinuntergleiten ließ und ihr Fuß nach einem Halt suchte.

Das Rauschen und Zirpen nahm zu, bei jedem Zentimeter, den Joan in die Tiefe stieg. Auf halber Höhe wurde sie plötzlich von einem unerklärlichen Schwindel erfasst. Dann verlor sie das Bewusstsein ...

Schottland 2005

19. Kapitel

Ein merkwürdig metallartiger Geschmack im Mund ließ Joan schließlich wieder zu sich kommen. Es dauerte einige Minuten, bis sie begriff, dass sie sich die Lippe blutig gebissen hatte.

Noch hatte Joan nicht die Augen geöffnet, und erst, als der Geruch nach feuchter, kalter Erde fast übermächtig wurde, realisierte Joan, dass sie sich in Ceanas Grab befand; allmählich kam die Erinnerung an die letzten Minuten zurück – oder waren seitdem Stunden, vielleicht sogar Tage vergangen?

„Màiri?“, rief Joan halblaut, ihre Stimme hörte sich dumpf und tonlos an. Sie blickte nach oben, durch den Spalt im morschen Holz war trübes Tageslicht zu erkennen. Angestrengt versuchte sie, etwas zu erkennen, das nach einer menschlichen Gestalt aussah, aber niemand beugte sich über den Rand der Grube.

Langsam erhob sich Joan, bevor sie im Dämmerlicht versuchte, die Gebeine ihrer Urahne auszumachen – doch sie waren verschwunden. Ein Schauer überlief Joan. War sie schon am Ende ihrer Rückreise? War die Zeitreise beendet? War sie am Ziel oder war sie möglicherweise in einem viel weiter entfernten Zeitalter gelandet, in einem noch früheren, einem noch späteren oder doch in ihrem eigenen? An welchem Tag würde sie zurückkehren, zu welcher Stunde?

Sie presste ihr trotz der Kälte schweißnasses Gesicht an das Schultertuch, wobei ihr der schwache Hauch von Màiris lieblichem Blumengeruch entgegen schlug. Noch einmal rief Joan den Namen ihrer schottischen Freundin, doch ihr Ruf verhallte ungehört. Es schien zumindest eindeutig zu sein, dass die Zeitreise beendet war.

Noch einmal blickte sich Joan in dem ungemütlichen Erdloch um, dann begann sie nach aus der Erde hervorspringenden Wurzeln zu suchen, an denen sie sich dann langsam hochzog. Es war beschwerlicher als der Abstieg und dauerte wesentlich länger.

Nach einer Ewigkeit, wie es Joan schien, hatte sie es geschafft und ließ sich mit einem Seufzer der Erleichterung bäuchlings auf den Waldboden fallen. Noch während sie lag, spürte sie, dass es wärmer war. Und als sie den Kopf hob, erkannte sie erstaunt, dass die Bäume in sattem Grün standen, statt in herbstlicher Färbung.

„Mein Gott", murmelte Joan, „ich bin zurück", sie erkannte die Umgebung, „aber bin ich etwa ein ganzes Jahr fortgewesen?" Sie sog tief die schwere, feuchte Luft ein – es bestand kein Zweifel, dass sie sich in einer anderen Jahreszeit befand!

Von Panik getrieben stürzte Joan davon. Während ihrer Flucht von der Stätte des Grauens blickte sie sich immer wieder hektisch um, aus Furcht, erneut von Wegelagerern entdeckt zu werden.

Als sie sich wieder einmal ängstlich umsah, stolperte sie plötzlich über einen Gegenstand, von dem sie zunächst annahm, dass es sich um eine unter Laub verborgene Wurzel handelte. Doch dann erkannte Joan, dass es sich um ihre Handtasche handelte, die sie vor der Reise durch die Zeit verloren hatte.

Bevor Joan die Tasche aufnahm, stieß sie sie vorsichtig mit dem Fuß an. Das schwarze Nappaledertäschchen sah nicht aus, als hätte es jahrelang auf dem Waldboden gelegen; es war an der Außenseite lediglich etwas feucht vom Regen.

Langsam sank Joan nieder, griff mit zitternden Händen nach der Tasche und öffnete mit angehaltenem Atem den Verschluss. Unterdrückt schrie sie auf, als sie ihr Handy entdeckte, das ihr im ersten Moment fremd und ungewohnt vorkam. Vorsichtig nahm sie es heraus und überlegte sich, ob sie ihre Mutter anrufen sollte. Sie verwarf den Gedanken sofort, denn sicher war der Akku leer. Sie musste aus dem Wald herausfinden und die Ruine von Glenbharr Castle erreichen.

Bevor Joan ihren Weg fortsetzte, schaute sie sich abermals um, doch diesmal nicht ängstlich, sondern eher interessiert. Es hatte bis kurz zuvor geregnet, genau wie an jenem schicksalhaften Tag, als sie in die Vergangenheit verschwand. Die Luft roch schwer nach Harz und Pilzen und auch wenn die Bäume eine große Menge Regen abhielten, so war doch der Waldboden feucht.

Noch einmal sah Joan sich um. Dann atmete sie tief durch, presste sich die Handtasche gegen die Brust und suchte sich einen Weg durch das Dickicht.

Unvermittelt tauchte auf einem sanften Hügel mitten im Wald der riesige, auffällige Felsbrocken auf, an dessen Fuß sich der Weg aus der Wildnis befand. Befreit taumelte Joan dem grauen Stein entgegen; es gab keinen Zweifel, sie hatte bei der Grube instinktiv die richtige Richtung in die Freiheit eingeschlagen!

Tatsächlich, dort lag der Weg, der hinunter und somit hinaus aus dem Wald führte. Joan dachte nicht lange nach, als sie erkannte, dass der Pfad plötzlich breiter und die Ränder weniger bewachsen waren, sondern raffte ihren am Saum feucht gewordenen Rock und eilte davon. Da es bergab ging, kam Joan schnell voran, doch unvermittelt blieb sie mit gerunzelter Stirn stehen.

An dieser Stelle ungefähr musste es gewesen sein, als Màiri sie aus ihrem Versteck befreit und den Pferdewagen an den Wegrand geschoben hatte. Alles hatte sich verändert, die Bäume waren größer und deren Stämme viel breiter, als Joan es in Erinnerung hatte.

Für eine sentimentale Sekunde bedauerte Joan fast, dass ihre schottische Freundin fort war, doch dann überwog die Freude über ihre Freiheit und sie setzte rasch ihren Weg fort. Der Weg wurde breiter und breiter ... und dann konnte man von einem Moment zum anderen das Ende des Waldes erkennen.

Obwohl Joan, von ihrem zügigen Tempo außer Atem war, rannte sie wie von Furien gehetzt auf die Stelle zu, die den Waldrand markierte und endlich Sicherheit verhieß. Als Joan die letzten Bäume hinter sich gelassen hatte, blieb sie erneut stehen und blickte sich irritiert um.

Direkt vor ihr fiel das Gelände, auf dem Getreide wuchs, sanft ab, zur Rechten blickte Joan auf ein weiteres Waldgebiet. Und als sie langsam den Kopf in die andere Richtung drehte, stieß sie einen Freudenschrei aus – sie blickte auf die Ruinen von Glenbharr Castle. Diesmal musste sie aus einer anderen Richtung gekommen sein als im Jahre 1731, als Ewan sie entdeckt hatte, und für einen Augenblick stockte Joan der Atem.

Der Teil der Burg, auf den sie blickte, war noch recht gut erhalten, und ganz oben befand sich ein einzelnes kleines Fenster, deren leere Höhle Joan anstarrte. Ein letztes Mal sah sie sich um und erkannte voller Entsetzen, dass sie selbst vor kurzem – vor Jahrhunderten? – an diesem Fenster gesessen und sehnsüchtig hinaus geschaut hatte. Die Natur hatte sich verändert, die Bäume waren größer und auf dem Getreidefeld hatten damals Schafe geweidet, aber die Umgebung war die gleiche geblieben.

Joan heftete ihren Blick schließlich auf den regennassen

Weg, der eine sanfte Biegung machte und dort in eine asphaltierte Straße überging. Sie stieß erneut einen Schrei aus – ihr Leihwagen stand noch immer dort, wo sie ihn vor ihrer Exkursion durch die Zeit abgestellt hatte!

„Das ist doch unmöglich", hauchte sie und erhöhte das Tempo. Weit und breit war niemand zu sehen, es standen auch keine anderen Fahrzeuge vor der Ruine. Schwer atmend erreichte Joan den Mini und suchte mit fahrigen Handbewegungen in ihrer Tasche nach dem Zündschlüssel.

Sie war überrascht, dass er ins Türschloss passte und schlüpfte schnell in den Wagen, denn es begann wieder zu regnen. Ganz langsam drehte Joan noch einmal den Kopf zur rechten Seite und schluckte. Ihr Blick fiel durch das Burgtor direkt auf den Innenhof, auf dessen schäbigem und verwitterten Steinpflaster das Unkraut wucherte.

Nach einem tiefen Atemzug wandte sich Joan endgültig ab, diesen mysteriösen Ort würde sie nie wieder aufsuchen, das stand fest.

Es war ein eigenartiges Gefühl, nach der langen Zeit, in der Joan die unterschiedlichsten Gerüche wie Schimmel, ungewaschene Körper, Exkremente, aber auch Heu, Blumenparfüm und selbst hergestellte Seife aufgenommen hatte, nun den nüchternen Geruch der Kunstledersitze einzuatmen.

Kurz entschlossen drehte Joan den Zündschlüssel und schrak leicht zusammen, als sie das ungewohnte Motorengeräusch hörte. Flüchtig fiel dabei ihr Blick auf das hell erleuchtete Armaturenbrett.

„Oh, mein Gott!" Sie schloss kurz die Augen, dann blickte sie noch einmal auf die neonfarbenen Ziffern: 15.7.2005. Lediglich die Uhrzeit hatte sich um einige Stunden verschoben; Joan war am Vormittag zur Ruine aufgebrochen, und nun zeigte die Uhr an, dass es 17 Uhr 22 war.

Die Ziffern schienen Joan fast ins Gesicht springen zu wollen, und sie konnte so oft sie wollte die Augen schließen – das Datum blieb dasselbe. War es möglich, dass die Elektronik des Wagens versagt hatte, weil er so lange Zeit nicht gefahren worden war?

Bevor Joan den Wagen in Gang setzte, fiel ihr das Handy wieder ein. Es hatte eine Uhr und wenn noch derselbe Tag war, war das Handy auch noch geladen. Rasch sah sie nach: dasselbe Datum, dieselbe Uhrzeit.

Plötzlich brach Joan in ein hysterisches Gelächter aus. Sie hatte geträumt, alles, was sie angeblich im achtzehnten Jahrhundert erlebt hatte, musste sie geträumt haben!

Zugegeben, es war ein sehr realistischer Traum gewesen, aber dennoch nur ein Traum, aus dem sie... ja, wann eigentlich? ... erwacht war.

Bei dieser Erkenntnis hatte Joan keine Schwierigkeiten mehr, den Mini auf der Straße zu wenden und zurück nach Baile a'Coille zu fahren. Alles war so, wie sie es verlassen hatte, die Häuser aus grauem Felsgestein, die gähnend leeren, schmalen Straßen, die feucht vom Regen glänzten und schließlich auch das sich sanft im Wind wiegende Schild der Pension Cearc furanghach.

Erleichtert stieß Joan die Tür auf, den Leihwagen hatte sie direkt davor abgestellt, ohne sich die Mühe zu machen, ihn auf dem kleinen Platz hinter dem Haus zu parken.

Warme, von Tabakrauch geschwängerte Luft empfing Joan, als sie die Schankstube betrat, hinter dem Tresen stand Maggie und spülte Gläser.

„Guten Abend, Miss Harris", grüßte sie mit einem strahlenden Lächeln. „Hatten Sie einen, trotz des schlechten Wetters, angenehmen Tag?" Doch dann glitt ihr erstaunter Blick an Joan hinunter und sie fügte hinzu: „Wie ich sehen kann, haben sie an einem unserer traditionellen historischen Touristenfeste teilgenommen und sich dementsprechend eingekleidet." Sie runzelte die Stirn. „Ich kann mich gar nicht erinnern, an welchem Ort heute solch ein Fest stattgefunden hat, aber die historische Kleidung steht Ihnen sehr gut."

Ganz langsam senkte nun auch Joan den Kopf und sah an sich hinunter. Sie hatte sich tatsächlich in der Eile doch nicht mehr umgezogen und war sehr froh, dass außer ihr und Maggie niemand da war. Ihr Blick glitt an der grünlichen Leinenbluse mit dem geschnürten Mieder hinunter zu dem dunkelbraunen, fast schwarzen bodenlangen Rock, unter dessen Saum von Schlamm verschmutzte, ehemals weiße Spitzen hervorlugten.

Sie starrte auf das Schultertuch mit dem in leuchtenden Farben gewebten Tartan des Clan MacLaughlin, und Màiri erschien ihr deutlich, wie sie am Tisch saß und webte. Doch ihr Verstand wehrte sich.

„Ist Ihnen nicht gut, Miss Harris?", erkundigte sich Maggie besorgt. „Soll ich Ihnen einen Tee machen?"

Wortlos schüttelte Joan den Kopf, in dem sich die Gedanken überschlugen. Was war passiert? War die Reise in die Vergangenheit doch kein Traum gewesen?

Joan räusperte sich und brachte mit größter Mühe hervor: „Nein, vielen Dank. Der heutige Tag hat mich sehr erschöpft, ich möchte nur noch schlafen. Bitte machen Sie mir für morgen meine Rechnung fertig."

„Natürlich." Auf Maggies Gesicht breitete sich Enttäuschung aus, und es war nicht ersichtlich, ob es Betrübnis darüber war, dass es dem Gast aus England in ihrer Heimat nicht gefiel oder wegen der entgehenden Einnahmen. Doch sie fragte nicht nach dem Grund für den überraschenden Abbruch des Aufenthaltes, sondern überreichte Joan den Zimmerschlüssel und wünschte eine gute Nacht.

„Haben Sie sich wenigstens die Burgruine und den alten

Rundturm angesehen?“, fragte sie, bevor Joan sich der Treppe zuwandte. „Sie hätten bei besserem Wetter herkommen sollen.“

Gequält lächelnd nickte Joan, dann raffte sie gekonnt ihre Röcke und stürmte die schmale Treppe hinauf. In ihrem Zimmer war alles so, wie sie es verlassen hatte, auf dem Tischchen neben dem Bett lag noch die Broschüre, in der Joan am Abend zuvor geblättert hatte. Auf der Vorderseite war die Ruine von Glenbharr Castle abgebildet.

Mit einer heftigen Handbewegung schleuderte Joan das Heft vom Tischchen, dann begann sie sich hektisch von den Relikten eines längst vergangenen Jahrhunderts zu befreien, indem sie sich die Kleidung förmlich vom Leibe riss.

Ohne einen Blick auf den Kleiderhaufen zu ihren Füßen zu verschwenden, öffnete Joan splitternackt den Schrank, riss den großen Nylonbeutel, in dem sie auf Reisen normalerweise ihre Schuhe aufbewahrte, heraus und stopfte ohne hinzusehen die Stoffberge hinein. Dann öffnete sie ihren Koffer und warf den Beutel hinein, schob den Koffer wieder unter das Bett und eilte wie gehetzt ins Bad.

Das warme Wasser aus der Dusche prasselte wohltuend auf Joans Körper, mit geschlossenen Augen blieb sie minutenlang so stehen. Dabei dachte sie an nichts, ihr Verstand verbot ihr, an irgendetwas zu denken, was nicht sein konnte.

Als Joan wenig später ins Bett fiel, schlief sie auf der Stelle ein.

20. Kapitel

Fröstelnd zog Joan die leichte Decke höher. Noch im Halbschlaf merkte Joan, dass sie zitterte – es war so kalt, so bitterkalt. Erschrocken riss sie die Augen auf, um gleich darauf erleichtert aufzuseufzen. Sie lag geborgen in ihrem Pensionsbett, und die Kälte kam vom Fenster her, das Joan am Abend geöffnet hatte, es war nicht die Kälte des Erdlochs.

Wohlig reckte sie sich und versuchte wieder einzuschlafen, doch es gelang ihr nicht, da die Gedanken an den Tag zuvor langsam wieder in ihr Bewusstseins drangen. Die ganze Geschichte blieb unbegreiflich, sie musste sie vergessen.

Irgendwann stand Joan auf, duschte und packte ihre Koffer. Obwohl sie keine Eile hatte, wollte sie so schnell wie möglich Schottland verlassen, hier hielt sie nichts mehr. Geflissentlich ignorierte sie beim Packen den Nylonbeutel und warf achtlos Schuhe und Wäsche darauf.

Maggie schien über Joans plötzliche Abreise ehrlich betrübt zu sein. „Ich hoffe, Sie behalten unsere schönen Highlands in guter Erinnerung. Sehen Sie, jetzt kommt endlich sie Sonne durch."

Innerlich schmunzelte Joan. Oh ja, diese Reise würde wohl ewig in ihrer Erinnerung bleiben.

„Sicherlich", sagte Joan leichthin, als sie Maggie einen Scheck überreichte. „Zumindest habe ich herrlich geschlafen."

Als sie wenig später den Mini startete, spähte sie ungläubig zum Armaturenbrett schüttelte mit dem Kopf, als das Datum mit dem 16.7.2005 hell aufleuchtete.

„Natürlich ist heute der 16. Juli“, sagte sie halblaut zu sich selbst. „Alles andere wäre unnormal.“

Die Rückfahrt nach Inverness gestaltete sich angenehmer als die Anreise. Die Sonne schien nun mit voller Kraft und tauchte die sanften Hügel in ein warmes, freundliches Licht, wegen der klaren Luft konnte man weit hinauf zu den langgestreckten Waldgebieten sehen. Hin und wieder tauchten vereinzelt die Reste alter, aus Naturstein gebauter Häuser auf, einige waren jedoch gut erhalten geblieben.

Allmählich merkte Joan, dass sie sich der Zivilisation näherte, die Ansiedlungen wurden dichter, und auch der Verkehr nahm zu. Joan weigerte sich, daran zu denken, was sie zu dieser Reise bewogen hatte und nahm sich im gleichen Zuge vor, ihren nächsten Urlaub gewiss am Meer zu verbringen.

Der Anrufbeantworter blinkte, als Joan ihre Wohnung betrat. Noch bevor sie ihr Gepäck ins Schlafzimmer brachte, hörte sie ihn ab. Es waren zwei Anrufe, einer von ihrer Mutter, die ihr viel Spaß bei der Fahrt ins Blaue wünschte und der andere von einem Versicherungsvertreter. Nun ja, mehr hatte Joan auch nicht erwartet, immerhin war sie kaum drei Tage fort gewesen.

Später, beim Auspacken fiel ihr erneut der Nylonbeutel in die Hände, und als hätte sie sich an ihm verbrannt, warf sie ihn, ohne hineinzusehen, in die hinterste Ecke des Kleiderschrankes.

Marion war erstaunt, als ihre Tochter noch am selben Tag anrief, um mitzuteilen, dass sie wieder zu Hause sei. Sie erklärte, dass sie ziellos in der Grafschaft Sussex herumgefahren sei, aber wegen des unbeständigen Wetters keine Lust auf einen längeren Aufenthalt hatte.

Abends machte es sich Joan vor dem Fernseher gemütlich – alles schien wie immer zu sein, und doch war es nicht so, das spürte sie immer deutlicher. Schließlich erhob sich Joan wie in Trance, ihre Schritte lenkten sie ins Schlafzimmer, wie eine Marionette öffnete sie den Kleiderschrank. Sie griff nach dem prall gefüllten Nylonbeutel.

Den Inhalt schüttete Joan auf den Teppichboden und sank schließlich davor nieder. Benommen starrte sie auf den Kleiderhaufen, dem noch der leichte Geruch nach Erde anhaftete. Mechanisch griff Joan nach dem Schultertuch mit dem Tartan in den auffälligen Rot- und Grüntönen und strich sanft mit den Fingerkuppen über das fein gewebte Tuch.

Sie wollte nicht glauben, dass diese Relikte der Vergangenheit kein Traum waren und berührte das weiße Unterkleid aus leichtem Leinen.

Joan schluckte hart, dann nahm sie den dunklen Wollrock auf und sah dabei aus den Augenwinkeln, dass etwas zu Boden fiel. Ungläubig starrte Joan auf die rote, inzwischen getrocknete Blume, griff vorsichtig danach und roch daran; noch immer duftete sie ganz schwach.

Trocken schluchzte Joan auf. Die Blume hatte ihr Ewan geschenkt, und das war kein Traum gewesen. Aus Träumen brachte man weder Kleidungsstücke noch persönliche Geschenke mit in die Wirklichkeit.

Mit geschlossenen Augen saß Joan mitten in ihrem hochmodernen Schlafzimmer, presste die Blume vorsichtig an ihre Wange und hauchte: „Ewan ... mein Gott, es hat ihn wirklich gegeben.“

Und nun tauchte allmählich die Erinnerung an ihre Zeit auf der Burg der MacLaughlins wieder auf, die sie über viele Stunden so erfolgreich verdrängt hatte. Tränen tropften auf die Blume und die Kleidungsstücke, die Màiri ihrer englischen Freundin überlassen hatte, doch das merkte Joan gar nicht.

Ihre Gedanken glitten zurück in die kleine Kammer, zu der sanften Màiri und zu Ewan, dem stolzen Highlander. Dabei dachte sie nicht an die teilweise hitzigen Dialoge mit ihm, sondern an die kurze, zauberhafte Zeit vor dem Kamin, in der sie um ein Haar mit ihm geschlafen hätte.

Joan bog den Kopf mit geschlossenen Augen zurück, als würde sie im Geiste noch einmal Ewans Küsse und Zärtlichkeiten erleben. Ihr Inneres zog sich schmerzhaft zusammen, als sie daran dachte, dass dieser Mann schon seit über zweihundert Jahren tot war!

„Nein!“, rief sie mit tränenerstickter Stimme in die Stille hinein. Sie wollte sich nicht damit abfinden, dass Ewan MacLaughlin nicht mehr lebte und sie nie wieder einen Blick aus seinen hellen blauen Augen auffangen würde.

Wieder blickte sie auf die vertrocknete Blume in ihrer Hand und drückte sie schließlich an ihr Herz. Dieses unscheinbare Blümchen, dessen Namen sie noch nicht einmal kannte, war das einzige Andenken an den Mann, den sie liebte.

Ja, sie liebte Ewan, das wurde ihr in diesem Augenblick bewusst. So glasklar bewusst, dass ihr Herz so schwer wie ein Stein wurde.

Joan kniete vor dem Kleiderhaufen. Vor ihren Augen erschien Ewan, wie er sich langsam über sie beugte, Zärtlichkeiten in ihr Ohr flüsterte und seine großen, jedoch sanften Händen über ihre Brust kreisen ließ.

Und dann hatte Joan wieder Màiris Worte im Ohr, als sie sich an Ceanas Grab verabschiedete. ‚Auch Ewan wird dich vermissen, er hat dich sehr gern.’ Und ‚Ich kann in seinen Augen lesen.’

Mit dem Handrücken fuhr sich Joan über die tränennassen Wangen, dabei schniefte sie laut vernehmlich. Leise sprach sie Màiris Worte nach: „Noch ist es nicht zu spät, wir können zur Burg zurückkehren ...“

Nun war es zu spät, Joan war zurück in ihrer Welt und musste sich daran gewöhnen, dass der Mann, nach dem sie sich verzehrte, schon längst nicht mehr am Leben war.

Irgendwann spürte Joan ein unangenehmes Kribbeln in den Beinen und erhob sich, um die Blutzirkulation wieder in Gang zu bringen. Die rote Blume legte sie vorsichtig auf das Glastischchen neben ihrem Bett – sie würde es ihr Leben lang sorgfältig aufbewahren.

Erst am nächsten Morgen legte Joan die Kleidungsstücke aus der Vergangenheit ordentlich zusammen und dann in ein Extrafach im Schrank.

Màiri, die junge Schottin, war Joan eine Freundin geworden, wie sie nie eine besessen hatte. Selbstlos, aufopfernd und mutig hatte sich Màiri gezeigt, als sie Joan aus dem Kerker – und somit vor dem sicheren Tod – gerettet hatte. Menschen wie die Tochter des Lairds of Glenbharr waren ihr bislang nicht begegnet. Im Jahre 2005 dachte jeder nur an sich, wurde Joan auf einen Schlag klar.

Sie erinnerte sich an die Gefühle und Sehnsüchte der vielen einsamen Stunden im Kerker und später in der kleinen Webkammer. Und nun, da sie wieder in ihrer sicheren, modernen Welt lebte, fühlte sich Joan plötzlich unendlich einsam – viel einsamer als im Jahre 1731.

Zum ersten Mal nach ihrer Rückkehr betrachtete Joan ihre Hand- und Fußgelenke; noch immer waren schwach die Abdrücke zu sehen, die die groben Fesseln der Wegelagerer verursacht hatten.

Joan war froh, Urlaub zu haben, denn es zog sie noch nichts in die Agentur zurück, zunächst musste sie das Erlebte wirklich verarbeiten. Aber würde es ihr jemals gelingen, die Tatsache zu akzeptieren, dass sie durch das Grab ihrer Urahne durch die Zeit gereist war, zwei so liebenswerten Menschen begegnet war. Es klang unglaublich genug, aber dass sie die beiden Menschen, die ihr so viel bedeuteten, nie wiedersehen würde, war am schwersten zu verarbeiten.

Ihre Mutter rief am Nachmittag an und schlug Joan vor, ein paar Tage in Southampton zu verbringen, doch sie lehnte ab. Hatte sie im achtzehnten Jahrhundert unter der Einsamkeit gelitten, so sehnte sie sich nun danach. Sie wollte allein sein – allein mit den Gedanken an Ewan MacLaughlin of Glenbharr.

21. Kapitel

Die Tage glichen einer dem anderen. Joan schlief bis mittags, dann bereitete sie sich ein karges Frühstück, das größtenteils aus Kaffee bestand, und danach fuhr sie ziellos durch London oder verkroch sich auf die Wohnzimmercouch, von wo sie stundenlang auf eine Stelle starrte.

Wie sehr hatte sie sich nach den Erleichterungen des modernen Lebens gesehnt, doch nun, da sie wieder zu Hause war, bedeuteten sie ihr nichts mehr. Das Leben im achtzehnten Jahrhundert schien ihr von Tag zu Tag weniger primitiv gewesen zu sein, und voller Sehnsucht erinnerte sich Joan an die herrliche Seife dort, die so rein und natürlich gerochen hatte.

Doch am häufigsten dachte Joan an Ewan MacLaughlin, immer wieder versuchte sie, jede Sekunde, die sie mit ihm zusammen gewesen war, nachzuempfinden. Von Anfang an hatte sein Blick etwas Unergründliches an sich gehabt, auch wenn er meistens seine Empfindungen zu überspielen versucht hatte, indem er mal sarkastisch, mal wütend reagiert hatte.

Und dennoch war sie ihm nicht gleichgültig gewesen, das spürte Joan nun ganz deutlich. Diese winzigen Andeutungen, meist verpackt in Ironie, hatten gezeigt, dass er etwas für Joan empfunden haben musste – nur hatte sie es nicht richtig wahrnehmen wollen. Sie hatte doch immer wieder in ihm den wüsten Burschen sehen wollen, der sie am liebsten für immer und ewig im finsteren Verlies gewusst hätte.

Màiri hatte oft geheimnisvoll gelächelt, wenn Joan über

ihn geschimpft hatte und behauptet, dass sie und ihr Bruder sich doch endlich vertragen sollten – genauso gut hätte sie sagen können: „Was sich neckt, das liebt sich."

Ted empfing sie mit weit ausgebreiteten Armen. „Joan, wie schön, dass du wieder zu Hause bist, es wartet viel Arbeit auf dich. Du erinnerst dich an mein Angebot vor deinem Urlaub?." Er hielt Joan ein wenig von sich ab und fügte mit gerunzelter Stirn hinzu: „Verzeih mir, wenn ich das sage, aber ich finde nicht, dass du besonders gut erholt aussiehst."

„Ich war stark erkältet", gab sie mit einem lahmen Lächeln zurück, „die Hälfte meines Urlaubs habe ich im Bett verbracht. Ja, ich erinnere mich." Der letzte Satz klang zustimmend, denn Joan hatte sich fest vorgenommen, nicht mehr an die Vergangenheit zu denken, um in den normalen Alltag zurückfinden zu können. Wenn sie erst einmal verinnerlicht hatte, dass Ewan tot war, würde es ihr eher gelingen, als wenn sie ständig in Erinnerungen schwelgte.

Ted hatte bereits eine neue Aufgabe für seine Assistentin, und mit Elan machte sie sich an die Arbeit, ein passendes Werbekonzept für ein Vollblutgestüt zu kreieren.

Aber schon nach kurzer Zeit merkte sie, dass sie nicht ganz bei der Sache war. Früher war sie mit Feuereifer und Ehrgeiz dabei, doch nun schweiften ihre Gedanken immer wieder ab und manchmal ertappte sie sich dabei, dass sie aus dem Fenster starrte, ohne etwas zu sehen.

Zum Glück hatte Ted keine Bemerkung über die Albträume gemacht, von denen Joan heimgesucht worden war, und dafür war sie ihm sehr dankbar. Sie wusste, dass sie in Tränen ausbrechen würde, spräche er sie darauf an, aber auch eine Vertrauensperson wie Ted durfte niemals erfahren, wo Joan einen Teil ihres Urlaubs verbracht hatte.

Der erste Arbeitstag war anstrengend, und abends hatte Joan noch immer kein Konzept gefunden. Unter normalen Umständen wäre sie im Büro geblieben, bis ihr zumindest ein Ansatz eingefallen wäre, aber normale Umstände gab es nicht mehr, würde es nie mehr geben.

Sicher, mit der Zeit würde sie sich daran gewöhnen, den Rest ihres Lebens ohne Ewan leben zu müssen, dessen Gebeine irgendwo dort oben in den schottischen Highlands begraben sein mochten. Joan blieb nichts anderes übrig, aber die Gewissheit daran schmerzte fast körperlich. Sie hatte ihr Herz einem Naturburschen im Kilt geschenkt, der mit dem Breitschwert umgehen und reiten konnte anstatt mit Computer und schnellen Autos.

Zum ersten Mal konnte Joan nachfühlen, was Liebeskummer bedeutete, doch bei keiner anderen Frau konnte er so weh tun wie bei ihr, dachte sie.

„Bravo, du hast großartige Arbeit geleistet!“, lobte Ted Joan einige Tage später, als sie das fertige Konzept vorlegte, doch sie spürte, dass sein Lob geheuchelt war. Sie war ihm noch nicht einmal böse deswegen, denn sie war von ihrer Arbeit selbst nicht überzeugt.

Ted legte die Entwürfe beiseite und musterte Joan scharf. „Was ist mit dir los? Du scheinst mir in letzter Zeit häufig mit deinen Gedanken woanders zu sein ... um es präzise auszudrücken, seit deinem Urlaub.“

Ertappt senkte Joan den Kopf. Sie konnte Ted unmöglich gestehen, dass die Arbeit, das ganze Leben, ihr keine Freude mehr bereitete, und suchte fieberhaft nach einer Ausrede.

„Das müssen die Nachwirkungen meiner Erkältung sein“, erwiderte sie schließlich und merkte, wie albern diese Erklärung klang. „Mach dir keine Sorgen, das wird schon wieder.“

„Hast du noch diese schrecklichen Träume?“, erkundigte er sich jetzt doch mitfühlend und hob erstaunt die Augenbrauen, als Joan heftiger als beabsichtigt verneinte.

Sofort entschuldigte sie sich und versprach, in Zukunft konzentrierter zu arbeiten.

Es war erst früher Nachmittag, die Sonne schien und die Luft war warm. Die Agentur lag in der Nähe einer belebten Geschäftsstraße, und da Joan noch keine Lust hatte, nach Hause zu fahren, entschloss sie sich zu einem Einkaufsbummel. Vielleicht würde sie das Kaufen einiger neuer Kleidungsstücke für eine gewisse Zeit auf andere Gedanken bringen. Das hatte es bisher immer funktioniert, wenn sie Kummer gehabt hatte.

Vor einem Jeansgeschäft blieb sie stehen und betrachtete die Auslagen, dabei musste sie wieder an ihre Jeans denken, die sie zurückgelassen hatte. Was mochte bloß daraus geworden sein?

Als sie den Kopf hob, sah sie es. Hinter ihr stand eine andere Frau, ihr Gesicht spiegelte sich in der Schaufensterscheibe, ihre Blicke begegneten sich. Das war an und für sich nichts Besonderes, doch diese Frau sah aus wie Màiri!

Joan wirbelte herum, doch die Frau war verschwunden, untergetaucht in der Masse der Passanten. Wie gehetzt lief Joan erst in die eine Richtung, dann in die andere, und als sie sah, dass die Suche hoffnungslos war, ließ sie sich erschöpft auf den Stuhl eines Straßencafés fallen.

Verwirrt blickte sie auf, als der Kellner nach ihren Wünschen fragte und bestellte schließlich einen Tee. Tausende von Gedanken schossen Joan durch den Kopf, als sie so da saß und dem Strom der vorüberziehenden Menschenmenge zusah. Diese Frau – wer immer sie gewesen sein mochte – konnte nicht Màiri sein, denn sie war genau wie ihr Bruder seit zweihundert Jahren nicht mehr am Leben.

Es gab noch zwei weitere Möglichkeiten: Zum einen konnte es durchaus sein, dass diese Frau nur eine starke Ähnlichkeit mit der Schottin hatte oder ... bei diesem Gedanken schauderte es Joan ... oder sie hatte eine Vision erlebt.

Der Tee wurde kalt und blieb ungetrunken zurück, als Joan sich schließlich erhob und nach Hause fuhr.

In dieser Nacht begannen wieder die Albträume. Bei den ersten Malen war aus dichtem Nebel eine weit entfernt klingende Stimme zu hören, doch mit jeder Nacht wurde die Stimme deutlicher.

Wieder war sie flehend an Joan gerichtet, sprach sie mit ihrem gälischen Namen an und weinte bitterlich. Und allmählich verstand Joan einzelne Wörter. In der Vergangenheit hatte Màiri ihr schließlich etwas Gälisch beigebracht, und Joan glaubte, Worte wie thoir cobhair ... neochiontach ... mo anam sàbhail – Hilfe ... unschuldig ... meine Seele ... Rettung zu verstehen.

Schweißgebadet fuhr Joan aus dem Schlaf und richtete sich schwer atmend auf. Die Satzfetzen, die sie verstanden hatte, mussten eine Bedeutung haben, und bevor Joan sie vergessen konnte, kritzelte sie die Worte mit zitternden Fingern auf ein Stück Papier.

Dann kroch sie zurück ins Bett, so deutlich wie in dieser Nacht hatte sie noch nie das Gefühl gehabt, dass Ceana Matheson dicht neben ihr gestanden hatte; sie glaubte sogar, ihren Atem, der nach feuchter, modriger Erde roch, wahrgenommen zu haben.

Joan versuchte wieder einzuschlafen, doch die wenigen gälischen Worte, die ihr immer wieder durch den Kopf schossen, ließen es nicht zu. Was meinte Ceana, worauf wollte sie mit ihrem Hilferuf hinweisen?

Auch in den folgenden Nächten hatte Joan im Traum Begegnungen mit ihrer Urahne, und allmählich begann es Joan zu dämmern: Ceana flehte um Erlösung, ihr Geist bat darum, ihre sterblichen Überreste in geweihter Erde zu begraben, weil sie nichts Unrechtes getan und nie etwas mit schwarzer Magie zu tun gehabt hatte. Nur wegen böser Gerüchte, an denen nichts Wahres gewesen war, hatte man sie gefangen genommen und ermordet. Seitdem wanderte ihre Seele ruhelos durch die Zeit, um nach einem Blutsverwandten zu suchen, der ihr zu ewiger Ruhe verhalf.

Joan hatte mit eigenen Augen gesehen, dass nichts mehr von den Gebeinen übrig geblieben war, sie waren in dem feuchten Erdloch vermodert – aber im Jahre 1731, 28 Jahre nach der Hinrichtung, waren sie noch gut erhalten, sodass man sie bergen und auf einem Friedhof begraben konnte.

Diesen Teil ihrer Zeitreise hatte Joan bis zu der Nacht verdrängt, als die Träume erneut begannen; doch nun machte sie sich vermehrt Gedanken darüber. Das also war also ihre Mission gewesen: Ceana hatte versucht, Großmutter Fiona in die Vergangenheit zu locken, und da sie vorher gestorben war, hatte sie Fionas Enkelin auserwählt. Wie vielen Vorfahren war Ceana wohl schon im Traum erschienen und hatte um Erlösung gefleht, bis sie jemand gefunden hatte, der ihr Wehklagen ernst nahm?

Ironie des Schicksals war allerdings, dass sie sich in den Mann verliebt hatte, dessen Vater einst für die Hinrichtung verantwortlich gewesen war.

Nach diesen Erkenntnissen hörten die Träume schlagartig auf, doch Joan wusste instinktiv, dass sie nach einer gewissen Zeit wieder einsetzen würden, wenn sie nicht handelte.

All diese Dinge gingen Joan durch den Kopf, während sie in der Agentur saß.

„Darf ich kurz stören?“ Unvermittelt stand Ted vor ihrem Schreibtisch, er lächelte nachsichtig. „Du scheinst ja völlig in deiner neuen Aufgabe aufzugehen. Ich habe dreimal angeklopft, aber du hast überhaupt nicht reagiert.“

Sofort richtete sie sich kerzengrade auf und fuhr sich mit den gespreizten Fingern beider Hände lässig durch die rote Mähne. „Entschuldige, ich habe dich tatsächlich nicht gehört. Was gibt es?“

Ted setzte sich auf die Schreibtischkante und warf einen schrägen Blick auf Joans Entwürfe, die lediglich aus ein paar Kritzeleien bestanden. „Bist du verliebt?“

„Wie bitte?“ Sie starrte ihn entsetzt an, dabei spürte sie, wie das Blut in ihren Kopf stieg. „Wie ... wie kommst du denn darauf?“

Er lachte und wies amüsiert auf Joans Skizzen. „Das war nicht schwer zu erraten, sieh dir nur die vielen Herzchen an, die du gemalt hast.“

Sie schielte auf das Papier vor sich und erbleichte. Ganz oben stand der Name des Waschmittels, darunter ein paar Schlagworte – der Rest des Blattes war mit Herzen in den unterschiedlichsten Größen übersät.

„Das muss dir doch nicht peinlich sein, Joan“, bemerkte Ted, dem ihre Verlegenheit nicht entgangen war. „Du bist eine attraktive junge Frau, und ich frage mich schon seit langem, wann es endlich mal einem Mann gelingt, dein Interesse zu wecken.“

Joan stoppte mit einer heftigen Handbewegung seinen Redefluss. „Es ist nicht so, wie du denkst, denn ich werde ihn nie wiedersehen.“

„Oh“, machte Ted, er schien bestürzt zu sein. „Ihr habt euch getrennt, das tut mir sehr leid.“

„Die Umstände ließen es nicht zu, dass wir zusammenblieben." Joan setzte ein Lächeln auf, obwohl sie sich lieber schluchzend an Teds Brust geworfen und ihm von Ewan erzählt hätte. „Weshalb bist du eigentlich hier?"

„Äh, ich wollte heute Abend bei einem Essen mit dir über unsere Arbeit reden, oder hast du schon etwas vor?"

„Nein." Sie rieb sich über die Stirn. „Nein, ich habe Zeit für die Besprechung."

Ted musterte sie mit einem besorgten Blick und stand auf. „Du hast dich seit deinem Urlaub verändert, Joan. Geht es dir wirklich gut?"

Sie nickte ihm zu, aber kaum hatte er die Tür hinter sich geschlossen, brach Joan in Tränen aus, wie so oft in letzter Zeit.

Mit größter Aufmerksamkeit lauschte Joan den Worten ihres Chefs, der sie in eines der angesagten Szene-Restaurants eingeladen hatte. Normalerweise hätte Joan das gute Essen und die interessante Atmosphäre genossen, zumal es bei diesem Gespräch um ihre berufliche Zukunft ging.

Doch schon, als Joan sich zu Hause umgezogen hatte, war ihr bewusst geworden, dass sie keine Lust hatte, auszugehen. Viel lieber hätte sie sich in eine Ecke ihrer Kuschelcouch verzogen und von Ewan geträumt. Aber sie sah ein, dass sie sich zusammenreißen musste, um nicht vollends den Anschluss an das normale Leben zu verlieren. Es lohnte nicht, verlorenen Träumen nachzutrauern. Ewan war für sie tot, und ob er in seiner Zeit noch einen einzigen Gedanken an sie verschwendete, würde sie niemals erfahren.

Die Übernahme der neuen Agentur soll spätestens im Frühjahr 2006 vonstatten gehen, erklärte Ted, dabei warf er Joan regelmäßig fragende Blicke zu. Natürlich fiel ihm auf, dass sie ihre frühere Begeisterung verloren hatte, nicht nur für die neue Agentur, sondern auch für ihre Arbeit. Aber er sprach Joan an diesem Abend nicht mehr darauf an, da er vermutete, seine beste Mitarbeiterin würde unter Liebeskummer leiden – und das war eine ernsthafte Angelegenheit. Man muss ihr Zeit lassen, dachte er.

In den folgenden Tagen fragte sich Joan immer wieder, was mit ihr los war; warum konnte ihr Verstand nicht akzeptieren, dass alles Vergangenheit war. Ein Zurück gab es schließlich nicht mehr.

22. Kapitel

Trotz intensiver Bemühungen gelang es Joan nicht, ihr gewohntes Leben vor der Zeitreise fortzuführen. Auch noch zwei Monate nach der Rückkehr fühlte sich Joan fremd in London, fremd in der Agentur und der Wohnung und sogar fremd in ihrem eigenen Körper.

Irgendwann stellte sie fassungslos fest, dass sie eigentlich gar nicht ins Jahr 2005 passte, dass sie in einer falschen Zeit geboren worden war; gleichzeitig wurde ihr klar, dass sie ohne Ewan nicht leben konnte und ihre Sehnsucht zu ihm immer stärker wurde.

Inzwischen überließ Ted Lincoln seiner Assistentin nur noch unwichtige Aufträge.

Vor nicht allzu langer Zeit hätte Joan protestiert, doch nun nickte sie nur gleichgültig, als Ted sie darüber informierte.

„Du bist nicht mehr die vor Ideen sprühende, dynamische Frau, die ich eingestellt habe", sagte er sanft, doch in seiner Stimme war ein Anflug von Tadel unüberhörbar. „Mir ist klar, wie dir im Moment zumute ist, aber ich muss auch an mein Geschäft denken, das verstehst du doch?"

Wieder nickte sie emotionslos, sah dabei auf ihre Hände, die Ewans leicht behaarte Brust gestreichelt hatten, und ein angedeutetes Lächeln huschte kurz über ihr Gesicht.

„Natürlich werde ich dich nicht entlassen, du bist mir trotz allem eine wertvolle Kraft, aber die Übernahme der Agentur sollten wir noch einmal überdenken. Meinst du nicht?"

Scharf sog Joan die Luft ein, richtete ihren Blick fest auf

Ted und erwiderte bestimmt: „Ich habe mich dazu entschlossen, die Agentur nicht zu übernehmen."

Er schien keineswegs überrascht zu sein, Joans Absage passte zu dem Verhalten, das sie neuerdings an den Tag legte. Er überlegte sich die nächsten Worte gründlich, bevor er sie aussprach. „Kein Mann auf dieser Welt ist es wert, dass du deine Karriere aufs Spiel setzt, hörst du? Was immer dieser Bursche dir angetan hat, ich werde nicht zulassen, dass er dein Leben zerstört."

Langsam hob Joan den Kopf. „Du hast ja keine Ahnung. Er ist es wert. Oh ja, das ist er. Ihn trifft keine Schuld, dass wir nicht mehr zusammen sind, es war meine Entscheidung. Wir hatten nicht die geringste Chance", Joans Stimme brach.

Wenn sie gehofft hatte, dass sie Ted mit diesen Worten beruhigen konnte, irrte sie; denn genau das Gegenteil passierte. Er wurde von einer unbändigen Wut ergriffen auf diesen unbekannten Mann, der aus Joan ein Häufchen Unglück gemacht hatte.

Behutsam legte Ted die Hände auf ihre Schultern und zwang sie sanft, ihn anzusehen. Mit eindringlichem Blick sagte er: „Wenn es sich so verhält, wie du sagst, dann gib ihm eine Chance."

Traurig sah sie zu ihm auf. „Das ist ausgeschlossen."

„Warum? Liebt er eine andere Frau?"

Fast unmerkbar schüttelte sie den Kopf und hauchte: „Viel schlimmer, er ist tot ..."

„Mein Gott." Ted ließ erschüttert die Arme sinken. „Es ... es tut mir so leid. Wenn ich das gewusst hätte, wäre ich niemals so auf dieses Thema zu sprechen gekommen."

Mit einer müden Handbewegung wischte sie Teds Entschuldigung fort und beschwichtigte ihn, im selben Atemzug bat sie, nach Hause fahren zu dürfen, was ihr augenblicklich gewährt wurde.

Auf der Heimfahrt dachte sie über das Gespräch mit ihrem Chef noch einmal nach, sie hatte ihn nicht belogen, auch wenn sie nur die halbe Wahrheit gesagt hatte. Ewan war tot, zumindest im Jahr 2005 ... aber in seiner eigenen Zeit lebte er und erfreute sich bester Gesundheit.

Von einer plötzlichen Wissbegierde gepackt, nahm sich Joan vor, mehr über das Leben in den schottischen Highlands des achtzehnten Jahrhunderts in Erfahrung zu bringen und setzte sich, kaum hatte sie ihre Wohnung betreten, an den Computer. Das Internet zeigte sich zu ihrer Freude als eine hervorragende Informationsquelle, wie gebannt las Joan über Schlachten, Rebellionen und Aufstände in den Highlands, die im achtzehnten Jahrhunderten stattgefunden hatten.

Je länger sie sich mit diesem Thema beschäftigte, desto unruhiger wurde sie. Viele Beschreibungen waren so präzise, als hätten die Verfasser selbst im achtzehnten Jahrhundert gelebt – so wie Joan. Während des Lesens hatte sie das Gefühl, hautnah dabei gewesen zu sein, auch wenn sich ihr Leben in diesem Jahrhundert auf einige Wochen beschränkt hatte, in denen sie größtenteils gefesselt oder eingesperrt gewesen war. Und trotzdem war sie ein Teil dieses Lebens gewesen, das so schrecklich primitiv und grausam, jedoch auch sehr romantisch gewesen war.

Sie stieß auf Sheriffsmuir, wo es nach der jakobitischen Erhebung 1715 zu einer blutigen Schlacht gekommen war, oder auf den General Wade, den Oberbefehlshaber der Hochlandkompanien. Es tauchte auch immer wieder der Name Prinz Charles Edward Stuart auf, im Volksmund auch liebevoll Bonnie Prince Charlie genannt. Er war der Sohn des im Exil lebenden Schottenkönigs James.

Seit Stunden schon saß Joan vor dem Monitor, ihre Augen brannten und der Rücken schmerzte, aber nichts hätte sie davon abgebracht, weiter zu lesen, und als sie schließlich von der Schlacht in Culloden in der Nähe von Inverness las, die im Jahre 1745 stattgefunden hatte, schrie sie leise auf; Inverness lag so verdammt nahe am Gebiet des MacLaughlin Clans.

Joan starrte auf den Monitor, erfuhr, dass die zerlumpten, ausgemergelten Hochlandtruppen keine Chance hatten gegen die sich weit in der Überzahl befindenden englischen, gut ausgerüsteten, wohlgenährten Soldaten und die Schlacht noch nicht einmal eine Stunde dauerte. Der Herzog von Cumberland, englischer Oberbefehlshaber, hatte Anordnung gegeben, dass es keine Gefangenen geben sollte, was im Klartext bedeutete, dass Verletzte auf dem Schlachtfeld erschossen oder mit dem Bajonett erstochen worden waren.

Danach begann die Zerschlagung jener Clans, denen ihre jakobitische Gesinnung nachgewiesen werden konnte, die Oberhäupter und deren Familien wurden hingerichtet, falls sie nicht vorher schon bei einer Schlacht ums Leben gekommen waren oder rechtzeitig fliehen konnten. Burgen und Landsitze wurden zerstört und die Pächter, die sich diesen Clans angeschlossen hatten, wurden vertrieben, das Vieh konfisziert, Häuser und Felder niedergebrannt.

Mit Schaudern dachte Joan an die Ruine von Glenbharr Castle, auch diese Zerstörung war ein Werk der Engländer. Joan zitterte am ganzen Leibe – was mochte wohl aus dem MacLaughlin Clan geworden sein, aus Màiri, ihrer Schwester Darla, Laird Dòmhnall und seiner Frau Ealasaid ... und natürlich aus Ewan, ihrem stolzen, schönen Sohn? Hatte er an der Schlacht bei Culloden teilgenommen oder sich mit seiner Familie rechtzeitig in Sicherheit bringen können?

Ewan war der geborene Krieger und bestimmt zu stolz zur Flucht gewesen, immerhin war er der Sohn eines Lairds und sollte eines Tages dessen Position einnehmen, daher hatte er mit Sicherheit an der Seite seiner Leute bis zum bitteren Ende gekämpft.

Im Geiste rechnete Joan nach, bis Culloden waren es vom Jahre 1731 an gerechnet noch 14 Jahre – 14 Jahre, in denen so viel geschehen konnte oder besser gesagt, geschehen war. Als Joan endlich um Mitternacht den Computer ausschaltete, war sie sehr nachdenklich. Absichtlich hatte sie in der Suchmaschine nicht nach dem MacLaughlin Clan geschaut, sie wollte nicht wissen, was nach den Aufständen aus ihm geworden war. In Großmutter Fionas Büchern hatte lediglich etwas über den Erbauer von Glenbharr Castle gestanden, und darüber war Joan sehr dankbar.

Immer häufiger mischten sich in ihren Träumen die unstillbare Sehnsucht nach Ewan und Gedanken an Ceana Matheson.

Nun, da sie wusste, aus welchem Grund Ceana Matheson nachts zu ihr sprach, akzeptierte Joan diese Träume und nahm sie gelassener hin.

Zum ersten Mal kam Joan der Gedanke an eine weitere Reise in die Vergangenheit, als sie mit Ted und einigen anderen Mitarbeitern ein Musical besuchte. Die Menschen um sie herum wirkten emotionslos. Flüchtig dachte sie an Màiris glockenhelles, natürliches Lachen und fragte sich, ob sich die Menschen im Laufe der Jahrhunderte wirklich so zum Nachteil verändert hatten, dass sie nur noch der Macht und dem Geld nachjagten und darüber das Lachen verlernt hatten.

Dieser Gedanke nahm Formen an, und was Joan völlig von der Hand gewiesen hätte, schien ihr plötzlich ganz normal zu sein: Sie würde zurück ins Jahr 1731 gehen, und zwar für immer. Denn wenn sie Ceanas Wunsch erfüllt hatte, würde sich der Zeittunnel schließen und ihr unheimliches Grab als ein harmloses Erdloch zurück bleiben.

Natürlich wollte Joan nicht nur zurückgehen, um ihre Mission zu erfüllen, sondern um in Ewans Nähe zu sein – auch wenn sie nicht wusste, ob er sie nicht längst vergessen hatte. Doch dann erinnerte sie sich daran, dass alles was sie im Jahre 1731 erlebt hatte in der Neuzeit nur wenige Stunden gedauert hatte. Würde es genauso sein, wenn Joan abermals ins achtzehnte Jahrhundert reiste? Verging die Zeit, in der sie sich gerade nicht befand, langsamer als die, in der sie lebte?

Fragen über Fragen, auf die Joan keine Antwort wusste und die ihr Kopfschmerzen bereiteten. Die Musik war ihr zu laut, die Stimmen der Sänger zu schrill und die Tanzeinlagen zu steif. Noch vor wenigen Wochen allerdings wäre sie begeistert von diesem Musical gewesen.

Ted hatte recht, sie hatte sich verändert. Sie fühlte sich in der modernen Zeit nicht mehr wohl, fühlte sich fehl am Platz und einsam. Von einer plötzlichen Euphorie ergriffen, begann Joan die Aufführung zu genießen. Wenn alles gut ging, würde sie Ewan bald wiedersehen und die liebenswerte Màiri! Diese Erkenntnis war so ungeheuerlich und gleichsam aufregend, dass Joans Herz schneller schlug und sie lachte, als ihr Sitznachbar einen Scherz machte.

Auch später, als die Mitarbeiter der Agentur den Abend mit einem Restaurantbesuch abschlossen, beteiligte sich Joan wie früher an den Gesprächen und machte amüsante Anmerkungen.

Ihr entging nicht Teds überraschte Miene, seine Assistentin schien von einem Tag auf den anderen ihren Kummer überwunden zu haben – hätte er gewusst, was für einen Mann Joan liebte, würden ihm vor Grausen wohl die Haare zu Berge stehen.

Doch schon am nächsten Tag kamen Joan die ersten

Zweifel an ihrem kühnen Vorhaben. Sie musste damit rechnen, dass der Zeittunnel für immer geschlossen war, sowie Ceanas Seele ihren Frieden gefunden hatte, denn mit dieser Handlung war die Mission erfüllt und der Tunnel hatte keine Verwendung mehr.

War es Zufall oder Absicht gewesen, dass Joan ausgerechnet im Jahre 1731 gelandet war – was war, wenn sie sich bei einer weiteren Reise einige Jahre früher wiederfand, in der Ewan und Màiri noch Kinder waren? Oder später, wenn Ewan eine andere Frau geheiratet hatte ... oder bei einer der Schlachten gegen die Engländer gefallen war?

Vom vielen Grübeln bekam Joan Kopfschmerzen, das Risiko einer weiteren Zeitreise war viel zu groß. Nur ungern erinnerte sie sich an die Berichte, die sie im Internet gelesen hatte. Selbst wenn die Reise klappte, wenn Ewan Joan wollte und der Groll, den Laird Dòmhnall gegen die vermeintliche Hexe hegte, erloschen war, standen dem Clan schwere Zeiten bevor – und Joan war dann mittendrin, war ein Teil dieser schottischen Gemeinschaft, die bald von den Engländern vernichtet werden sollte.

Und dann dachte Joan an ihre Mutter, die sie nie wiedersehen würde. Dieser Gedanke schmerzte genauso sehr wie der, Ewan und Màiri nicht mehr sehen zu dürfen.

„Was soll ich nur tun?“, stöhnte Joan, goss sich noch ein Glas Wein ein und stützte den Kopf in die Hände. Es war Wochenende, eines von jenen, an denen es draußen kaum hell wurde und der Regen gar nicht mehr aufhören wollte. Der Sommer war vorüber, seit fast drei Monaten befand sich Joan nun wieder zu Hause – und entgegen ihrer Hoffnung, dass die Zeit alle Wunden heilte, wurde der Schmerz größer.

Das einstige Rot der Blütenblätter der kleinen Blume war inzwischen einem dunklen Rostrot gewichen, doch Joan bildete sich immer noch ein, die Blüten verströmten einen zarten Duft.

Das unvermittelte Klingeln des Telefons ließ Joan zusammenfahren. Ihre Mutter war am Apparat und sie hatte eine erfreuliche Neuigkeit.

„Simon und ich werden uns am nächsten Wochenende verloben", sagte sie, und ihre Stimme zitterte dabei leicht vor Erregung. „Stell dir vor, er möchte mich so schnell wie möglich heiraten!"

„Das ... das ist wundervoll, Mom." Für einen kurzen Augenblick stellte Joan ihren Liebeskummer hinten an und freute sich mit ihrer Mutter. „Wollt ihr groß feiern?"

„Aber nein, nur im allerkleinsten Kreis. Ich dachte an ein feines Essen mit einem guten Glas Wein. Du wirst doch auch kommen, oder?"

Joan hatte ihrer Mutter verschwiegen, dass ihr der Elan und der Arbeitseifer abhanden gekommen waren und wollte dies immer noch nicht zugeben. Daher erklärte sie lässig, dass sie sich ihre Arbeit so einteilen würde, dass sie ein paar freie Tage hätte, um nach Southampton zu fahren.

Ihre Mutter freute sich ganz offen. „Allmählich wirst du wohl vernünftig und erkennst, dass der Job nicht alles im Leben ist."

Für Joan hatte er überhaupt keinen Wert mehr, einmal davon abgesehen, dass er das nötige Geld einbrachte, um sich zu ernähren und ein Dach über dem Kopf zu haben. Nach dem Versprechen, auf jeden Fall zur Verlobung zu erscheinen, legte Joan nachdenklich auf.

Ginge sie zurück zu Ewan, würde sie zwar ihre Mutter nie wiedersehen, aber sie konnte so jetzt sicher sein, sie gut versorgt zurückgelassen zu haben. Simon meinte es offensichtlich ernst und würde Marion heiraten, sodass sie nicht ganz alleine dastand, wenn ihre Tochter auf Nimmerwiedersehen verschwand.

Marion Harris wirkte noch strahlender als bei Joans letztem Besuch. Ihre weiblichen Rundungen hatte sie in ein neues, figurbetontes Kleid aus feiner lilafarbener Wolle gehüllt, das sie elegant und gleichzeitig unglaublich jung erscheinen ließ.

„Ich bin so froh, dass du dabei bist, wenn Simon mir heute Abend den Verlobungsring ansteckt“, sagte sie, während sie ihre Tochter zur Begrüßung umarmte. „Er wird bald hier sein, und ich bin aufgeregt wie ein junges Mädchen.“

Joan grinste. „Du siehst auch aus wie ein junges Mädchen.“

Gemeinsam gingen sie ins Haus, währenddessen erzählte Marion begeistert, dass Simon, bevor er ganz zu ihr zog, das kleine Häuschen instand setzen wollte.

Mit abgewandtem Gesicht hörte Joan zu, ihre Mutter sollte nicht die Tränen in ihren Augen sehen. Konnte sie einfach verschwinden, ohne sich zu verabschieden? Sicher, sie hatte Simon, aber dennoch war sie ihre Tochter und ihr Glück würde vor Sorge um das einzige Kind stark getrübt sein. Das konnte und wollte Joan nicht.

Also blieb nur die Wahl, ihr die Wahrheit zu sagen, wenn es soweit war. Aber würde sie es verstehen? Würde sie ihr glauben, wenn sie erzählte, sie habe für einige Wochen – oder Stunden – in einer anderen Zeit gelebt und sei dort ihrer großen Liebe begegnet?

„Du siehst immer noch ziemlich abgekämpft aus“, bemerkte Marion beiläufig, als sie in der Küche den Braten wendete. „Als läge dein letzter Urlaub schon Jahre zurück. Warum bist du nicht in den Süden geflogen, dort hättest du dich bestimmt besser erholt als bei dem feuchten englischen Wetter.“

Joan betrachtete angestrengt ihre Hände. Jetzt war die Gelegenheit, ihrer Mutter von der Zeitreise zu erzählen.

„Du erinnerst dich, dass ich letztens nach Großmutters Nachlass fragte?"

„Allerdings", erwiderte sie mit gerunzelter Stirn, wischte sich die Hände an einem Küchentuch ab und setzte sich zu Joan an den Tisch. „Wie kommst du gerade jetzt darauf?"

„Na ja, es hat sich etwas so Unglaubliches daraus entwickelt, dass es mir anfangs selbst wie ein Traum erschien."

Aufmerksam betrachtete Marion ihre Tochter, die sich verlegen wand, bevor sie weitersprach.

„Du hast mir vor einiger Zeit einmal gesagt, dass auch ich einen Mann treffen werde, für den es sich lohnt, alles aufzugeben und ein neues Leben zu beginnen."

Versonnen nickte Marion, doch bevor sie eine gezielte Frage stellen konnte, kündigte lautes Motorengeräusch Simons Ankunft an.

Marion sprang flink auf, um ihm die Tür zu öffnen. „Wir reden später, ja?"

„Sicher." Joan ließ sich die Enttäuschung nicht anmerken. Die Gelegenheit, mit ihrer Mutter ernsthaft unter vier Augen zu reden, war ungenutzt verstrichen. Ob Joan noch einmal den Mut aufbringen würde, mit ihr über ihren Highlander aus dem achtzehnten Jahrhundert zu sprechen, bezweifelte sie.

Schlecht gelaunt fuhr Joan am Sonntag Nachmittag zurück nach London. Das ganze Wochenende war sie keinen Augenblick mit ihrer Mutter alleine gewesen, und obwohl Joan Simon sehr mochte, hatte seine Anwesenheit sie doch gestört. Den engen Kontakt zu ihrer Mutter konnte sie so nicht pflegen und der Gedanke, sie nie wieder sehen zu können, verursachte dadurch einen unangenehmen Druck in der Magengegend.

Wankelmütig geworden, wog Joan kritisch das Für und Wider einer weiteren Zeitreise ab. Sie wollte freiwillig zurückgehen, in eine ungewisse Zukunft oder vielmehr Vergangenheit, wenn man es richtig bedachte. War das Leben in den Highlands des achtzehnten Jahrhunderts nicht doch zu hart und grausam und vor allem zu gefährlich.

Zu Hause öffnete sie ihren Kleiderschrank und starrte minutenlang auf die säuberlich zusammengelegten Kleidungsstücke. Zögernd strich Joan über jedes einzelne Teil, und dabei überkam sie beinahe das Gefühl, wieder dort zu sein ... dort, wo sich Ewan und Màiri befanden.

Erst, als Joan Hunger verspürte, schloss sie energisch den Schrank, ging hinüber in die Küche und schob ein Tiefkühlgericht in die Mikrowelle. Abwesend betrachtete Joan den sich drehenden Teller hinter der Glasscheibe.

„Die Zeit drängt, Joan", sagte Ted eines Tages kurz vor dem Feierabend. „Eine Zeit lang war ich sehr besorgt um dich, aber wie mir scheint, hast du das Schlimmste überstanden. Wie ist es? Mein Angebot steht noch immer."

Joan hatte seit Tagen geahnt, dass dieses Gespräch kommen würde und sich die unmöglichsten Ausreden ausgedacht; aber in diesem Augenblick, als Ted davon begann, breitete sich in Joan eine innere Ruhe aus. Ja, sie hatte sich entschieden.

Nach einem langen Atemzug blickte sie Ted offen ins Gesicht und sagte mit fester Stimme: „Ich kann die Agentur nicht übernehmen. Es tut mir leid, aber du musst dich nach einem Ersatz für mich umsehen."

„Soso." Er nickte bedächtig und schürzte die Unterlippe.

„Du kannst also nicht. Darf ich auch erfahren, weshalb nicht? Arbeit lenkt von persönlichem Schmerz ab, und so sehr ich bedauere, dass deine große Liebe ... nicht mehr am Leben ist, gebe ich dir den guten Rat, zu arbeiten anstatt dich in deine vier Wände zu verkriechen und dich zu grämen."

Sie ließ ihn ausreden, und als er abwartend schwieg, schüttelte sie sachte den Kopf. „Du hast mich nicht richtig verstanden, Ted. Du sollst nicht nur Ersatz für die Agentur suchen, sondern auch eine neue Assistentin."

Sein Blick war ungläubig, seine Stimme rau, als er fragte: „Hat dir eine andere Agentur ein besseres Angebot gemacht als Lincoln & Fletcher? Dann sag es, und ich erhöhe dein Gehalt."

„Nein, das ist es nicht." Unschlüssig strich sich Joan eine Locke hinter das Ohr. Wie sollte sie Ted erklären, dass sie vorhatte, ihrem Leben im Jahr 2005 den Rücken zu kehren? Das konnte man nicht erklären.

Joan versuchte, so nah wie möglich an der Wahrheit zu bleiben, ohne jedoch die Zeitreise zu erwähnen. „Ich will mich ganz aus dem Metier zurückziehen, das ist für mich beschlossene Sache."

Noch immer war Teds Miene fassungslos, kopfschüttelnd schaute er sie an.

Nachdem Joan eine Weile schweigend auf der Unterlippe gekaut hatte, gab sie sich einen Ruck und erwiderte leise: „Die Wahrheit würdest du nicht verstehen. Niemand würde sie verstehen, deshalb nimm es hin, dass ich aus persönlichen Gründen die Agentur verlassen werde. Die Arbeit mit dir war wundervoll und erfüllend, aber sie befriedigt mich nicht mehr, weil mein Herz an etwas anderem hängt."

„Du willst dich selbst verwirklichen, ist es das? Und ich dachte, in deinem Beruf bekommst du genug Gelegenheiten zur Selbstverwirklichung."

„Ach Ted." Zusammengesunken saß sie in dem tiefen Ledersessel, vor sich das Glas Whisky, das er ihr gereicht hatte. Sie hätte ihre Worte gern ungeschehen gemacht, doch nun war es zu spät, außerdem hatte Ted ein Recht darauf, zumindest die Ansätze einer Begründung zu erfahren, selbst wenn er sie nicht akzeptieren konnte. „Auch wenn du es begreiflicherweise nicht verstehst – ich muss tun, was ich tun muss. Selbstverständlich werde ich bleiben, bis du einen Ersatz für mich gefunden hast."

Durchdringend blickte er sie an, in der Hoffnung, dass sie gleich lachen und erklären würde, sie habe einen Scherz gemacht. Doch ihr Gesicht blieb unbeweglich, und ihre grünen Augen ließen keinen Zweifel daran, dass es ihr mit dem, was sie gesagt hatte, bitterernst war.

„Ist das dein letztes Wort?" Und als sie bestimmt nickte, fragte er: „Hat dein Entschluss etwas mit ... dem Verlust dieses Mannes zu tun, den du geliebt hast?"

„Ja, indirekt schon", gab sie widerstrebend zu, trank den Whisky in einem Zug und fühlte, wie sie sich allmählich entspannte. „Sei mir nicht böse, dass ich dir nicht mehr verraten will, verraten kann."

Sie schwankte leicht, als sie aufstand und nahm sich vor, den Wagen stehen zu lassen und sich ein Taxi zu nehmen. Jetzt, wo sie den ersten Schritt in ihr neues Leben getan hatte, schien alles andere gar nicht mehr so schlimm zu werden.

Von nun an plante Joan ihren Abschied gezielt, aber in völliger Ruhe. Es lag nichts Schockierendes mehr darin, für immer in der Vergangenheit zu verschwinden, die – so Gott wollte – gleichsam ihre Zukunft werden würde.

Sie tat es nicht Ceana Matheson zuliebe. Oh nein, um deren Seele zu retten, war das Risiko einer weiteren Zeitreise zu groß – sie tat es einzig und allein wegen Ewan.

Einen Kompromiss gab es nicht, konnte es nicht geben-entweder das Jahr 2005 oder 1731.

Eine Reise ohne Wiederkehr musste es sein.

Stacy Webber war klein, pummelig und dunkelhaarig – und somit vom Äußeren her das genaue Gegenteil von Joan. Es war in der letzten Oktoberwoche, als Ted ihr mit ernster Miene die neue Mitarbeiterin vorstellte und sie bat, Stacy einzuführen.

Erstaunlich rasch begriff Stacy, worauf es bei Lincoln & Fletcher ankam. Nicht lange, und sie würde Joans Platz einnehmen können, wenn auch nicht gleich als Teds persönliche Assistentin.

Noch einmal kam Joan ins Grübeln, ob das, was sie vorhatte, richtig war, und zwar, als sie einen Makler beauftragte, einen Nachmieter für ihre Wohnung zu suchen. Damit bekam Joans Entscheidung etwas Endgültiges.

Joan hatte sich die nächsten Schritte reiflich überlegt. Erst kurz vor ihrer Reise nach Schottland wollte sie ihre Mutter einweihen, und sie sollte als Einzige die volle Wahrheit erfahren. Joan glaubte, es ihr schuldig zu sein, denn auch wenn die Geschichte nach einem Fantasyroman klang, würde Marion sie glauben müssen – spätestens dann, wenn Nachforschungen über den Verbleib ihrer Tochter im Sande verliefen.

Natürlich wollte auch Stacy wissen, weshalb die begabte und erfolgreiche Joan Harris, die sich bereits einen Namen in der Werbebranche gemacht hatte, buchstäblich von einem Tag auf den anderen das Handtuch warf, doch sie wurde mit denselben Worten wie Ted und die anderen Mitarbeiter abgespeist: „Ich habe meine Gründe, möchte aber nicht darüber reden.“

Die junge Frau, die sich für Joans Wohnung interessierte, sah sich begeistert um. „Und Sie wollen die schönen Möbel wirklich hier lassen, Miss Harris?"

Sorglos hob Joan die Schultern. „Was soll ich machen? Da, wo ich hingehe, kann ich sie nicht gebrauchen." Flüchtig versuchte sie sich vorzustellen, wie man im achtzehnten Jahrhundert reagieren würde, wenn sie plötzlich Haarföhn, MP3-Player oder Handy hervor holte. Doch da es dort keinen elektrischen Strom gab, waren diese kleinen technischen Wunderdinge dort so wertlos wie eine Einhundertpfundnote nach der Weltwirtschaftskrise von 1929.

Der Preis, den Joan für das Inventar der Wohnung verlangte, war angemessen, und die junge Frau zeigte sich einverstanden. Einen Monat bat sich Joan noch aus, um ihre persönlichen Dinge zu regeln, bis es endgültig nach Schottland ging. Den Scheck für das Inventar sollte ihre Mutter bekommen, als vorgezogenes Hochzeitsgeschenk sozusagen.

Joans Herz verkrampfte sich, wenn sie daran dachte, dass sie die Hochzeit ihrer Mutter mit Simon nicht mehr erleben würde und ihre Reise sie in eine Zeit bringen würde, in der Marion noch nicht geboren worden ist.

Die letzte Etappe vor Joans Reise war gleichzeitig auch die schwierigste. Wie konnte man einer Mutter plausibel machen, dass man dabei war, der heutigen Welt für immer den Rücken zuzukehren? Sie telefonierten regelmäßig, ihre Mutter war nicht ein einziges Mal mehr auf ihr Gespräch in der Küche bei ihrem letzten Besuch eingegangen.

Der letzte Tag in der Agentur ließ Joan ihren Entschluss fast rückgängig machen, so gerührt war sie über die kleine Party, die Ted für seine Assistentin arrangiert hatte. Die Kollegen bedauerten Joans Kündigung, doch am meisten litt Ted darunter.

„Ich hoffe, du weißt, dass meine Tür für immer für dich offen ist", sagte er und reichte Joan ein Glas Champagner. „Willst du es dir nicht doch noch einmal überlegen? Noch ist es nicht zu spät."

Eine kleine nachdenkliche Falte erschien über ihrer Nase, als sie bestimmt zurückgab: „Versuch nicht, mich zurückzuhalten, Ted. Wenn du wüsstest, wie schwer mir der Abschied von allem hier fällt ..." Sie machte eine umfassende Handbewegung.

„Dann bleib. In Gottes Namen bleib! Hier ist dein Platz, du bist wie geschaffen für die Werbebranche."

„Ich kann dir nur eins versprechen", sagte Joan schließlich mit belegter Stimme und erhob ihr Glas. „Solange ich lebe, werde ich dich nie vergessen."

Ted verzog in komischer Verzweiflung das Gesicht. „Wie tröstlich. Willst du mir nicht wenigstens deine neue Adresse geben?"

Was würde er wohl denken, wenn sie ihm als neuen Wohnort Glenbharr Castle nannte? Eine Ruine, in der seit Jahrhunderten niemand mehr lebte.

„Das geht nicht, ich habe noch keine neue Adresse", wich sie ungeschickt aus. „Ich weiß noch nicht, wo ich wohnen werde."

Es entsprach zwar den Tatsachen, doch für Ted war das eindeutig eine Ausrede und als sie sich später ein letztes Mal umarmten, bat er sie, sich wenigstens ab und an zu melden, was Joan schließlich halbherzig versprach.

Sie hatte sich einen bestimmten Termin gesetzt für ihre Reise nach Schottland, eine Woche blieb ihr noch in London, um von der Stadt und ihrer Wohnung Abschied zu nehmen. Fast ihre gesamte Garderobe hatte sie dem Roten Kreuz gestiftet, denn sie wollte nur die Kleidung aus dem achtzehnten Jahrhundert mit auf die Zeitreise nehmen.

Der Wagen war verkauft, auch diesen Erlös sollte ihre Mutter erhalten. Die wenigen persönlichen Dinge, die Joan wichtig waren, wie etwa Fotos ihres Vaters Paul Harris, ein Goldkettchen, das sie von einer Patin zur Taufe bekommen hatte oder das Freundschaftsalbum aus Kindertagen, befanden sich in einer bemalten Blechdose. Ihre Mutter sollte sie auf dem Dachboden aufbewahren, neben Großmutter Fionas Unterlagen, die den Stein ins Rollen gebracht hatten.

Bei ihrem letzten Spaziergang durch London löste Joan ihr Konto auf und ließ sich einen Scheck aushändigen. Zusammen mit dem Geld von Einrichtung und Auto war eine ansehnliche Summe zusammengekommen, die es ihrer Mutter ermöglichen würde, nicht nur ihrem altersschwachen Häuschen neues Leben einzuhauchen, sondern auch eine schöne Hochzeitsreise zu machen.

Zufrieden steckte Joan den Scheck in die Tasche, verließ ein letztes Mal ihre Hausbank und schlenderte ohne Eile durch die Straßen. Es war einer jener schönen Spätherbsttage, an denen die Sonne noch einmal all ihre wärmende Kraft einsetzte, jedoch nachts der Boden mit leichtem Frost bedeckt war.

Wie mochte London wohl um 1731 ausgesehen haben?, fragte sich Joan. Würde sie die Stadt noch einmal sehen, in einer anderen Zeit? Der Buckingham Palace war im Jahre 1705 erbaut worden.

Plötzlich stockte Joan vor einem Antiquitätengeschäft und starrte auf eine in Schweinsleder gebundene Ausgabe von Shakespeares King Lear. Der Einband war durch das Alter verbogen und rissig, die Seiten vergilbt und wellig – doch es schien dieselbe Ausgabe zu sein, die Màiri besessen und die sie Joan geliehen hatte.

Ohne lange nachzudenken, betrat sie den Laden und bat

den Inhaber, ein verhutzeltes Männchen unbestimmten Alters, sich das dicke Buch näher ansehen zu dürfen.

„Sie haben einen guten Geschmack, Madam", sagte der Mann und wieselte zur Schaufensterauslage. „Dieses Buch hat einer adeligen Familie gehört, es steht sogar eine Widmung darin."

Auch in Màiris Ausgabe trug auf der ersten Seite einen Eintrag, in dunkler Tinte und verschnörkelten Buchstaben geschrieben, hatte Joan das Gälische nicht entziffern können.

Mit zittrigen Händen nahm sie das Buch an sich, blätterte darin und stieß dabei auf die Widmung, die von einem Sir Joseph an seine allerliebste, reizende Nichte Charlotte zur Volljährigkeit im Jahr 1723 stammte.

Unwillkürlich atmete Joan auf, die Angst, Màiris Buch in Händen zu halten, zweihundertvierundsiebzig Jahre nach der ersten Berührung, war unbegründet. Es stammte nur ungefähr aus derselben Zeit. Laird Dòmhnall und seine Familie waren nicht adelig, das hatte Màiri einmal erwähnt, sondern lediglich Großgrundbesitzer, Gutsherren.

„Möchten Sie das Buch haben?", meldete sich der Antiquitätenhändler wieder zu Wort. „Ich mache Ihnen einen fairen Preis, sagen wir ..."

„Nicht nötig." Joan legte das Buch vorsichtig auf den Verkaufstresen zurück. „Ich habe keine Verwendung dafür."

„Oh, das ist ein großer Fehler, solch eine gut erhaltene Ausgabe werden Sie nicht mehr finden."

Joan setzte ein liebenswürdiges Lächeln auf, bevor sie den Laden verließ: „Sicher, aber ich hatte bereits eine viel besser erhaltene Ausgabe in Händen."

Als sie wieder auf der Straße stand, holte sie tief Luft. Der Schreck, unverhofft auf ein Relikt zu stoßen, dass sie in einer anderen Zeit bereits berührt hatte, saß ihr noch immer in den Knochen, und nach kurzem Nachdenken machte sich Joan schließlich auf den Heimweg.

Ein letztes Mal benutzte sie den fast geräuschlosen Lift, schloss die Tür zu ihrer Wohnung auf, die ab morgen nicht mehr ihre Wohnung war, und blickte sich um. Schon jetzt wirkte alles fremd, als wäre sie längst fort.

Marion wusste, dass ihre Tochter am nächsten Tag vorbeikommen wollte, für zwei bis drei Tage, mehr hatte Joan nicht verraten. Allerdings hatte sie ihrer Mutter nur gesagt, alleine mit ihr reden zu wollen – nicht aber, dass sie London und ihr altes Leben für immer verlassen würde.

Einen Koffer brauchte Joan nicht. Die Kleidung, die sie während ihrer Zeitreise getragen hatte, sowie die Blechdose mit den wenigen Andenken, passten in einen Rucksack, Papiere und Geldbörse kamen in die Jackentasche.

Ewans Blume, sorgfältig in ein Spitzentaschentuch gewickelt, trug Joan ständig bei sich. Auch sie würde die Reise zurück ins achtzehnte Jahrhundert begehen. Niemals würde sich Joan von dieser kleinen Geste der Zärtlichkeit trennen.

In dieser letzten Nacht in ihrem Bett hörte Joan wieder Ceanas Stimme.

Der Nebel war diesmal weniger dicht, es war auch nicht so kalt und die Stimme klang befreit, ein erleichterter Singsang. Plötzlich lichtete sich der Nebelschleier für einen kurzen Moment völlig und sie sah – nein, nicht sich selbst – sondern Ceana Matheson, die auf den ersten Blick mit ihrer wilden roten Mähne, eine verblüffende Ähnlichkeit mit Joan hatte.

Ceana weinte und flehte, doch die Männer, die sie an den Armen festhielten, hatten finstere Mienen und achteten nicht darauf. Sie zerrten die zierliche Frau mit sich, hinein in den Wald, immer tiefer ins Unterholz. Joan erkannte den schmalen Pfad, den unförmigen grauen Felsbrocken und schließlich auch die Grube, an deren Rand sie einen aufgeworfenen Erdhaufen erkannte.

Ohne Erbarmen stießen die Männer sie in das ausgehobene Loch, dann wurden frisch bearbeitete Holzbohlen darüber gelegt und mit schweren Felsbrocken abgedeckt. Joan hörte ersticktes Weinen, schrak auf, und erst, als sie richtig wach war, wurde ihr bewusst, dass sie selbst es gewesen war, die geweint hatte.

Ihr Herz schlug schnell. Warum war dieser Traum realistischer gewesen, als die bisherigen, fragte sie sich. Vermutlich wollte ihr Ceanas Geist noch einmal verdeutlichen, wie wichtig es war, dass ihre Seele gerettet wurde, und tiefes Mitgefühl für ihre Vorfahrin nahm von Joan Besitz. Vielleicht befürchtete Ceana, dass Joan im letzten Moment doch noch einen Rückzieher machen würde.

„Ceana“, flüsterte Joan in die Stille hinein. „Ich werde dafür sorgen, dass du ein ehrenhaftes Begräbnis bekommst, aber ich bitte dich, bring mich in dieselbe Zeit wie beim ersten Mal, zu Ewan. Ich bitte dich ...“

Über diesen Worten fiel sie wieder in einen leichten Schlaf, und diesmal träumte sie von ihrem schönen, stolzen Highlander. Er blickte auf Joan hinunter und streckte ihr die Hand entgegen, seine langen dunklen Haare bewegten sich leicht im Wind und sein Händedruck war fest und warm.

Als stünde er leibhaftig vor ihr, konnte Joan seine strahlenden Augen sehen, seinen Mund, die gerade Nase und das markante Kinn. Er sagte nichts, sah Joan nur an – so, wie er sie an jenem Abend angesehen hatte, als er ihr das rote Blümchen überreicht hatte, bevor er sich über sie gebeugt und sie geküsst hatte. Sie konnte ihn sogar riechen, dieser angenehme Duft, den er verströmte.

Die Bilder verwischten und als Joan erwachte, wurde es

bereits hell und sie fühlte sich ausgeruht und voller Tatendrang.

Ein letzter Gang durch die Räume, ein letzter Blick in den Spiegel, dann legte Joan die Wohnungsschlüssel auf ein Schränkchen und zog ohne Bedauern die Tür hinter sich zu. Mit dem Bus fuhr Joan zu der Autovermietung, bei der sie sich am Vortag einen Wagen hatte reservieren lassen. Joan hatte noch kein Flugticket bestellt, da sie nicht wusste, wie lange es dauern würde, bis ihre Mutter akzeptiert hatte, dass ihre Tochter sich für immer verabschiedete.

Sie blickte sich nicht um, als sie London verließ, sondern sah stur auf die Fahrbahn vor sich. Ein letztes Mal hegte sie Zweifel, ob es richtig war, was sie tat.

Marion schien alleine zu sein, denn Simons Wagen stand nicht vor der windschiefen Gartenpforte, wie Joan mit Erleichterung feststellen konnte. Noch immer wusste sie nicht, wie sie ihrer Mutter plausibel machen konnte, was geschehen würde.

Wie immer, wenn sie Joans Wagen hörte, kam Marion an die Haustür, noch ehe ihre Tochter den kleinen Vorgarten betreten hatte. Bevor sie Joan in die Arme schloss, deutete sie amüsiert auf den Rucksack.

„Sieht so neuerdings dein Gepäck aus, oder hast du eine Wanderung vor?"

Joan schlang ihre Arme um ihre Mutter. „Mehr brauche ich nicht, es ist alles da, was ich benötige."

Etwas in Joans Tonfall machte Marion stutzig, die Worte hatten energisch geklungen, jedoch vermeinte sie, einen Hauch von Wehmut herauszuhören. „Was ist denn nur los, Kind? Du hast dich am Telefon schon so geheimnisvoll angehört."

„Wenn ich nur wüsste, wo ich anfangen soll." Joan trat ins Haus und legte den Rucksack ab. „Ich fürchte, du wirst mich nicht verstehen."

Marion lachte und zog ihre Tochter in die Küche. „Ich bin zwar nicht mehr die Jüngste, aber habe Verständnis für alles, was dich betrifft. Sieh mal, Simon hat die Wände gestrichen."

Tatsächlich strahlte die Küche in einem sauberen Weiß und sah viel freundlicher aus als vorher.

Ungefragt stellte Marion Teewasser auf und erklärte über die Schulter, dass Simon volles Verständnis für das Mutter-Tochtergespräch gezeigt habe und sich erst wieder sehen lassen wolle, wenn Joan es wünsche.

„Du musst mir versprechen, dass du das, was ich dir gleich sagen werde, Simon nicht erzählst", bat Joan und fühlte sich plötzlich sehr unwohl in ihrer Haut. Sie merkte erst jetzt, in welchem Ausmaß es ihr schwer fallen würde, ihre Mutter einzuweihen.

Erstaunt drehte sich Marion um, in der Hand hielt sie die Teedose mit dem orientalischen Muster, die sich schon im Haushalt befand, seit Joan denken konnte. „Was für ein Geheimnis hast du denn, dass nur ich es erfahren soll? So kenne ich dich ja gar nicht."

„Versprich mir, dass du es für dich behältst", drängte Joan. Vor Nervosität begann sie eine Locke um den rechten Zeigefinger zu wickeln, und erst, als Marion zögernd nickte, fuhr sie fort. „Ich bin hier, um mich von dir zu verabschieden."

Marion wirbelte herum. „Wieso verabschieden? Was hast du vor?"

„Du erinnerst dich an unser letztes Gespräch, hier in der Küche? Simon kam etwas zu früh, daher konnte ich nicht weiterreden."

Mit gerunzelter Stirn ließ sich Marion ihrer Tochter gegenüber nieder, nickte dann leicht und fragte: „Es geht darum, dass ich dich unterbrochen habe, als Simon ankam beim letzten Mal, wenn ich mich recht entsinne."

„Ja auch, denn ich wollte dich damals schon in meine Entscheidung einweihen. Und – erinnerst du dich - dass du sagtest, dass auch ich eines Tages einen Mann treffen würde, für den ich alles aufgeben werde."

Marions Miene erhellte sich. „Oh ja, das sind meine Worte, selbst wenn sie in deinen Augen altmodisch klingen mögen."

„Das tun sie nicht, Mom. Es ist genau das passiert, was du vorausgesagt hast." Unauffällig tastete Joan nach der getrockneten Blume, die sie in ihrem Büstenhalter trug. „Mir ist dieser Mann begegnet."

Einen langen Moment herrschte ungläubiges Schweigen, dann brach Marion in ein freudiges Lachen aus und nahm Joans Hände. „Dann hat es dich jetzt doch endlich erwischt? Meine Güte, und ich dachte schon, meine Tochter ist mit ihrem Beruf verheiratet und ich würde niemals Großmutter werden. Ich freue mich so für dich. Wer ist er, einer aus deiner Branche?"

Mit gesenktem Kopf und bebenden Lippen saß Joan da, und schließlich stieß sie hervor: „Er ist tot, schon sehr lange."

Marions erstickter Schrei ließ Joan erschrocken wieder aufblicken und bevor ihre Mutter ähnlich mitfühlende Bekundungen wie Ted aussprechen konnte, fügte sie trocken hinzu: „Um es genauer zu sagen, er ist wahrscheinlich seit ungefähr zweihundert Jahren nicht mehr am Leben."

„Seit zweihundert Jahren", echote Marion, ihr Gesichtsausdruck wechselte blitzartig von Mitleid zu Argwohn. „Habe ich das eben richtig verstanden?"

„Ja, aber bitte sieh mich nicht an, als hätte ich nicht alle Tassen im Schrank."

Marion blinzelte verwirrt und hob ratlos die Schultern. „Ich verstehe das nicht, bitte erkläre mir das genauer."

Sie begann genauer zu erklären; sie fing an mit den rätselhaften Träumen, Großmutter Fionas Dachbodenfund und endete damit, dass sie Ewan liebe und seinetwegen für immer im achtzehnten Jahrhundert leben wolle. Natürlich ließ sie auch nicht den anderen Grund, nämlich die Beerdigung von Ceana Mathesons Gebeinen, aus.

Marion hatte stumm zugehört, und als Joan schwieg, stand sie auf, nahm den Teekessel, der schon geraume Zeit vor sich hingepfiffen hatte und sagte mit belegter Stimme: „Das ist die verrückteste Geschichte, die ich jemals gehört habe."

„Und für mich die verrückteste Geschichte, die ich jemals erlebt habe", ergänzte Joan und schnitt eine Grimasse. Dabei ließ sie ihre Mutter, die gedankenverloren Tassen und Zucker auf den Tisch stellte, nicht aus den Augen. „Ich kann es selbst noch nicht glauben, aber sieh her", sie schob ihre Ärmel etwas hoch, sodass die verblassten, aber immer noch gut sichtbaren Narben zu erkennen waren, die die Stricke der Wegelagerer hinterlassen hatten.

Doch Marion dachte gar nicht daran, hinzusehen, sondern sagte, den Blick aus dem Fenster gerichtet: „Du scheinst durch deine Arbeit überfordert zu sein und deshalb den Kontakt zur Wirklichkeit verloren zu haben. Anders kann ich es mir nicht erklären, dass du dich in eine Fantasiewelt stürzt."

Joan hatte mit keiner anderen Reaktion gerechnet und nickte daher nur gleichmütig. Sie hatte sich jedoch vorgenommen, erst den Flug nach Schottland anzutreten, wenn ihre Mutter von der Wahrheit überzeugt war.

„Schon klar.“ Mit einer Handbewegung fuhr sich Joan über das Gesicht. „Ich nehme es dir nicht übel, dass du so denkst. Wenn mir jemand diese Geschichte erzählen würde, würde ich ihn auch für verrückt halten.“

Kopfschüttelnd hob Marion die Hände. „Ich sage nicht, dass du verrückt bist, nur etwas ... überspannt vielleicht. Es gibt keine Zeitreisen, wie sollte das denn auch gehen. Und wenn du dir die Geschichte nicht ausgedacht hast, dann musst du sie geträumt haben.“

„Das dachte ich zunächst auch, als ich im Leihwagen das Datum sah, denn es waren nur wenige Stunden vergangen, obwohl ich wochenlang auf Glenbharr Castle gewesen bin. Ich habe diese Zeit verdrängt, doch die Kleidung aus dem achtzehnten Jahrhundert konnte ich nicht leugnen – und dann noch dies.“ Joan griff in den Ausschnitt ihres Pullovers und brachte die in das Taschentuch gewickelte Blume zutage.

Vorsichtig nahm sie sie aus dem schützenden Tuch und hielt sie Marion hin. „Das ist außer der Kleidung ein Beweis, dass ich wirklich im achtzehnten Jahrhundert gewesen bin und Ewan kennen gelernt habe.“ Sie sprach seinen Namen sanft aus.

„Scheint eine Art kleine Dahlie oder Aster zu sein“, bemerkte Marion stirnrunzelnd. „Ich habe solch eine Blume noch nie gesehen.“

Behutsam strich Joan über die spröden Blätter und ärgerte sich, dass sie die Blume nicht mit Haarspray fixiert hatte, um sie haltbarer zu machen. „Vielleicht wächst sie nur im Hochland oder ist inzwischen ausgestorben.“

„Fängst du schon wieder damit an?“

Energisch sprang Joan auf, nachdem sie die Blume wieder sorgfältig eingepackt hatte. „Ich habe weitere Beweise,

Großmutters Tagebuch und Màiris Kleidung." Ohne auf Marions Einwände zu achten, eilte sie in den Flur, um gleich darauf mit dem Rucksack zurückzukommen.

Marion zeigte sich von dem langen Rock ebenso wenig beeindruckt, wie von den anderen Stücken und dem Plaid mit dem Tartan des MacLaughlin Clans und behauptete, in jedem Kostümverleih könne man sich derartige historisch nachgearbeiteten Kleidungsstücke besorgen.

Verzweifelt holte Joan schließlich Fionas kleines, abgewetztes Tagebuch aus dem Rucksack und schlug es auf. „Lies selbst, auch Großmutter wurde von diesen Träumen verfolgt und wollte ihnen nachgehen, leider ist sie vorher gestorben. Als ich dies las, keimte in mir die Idee, nachzuholen, wozu sie nicht mehr gekommen war."

„Das ist kein Beweis." Erschöpft lehnte sich Marion zurück, in ihr Gesicht stand die Sorge um Joan geschrieben. „Du hattest schon als Kind sehr viel Fantasie, deshalb bist du wahrscheinlich in der Werbebranche gelandet. Aber ich finde, jetzt übertreibst du wirklich."

Zum wiederholten Male beschwor Joan sie, ihr zu glauben.

„Hm, wenn ich alles richtig verstanden habe, dann bist du da oben in den Highlands in ein Loch gefallen und im achtzehnten Jahrhundert gelandet. Dort wurdest du von Halunken festgenommen, konntest fliehen und bist diesem Traumbild von einem Mann begegnet, der dich ebenfalls gefangen genommen hat. Darling, nimm es mir nicht übel, aber das sind Hirngespinste."

„Und das hier?" Anklagend wies Joan noch einmal auf die schottische Kleidung und das Taschentuch mit dem getrockneten Blümchen.

Marion hob ratlos die Schultern. „Sagte ich ja schon – aus dem Kostümverleih – vielleicht hast du dir diese Sachen in einer Art tranceähnlichem Zustand besorgt und weißt es nur nicht mehr. Was möchtest du heute Abend essen, hast du einen besonderen Wunsch?"

Fassungslos starrte Joan ihre Mutter an, die es fertig gebracht hatte, das Thema einfach abzublocken und zur Tagesordnung über zu gehen. „Begreifst du denn nicht? Spätestens in ein paar Tagen sitze ich im Flugzeug nach Schottland, ich werde mir ein Oneway-Ticket besorgen. Es wird eine Reise ohne Wiederkehr, sofern der Zeittunnel noch nicht geschlossen ist. Aber eigentlich glaube ich das nicht, denn Ceanas Stimme klingt so dankbar, seit ich mich dazu entschlossen habe, ihre Seele zu retten ..."

„Schluss jetzt." Energisch erhob sich Marion, trat zum Kühlschrank und beförderte Eier, Butter und Speck zutage. „Ich mache uns ein Omelett, wenn du magst, und von diesem Märchen will ich nichts mehr hören. Du machst mir Angst. Wenn du so redest, ähnelst du deiner Großmutter mit ihren geheimnisvollen Andeutungen immer mehr."

Joan tippte auf Fionas Tagebuch. „Glaubst du, sie hat sich diese Träume eingebildet? Alles, was sie niedergeschrieben hat, entspricht der Wahrheit; ich muss es wissen, denn ich habe haargenau dasselbe wie sie geträumt."

Die letzten Worte schrie sie fast, und erst, als Marion sie mit einem befremdlichen Blick maß, senkte sie ihre Stimme wieder. „Inzwischen kann ich ein wenig Gälisch und weiß nun, weshalb Ceana mich in die Vergangenheit gelockt hat. Keine Ahnung, ob sie ahnte, dass ich mich in Ewan verlieben würde; vielleicht lotste sie mich absichtlich gerade in dieses Jahr, vielleicht aber auch nicht. Für mich steht fest, dass ich versuche, zurückzugehen."

Marion drehte ihr den Rücken zu und machte sich am Herd zu schaffen. Sie schimpfte leise, als er nicht sofort ansprang – das war die einzige Reaktion auf Joans Wortschwall.

„Oh, ich möchte dir etwas geben, bevor ich es vergesse." Joan griff in die Vordertasche des Rucksacks und fischte einige Schecks heraus. Endlich wandte sich ihre Mutter um.

„Was ist das?"

„Es sind Schecks. Ich habe meine Wohnungseinrichtung verkauft, den Wagen und mein Konto aufgelöst."

Marion ließ das Messer fallen, mit dem sie gerade Speck hatte schneiden wollen. „Du hast deine Wohnung aufgegeben?" Erst jetzt schien sie zu begreifen, wie ernst es Joan mit ihrem Vorhaben war. „Und deshalb also auch der fremde Wagen draußen."

Joan hatte ihr am Telefon erzählt, dass ihr Auto in der Werkstatt sei, um nicht gleich mit der Tür ins Haus zu fallen. „Ja, ich habe mit meinem Leben hier abgeschlossen." Sie schob die Schecks über den Tisch. „Das Geld sollst du haben, feiere eine schöne Hochzeit und kauf dir einen neuen Herd."

Ungläubig starrte Marion erst auf die Schecks, dann auf ihre Tochter. „Du meinst es wirklich ernst, nicht wahr?"

Kaum merklich nickte Joan. „Ich wäre gerne noch dabei gewesen, wenn du und Simon heiraten, aber ich kann nicht länger warten. Ich bin von einer eigenartigen Unruhe ergriffen und befürchte, dass es zu spät für die Reise sein könnte, dass sich der Zeittunnel schließt, wenn ich zu lange warte."

Wieder wandte sich ihre Mutter ab, es war ihr anzusehen, dass sie mit dieser ganzen Geschichte völlig überfordert war. „Ich werde heute nicht mehr davon reden, nur bitte ich dich, meinen Entschluss zu akzeptieren – genau wie Ted."

„Du hast also auch deine Arbeit in der Agentur aufgegeben und Ted von ... von dieser Zeitreise erzählt?"

„Ich habe ihm lediglich gesagt, dass ich aus persönlichen Gründen kündige und London verlassen will. Du bist die Einzige, die die Wahrheit kennt."

Unvermittelt schluchzte Marion auf, nahm heftig die Pfanne vom Herd und drehte sich wieder zu ihrer Tochter um. „Was ist nur aus dir geworden, ich erkenne dich nicht wieder."

Ähnliche Worte hatte auch Ted gebraucht, fiel Joan flüchtig ein.

„Du erzählst mir, dass du einen Mann liebst, der vor über zweihundert Jahren gelebt hat und längst tot ist. Was soll ich davon halten, kannst du mir das verraten?"

Langsam trat Joan zu ihr, nahm sie in die Arme und wiegte sie wie ein kleines Kind. „Ja Mom, Ewan ist tot, aber nur in der jetzigen Zeit, deshalb muss ich ins Jahr 1731 zurück, denn dort lebt er und wird mit Gottes Hilfe steinalt." Den schmerzhaften Gedanken an Culloden verdrängte sie rasch.

„Du sprichst, als gäbe es diesen Mann wirklich." Marion schniefte und machte sich vorsichtig frei, um sich die Nase zu putzen.

„Es gibt ihn ... das heißt, es gab ihn. Oh Mom, ich habe noch nie so viel für einen Mann wie für ihn empfunden, obwohl er sich anfangs ziemlich eklig mir gegenüber zeigte."

Marion machte eine hilflose Geste. „Das klingt alles so verrückt."

„Das ist es auch. Schade, dass du ihn nie kennen lernen wirst und Màiri, seine wundervolle Schwester. Du würdest sie mögen."

„Sicher." Marion lachte schrill auf, sie war noch immer völlig durcheinander durch die unglaubliche Beichte ihrer Tochter. „Lass uns essen, bevor die Omeletts ungenießbar werden."

Joan deckte den Tisch, und nachdem sie ihrer Mutter das Versprechen abgenommen hatte, Simon kein Sterbenswörtchen zu erzählen, nahm sie sich vor, für diesen Abend das Thema ruhen zu lassen.

Am nächsten Tag vermied es Marion, die sich extra für den Besuch ihrer Tochter Urlaub genommen hatte, Joan noch einmal auf diese unmögliche Geschichte anzusprechen, doch Joan bemerkte trotzdem, wie ihre Mutter mit sich kämpfte. Auch sie sprach das Thema nicht mehr an.

Für sie stand fest, sie würde am nächsten Morgen in aller Frühe aufbrechen. Als Marion gegen Mittag einkaufen war, ließ sie sich telefonisch ein einfaches Ticket nach Aberdeen reservieren. Ihre Maschine startete am Vormittag des folgenden Tages.

Joan wollte sich heimlich aus dem Haus schleichen. Es war alles gesagt und geregelt, und eine große Abschiedsszene wollte sie unbedingt vermeiden. Nicht ihretwegen, sondern ihrer Mutter zuliebe, die noch immer zu hoffen schien, dass Joan aus ihrer geistigen Umnachtung erwachte und wieder normal würde.

Als sie später zusammen am Küchentisch Pasta mit Tomatensoße aßen, konnte Marion nicht ahnen, dass es das letzte Mal war, das sie mit ihrer Tochter gemeinsam einen Lunch zu sich nahm.

Am Nachmittag fragte sie vorsichtig: „Geht es dir jetzt wieder besser?"

„Nun ja, ich fühle mich ein wenig zerrissen. Einerseits bin ich traurig, dass ich dich bald verlassen muss, aber andererseits freue ich mich, Ewan wiederzusehen."

Gedankenverloren beschäftigten sich Joans Hände mit den Fransen der Tischdecke. „Allerdings muss ich gestehen, dass ich Angst habe, schreckliche Angst. Werde ich wieder im Jahr 1731 landen, wird Ewan meine Liebe erwidern und ..." Sie atmete zweimal tief durch, bevor sie weitersprach, „... und Angst, wie sich mein Leben in seiner Zeit gestalten wird. Als Engländerin bin ich eine Feindin, und

Feinde sind nicht gerne gesehen, wie du dir sicherlich vorstellen kannst."

Sie hatte sich in Rage geredet, ohne auf Marions Reaktion zu achten. Als sie es dann doch tat, traf sie ein missbilligender Blick.

„Fängst du schon wieder mit diesem Ammenmärchen an? Hätte ich dir doch bloß nichts von Großmutters Unterlagen erzählt, dann wärst du noch immer meine vernünftige, ehrgeizige Tochter."

Joan verzog die Mundwinkel. „Das sehe ich anders, Großmutters Tagebuch hat den Stein nur ins Rollen gebracht und mir dadurch viel Arbeit abgenommen. Denn ich bin sicher, dass mir die nächtliche Stimme keine Ruhe gelassen hätte, bis ich selbst Nachforschungen angestellt hätte." Sie neigte sich ein wenig vor und suchte Marions Blick. „Kannst du nicht wenigstens versuchen, mir ein wenig zu glauben?"

„Ha, ich soll glauben, dass es dich wegen eines wilden Schönlings aus den Highlands in die Vergangenheit zieht? Sei mir nicht böse, dafür bin ich zu realistisch. Ich glaube, dir fehlt einfach ein neuer Partner. Ein Mann an deiner Seite würde dich bestimmt schnell auf andere Gedanken bringen. Ist ja auch kein Wunder, wenn man sich in seine Arbeit verkriecht und kaum Kontakte pflegt. Da muss man ja mit der Zeit etwas ... sonderlich werden."

Abends bat Joan darum, sie am nächsten Morgen ausschlafen zu lassen, und Marion schien nicht zu bemerken, dass ihre Tochter ihr inniger eine gute Nacht wünschte als je zuvor.

23. Kapitel

Das kleine Haus am Stadtrand von Totton lag noch in tiefstem Schlaf, als Joan leise aufstand und sich anzog. Noch am Abend zuvor hatte sie einen kurzen Abschiedsbrief verfasst, den Marion erst finden würde, wenn ihre Tochter schon längst auf dem Weg nach Aberdeen war.

Noch einmal überprüfte sie den Inhalt des kurzen Schreibens. ‚Meine geliebte Mom, nun ist es soweit, ich gehe zurück zu Ewan. Bitte forsche mir nicht nach, du wirst nichts finden, selbst meine persönlichen Papiere, für die ich im achtzehnten Jahrhundert keine Verwendung habe, werde ich vernichten, wenn ich sie nicht mehr brauche.

Ich weiß nicht, ob mir die Reise in die Vergangenheit zum zweiten Mal gelingt, aber es ist einen Versuch wert.

Die Schecks, die du empört abgelehnt hast, liegen diesem Brief bei und ich flehe dich an, sie einzulösen.

Es fällt mir schwer, Lebewohl zu sagen in der Vorstellung, dass wir uns niemals wiedersehen werden. Werde glücklich mit Simon, du hast es verdient, und auch wenn ich bald in einer Zeit lebe, in der du noch lange nicht geboren sein wirst, werde ich die Gedanken an dich für immer in meinem Herzen tragen und ich wünsche mir auch, dass du mich nicht ganz vergisst und in Liebe ohne Trauer an mich denkst.

In ewiger Liebe, deine Tochter Joan.'

Sie blinzelte die Tränen fort, bevor sie den Papierbogen zusammen mit den Schecks in einen Umschlag steckte und ihn gegen die Nachttischlampe mit dem geblümten Schirm lehnte. Jedes Detail des Zimmers prägte Joan sich noch einmal ein, bevor sie sich auf Zehenspitzen aus dem Haus schlich.

Marions Schlafzimmer lag auf der Rückseite des Hauses, wo sie nicht hören konnte, als Joan den Leihwagen startete. Nach einem letzten flüchtigen Blick trat Joan auf das Gaspedal und fuhr los. Das schlechte Gewissen begann in ihr zu nagen; war es recht, ihre Mutter allein zu lassen?

Aber Marion war ja gar nicht allein, sie hatte Simon, der sie bald heiraten würde. Joan hatte dasselbe Recht wie ihre Mutter, ihr Leben nach ihren Wünschen zu gestalten.

Die Straße war leer bis auf ein paar entgegenkommende Lastwagen, die anscheinend zu früher Stunde Southamptons Geschäfte mit Lebensmitteln und Zeitungen versorgten. Auch im Flughafengebäude herrschte wenig Betrieb.

Joan gab Schlüssel und Papiere des Leihwagens ab, bevor sie das Flugticket holte. Die Zeit bis zum Abflug vertrieb sie sich damit, zu frühstücken und die Tageszeitung durchzublättern.

Insgeheim hatte sie befürchtet, in letzter Sekunde doch noch Angst zu bekommen und ihr Vorhaben aufzugeben. Doch nichts dergleichen geschah, und je näher die Abflugzeit rückte, desto ruhiger und ausgeglichener wurde sie.

Inverness lag erstaunlicherweise in hellstem Sonnenschein, auch wenn es winterlich kalt war. Diesmal mietete sich Joan kein Auto, denn sie wollte keine Spuren hinterlassen.

Im Internet hatte sie sich nach Busverbindungen nach Baile a'Coille erkundigt, denn die letzte Nacht im einundzwanzigsten Jahrhundert wollte sie in derselben Pension wie bei ihrem ersten Aufenthalt in den Highlands verbringen. Es gab tatsächlich einen Linienbus, der sage und schreibe zweimal täglich fuhr, einer morgens, einer am Nachmittag.

Joan hatte Glück, die Haltestelle befand sich in der Nähe des Flughafens und bis zum Eintreffen des Busses musste sie nicht mehr lange warten.

Diesmal sah sie die Landschaft mit anderen Augen, als bei ihrer ersten Fahrt nach Baile a'Coille, und das lag nicht nur am schönen Wetter. Was beim ersten Mal trostlos erschienen war, wirkte vertraut und doch aufregend in seiner Schönheit, wie sie jetzt empfand. Die riesigen Wälder und Weiden, auf denen unzählige Schafe grasten, in der Ferne die Silhouette der Berge – ein merkwürdiges Glücksgefühl durchströmte sie.

Die Fahrt dauerte diesmal doppelt so lange wie Monate zuvor mit dem Leihwagen, denn der Bus bog oft zu beiden Seiten der Hauptstraße ab, um kleine Ortschaften anzufahren. Die Menschen, die zustiegen, waren größtenteils Einheimische mit verschlossenen Gesichtern, aber es waren auch einige unter ihnen, denen man ansah, dass sie Touristen waren und trotz der frühwinterlichen Kälte die Landschaft kennen lernen wollten.

Nun, eine Art Touristin war Joan ebenfalls, fiel ihr plötzlich ein, wenn auch eine recht ungewöhnliche. Unauffällig musterte sie die Fahrgäste und fragte sich, was sie wohl sagen würden, wenn sie wüssten, was die junge Frau mit der auffallend roten Lockenmähne vorhatte.

Auch Baile a'Coille sah an diesem Tag nicht so düster aus wie bei der ersten Begegnung, stellte Joan fest, als sie nach stundenlanger Fahrt – es war mittlerweile dunkel – in dem Örtchen am Fuße des Waldgebietes eintraf. Die Straßen wurden von wenigen, jedoch genug Licht spendenden altmodischen Laternen erhellt, und die Pension Cearc fhrangach war schnell wieder gefunden.

Joan hatte ein Zimmer bestellt, nachdem sie sich innerlich von ihrer Mutter verabschiedet hatte. Maggie hatte sich hoch erfreut gezeigt und würde vermutlich wissen wollen, was die junge Engländerin wieder in die Highlands führte. Während der Busfahrt hatte sich Joan eine glaubhafte Begründung einfallen lassen, falls Maggie wirklich fragen sollte.

Weiße Atemwölkchen ausstoßend, näherte sich Joan dem beleuchteten Eingang der Pension; es war kalt, wenn auch schneefrei.

Die warme Luft, die Joan entgegenschlug, als sie die Tür öffnete, kam ihr vertraut vor, es roch nach Rauch und Whisky.

Maggie erkannte sie sofort und kam ihr freudestrahlend entgegen. „Miss Harris! Wie schön, dass Sie uns wieder beehren." Sie schaute fragend auf Joans Rucksack, den diese sich von den Schultern genommen hatte. „Wollen Sie eine Wanderung zu den Bergen machen?"

„So ähnlich, ja." Joan erwiderte das offene Lächeln der Schottin und blickte sich in der Schankstube um. An der Theke lungerten wie üblich einheimische Männer herum, die Joan mit unverhohlener Neugier musterten, und an einem der kleinen Tische saß ein älteres Paar beim Abendessen.

Maggie folgte Joans Blick, während sie ihr den Rucksack abnahm. „Sie haben Glück, diesmal sind Sie nicht der einzige Übernachtungsgast, ein Ehepaar aus England zieht die kalte Jahreszeit ebenfalls für einen Besuch der Highlands vor." Sie machte eine Kopfbewegung in Richtung des Paares. „Kommen Sie, ich stelle Sie vor. Vielleicht können Sie ja gemeinsam etwas unternehmen."

Obwohl Joan nicht unbedingt der Sinn nach Konversation mit Landsleuten stand, folgte sie Maggie willig an den

Tisch der Gäste. Lucy und Edward Ferguson, beide um die Fünfzig mit sympathischem Äußeren, boten Joan spontan an, mit ihnen zu essen, und beim Anblick der Lammspieße auf den Tellern erinnerte sich Joan daran, dass sie seit Stunden nichts mehr gegessen hatte.

Mit einem dankbaren Nicken setzte sie sich und bestellte bei Maggie ebenfalls Spieße mit Röstkartoffeln und Gemüse.

Lucy, eine dralle Frau mit schon ergrautem Haar, das sie altmodisch im Nacken geknotet hatte, lächelte Joan an. „Woher stammen Sie, Miss Harris?"

„Aus London und nennen Sie mich doch bitte Joan."

„London, wie wundervoll!", fiel Edward Ferguson ein. „Eine entfernte Cousine meiner Frau wohnt dort, vielleicht kennen Sie sie. Ihr Name ist Margret Sniders."

Joan schüttelte schmunzelnd den Kopf. „Nein, ich fürchte, ich kenne Ihre Cousine nicht."

„Aber Edward, London ist eine Millionenstadt." Lucys Stimme klang leicht vorwurfsvoll, dann wandte sie sich wieder Joan zu. „Wir leben in Liverpool, keine besonders schöne Stadt. Deshalb leisten wir uns alle zwei bis drei Jahre einen längeren Aufenthalt in den Highlands – im Spätherbst oder Winter, wenn die Touristen weg und die Pensionspreise erheblich niedriger sind. Diesmal bleiben wir bis Neujahr, dafür haben wir das ganze Jahr gespart."

Edward, der sich in der Zwischenzeit wieder seinem Spieß gewidmet hatte, hob den Kopf. Auch sein Haar war grau und lichtete sich an den Schläfen, die Brille, die er trug, rutschte ihm ständig von der Nase.

„Wollen Sie auch die schöne Landschaft erkunden?", fragte er mit einem Blick auf den Rucksack. „Oder möchten Sie einige Ruinen zu Studienzwecken besichtigen?"

„Edward, nun sei doch nicht so neugierig", zischte seine

Frau, jedoch mit gutmütigem Unterton. „Das geht uns wirklich nichts an."

Joan lachte. „Das ist kein Geheimnis, ich war bereits vor einem Vierteljahr hier, ursprünglich sollte es ein längerer Aufenthalt werden."

In diesem Moment brachte Maggie das Essen. Das war angenehm für Joan, denn so brauchte sie nicht zweimal die Geschichte zu erzählen, die sie sich ausgedacht hatte.

„Leider bekam ich bei meinem letzten viel zu kurzen Aufenthalt hier schon am zweiten Tag einen Anruf aus London. Meine Firma bat mich, zurückzukommen, da eine meiner Kolleginnen erkrankt war."

Maggie nickte verständnisvoll. „Ich kann mich an Ihren überstürzten Aufbruch noch bestens erinnern, Sie waren an diesem Tag bei einem dieser historischen Feste gewesen und trugen noch die Kleidung."

Unwillkürlich schielte Joan zu ihrem Rucksack, in dem eben jene Kleidung steckte.

„So ist es", sagte sie mit fester Stimme. „Damals hatte ich mir so viel vorgenommen, und das möchte ich nun nachholen." In vertraulichem Ton fuhr sie fort: „Ich mag nämlich auch keine Touristen."

Lachend entfernte sich Maggie, und Lucy brachte das Gespräch wieder an sich. „Dann kennen Sie also die Ruine von Glenbharr Castle noch nicht?"

Bei der Erwähnung dieses Namens zog sich Joans Herz zusammen, und sie schüttelte vage den Kopf. „Ich will morgen die Ruine besichtigen."

„Alleine?" Edward hob die buschigen Augenbrauen. „Das sollten Sie aber nicht tun, Miss."

„Warum nicht?", fragte Joan verblüfft, etwas in seiner Stimme hatte sie hellhörig gemacht. „Ich werde die Burg schon finden."

Das Ehepaar wechselte einen Blick, dann räusperte sich Lucy. „Als wir in Baile a'Coille eintrafen, erzählten sich die Dorfbewohner, dass sich in den Wäldern ein eigenartiger Mann herumtreiben soll. Wir schenkten dem keine Beachtung, aber dann sahen wir ihn selber, einfach unheimlich." Sie schüttelte sich.

„Hat er Sie belästigt?", fragte Joan voller Anteilnahme, jedoch ohne Lucys Angst zu teilen.

„Oh nein, als er uns sah, verschwand er im Wald, es hatte den Anschein, als wolle er sich vor uns verstecken."

„Ein Einheimischer?"

Edward räusperte sich. „Das kann man wohl annehmen, denn der Mann trug die Landestracht, aber nicht, wie wir sie von Paraden kennen, sondern als hätte er sie in einem Museum gestohlen. So stellt man sich einen Highlander vor, wie er früher einmal ausgesehen haben musste. Nicht wahr, Lucy?"

Joan hatte plötzlich das Gefühl, das zarte Lammfleisch verwandele sich in ihrem Mund nach und nach in einen Klumpen Zement. Nur mit Mühe und mehreren Schlucken Bier brachte sie den Bissen runter, dann fragte sie heiser: „Wie ... wie hat dieser Mann denn ausgesehen?"

„Nun, er war sehr groß, breitschultrig, soweit man das erkennen konnte. Das Haar trug er ungewöhnlich lang, es war sehr dunkel. Ich würde ihn als sehr gutaussehend bezeichnen, wenn auch seine ganze Art nicht von dieser Welt zu sein schien." Sie lachte kurz auf. „Entschuldigen Sie, aber besser kann ich nicht beschreiben, wie er aussah, welchen Eindruck er auf mich gemacht hat."

„Vielleicht einer, der aus der Anstalt entflohen ist, einer aus der Klapsmühle." Edward tippte sich bezeichnend an die Stirn. „Als der Mann uns sah, rannte er wie gehetzt zurück in den Wald."

„Wo war das genau?“ Joan gab sich Mühe, ihre Erregung nicht erkennen zu lassen. War es möglich, dass Ewan ...? Nein, wie sollte er ins einundzwanzigste Jahrhundert gelangt sein? Er wusste nicht, dass Ceana Mathesons Grab ein Zeittunnel war, und selbst wenn er es wusste, warum sollte der Zeittunnel ihn in die Zukunft geführt haben.? Welcher Ruf sollte ihn zu einer Reise in ihr Jahrhundert angewiesen haben ?

„Ganz in der Nähe der Ruine“, gab Edward zurück. „Aber er wurde auch schon an anderen Stellen in der Gegend gesichtet.“

Da Joans Hände zitterten, legte sie das Besteck beiseite und versteckte sie unter dem Tisch auf ihrem Schoß. „Können Sie sich an die Farben seines Plaids ... seines Kilts erinnern?“

„Und ob wir das können.“ Lucy nickte heftig. „Das Muster war in sehr auffällig leuchtenden Rot- und Grüntönen gehalten.“

In Joans Kopf wirbelten die Gedanken durcheinander, und sie befürchtete, im nächsten Moment ohnmächtig zu werden. Das konnte doch nicht wahr sein, die Fergusons mussten sich irren!

„Ist Ihnen nicht gut, Kindchen?“, erkundigte sich Lucy besorgt. „Wenn Sie sich alleine nicht trauen, die Umgebung zu erkunden, können Sie sich uns gerne anschließen.“

Maggie, die dem Gespräch gelauscht hatte, trat an den Tisch und bestätigte die Aussage der Fergusons. „Sie sind nicht die Einzigen, die diesen seltsamen Mann gesehen haben. John MacIntire ist ihm mehrmals begegnet.“ Sie wandte sich zu den Männern an der Theke und rief etwas, worauf sich einer von ihnen schwerfällig erhob und näher trat.

„Das ist John, er kann Ihnen mehr über den unheimlichen Highlander erzählen.“

John nickte, setzte sich und begann zu reden, nachdem die Fergusons ihm einen Whisky spendiert hatten. „Ich sah die merkwürdige Gestalt zum ersten Mal vor ungefähr einem Monat, am Rande des Waldes, er schien sich über meinen Anblick genauso erschrocken zu haben wie ich mich über seinen. Als ich ihn fragte, wer er sei, drehte er sich wie gehetzt um und verschwand im Unterholz."

Andächtig hörten ihm die anderen zu.

„In den darauffolgenden Tagen sah ich ihn immer wieder, er muss sich eine ganze Zeit lang in unserer Gegend aufgehalten haben. Mir kam das ganze Spanisch vor und ich erzählte einigen Freunden davon. Sie bestätigten, diesen Mann, der wie ein Clanangehöriger von früher ausgesehen hat, ebenfalls durch unsere Wälder irren gesehen zu haben. Aber soweit man es beurteilen kann, ging keine Gefahr von ihm aus, es hatte eher den Anschein, als würde er verzweifelt nach etwas Bestimmtem suchen." Gemächlich hob John MacIntire sein Glas und trank einen großen Schluck. „Anfangs dachte ich, der Typ wäre einer von denen, die diese Rollenspiele machen, in denen alte Schlachten nachgespielt werden. Die sieht man hier manchmal."

Mechanisch nickte Joan, obwohl sie keine Ahnung hatte, was er meinte.

„Wenn's so wäre – toll – der sah unheimlich echt aus." Unsicher blickte er auf, und als er merkte, dass ihn niemand auslachte, fügte er hinzu: „Inzwischen hat ihn seit einer Woche keiner mehr gesehen. Unwahrscheinlich, dass er sich noch länger einfach so in unseren Wäldern rumtreibt bei der Kälte."

Angestrengt starrte Joan auf ihr Glas. Falls es sich tatsächlich um Ewan handeln sollte – was eigentlich ausgeschlossen war – dann geisterte er womöglich noch immer in der Gegend herum, während Joan sich auf ihre Reise zu ihm vorbereitete.

Sie hob den Blick und brachte ein mühseliges Lächeln zustande. „Mr. MacIntire - sagen Sie mir doch bitte, wo ist er beim letzen Mal gesehen worden?"

„Ganz in der Nähe von Glenbharr Castle, er stand auf einer Schafweide und betrachtete ungläubig oder auch staunend die Ruine. Als er meinen Wagen hörte, sprang er mit einem Satz über den Zaun, direkt in den Wald hinein. Seitdem ist er nicht mehr gesehen worden."

„Wenn Sie mögen", schlug Lucy, an Joan gerichtet, vor, „begleiten mein Mann und ich Sie morgen zur Burg, es ist wirklich interessant dort oben, und der alte Rundturm ist von dort aus auch rasch erreicht."

Langsam schüttelte Joan den Kopf und bedankte sich bei dem Einheimischen, als er sich anschickte, zurück an den Tresen zu gehen. „Das ist sehr nett von Ihnen, Mrs. Ferguson. Aber ich habe keine Angst vor diesem Mann, wer immer er auch gewesen sein mochte."

„Wie Sie wünschen, aber meiden Sie den Wald, bleiben Sie immer schön da, wo sich auch andere Menschen aufhalten. Es ist allerdings zu dieser Jahreszeit kaum etwas los da oben."

Joan erhob sich, nahm ihren Rucksack auf und schickte sich an, zu gehen. „Entschuldigen Sie, aber ich bin hundemüde, und wenn ich nicht gleich ins Bett gehe, schlafe ich noch im Stehen ein. Immerhin bin ich seit den frühen Morgenstunden auf den Beinen. Ich werde aufpassen. Danke für ihre Fürsorge."

Nachsichtig lächelten die Fergusons, und nachdem Joan zugesagt hatte, am nächsten Morgen mit ihnen gemeinsam zu frühstücken, ließ sie sich von Maggie den Zimmerschlüssel geben.

Sie hatte dasselbe Zimmer wie beim ersten Mal, und

obwohl sie wirklich sehr müde war, lag sie später noch lange wach. Ihr schwirrte der Kopf. Wenn der geheimnisvolle Fremde tatsächlich Ewan war, konnte Joan unmöglich die Zeitreise antreten – nicht, solange sie nicht sicher sein konnte, ob er es wirklich war und sich vielleicht noch immer in den Wäldern von Glenbharr versteckte.

Ausgeruht, jedoch nicht minder beunruhigt als am Vortag, erschien Joan pünktlich am Frühstückstisch. Die Fergusons waren schon da, und ihrer Kleidung nach zu urteilen hatten sie eine längere Wanderung vor.

„Und Sie wollen wirklich alleine hinauf zur Burg?", erkundigte sich Lucy, sowie Joan an ihrem Tisch Platz genommen hatte."

„Ja, ich nehme nachher den Bus zur Ruine, ich habe mich schon bei Maggie nach der Abfahrtszeit erkundigt."

Noch während der Nacht hatte sie beschlossen, die Wälder um Glenbharr Castle nach Ewan abzusuchen, und erst, wenn sie sicher war, dass er sich nicht dort aufhielt, wollte sie die Zeitreise wagen.

„Sie haben sicher vor, sich alles wandernd zu erschließen, es sieht ganz so aus", fragte sie, um das Ehepaar abzulenken.

Bereitwillig erzählte Edward von der Tour, die sie vorhatten und von der sie erst am Abend zurückkommen würden. Natürlich verschmähten er und seine Frau den Bus. Es stellte sich heraus, dass die Ferguson Fanatiker waren, was Natur und Fußmärsche betraf.

Joan blieb nur so lange, wie es die Höflichkeit gebot, dann erhob sie sich. Der Bus kam erst in zwanzig Minuten, dennoch wollte Joan bis zu seinem Eintreffen mit sich alleine bleiben, um noch einmal den Tagesablauf in Gedanken durchzugehen.

In ihrem Rucksack befand sich nach wie vor die Kleidung

aus dem achtzehnten Jahrhundert, aber anders, als vorgesehen, hatte Joan nun ein von Maggie gepacktes Lunchpaket dazugelegt.

Ihren ursprünglichen Plan, das Zimmer zu bezahlen und dann in den Wäldern zu verschwinden, ohne nach Baile a'Coille zurückzukehren, hatte das Auftauchen des geheimnisvollen Highlanders zunichte gemacht.

Die Luft war kalt, aber klar, als Joan eine Stunde später in der Nähe von Glenbharr Castle ausstieg. Der klapprige Bus schien aus Nachkriegstagen zu stammen, bei dem geringsten Hindernis auf der Straße wurden die Gäste durchgeschüttelt.

Erleichtert hatte sie festgestellt, dass sie die einzige Touristin war, die anderen Fahrgäste waren ausnahmslos Einheimische, die wohl in eines der entlegenen Dörfer in den Bergen unterwegs waren.

Fast ehrfürchtig, mit einem völlig anderen Blick als beim ersten Mal, blieb Joan eine Weile vor den mächtigen Mauern von Glenbharr Castle stehen. Sie versuchte, sich an jedes Detail zu erinnern.

Nur zögernd näherte sie sich dem Innenhof, es war völlig still, sogar die Zeit schien stillzustehen. Vor Joans innerem Auge tauchte die cèilidh zu Ehren Laird Dòmhnalls auf, und sie erkannte die Reste des Brunnens, auf dessen damals noch intaktem Rand Màiri mit glücklichem Lächeln zu ihrem Geliebten aufgesehen hatte.

Joans Herz hämmerte gegen die Brust, als sie hinter der Burg den Weg in den Wald einschlug. Zuerst war sie sich nicht sicher, woher das Rauschen kam, das sich allmählich erhob. Je höher Joan den Weg hinaufstieg, desto intensiver wurde dieses Geräusch und ihr wurde klar, dass sie sich bereits wieder in jenem magischen Kreis befand, den Ceanas Geist beherrschte.

Doch diesmal durfte Joan nicht nachgeben, noch nicht. Bevor sie nicht wusste, wo Ewan war, durfte sie nicht zu nahe an die Grube kommen, denn dann war sie machtlos Ceana Matheson ausgeliefert.

Trotz der winterlichen Kälte klebte Joans Kleidung bald schweißnass an ihrem Körper, und schließlich hatte sie die Stelle erreicht, wo der imposante Felsbrocken wie zufällig den Weg zu Ceanas Grab wies.

Joan begann nach Ewan zu rufen, erst leise, dann immer lauter, doch sie wagte nicht, in den Wald hinein zu gehen, sondern blieb auf dem Pfad stehen. Angestrengt spähte sie zwischen den dicht stehenden Bäumen hindurch, ihr Körper war angespannt und die Augen brannten.

„Ewan?“ Immer wieder rief Joan in den Wald hinein. Wenn er sich in der Nähe aufhielt, würde er sie hören. Aber es blieb alles still, als wäre Joan der einzige Mensch auf der Welt.

Unschlüssig stand sie mitten auf dem Weg und ließ ihren Blick über die abgestorbenen Zweige eines Busches am Wegrand schweifen. An einem der Zweige hing ein kleines, leuchtend rotes Stück Stoff.

Nur zögernd trat Joan näher und stieß einen erstickten Schrei aus, als sie es genauer betrachtete. Ihre Hand streckte sich zitternd danach aus, und noch bevor sie das Tuch berührte, wusste sie, dass es tatsächlich Ewan war, den die Leute gesehen hatten.

Das Stoffstück, das sie vom Zweig pflückte, gehörte eindeutig zu einem breacan feile des MacLaughlin Clans ... zu Ewans Plaid!

„Ewan, wo bist du?“, flüsterte Joan mit erstickter Stimme und presste dabei den Stoff an ihr Herz. „Wo bist du?“

Erschöpft und verzweifelt erreichte Joan am Abend die

Pension, ihre Suche war ergebnislos geblieben. Noch Stunden hatte sie den Wald durchkämmt nach einem weiteren Hinweis auf Ewan, doch sie hatte weder ihn noch etwas weiteres, das ihm eindeutig gehörte, gefunden.

Die Fergusons plauderten angeregt über ihre Wanderung zu einem entlegenen See, an dem man angeblich schon einige Male ein ähnliches Ungeheuer wie jenes von Loch Ness beobachtet hatte.

Geistesabwesend stocherte Joan in ihrem Essen herum und überlegte fieberhaft. Sie merkte nicht, wie sie ihr Besteck hart auf den Teller warf. Erst als Lucy und Edward Ferguson sie fragend ansahen, wurde ihr bewusst, dass sie sich dem Ehepaar aus Liverpool gegenüber mehr als merkwürdig verhielt.

„Ich reise morgen früh ab“, sagte sie schließlich betont gleichgültig und sah von einem zum anderen. „Ich habe mir alles angesehen, was mich interessiert.“ Der Entschluss war ihr von einer Sekunde auf die nächste gekommen.

„Das ist aber schade.“ Lucy sah betroffen aus. „Die Highlands haben soviel zu bieten, das können Sie doch gar nicht alles an einem Tag gesehen haben.“

Joan lächelte liebenswürdig. „Mir war vor allem die Burgruine wichtig.“ Betont langsam nahm sie ihr Besteck wieder auf und versicherte: „Für die Natur werde ich mir vielleicht doch besser eine andere Jahreszeit aussuchen.“

Maggie dachte, die Gute weiß nicht recht, was sie will. Kommt wieder, um sich Zeit zu nehmen und rauscht dann gleich wieder ab – will zu einer besseren Jahreszeit wieder kommen, obwohl sie dem Tourismus unbedingt ausweichen will. Werde einer schlau aus ihr. Als Joan sich erhob, um in ihr Zimmer zu gehen, gab sie ihr einen Packen Prospekte mit und meinte nur: „Mal sehen.“

Nun brach also die letzte Nacht im Jahr 2005 an.

Joan holte noch einmal die Kleidung aus dem Rucksack, die sie am nächsten Tag tragen würde. Rock, Bluse, Mieder, Unterkleid und Schultertuch – es war alles da.

Sorgfältig rollte sie die Kleidungsstücke wieder zusammen und verstaute sie im Rucksack, nahm aus der Vordertasche Papier und Stift und setzte sich damit an den Tisch. Einige Sekunden starrte Joan auf den weißen Briefbogen, dann begann sie zu schreiben.

‚Mom, dies ist ein letztes Lebenszeichen von mir. Ich wollte dir nur noch einmal sagen, dass ich gut aufgehoben sein werde in meinem anderen Leben. Mach Dir keine Sorgen, ich umarme dich. Deine Joan“

Langsam faltete sie den Bogen, steckte ihn in ein Kuvert und schrieb Marions Adresse auf dessen Vorderseite.

Maggie hob abwehrend die Hände, als Joan ihr beim Abschied ein großzügiges Trinkgeld gab; sie konnte ja nicht ahnen, dass Joans restliche Pfundnoten keinen Wert hatten, dort, wo sie bald leben würde. Die Pennies, die sie für den Bus brauchen würde, hatte sie in der Jackentasche zurückbehalten.

„Ich bitte ich Sie nur, diesen Brief für mich aufzugeben“, begegnete Joan der Handbewegung.. „Ich habe Angst, dass ich es in meiner Schusseligkeit vergesse.“

„Gerne, Miss Harris“, versprach Maggie und nahm den Brief an sich. „Dürfen wir im Sommer wieder mit Ihnen rechnen?“

Joan nickte vage, dann blickte sie sich noch einmal um, winkte den Fergusons zu, die noch beim Frühstück saßen. An Maggie gewandt sagte sie: „Zumindest werde ich Ihre Pension weiterempfehlen.“ Beiläufig fragte sie sich, ob es den Cearc fhrangach schon im achtzehnten Jahrhundert gegeben hatte, betrieben von Maggies Vorfahren.

Nur wenige Minuten später stand Joan vor der Tür und atmete in tiefen Zügen die kalte Luft ein.

Schweigend und dunkel lag der Wald vor ihr und sie vermied bewusst, den Blick auf die Ruine von Glenbharr zu richten.

Begleitet von dem schon fast vertrauten Rauschen und Surren setzte Joan ihren Weg fort bis hinauf zum Felsbrocken. Obwohl der Aufstieg anstrengend gewesen war, atmete Joan gleichmäßig, als sie nach einem letzten Rundblick hinter den Felsen trat und den Rucksack von den Schultern gleiten ließ.

In Gedanken hatte Joan die folgenden Handgriffe Dutzende Male geprobt. Langsam zog sie sich aus, Ewans Blume, die wie üblich in ihrem Büstenhalter gesteckt hatte, legte sie auf einen Vorsprung des Felsen.

Bevor sie in das fein gewebte Unterkleid schlüpfte, wandte sich Joan um und sah hinauf zum Dickicht, das sie überwinden musste, um zu Ceana Mathesons Grab zu gelangen. Schnell stieg sie danach in Rock und Bluse, fluchte verhalten, als sie wie üblich mit den Haken und Ösen des Mieders zu kämpfen hatte und legte sich das Schultertuch um, dessen wohltuende Wärme sie gleich darauf empfing. Zum Schluss wanderte die kleine, verblasste asterähnliche Blume in den Ausschnitt.

Ohne richtig hinzusehen, verstaute Joan ihre vorher getragene Kleidung in den Rucksack und vergrub ihn in einer Spalte des Felsbrockens, der hinter einem immergrünen Busch verborgen lag.

Das sich verstärkende Rauschen hatte nichts Unheimliches mehr an sich. Als sie sich wieder in Bewegung setzte, wäre sie um ein Haar über den Saum des weiten Rockes gestolpert – auch daran musste sie sich erst wieder gewöhnen.

Kaum hatte sich Joan ein paar Meter von dem Felsbrocken entfernt, fühlte sie sich wie beim ersten Mal magisch angezogen, sie hätte die Grube auch mit verbundenen Augen gefunden und ließ sich einfach treiben.

Ceanas Stimme lag in der Luft als ein Wispern und Raunen, zwischendurch war hin und wieder ein befreites Lachen zu hören. Joans Beine trugen sie immer tiefer ins Unterholz – und dann stand sie plötzlich vor jenem Erdloch, das ihr ganzen Leben verändert hatte.

Ohne Furcht raffte Joan die Röcke und kroch rücklings in die Grube; den Schwindel, der sie dabei erfasste, nahm sie beinahe gleichmütig auf. Joans letzter Gedanke galt Ewan und der unausgesprochenen Frage, ob sie ihn wiedersehen würde ...

Schottland 1731

24. Kapitel

Es war stockfinster, als Joan erwachte, doch sie erkannte am modrigen Geruch, dass sie sich in der Grube befand. Es war Nacht. Durch die unregelmäßig gezackte Öffnung hoch über ihr drang kein Licht.

Sie stöhnte leise auf. Offensichtlich war sie am Ende ihrer Zeitreise angekommen. Die Nachwehen waren diesmal stärker, der Magen verkrampfte sich und sie kämpfte gegen eine plötzlich auftretende Übelkeit an. In ihrem Kopf schienen tausend kleine Zwerge gegen die Schädeldecke zu hämmern. Jede Bewegung wurde ihr zur reinsten Qual.

Aber all dies würde vergehen, das wusste Joan, deshalb maß sie ihren Beschwerden keine allzu große Bedeutung zu. Das Einzige, was wichtig war, war, in der ‚richtigen' Zeit gelandet zu sein.

Ruhig, mit angezogenen Knien, hockte Joan da, den Rücken gegen die Wand aus feuchter, kalter Erde gepresst, und wartete, bis die Übelkeit vorüberging. Allmählich beruhigte sich ihr Magen, und auch die Zwerge in ihrem Kopf schienen bald Feierabend machen zu wollen.

Joan begann zu frieren, sie kroch noch tiefer in das Schultertuch hinein. Konnte sie es wagen, sich zu bewegen, ohne Gefahr zu laufen, von einem Schwindelanfall erfasst zu werden? Versuchsweise verlagerte sie ihre Haltung, indem sie sich hinkniete. Als ihr Körper dagegen nicht protestierte, tastete sie sich langsam vorwärts.

Es war totenstill, nur ihre eigenen Atemzüge waren zu hören, und als sie mit den Fingern auf die Gebeine stieß, die sie als solche fühlend erkannte, seufzte sie erleichtert. Ceanas Gebeine waren also noch da, was allerdings nicht viel bedeutete, schoss es ihr durch den Kopf, Es war ja durchaus möglich, dass der Zeittunnel sie in ein anderes Jahrhundert oder Jahrzehnt befördert hatte; Ceanas Geist ging es möglicherweise nur um die Beisetzung ihrer sterblichen Überreste, jedoch nicht um das Lebensglück ihrer Nachfahrin.

Langsam richtete sie sich auf und blickte skeptisch nach oben. Im ersten Impuls nahm sie sich vor, zu versuchen, bei Tagesanbruch die Knochen durch das Loch hinauszuwerfen, um sich bemerkbar zu machen, doch die Idee kam ihr etwas makaber vor, und der längliche Spalt war nicht gerade breit.

Da sie sich noch immer etwas wackelig auf den Beinen fühlte, stützte sich Joan mit der Hand gegen die Wand. Sie bedauerte, nicht wenigstens Zündhölzer mitgenommen zu haben, damit sie etwas erkennen konnte. In dieser völligen Dunkelheit fühlte sie sich hilflos und die dumpfe Stille sowie der erdige, muffige Geruch, taten ihr Übriges.

Resigniert ging Joan wieder in die Hocke, es würde ihr wohl nichts anderes übrig bleiben als zu warten, bis es draußen hell wurde. Sie zitterte am ganzen Körper.

Bald fühlte sie ihre Füße nicht mehr, die dünnen Leinenschuhe hielten die Kälte, die vom Boden aufstieg, kaum ab. Aber gerade, als sich Joan vornahm, ein wenig auf und ab zu gehen, wurde es Tag. Noch war das Licht über dem Spalt nichts als ein grauer Schimmer, aber immerhin war es in der Grube nicht mehr gar so dunkel.

Während Joan darauf wartete, dass es heller wurde, überlegte sie fieberhaft, wie sie Ceanas Gebeine bergen konnte, ohne noch einmal in die Grube kriechen zu müssen.Schließlich fiel es ihr ein: Das Schultertuch würde eine hervorragende Tragetasche abgeben!

Kurz entschlossen zog Joan das Tuch von den Schultern und bückte sich, um die Knochen einzusammeln. Sie versuchte, nicht daran zu denken, dass sie dabei war, die Knochen eines Menschen, die einer Ahnin von ihr, einzusammeln, sondern stellte sich vor, es seien Holzscheite..

Inzwischen konnte Joan im fahlen Licht, das nun durch die Öffnung drang, sehen, was sie tat. Unverdrossen arbeitete sie weiter, bis sie jeden Zentimeter des Bodens abgetastet hatte.

Doch plötzlich stutzte sie. In der äußersten Ecke schimmerte etwas Rundes, Metallenes. Bevor Joan es ertastete, stieß sie leicht mit dem Fuß dagegen, und erst, als sie sicher war, dass von diesem kleinen Gegenstand keine Gefahr ausging, griff sie vorsichtig danach.

Es war ein Anhänger an einer Kette. Joan fühlte es mehr als sie es sah. Ohne lange nachzudenken, wanderte die Kette zu Ewans Blume in den Ausschnitt.

An dem kaum hörbaren Vogelzwitschern erkannte Joan, dass der Tag nun endgültig angebrochen war. Sie schlug das Tuch zusammen und verknotete die Enden, nachdem sie sich ein letztes Mal vergewissert hatte, keine Knochen zurückgelassen zu haben. Die Zipfel des entstandenen Sackes klemmte sich Joan unter einen Träger ihres Mieders.

Nach einem tiefen Atemzug machte sich Joan an den Aufstieg. Ihre Hände fanden schnell einige aus dem Erdreich hervorspringende Baumwurzeln.

Als sie es endlich geschafft hatte, brach sie vor Erleichterung in Tränen aus. Ein Blick nach oben sagte ihr, dass es nicht Winter sein konnte, denn die Bäume waren noch nicht ganz kahl, zudem war es nicht so kalt wie vor der Zeitreise. Es roch stark nach Pilzen – wie im Oktober 1731, als sich Joan genau an derselben Stelle von Màiri verabschiedet hatte.

Verstohlen blickte sie sich um; sie hatte sich zwar Gedanken über ihre mögliche Zukunft in der Vergangenheit gemacht, nicht aber drüber, wie sie Ewan gegenüber treten sollte. Wenn die Zeit richtig war, würde man Joan noch immer für eine Hexe halten, und es war sinnvoller, sich versteckt zu halten.

Der kalte Morgenwind ließ sie in ihrer dünnen Bluse erzittern, sie brauchte dringend das Tuch, um sich vor der Kälte zu schützen.

Suchend blickte sich Joan um. Direkt neben der Grube befand sich ein kleiner, mit Farnen und Moos bewachsener Hügel. Flüchtig erinnerte sich Joan an den Traum, der so realistisch gewesen war, dass sie geglaubt hatte, Ceanas Angstschweiß riechen zu können. In diesem Traum hatte sie den frisch aufgeworfenen Erdhaufen erkennen könne. Niemand schien sich die Mühe gemacht zu haben, ihn zu beseitigen, sodass im Laufe der Jahre die Natur von ihm Besitz ergriffen hatte.

Langsam schritt Joan um den Hügel herum und fand dahinter einen Kaninchenbau – ein ideales Versteck für die Gebeine. Der Bau schien verlassen zu sein, und nachdem die Knochen darin untergebracht waren, deckte sie den Eingang mit einer dicken Schicht Laub zu.

In diese Gegend kam kaum jemand, hatte Màiri versichert, da von den Leuten des MacLaughlin Clans dieses Gebiet noch immer gemieden wurde.

Bevor sie den Weg durch das Unterholz antrat, erinnerte sie sich an das Amulett, das noch immer in ihrem Mieder steckte.

Ein leiser Ausruf der Überraschung entfuhr Joan, als sie das Schmuckstück nun im Tageslicht sah. Sie hatte es schon einmal in den Händen gehalten.

Es war ein Teil von Großmutter Fionas Vermächtnis gewesen, Joan erkannte es an der Auffälligkeit des Amuletts. Wie war Fiona dazu gekommen? Es stand eindeutig fest, dass es Ceana Matheson gehört haben musste.

Sie war zu verwirrt, um weiter darüber nachdenken zu können und ließ den Schmuck in ihre Rocktasche gleiten, bevor sie sich fest in das Schultertuch einwickelte.

Seitdem sie in der Grube aufgewacht war, hatte Joan kaum an Ewan gedacht, aber nun, da sie ihn nur wenigen Meilen von sich entfernt hoffte, wurde der Drang, ihn zu sehen, von Minute zu Minute stärker.

Trotzdem hatte Joan keine Eile. Langsam kämpfte sie sich durch das Dickicht, stets darauf bedacht, nicht zu viel Lärm zu machen, um nicht wieder ein paar Gesetzlosen in die Arme zu laufen. Immer wieder blieb sie mit dem Saum ihres Rockes an Wurzeln hängen oder ihre langen Haare verfingen sich in den trocknen Ästen. Doch kein Laut kam über ihre Lippen.

Konzentriert überlegte sie, wie sie Màiri informieren konnte, dass sie zurück war, immerhin konnte sie nicht schnurstracks zur Burg marschieren. Sähe man sie dort, säße sie rasch wieder im Verlies – und diesmal würde sie strenger bewacht werden als beim ersten Mal.

Schon von Weitem sah Joan zwischen den Baumstämmen das hellgraue Gestein des wegweisenden Felsbrockens; zumindest hatte sie es so weit geschafft, ohne jemandem zu begegnen. Erschöpft ließ sie sich am Wegrand nieder, nachdem sie sich vergewissert hatte, dass sie tatsächlich alleine war.

Ihr Magen knurrte plötzlich laut und vernehmlich, und sie überlegte, wie lange es wohl genau her war, seit dem Frühstück in der Pension. Die warme, rauchgeschwängerte Luft des Schankraumes, Lucys unaufhörliches Geplapper, Maggies freundliches Lächeln, kamen ihr in den Sinn.

Nachdenklich kaute sie an ihrer Unterlippe, während sie nach einer Möglichkeit suchte, mit Màiri in Kontakt zu treten. Die Schottin hatte von dem alten Rundturm erzählt, an dessen Fuß sie Pflanzen zum Färben sammelte und in dessen schützenden Mauern sie sich mit Mìcheal traf.

Langsam stand Joan auf, sie musste diesen Turm finden und bedauerte, ihn nicht auf ihrer Besichtigungstour im Jahre 2005 aufgesucht zu haben, das würde die Dinge nun wesentlich vereinfachen.

Mit geschlossenen Augen versuchte sich Joan an Fionas Karte zu erinnern, auf der auch die Stelle des alten Keltenturms eingezeichnet gewesen war. Joan glaubte sich zu erinnern, dass er westlich von Glenbharr Castle zu finden war, aber ganz sicher war sie nicht – zumal sie nicht genau wusste, wo Westen war.

Ohne eigentlich zu wissen, weshalb, schlug Joan die Richtung parallel zur Burg ein, auf dieser Seite des Waldes war das Unterholz weniger üppig, sodass Joan gut vorankam.

Noch immer war alles ruhig, nur einige Vögel, die dem bevorstehenden Winter in den Highlands trotzten, zwitscherten hoch oben in den Baumkronen und ab und zu konnte man ein Eichhörnchen beobachten, das mit einer Eichel im Maul flink an einem der knorrigen Stämme emporkletterte.

In regelmäßigen Abständen blieb Joan stehen, lauschte in die Stille und setzte dann ihren Weg fort. Bald war sie sich nicht mehr sicher, in welcher Richtung sich die Burg befand, und voller Panik begann sie zu laufen, so schnell es ihre langen Röcke und das Gestrüpp zuließen.

Sie durfte sich nicht verirren, das konnte ihren Tod bedeuten. Dass sich die Wälder von Glenbharr meilenweit in jede Richtung erstreckten und nur jemand, der dort heimisch war, ohne fremde Hilfe, aus dem Gewirr von Bäumen, hügeligen Felsen und wilden Sträuchern herausfinden konnte, wusste sie.

Erschöpft blieb Joan stehen, als die Sonne durch die Wolken brach und den Wald nicht mehr gar so düster und trostlos erscheinen ließ. Nur ihr heftiges Atmen war zu hören, und einmal mehr entstand in ihr der Eindruck, sich hoffnungslos verlaufen zu haben.

„Verdammter Mist", keuchte sie, stemmte die Fäuste gegen die Hüften und sah sich mit einer Mischung aus Ratlosigkeit und Wut um. Wenn kein Wunder geschah, würde sie noch tagelang durch den Wald irren und möglicherweise erneut lichtscheuem Gesindel in die Hände fallen. Ewan und auch seine Schwester hatten mehrmals erwähnt, dass es in den Wäldern von Plünderern nur so wimmelte. Der bloße Gedanke daran verursachte ihr einen unangenehmen Druck in der Magengegend.

Joan entdeckte eine umgestürzte Eiche, deren Stamm gerade so breit war, dass man sich bequem darauf niederlassen konnte. Nur zehn Minuten ausruhen! Dieser Gedanke erschien Joan so verlockend, dass sie die Idee umgehend in die Tat umsetzte und sich mit einem leisen Seufzen auf dem rauen Stamm niederließ.

Sie ärgerte sich, dass sie zwar den Aufbruch in die Vergangenheit bis ins kleinste Detail geplant, es jedoch versäumt hatte, weiter zu denken. Es hätte nichts geschadet, sich mit einem Lunchpaket und nützlichen Dingen wie Zündhölzern, Kerzen und einem Kompass auszurüsten. Sie hatte nur das Zusammentreffen mit Ewan vor Augen gehabt, ohne zu wissen, ob er sie wirklich wollte.

Die Sonnenstrahlen, die ihren Weg zwischen den Baumkronen hindurch auf den mit Laub bedeckten Waldboden gefunden hatten, kitzelten Joan an der Nase, sodass sie niesen musste. Der Widerhall war so stark, dass sie selbst darüber erschrak, und unwillkürlich hielt sie den Atem an.

Sie musste vorsichtiger sein, hinter jedem der dicken Eichenstämme konnte sich ein Wegelagerer oder ein Angehöriger der MacLaughlins befinden – Joan wollte keinem von ihnen begegnen, außer wenn es sich um Ewan handeln würde.

Von einer plötzlichen Müdigkeit übermannt, legte sich Joan der Länge nach auf den Stamm, Die Hände dienten ihrem Kopf als Kissen und Schutz vor der harten Baumrinde. Noch bevor sie einen weiteren Gedanken fassen konnte, war sie eingeschlafen.

Sie erwachte, weil sie fror, denn die Sonne war inzwischen weiter gewandert und dumpfe Kühle stieg vom Boden auf. Joan richtete sich auf, streckte sich und erhob sich. Wie lange sie geschlafen hatte, wusste sie nicht, aber ihr war klar, dass sie bis zum Einbruch der Dunkelheit aus dem Wald gefunden haben musste.

Unschlüssig sah sie sich um und entschied sich nach einer Weile, die Richtung beizubehalten. Sie achtete nicht auf das Hungergefühl, das immer hartnäckiger wurde, und inzwischen quälte sie auch Durst – aber weit und breit war keine Quelle zu sehen, noch nicht einmal zu hören.

Während sie so dahinstapfte, wurde sie wieder wütend auf sich selbst. Aus Angst, jemand könne ihr anmerken, dass sie aus der Zukunft kam, hatte sie auf wichtige Dinge wie Schmerztabletten, Nahrung und feste Schuhe verzichtet. Allzu deutlich hatte Joan noch die Blicke der Wegelagerer vor sich, als sie ihre Jeans entdeckten – immerhin hatte sie es ihrer Hose zu verdanken, dass man sie für eine Spionin gehalten hatte.

Plötzlich lichtete sich der Wald. In der Ferne konnte man ein Gebäude erkennen. Erleichtert, jedoch weiterhin auf der Hut, beschleunigte Joan das Tempo. Was würde sie da draußen erwarten?

Die letzten Schritte aus dem Wald stolperte Joan fast, das

Gebäude entpuppte sich beim Näherkommen als der etwa zwei Meter hohe Rest eines Turmes aus Naturstein. Das musste der Broch sein, von dem Màiri erzählt hatte, zumindest schien es jener Turm zu sein, den Joan in einigen der Reiseprospekte gesehen hatte. Sie erkannte ihn an dem schwarzen, von einem Brand stammenden Mauerwerk an der zum Wald gerichteten Seite.

Bevor Joan auf die Lichtung trat, horchte sie nach verdächtigen Geräuschen, aber sie schien allein zu sein. Dennoch verbarg sie sich hinter einigen Sträuchern und überlegte den nächsten Schritt.

Es handelte sich eindeutig um den von Màiri beschriebenen Turm, denn obwohl es um diese Jahreszeit kaum noch Blumen gab, wuchsen sie hier in leuchtenden Farben und die Farne in einem kräftigeren Grün als im Wald. Nun mussten nur noch Màiri oder ihr Bruder auftauchen, damit sich Joan zu erkennen geben konnte.

Sie ging in die Hocke, mittlerweile war ihr Körper so angespannt, dass er Hunger- und Durstgefühl völlig ignorierte, auch die Kühle spürte Joan nicht mehr so stark.

Hier also hatte Màiri ihren Geliebten Mìcheal MacGannor kennen gelernt, aber was so romantisch klang, war gefährlich – für beide! Joan stellte sich Laird Dòmhnall vor, wenn er erfuhr, dass seine Tochter die Ehe gebrochen hatte. So, wie Joan ihn kennen und fürchten gelernt hatte, würde er vor Wut platzen ... seine Reaktion, wenn er Joan neuerlich gegenüberstehen würde, malte sie sich lieber gar nicht erst aus.

Zunächst war es nur der Hauch einer weiblichen Stimme, die leise ein Lied summte, doch mit jeder Minute wurde sie deutlicher. Noch bevor jemand auf der Lichtung zu sehen war, wusste Joan, dass es sich um Màiri handelte, die da ganz unbekümmert ihren Lieblingsplatz ansteuerte.

Als die junge Schottin sichtbar wurde, wäre Joan am liebsten aufgesprungen und ihr entgegen gelaufen.

Doch etwas hielt sie zurück. Vielleicht befand sie sich ja gar nicht genau wieder im Jahr 1731. In diesem Fall würde Màiri sie vielleicht nicht wieder erkennen.

Màiri stand nun vor dem ehemaligen Eingang des Turmes, ihren geflochtenen Korb dicht an sich gepresst, doch sie machte keine Anstalten, sich nach den Pflanzen zu ihren Füßen zu bücken, sondern machte den Eindruck, als würde sie etwas suchen, oder jemanden suchen.

Joan nahm all ihren Mut zusammen, erhob sich und trat langsam aus dem Wald heraus. In diesem Augenblick drehte Màiri ihr den Rücken zu. Als Joan mit dünner Stimme ihren Namen rief, wandte sich Màiri ruckartig um, machte große Augen und ließ den Korb fallen.

Dann machte sie einige unsichere Schritte in Joans Richtung. „Seonag, bist du es wirklich?"

Sekunden später lagen sich die beiden Frauen in den Armen, lachten und weinten gleichzeitig.

„Ich wollte heute gar nicht hier herkommen, aber eine innere Stimme sagte mir, dass ich es tun sollte. Also gab ich meine Kinder in Darlas Obhut, nahm meinen Korb und eilte hierher, allerdings glaubte ich, Mìcheal oder eine Nachricht von ihm vorzufinden." Màiri trat einen Schritt zurück, stutzte dann und nahm vorsichtig eine von Joans dicken roten Locken in die Hand. „Wie kommt es, dass dein Haar in der kurzen Zeit so lang geworden ist?"

Flüchtig blickte Joan an sich hinunter.

„Wie lange war ich denn fort?"

„Vier Tage", gab Màiri zurück, was Joan ein nervöses Lachen entlockte; immerhin waren mehr als zwei Monate seit dem Abstieg in Ceanas Grab vergangen.

Noch immer standen sie sich gegenüber und betrachteten

sich gegenseitig ungläubig, fast ehrfürchtig. Keine der beiden schien so richtig zu begreifen, dass die andere leibhaftig vor ihr stand.

„Du bist zurückgekommen", sagte Màiri in die entstandene Stille hinein. „Warum?"

Mit dieser Frage hatte Joan gerechnet. Sie ließ sich im Gras nieder und sagte versonnen: „Ich konnte nicht anders, mein Leben machte mir keine Freude mehr, und all die Annehmlichkeiten meines Zeitalters schienen mir so sinnlos zu sein." Dann erzählte sie, was sie über den Zeittunnel erfahren hatte. „Begreifst du? Ceana Matheson fleht mich an, ihre Gebeine zu beerdigen, damit ihre Seele Frieden findet. Aus diesem Grunde hat sie mich in deine Zeit gelockt."

Auch Màiri hatte sich niedergelassen, und nun spielte ein sanftes Lächeln auf ihren Lippen. „Ich habe dich vermisst, mo ban-charaid. Und als du dich vor meinen Augen in diesem Erdloch in Luft aufgelöst hattest, wäre ich dir um ein Haar hinterher gesprungen."

„Ich habe dich auch vermisst", gab Joan unumwunden zu. „Dies ist auch einer der Gründe, weshalb ich zurück kam."

„Ewan war bestürzt, als er dein Verschwinden entdeckte", sagte Màiri schmunzelnd, doch dann wurde sie von einer Sekunde auf die andere ernst und sprang auf. „Mein Gott, Ewan! Er muss sofort erfahren, dass du wieder da bist!"

„Wieso?" Joans Herz schien einen Schlag auszusetzen.

Màiri lachte glockenhell. „Das fragst du noch? Das kann er dir besser selber erzählen, aye?" Sie gab Joan mit einer Handbewegung zu verstehen, dass sie ebenfalls aufstehen solle und zog sie in das Innere des Turmes. „Versteck dich hier, bis ich mit meinem Bruder zurück bin. Vorerst ist es besser, wenn dich sonst niemand hier sieht."

Mit weichen Knien sank Joan auf den moosbewachsenen

Boden, sie fühlte sich plötzlich schwach und angreifbar. Nun war es so weit, sie würde Ewan wiedersehen.

Doch wie würde dieses Wiedersehen sein? Màiris Andeutungen schienen zwar eindeutig zu sein, aber Joan glaubte an nichts mehr, bevor sie sich nicht mit eigenen Augen davon überzeugt hatte.

„Du bist sicherlich hungrig, ich werde etwas zu essen mitbringen." Geschäftig lief Màiri auf und ab, als befände sie sich in ihrer Kammer und nicht inmitten der Ruine eines verfallenen Keltenturm, dessen Dach der Himmel war. „Und eine Decke ... ach nein, hier kannst du unmöglich über Nacht bleiben. Und dich in die Burg zu schmuggeln, ist zu gefährlich. Lass mich nachdenken, ich finde schon eine Lösung."

Nach einigen Ermahnungen , andere Zeitgenossen betreffend, die Joan nicht entdecken durften, eilte Màiri davon mit dem Versprechen, so schnell es ging mit Ewan zurück zu kommen.

Mit geschlossenen Augen lehnte sich Joan gegen die harte Mauer. Sie hatte es geschafft – oder doch nicht? Noch wusste sie nicht, wie Ewan bei ihrem Anblick reagieren würde, wie ihr weiteres Leben in den Highlands aussehen würde.

25. Kapitel

Ruckartig schoss Joans Kopf in die Höhe, als sie nach einer ganzen Weile, während der sie reglos an der Mauer gehockt hatte, verhaltenes Hufgetrappel hörte. Im ersten Impuls wollte sie aufspringen und Ewan entgegen eilen, aber dann überwog die Vernunft. Vielleicht war er es gar nicht, sondern ein Dragoner auf Patrouille. Nein, das Getrappel kam eindeutig von mehreren Pferden.

Vorsichtig richtete Joan sich auf, den Blick auf den türlosen Eingang geheftet, auf alles gefasst. Als sie dann Ewans hohe Gestalt entdeckte, entwich ihr ein erlöstes Seufzen.

Ruhig stand Ewan am Türbogen, und so schön, dass es Joan fast den Atem verschlug. Sein langes Haar war durch den Ritt leicht zerzaust und das Plaid nur achtlos über die Schulter geworfen, sein mächtiger Brustkorb hob und senkte sich schnell. Seine blauen Augen musterten Joan, die ebenfalls wie angewurzelt dastand, es war ein unbestimmter Ausdruck in ihnen, der sie unsicher machte.

Doch dann kam plötzlich Bewegung in Ewan, und mit wenigen Schritten war er bei ihr. Ohne Joan zu berühren, sagte er: „Du bist zurückgekommen ...“

„Ja“, antwortete sie ebenso schlicht. Er stand so dicht vor ihr, dass sie seinen männlichen Geruch wahrnehmen konnte und fürchtete, er könne ihren Angstschweiß riechen.

Sekundenlang standen sie so da, versunken im Blick des anderen. Und dann zog Ewan sie unvermittelt in die Arme und presste sein Gesicht in ihr Haar.

„Bitte bleib bei mir.“

Überwältigt von seinem Wunsch lehnte sich Joan gegen seine Schulter und hauchte kaum vernehmbar: „Deshalb bin ich wieder hier."

Er schob sie ein wenig von sich, und nun konnte sie reine, ehrliche Liebe in seinen Augen erkennen – und wenn sie bisher noch Zweifel ob ihrer Zeitreise gehegt hatte, so waren sie in diesem Augenblick restlos erloschen.

„Tha gaol agam ort", kam es ganz leise von seinen Lippen, und dank Màiris Gälischunterricht wusste Joan, was Ewan mit diesen Worten meinte.

Sanft fuhren ihre Fingerspitzen die Konturen seines schönen Gesichts nach, als sie leise sagte: „Ich liebe dich auch, ohne dich hatte das andere Leben keinen Sinn."

„Màiri hat mir alles erzählt ... wer du tatsächlich bist, woher du gekommen bist ..."

Mit großen Augen starrte sie ihn an. „Dann weißt du also, dass ich eine Zeitreisende bin?"

Ernst nickte er. „Zuerst wollte meine Schwester nichts sagen, als du plötzlich aus ihrer Kammer verschwunden warst, doch ich ließ nicht locker, bis sie es mir unter Tränen erzählte. Sie hatte ein schlechtes Gewissen, weil sie dir versprochen hatte, zu schweigen, aber schließlich hatte sie Mitleid mit mir. Später meinte sie, dass sie schon lange wusste, dass ich mich in dich verliebt hatte – viel früher, als es mir selbst klar war."

Joan lachte leise und schmiegte sich wieder an seine Schulter. „Ich merkte erst in meiner Zeit, wie viel du mir bedeutest." Ihr Mund glitt zum Ausschnitt seines Hemdes und hauchte winzige Küsse auf seine Brust. „Und ich bereue nicht, wieder hier zu sein – wenn du mich willst."

„Ich will dich mehr als alles andere, mo ghràidh", murmelte er, dann hob er mit zwei Fingern sanft ihr Kinn an und senkte seine Lippen auf ihren Mund.

Noch nie war Joan so geküsst worden, zärtlich und gleichzeitig fordernd, und sie merkte, dass ihre Beine nachzugeben drohten.

Ein diskretes Räuspern ließ sie auseinander fahren wie Kinder, die etwas Verbotenes taten. Màiri stand mit einem schüchternen Lächeln im Türbogen, an den Händen hielt sie die Zügel zweier Pferde.

„Ich störe euch nur ungern, aber die Sonne geht bald unter. Wir müssen Seonag fortbringen, bevor es dunkel wird, hier kann sie nicht bleiben. Das ist zu gefährlich, aye?"

Ewan nickte vage und streckte Joan die Hand entgegen, die sie ohne zu zögern ergriff. „Sie hat recht, wir müssen fort von hier."

Sein Handgriff war warm und fest, und Joan spürte keine Angst, als sie Ewan folgte. Bis zu diesem Zeitpunkt hatte sie insgeheim befürchtet, von ihm abgewiesen zu werden. Doch nun fühlte sie sich sicher und wusste, dass ihr nichts mehr geschehen konnte, denn Ewan war bei ihr und würde sie beschützen – egal, was die Zukunft bringen mochte.

Màiri schickte sich an, auf eines der Pferde zu steigen, als Joan und Ewan aus dem Türbogen traten. Die Satteltaschen waren prall gefüllt und quer über dem Pferderücken lag ein zusammengerolltes Plaid.

„Auf dem Weg zur Burg fiel mir ein, dass es in der Nähe eine verlassene Kate gibt", erklärte Màiri, raffte die Röcke und schwang sich auf den Pferderücken. „Dort hat bis vor einigen Monaten der alte Neil gelebt, einer unserer Pächter. Er war ganz alleine, und seitdem er gestorben ist, ist die Kate verlassen."

Ewan hob Joan auf das andere Pferd und schwang sich dann selbst darauf, sodass sie vor ihm saß. Sie hatte noch nie auf einem Pferd gesessen, und unter normalen Umständen wäre sie vor Angst gestorben. Doch in Ewans Armen entspannte sie sich sofort.

„Wir müssen uns beeilen, damit wir die Kate noch vor Einbruch der Dunkelheit erreichen", sagte Ewan dicht an ihrem Ohr, dann schnalzte er leise mit der Zunge, worauf sich das Pferd langsam in Gang setzte.

Die rhythmisch schaukelnden Bewegungen sorgten dafür, dass Joan sich sicher fühlte, und die Hände, die sich in der Pferdemähne verkrallt hatten, lockerten sich. Ihr brannten unzählige Fragen auf den Lippen, doch bevor sie nicht in Sicherheit war, gab es Wichtigeres als befriedigende Antworten.

Die Bäume am Waldrand warfen lange Schatten, und vom Boden stieg dichter Nebel auf. Schweigend ritten sie dahin, dabei entging Joan nicht, dass Ewan ununterbrochen nach allen Seiten blickte. Doch sie schienen Glück zu haben, niemand schien die kleine Gruppe zu bemerken, und noch bevor es dunkel wurde, erreichten sie ein einsam gelegenes Steinhäuschen, dessen Tür schief in den Angeln hing. Es gab nur zwei winzige Fenster, natürlich ohne Verglasung.

Ewan stieg zuerst ab, umfasste dann Joans Taille und hob sie mit einer Leichtigkeit vom Pferd, als wäre sie gewichtlos.

„Es ist nicht gerade eine Herrenunterkunft", sagte er mit schiefem Lächeln, während er Màiris Pferd am Zaumzeug festhielt, damit seine Schwester ebenfalls absteigen konnte. „Aber hier wird dich niemand finden, und wir haben alles, was du für die nächsten Tage brauchst." Er deutete auf die Satteltaschen.

„Der alte Neil war ein Eigenbrötler", erklärte Màiri. „Er lebte nur für sich, und wenn er nicht bei der Arbeit auf seinem Feld gestorben wäre, hätte ihn wahrscheinlich niemand entdeckt. Seine Kate suchten nur einmal im Jahr ein paar Clanleute auf, um ihn an die Pacht zu erinnern."

Ewan war bereits im Haus verschwunden, kam jedoch gleich darauf zurück und nickte seiner Schwester zu. Gemeinsam mit Màiri betrat Joan schließlich die Kate, die für die nächste Zeit ihr Zuhause sein sollte.

Zunächst sah sie nichts, denn es war stockfinster. Doch dann erkannte sie, dass die beiden Fensterhöhlen mit Schaffellen gegen die nächtliche Kälte verhängt waren.

Als sich Joans Augen an die Dunkelheit gewöhnt hatten, sah sie sich um. Der Fußboden bestand lediglich aus festgestampfter Erde, über der eine leichte Schicht Stroh gestreut war, in einer der Ecken befand sich eine Art Feuerstelle, auf der gegenüber liegenden Seite ein grob gezimmertes einfaches Bett.

In der Mitte des kleinen Raumes stand ein wackeliger Tisch und davor ein noch gebrechlicher aussehender Stuhl, alles war offensichtlich aus Eichenholz angefertigt worden.

„Gemütlich ist es hier nicht", bemerkte Ewan trocken. Er begab er sich zur Feuerstelle, legte ein Paar Scheite Holz darauf, die auf einem Stapel daneben geschichtet waren, und kurze Zeit später loderten die ersten Flammen auf. Gleich drauf hielt Ewan den Docht einer Kerze ins Feuer.

Màiri packte die Satteltaschen aus und verteilte den Inhalt auf dem Tisch, während Joan noch immer an der Tür stand, das zusammengerollte Plaid dicht an sich gepresst.

„Du musst darauf achten, dass das Feuer nicht ausgeht." Ewan trat zu ihr und wies mit einer Handbewegung zur Feuerstelle, dann nahm er sanft das Plaid aus ihren Händen und legte es auf das Bett.

Nur zögernd ging Joan auf das Feuer zu, sein flackerndes Licht warf gespenstische Schatten an die Wände, aber es wurde schnell warm in der Kate.

Ewan berührte Joan leicht am Arm. „Ich repariere jetzt

die Tür, dann bringe ich meine Schwester nach Hause. Es ist zu gefährlich für sie, bei Nacht alleine zu reiten."

Er sah den erschrockenen Ausdruck in ihren Augen, nahm sie sanft in die Arme und fügte unsicher hinzu: „Ich komme zurück, wenn du das möchtest ..."

Sie war zu ergriffen, um etwas zu antworten, daher nickte sie nur leicht. Ja, sie wollte, dass er zurückkam, wollte in seinen Armen liegen und mit ihm schlafen.

Màiri hatte in der Zwischenzeit die Satteltaschen leer geräumt, und die Schätze häuften sich auf dem Tisch. Zufrieden musterte sie die Lebensmittel, dann sagte sie zu Joan: „Das sollte für einige Tage reichen, aber ich werde natürlich jeden Tag herkommen und nach dir sehen."

Beide Frauen zuckten zusammen, als plötzlich dumpfe Schläge ertönten und atmeten erleichtert auf, als sie feststellten, dass Ewan nichts anderes tat, als von außen das verrostete Türscharnier am verwitterten Holz festzunageln.

„Was ist, wenn jemand den Rauch sieht?" Joan zeigte auf das Feuer. „Ich habe außer euch nur Feinde hier."

Dieses Argument war nicht von der Hand zu weisen, wie sie an den betretenen Gesichtern erkannte. Doch gleich darauf setzte Màiri wieder eine sorglose Miene auf und sagte: „Wer soll sich denn in diese Einöde verirren? Und wenn doch, erklärst du, dass du die neue Pächterin bist, aber ich denke, das wird nicht nötig sein."

„Die neue Pächterin", murmelte Joan und ließ sich kraftlos auf den Stuhl nieder, ihre Beine wollten sie plötzlich nicht mehr tragen. Sie hatte Angst vor der Einsamkeit und den Gefahren, die da draußen vor der Tür lauerten. Solange Ewan in ihrer Nähe war, hatte sie keine Bedenken, aber die Aussicht, vielleicht Stunden um Stunden alleine und schutzlos in dieser fremden Kate zu verbringen, verursachte eine kalte, lähmende Furcht in ihr.

„Hab keine Angst." Màiri kniete vor ihr nieder, ihren Umhang hatte sie sich bereits um die Schultern gelegt. „Ewan wird bald zurück sein und so lange bleiben, wie du möchtest, aye?"

Joan lächelte tapfer, obwohl sie sich miserabel fühlte. Sie warf einen scheuen Blick zu Ewan hinüber, der bereits wartend bei der Tür stand. Er erwiderte ihr Lächeln und zwinkerte aufmunternd, bevor er sich duckte, um durch die niedrige Tür zu gelangen.

Màiri hatte versprochen, am nächsten Tag wieder zu kommen, aber das Wichtigste war, dass Ewan da war. Die altersschwache Holztür wurde knarrend von außen geschlossen, und dann war Joan alleine.

Der kleine Raum, der eben noch eine Art Gemütlichkeit ausgestrahlt hatte, wirkte nun trotz des wärmenden Feuers abweisend und als das, was er tatsächlich war – eine schäbige, notdürftige Unterkunft.

Doch Joan wollte nicht undankbar scin, und bevor sie weiter ins Grübeln verfiel, erhob sie sich, trat ans Fenster und schob vorsichtig das streng riechende Schaffell zur Seite. Die Kate war dicht an den Wald gebaut worden, und da es inzwischen völlig dunkel war, starrte Joan in tiefschwarze Finsternis. Wenn sich jemand dort herumtrieb und sie beobachtete, würde sie es nicht merken, oder wenn sie es merkte, würde es zu spät sein.

Schaudernd wandte sie sich ab, und obwohl der Hunger inzwischen verflogen war, nahm sie einen Apfel, biss hinein und öffnete eine Flasche, in der sich dunkles Bier befand.

Ewan hatte sein Versprechen gehalten, kaum eine Stunde später war er zurück, das Pferd versteckte er in dem windschiefen Schuppen.

Sekundenlang standen sie sich gegenüber, dann hob Joan zögernd die Arme und schlang sie um seinen muskulösen Hals. Er nahm dies als Aufforderung, hauchte kleine zarte Küsse auf ihre Stirn, die Nase und fand schließlich ihren Mund.

Sie seufzte und als sie sich plötzlich hochgehoben und zur Bettstelle getragen fühlte, leistete sie keinerlei Widerstand. Vorsichtig legte Ewan seine kostbare Fracht ab, betrachtete Joan eine Weile schweigend und sagte dann mit heiserer Stimme: „Ich möchte so viel von dir wissen, aber das hat Zeit."

Zaghaft nickte sie, dann zog sie ihn in plötzlicher Begierde zu sich hinunter. Schnell spürte sie seine Lust. Er begann ihr Mieder aufzuschnüren, und Joan half ihm dabei - sie wollte ihn, sie begehrte ihn.

„Tha thu a'coimhead brèagha[18]", stammelte er heiser, warf das Mieder achtlos zur Seite und zerrte ungeduldig an Joans Bluse, die sie eilig selbst auszog, bevor Ewan sie in Stücke reißen konnte. Auch der Rock und zarte Unterkleid landeten auf dem Fußboden, sodass sie schließlich nackt vor ihm lag.

Hingerissen betrachtete er sie eine Weile, als würde er ein kostbares Gemälde betrachten, von dem er den Blick nicht wenden konnte. Joan schloss die Augen. Seine Blicke konnte sie fast spüren, sie streichelten ihren Körper.

Sie hörte das Rascheln von Stoff neben sich, und als sie die Augen aufschlug, stand Ewan nackt vor ihr. Er war - ein Hengst - würden die Frauen ihrer Zeit sagen. Sein muskulöser Körper strahlte eine elektrisierende männliche Sinnlichkeit aus, erworben durch das natürliche Leben und die damit verbundene Arbeit in den Highlands.

Joan richtete sich langsam auf und hielt ihm die Hände entgegen. Es war nicht nötig, dass sie etwas sagte, er verstand sie, legte sich neben sie und begann, ihre Brüste zu küssen, während seine Hand langsam ihren Oberschenkel hinaufstrich.

Alleine diese Berührungen entfachten ein Feuer in Joan. Sie krallte eine Hand in sein volles Haar, strich ihm mit der anderen über den Rücken und ließ sie tiefer wandern, bis sie sein festes Gesäß greifen konnte.

Ewan atmete schwerer, sein Mund suchte den ihren, und als er ihn gefunden hatte, gab sie seinem Kuss Platz, erwiderte ihn minutenlang, während er sich und sie, sein Glied gegen ihre Hüfte pressend, in einen taumelnden rhythmischen Gleichklang brachte.

Ihre Hand fuhr über seine Lende bis hin zu dem weichen, dichten Schamhaar, in dem sie einige Sekunden verweilte, bis sie sich zu seiner harten Männlichkeit vorschob.

Der Wohllaut, den Ewan bei dieser Berührung ohne Scham in Joans Ohr hauchte, sein heftiger werdender Atem, als sie ihre Schenkel spreizte und seine bebende Hand den Weg zu ihrer feuchten Vagina gefunden hatte, ließen auch sie alle Fremdheit vergessen.

Sie drängte sich seiner forschenden Hand entgegen und ließ es geschehen, dass er ihre Vagina liebkoste.

Vor Joans Augen explodierten tausende von kleinen Feuern, als schon bei diesem Vorspiel ein Höhepunkt ihren Körper erschütterte, den sie von der Kopfhaut bis zu den Zehenspitzen spürte.

Ermattet sank Joan zurück, spreizte die Beine weiter, um Ewan Platz zu geben. Mit einem kehligen Laut drang er, sich über sie stützend, in sie ein. Seine Stöße waren kraftvoll, tief, ihr Rhythmus brachte ihren Körper in Schwingungen, kein Schmerz störte die Harmonie der Begegnung. Joan wünschte, ihre Körper mögen sich nicht mehr trennen, sich nicht mehr verlassen. Sie umklammerte seine Hüften mit den Beinen und als sie gleichzeitig den Höhepunkt erreichten, während Ewan sich in sie entlud, schienen ihr die Sinne zu vergehen .

Ihr Kopf ruhte erschöpft auf seiner Brust, nachdem sie wieder zu sich gekommen waren. Sie konnte den kräftigen Schlag seines Herzens hören, der sich allmählich wieder normalisierte.

Ewan liebkoste sanft ihren Rücken und schwieg ebenso wie sie. Joan hielt die Augen geschlossen, ihre Hand lag ruhig auf seinem Geschlecht.

Als er sich leicht unter ihrer Hand regte, hob sie den Kopf, ihre rote Mähne umrahmte dabei ihr Gesicht wie ein Schleier. Er strich ihr das Haar aus dem Gesicht, dabei ruhte sein Blick auf ihren Augen.

„Bereust du es?“ Seine Stimme klang noch immer heiser, gemischt mit einer Spur Unsicherheit. „Das könnte ich nicht ertragen.“

Joan löste ihre Hand, presste ihre Wange gegen seine und erwiderte leise: „Nicht eine Sekunde bereue ich es. Seit Monaten habe ich mich nach diesem Augenblick gesehnt, immer wieder versucht, ihn mir vorzustellen.“ Sie machte einen tiefen Atemzug.

Seine Gesichtszüge entspannten sich. Er richtete sich auf, lehnte sich gegen das holprige Kopfteil, zog Joan sanft wieder auf seine Brust und schob das Plaid über ihre nackten Schultern.

„Du sagst, seit Monaten sehnst du dich nach diesem Augenblick “, sagte er schließlich tonlos. „Bei mir waren es einige Tage, aber das scheint trotzdem dasselbe zu sein.“

„Ja, die Zeit, in der ich mich gerade nicht befinde, vergeht wesentlich langsamer. Ich weiß auch nicht, warum.“

„Hm, das hab ich auch zu spüren bekommen.“

Joan erinnerte sich dunkel an die Schilderungen der Fergusons und fragte: „Du warst für ein paar Tage in meiner Zeit, nicht wahr?“

„Aye, um es genauer zu sagen, für fast zwei Wochen. Doch als ich zurückkam, waren nur wenige Stunden vergangen ...“ Seine Stimme klang ernst.

Joan stützte sich auf den Ellenbogen und sah zu Ewan hinunter. „Warum hast du das getan?“

„Eigentlich hatte ich es nicht vor. Es war, als ziehe mich eine unsichtbare Macht zu dieser Grube dort oben im Dickicht. A bheil thu a'tuigsinn[19]?“

Sie nickte, dann erst stellte sie die Frage, die sie am meisten beschäftigte: „Màiri hat dir erzählt, woher ich komme? Warum hat sie sich nicht an ihr Versprechen gehalten?“

Ewan schob Joan sanft von sich, stand auf und trat zu dem Tischchen. Während er nach zwei Zinnbechern und einer bauchigen, mit süßem Wein gefüllten Flasche griff, hatte Joan Gelegenheit, ihn in seiner Nacktheit erneut zu bewundern.

Ewans ausgeprägte Rückenmuskeln spielten bei der geringsten Bewegung unter der festen Haut, und sein Gesäß, die muskulösen Oberschenkel und der breite Rücken versetzten Joans Körper erneut in Wallung.

Als Ewan sich umdrehte und zur Bettstelle zurück kam, sah sie sein unerregtes Glied, groß und vielversprechend.

„Du darfst meiner Schwester nicht grämen“, sagte er, goss Wein in die Becher und hielt Joan einen davon hin. „Als ich entdeckte, dass du fort warst, ahnte ich sofort, dass Màiri ihre Finger im Spiel hatte. Auf meine ungeduldigen Fragen wand sie sich, behauptete, du hättest dich in Luft aufgelöst. Doch ich merkte, dass sie schwindelte, und ich beschwor sie tagelang, mir die Wahrheit zu sagen. Ich musste unbedingt wissen, wo du warst, und als Màiri mir auf den

Kopf zusagte, dass ich dich liebe, gab ich es zu meinem eigenen Erstaunen zu."

Joan trank einen Schluck des süßen, schweren Weines und rückte zur Seite, damit Ewan sich wieder zu ihr legen konnte. Sein Körper war kühl, doch schon nach wenigen Sekunden strahlte er wieder die gewohnte liebliche Wärme aus.

Mit klarer Stimme sagte Joan: „Als du mich vor der Burg gefangen genommen hattest, redete ich mir ein, dich zu hassen, und ich gab dir die Schuld, dass ich im Kerker deines Vaters landete. Aber später sah ich ein, dass ich sonst niemals deine Schwester kennen gelernt und somit nie erfahren hätte, was es mit Ceana Matheson auf sich hatte." Sie warf ihm einen unsicheren Blick zu. „Du kennst die Geschichte?"

„Aye, inzwischen schon. Nachdem meine Schwester wusste, wie viel du mir bedeutest und ich vor Sehnsucht nach dir verrückt zu werden drohte, lenkte sie schließlich ein und erzählte mir ein wirres Märchen, sodass ich anfangs dachte, Màiri sei dem Wahnsinn verfallen. Du seiest aus der Zukunft erschienen, behauptete sie immer wieder und Ceana sei deine Urahne, dessen unruhiger Geist dich durch ihr unfreiwilliges Grab in unsere Zeit geschleudert hatte."

„Aber genauso war es." Joan hielt ihren Weinbecher mit beiden Händen umklammert, als würde sie sich an ihm festhalten wollen. „Tagelang saß ich im Kerker und zermarterte mir den Kopf, wieso ich plötzlich im Jahre 1731 gelandet war, und Màiri war es schließlich, die von meiner Ähnlichkeit mit dieser angeblichen Hexe sprach." Sie schilderte ihm ihren immer wiedergekehrten Traum, die Recherchen ihrer Großmutter und ihrer Ankunft in Schottland.

Allmählich zeigte der süße Wein seine Wirkung, Joan fühlte sich wohlig schläfrig, obwohl sie eigentlich gar nicht müde war. „Warum mich meine Vorfahrin in diese Zeit gelotst hat, erfuhr ich allerdings erst, nachdem ich wieder zu Hause war und versuchte, mein Leben neu einzurichten ..."

Ewan grinste, als sie ihm von Màiris Gälischunterricht erzählte. „Sie ist eine gute Lehrerin, schon mehrmals spielte sie mit dem Gedanken, den einfachen Leuten in unserem Clan Lesen und Schreiben beizubringen."

„Das sieht ihr ähnlich, auch ich habe deiner Schwester unendlich viel zu verdanken." Joan lächelte. „Du hast ihr dann aber doch geglaubt, nicht wahr?"

Energisch schüttelte er den Kopf und beugte sich zu der Flasche hinunter. „Kein Wort glaubte ich ihr; stattdessen überredete ich sie noch am selben Tag, mich zu diesem geheimnisvollen Erdloch zu führen, in der Hoffnung, dich in dessen Nähe zu finden. Màiri schwor Stein und Bein, dass du vor ihren eigenen Augen verschwunden warst und sie zeigte auf die Gebeine am Boden der Grube. Zumindest war ich überzeugt, dass du Ceana tatsächlich nicht sein konntest."

Joan lehnte sich zurück und betrachtete Ewan verträumt. Sie hatte bisher einige seiner Seiten kennen gelernt, die stolze und arrogante sowie die spöttische - und nun hatte er gezeigt, dass in dem wilden Naturburschen ein weiches, liebendes Herz schlägt. Doch sie machte sich nichts vor, es gab noch eine andere Seite an ihm, die für seine Zeit typische grausame, bei der das Leben eines Feindes keinen Pfifferling wert war.

„Nachdenklich geworden folgte ich meiner Schwester zur Burg zurück, doch ich wollte mich nicht damit abfinden, dich nie wiedersehen zu können. Anfangs weigerte ich mich sogar, zu glauben, dass ausgerechnet du – eine Sasannach – meine Gefühle in Wallung gebracht hattest, aber obwohl ich dagegen ankämpfte und mich mit allen möglichen schweren Arbeiten abzulenken versuchte, gelang es mir nicht, und schließlich akzeptierte ich, dass ich dich liebe. Am liebsten hätte ich meinen Schmerz über den Verlust herausgebrüllt, aber ich durfte mir vor meiner Familie nichts anmerken lassen." Seine Stimme klang traurig bei diesen Worten. „Auch Màiri weinte heimlich, das erkannte ich an ihren rotgeränderten Augen."

Seine Brust hob und senkte sich gleichmäßig, während er sprach; die Erinnerungen daran waren noch zu frisch. „Noch in derselben Nacht machte ich mich erneut auf den Weg zu diesem verhassten Grab, das mir das Liebste genommen hatte, bevor ich es überhaupt besitzen konnte. Ich hatte die Stelle noch nicht erreicht, als ich ein merkwürdiges Zirpen in der Luft vernahm, gleichzeitig spürte ich, wie mich meine Beine wie von selbst trugen. Ohne es eigentlich zu wollen, stieg ich in die Grube und als ich wieder zu mir kam, glaubte ich zunächst, ich hätte geträumt."

Wie gebannt hing sie an seinen Lippen, und gedankenverloren streichelte er ihren nackten Arm.

„Wenig später schon merkte ich, dass alles ganz anders war – die Luft, mir unbekannte Geräusche ... und die Baumstämme schienen mir auch dicker geworden zu sein. Ich wollte zurück zur Burg und musste feststellen, dass sie nichts als eine verfallene Ruine war. Erst da erinnerte ich mich an die Worte meiner Schwester, die von deinen silbernen Vögeln am Himmel erzählt hatte und von den eigenartigen Fuhrwerken, die sich ohne Pferde oder Ochsen vorwärts bewegen. Ich konnte mich mit eigenen Augen davon überzeugen, als ich begann, dich zu suchen. Mehrmals begegneten mir eigenartig gekleidete Menschen, die mich wie ein wildes Tier anstarrten."

Joan senkte das Gesicht wieder auf seine Brust. „Ceana muss dich in meine Zeit gelockt haben, um mich zurückzuholen."

„Aber ich fand dich nicht, und ich fand mich nicht in deiner Zeit zurecht. Als die Suche nach dir auch nach vielen Tagen erfolglos blieb, beschloss ich schweren Herzens, zurück zur Grube zu gehen." Er schluckte hart. „Es ist unglaublich, ich war nur wenige Stunden fort und niemand hatte mich vermisst. Natürlich erzählte ich Màiri von meiner Exkursion, und zum Beweis kramte sie unter dem Nischenbett einige Kleidungsstücke hervor. Sie sahen ähnlich aus wie die, die ich in deiner Zeit gesehen hatte."

Wieder machte er eine Pause. „Das Schlimmste war, dass ich glaubte, dich für immer verloren zu haben, aber nun bist du wieder hier. Ich konnte es kaum fassen, als meine Schwester vorhin völlig aufgelöst zu mir kam und es mir erzählte."

„Ich hab versucht, in meiner Zeit weiterzuleben", gestand sie und dann erklärte sie, dass sie vorhabe, die ihr auferlegte Mission zu erfüllen.

„Dann bist du wieder hier, um ihre Gebeine beizusetzen?"

Sie schmunzelte. „Mein Verstand sagt mir, dass es so ist, aber mein Gefühl sagt mir etwas ganz anderes." Sie spürte, wie erleichtert er war, obwohl er versuchte, sich nichts anmerken zu lassen.

Mit rauer Stimme forderte er sie auf: „Erzähl mir von dir, von deinem Leben in dieser anderen Welt. Du bist mir so vertraut und dennoch unendlich fremd."

Joan reichte ihm den Becher, damit er nachfüllen konnte, bevor sie in groben Zügen von der Agentur, ihrer Mutter und ihrer Wohnung in der Londoner City erzählte. Es klang eher wie der Bericht über eine völlig fremde Frau namens Joan Harris – hier war sie einfach Seonag.

Ungläubig lauschte Ewan ihr, immer wieder stellte er gezielte Fragen, um sich zu vergewissern, dass er sich nicht verhört hatte.

Es musste weit nach Mitternacht sein, dennoch war beiden trotz des Weines nicht nach Schlaf zumute, noch nicht. Irgendwann fing Ewan an, Joan erneut zu liebkosen. Er beugte sich über sie, küsste ihre Brustwarzen, den flachen Bauch, den sanften Hügel darunter. Als sein Mund ihre Klitoris erreichte, wimmerte sie vor Leidenschaft und presste mit den Händen seinen Kopf enger an ihren heißen, feuchten Körper ...

Das verhaltene Schnauben eines Pferdes ließ beide fast gleichzeitig aus dem Schlaf schrecken. Noch war es dunkel in der Kate, doch durch einen Spalt hinter den verhängten Fenstern drang Tageslicht. Das Feuer war im Laufe der Nacht ausgegangen, sodass es recht kühl in der Kate war.

Joan und Ewan wechselten einen erschrockenen Blick, dann legte er zum Zeichen, dass sie sich ruhig verhalten solle, einen Zeigefinger auf den Mund. Geräuschlos erhob er sich vom Lager, wickelte sich nachlässig sein Plaid um die Hüften und schlich zu dem kleinen Fenster neben der Tür. Vorsichtig schob er das Schaffell etwas zur Seite, doch dann entspannte sich sein Körper und er lachte befreit.

„Das ist Màiri, sie bringt uns das Frühstück."

Joan war es sichtlich peinlich, von seiner Schwester in dieser eindeutigen Lage vorgefunden zu werden, doch es war zu spät, um sich anzuziehen.

Es klopfte zweimal leicht an das Holz, bevor Ewan öffnete. Màiri trug einen Korb bei sich, der mit einem Tuch abgedeckt war. Mit einem Blick erfasste sie die Situation und ihr Mund kräuselte sich zu einem Lächeln. „Es war nicht meine Absicht, euch zu stören."

Joan zog die Decke bis ans Kinn, was ihr angesichts Ewans halber Nacktheit ein wenig albern erschien. Màiri tat, als würde sie gar nicht merken, dass ihr Bruder und Joan unter ihren Plaids nichts trugen und packte den Korb aus. Dabei plauderte sie unbekümmert vor sich hin.

„Vater hat heute Morgen nach dir gefragt, er hat dich beim Frühstück vermisst“, sagte sie, räumte benutztes Geschirr beiseite und stellte sauberes auf den Tisch. „Ich hab keine Miene verzogen, als ich ihm erzählte, dass du ein paar Viehdieben auf der Spur bist und dich daher in den nächsten Tagen nur sporadisch in der Burg sehen lassen wirst.“ An Joan gewandt fügte sie erklärend hinzu: „Es ist nicht ungewöhnlich, dass Ewan sich auf die Fersen von Dieben oder Plünderern heftet und man ihn tagelang nicht auf Glenbharr Castle antrifft.“

„Das hast du gut gemacht, Schwesterchen.“ Ewan ließ ungeniert das Plaid sinken, bevor er sich sein Leinenhemd überstreifte, das ihm fast bis zu den Knien reichte. „In der Burg darf vorerst niemand wissen, dass Seonag wieder hier ist.“

Vorerst? Joans Körper versteifte sich vor Angst unter der Decke, doch als Ewan die Furcht in ihren Augen bemerkte, sagte er sanft: „Ich werde meinem Vater klar machen, dass keine Gefahr von dir ausgeht, obwohl deine Ähnlichkeit mit Ceana Matheson verblüffend ist und du eine Sasannach bist, mo nighean bist.“

Seine Schwester nickte zur Bestätigung, dann trat sie ans Bett und ließ sich auf der Kante nieder. „Ich muss zurück zur Burg, meine Söhne brauchen mich und außerdem wird Tèarlach in den nächsten Tagen erwartet.“ Ihre Augen verdunkelten sich bei diesen Worten, und Joan begriff, dass Màiri sich dann nicht mehr mit Mìcheal MacGannor treffen konnte.

„Nun wird es Zeit für mich.“ Sie stand auf und lächelte Joan zu. „Heute Nachmittag muss ich dir Ewan leider für ein paar Stunden entführen, ich will einen Brief an Mìcheal schreiben, und Ewan soll ihm die Nachricht überbringen.“

Mit einem Augenzwinkern in Ewans Richtung verabschiedete sie sich, und sie waren wieder alleine. Erst jetzt wagte Joan aufzustehen, Ewan ließ sie keinen Moment aus den Augen, als sie in ihr Unterkleid schlüpfte und sich dann mit dem um die Schultern geschlungenen Plaid an den Tisch begab.

„Du bist bei Tageslicht noch viel schöner als nachts", bemerkte er mit rauer Stimme und betrachtete sie weiter zärtlich. Während seine Schwester sich mit Joan unterhalten hatte, hatte er die Schaffelle von den Fenstern genommen, sodass die kleine verrauchte Kate nun in sanftes Morgenlicht getaucht wurde.

Viel später, nachdem sie ein weiteres Mal miteinander geschlafen hatten, legte sich Ewan seinen breacan feile an.

Joan sah ihm fasziniert zu, wie er das auf dem Fußboden liegende Plaid faltete, sich dann darin einwickelte und zum Schluss den Gürtel um seine Taille schlang. Das alles geschah völlig routiniert, jeder Handgriff war bis ins kleinste Detail geübt.

Sie hatten viel geredet, seitdem sie sich wiedergefunden hatten, aber Ewan vermied noch immer die Frage über ihre gemeinsame Zukunft. Dank seiner Schwester wusste er zwar, dass die Frau, die er liebte, keine gewöhnliche Engländerin war, aber er scheute sich zu fragen, ob sie für immer bei ihm bleiben wollte.

Wie angekündigt, erschien Màiri am frühen Nachmittag, überreichte ihrem Bruder einen schmalen Brief und bat ihn, das Schreiben so schnell wie möglich zu Mìcheal zu befördern, was er ohne weitere Aufforderung tat, nachdem er sich zärtlich von Joan verabschiedet hatte.

„Zum Glück grenzt das Gebiet der MacGannors an das unsrige", sagte Màiri, die sich bereit erklärt hatte, Joan

Gesellschaft zu leisten, bis Ewan zurückkam. „Bis Sonnenuntergang wird er wieder hier sein“, versicherte sie Joan.

Die beiden Frauen setzten sich in das hohe Gras direkt neben der offenen Tür, sorgsam darauf bedacht, sofort in die Kate zu eilen, falls sich jemand blicken lassen sollte.

Die Sonnenstrahlen warfen ihren hellen warmen Schein auf ihre Gesichter und sie genossen die Wärme vor der kalten Nacht.

„Ich werde Mìcheal lange nicht sehen können“, sagte Màiri unvermittelt. „Möglich, dass Tèarlach erst im Frühjahr wieder in die Berge zieht. Ich beneide dich und Ewan, auch wenn du dich noch verstecken musst. Ihr seid beide frei und müsst euch nicht zwischen zwei Partnern aufteilen.“

Joan räusperte sich. „Gibt es wirklich keine andere Frau in Ewans Leben?“

„Nein, die gibt es nicht. Natürlich gab es die eine oder andere, aber keine Frau hat jemals sein Herz so berührt wie du. Als ihr damals in meiner Kammer aufeinander getroffen seid, wusste ich sofort, dass ihr füreinander bestimmt ward. Ewan war verzweifelt, als er feststellte, dass du fort warst.“

Mit der Sonne entgegen gerecktem Kinn saß Joan da, nur die Erwähnung seines Namens ließ ihren Pulsschlag schon erhöhen. Dann wandte sie sich langsam Màiri zu. „Er scheint ziemlich hartnäckig gewesen zu sein, da du ihm die Wahrheit über mich verraten hast.“

„Oh aye, Ewan kann sehr hartnäckig sein, und wenn ich nicht gewusst hätte, dass er dich liebt, hätte ich für immer geschwiegen. Aber er war so niedergeschmettert, ich konnte sein Leiden nicht länger ertragen. Zuerst hat er mich natürlich ausgelacht und gemeint, du hättest mir ein Märchen aufgetischt, damit ich dich in die Freiheit führe. Doch als ich auf die Bibel schwor, dass ich mit eigenen Augen gesehen habe, wie du beim Abstieg in das Grab von einer Sekunde zur nächsten verschwunden warst, begann er mir zu glauben."

Màiri bewegte ihre nackten Zehen im Gras, genau wie Joan hatte sie ihren Rock bis Kniehöhe angehoben und die Schuhe ausgezogen. Obwohl es auf Mitte Oktober zuging, war es ungewöhnlich warm für die Highlands, aber sowie die Sonne hinter den Bergen verschwand, würde es bitterkalt werden.

„Ich war froh, wieder in meiner Zeit gelandet zu sein", gestand Joan, nachdem sie eine Weile nachdenklich ihre nackten Füße betrachtet hatte. „Zumindest war ich das, als ich wieder aus der Grube kroch. Aber es hatte sich alles verändert – nicht meine Zeit, oh nein. Ich hatte mich verändert, konnte mich plötzlich nicht mehr in meinem alten Leben zurechtfinden." Sie erzählte Màiri von den wiedergekehrten Träumen, deren Inhalt sie dank ihrer mageren Gälischkenntnisse endlich begriffen hatte. „Ich redete mir ein, dass ich es Ceana schuldig bin, ihren Wunsch zu erfüllen."

„Du bist ihr gar nichts schuldig, aye?"

Doch Joan widersprach. „Durch sie habe ich Ewan kennen gelernt, einen Mann, der durch das Schicksal zu früh für mich oder ich zu spät für ihn geboren wurde."

„Du meinst, sie hat dich mit Absicht ausgerechnet ins Jahr 1731 geführt?"

„Ja", erwiderte Joan bestimmt. „Seitdem Ewan mir gesagt hat, dass er sich magisch angezogen von Ceanas Grab fühlte, glaube ich nicht mehr an einen Zufall. Ceana wollte, dass er mich zurückholte."

Gedankenverloren kaute Màiri auf ihrer Unterlippe. „Er hat dich nicht gefunden und kam völlig verwirrt zurück. Nun glaubte er mir zwar, aber er war sehr unglücklich, weil er dich nicht gefunden hatte."

„Zu der Zeit war ich längst wieder in England, schon fast

wieder zum zweiten Mal in Schottland." Mit einem leichten Schmunzeln erwähnte Joan das schrullige Ehepaar aus Liverpool, Lucy und Edward Ferguson und die Beobachtungen, die sie bei ihren Wanderungen gemacht hatten. „Ich ahnte sofort, dass es sich dabei um Ewan handeln könnte und machte mich auf die Suche nach ihm, und meine Zweifel, eine weitere Zeitreise zu unternehmen, wurden wieder größer. Immerhin wäre es möglich gewesen, dass er noch in meiner Zeit herumirrt."

„Sag, ist es wahr, dass die Burg in deiner Zeit zerstört ist?"

„Ja, es tut mir leid. Aber fast alle Burgen, Kirchen und Häuser sind zerstört." Joan erinnerte sich an die eingerissenen Mauern von Glenbharr Castle und schob den Gedanken schnell von sich.

Eine Weile saßen sie wieder schweigend da, scheinbar in sich gekehrt; doch ihre Sinne waren geschärft gegen jedes verdächtige Geräusch.

„Wirst du für immer hier bleiben oder nur so lange, bis du die Überreste deine Urahne beerdigt hast?" Màiri verzog einen Mundwinkel. „Ich weiß, wie wichtig es für Ewan ist, dass du bei ihm bleibst."

Wohlig streckte sich Joan, warf mit einer Kopfbewegung ihr Haar über die Schulter und sagte nach einem zufriedenen Seufzen: „Ich werde bleiben ... denn ich will bleiben. Ohne Ewan an meiner Seite könnte ich nie wieder glücklich sein, auch wenn eure Zeit sehr gefährlich für eine Engländerin ist."

Über Màiris ovales Gesicht glitt ein Leuchten. „Ewan wird dich beschützen. Er ist stark und wird nicht zulassen, dass dir jemals etwas geschieht. Bei ihm bist du in Sicherheit."

Das mochte bedingt stimmen, bei ihm war Joan sicher – aber es war eine trügerische Sicherheit. Ewan konnte sie nicht vor allen Gefahren seiner Zeit schützen, weder vor seinem Vater, der allgemeinen Feindseligkeit seiner Landsleute und schon gar nicht vor Krankheiten und Seuchen. Trotzdem stand für Joan fest, dass sie bleiben wollte.

„Wahrscheinlich wird sich der Zeittunnel für immer und ewig schließen, wenn Ceanas Gebeine an einem geweihten Ort begraben sind“, dachte Joan laut. „Wenn ihre Seele endlich Frieden gefunden hat, gibt es keinen Grund mehr, durch die Zeit zu reisen.“

Stumm nickte Màiri. „Hast du dir das gut überlegt, Seonag? Nach dem, was du mir über deine Zeit berichtet hast, müssen wir dir doch wie ein unterentwickeltes Volk erscheinen.“

Diese Bemerkung entlockte Joan ein Lachen und sie gab zu, anfangs wirklich davon überzeugt gewesen zu sein, als sie ihre ersten unfreiwilligen Eindrücke des achtzehnten Jahrhunderts gesammelt hatte.

„Ich will für immer hier bleiben“, versicherte sie schließlich ihrer Freundin. „Ich habe erkannt, dass all die hübschen Dinge meines Zeitalters nicht lebensnotwendig sind, dass sie die Menschen nur verweichlichen und oberflächlich machen. Früher ist mir das nie aufgefallen, ich war ein integriertes Teilchen dieser Gesellschaft, aber nach meiner Rückkehr wurde es mir von Tag zu Tag deutlicher bewusst.“

Màiri griff nach Joans Hand. „Ich wünsche dir, dass du glücklich bei uns wirst, auch wenn wir noch nicht wissen, wie es weitergeht. Aber ich weiß genau, dass Ewan in deiner Zeit nicht zurechtkäme, auch wenn er dir zuliebe dort bleiben würde.“

Joans Augen weiteten sich vor Überraschung, und ihre Stimme klang unsicher, als sie fragte: „Hat er das gesagt?“

„Aye, das hat er, nachdem er erfolglos zurückgekehrt war.“

Ergriffen schwieg Joan, Ewans Liebe schien so groß zu sein wie ihre!

„Als ich ihm gestern während seiner Schwertübungen im Burghof sagte, dass du wieder da bist, wollte er mir zunächst nicht glauben und fuhr ungerührt mit seinen Übungen fort." Sie kicherte. „Er hieb wütend auf den armen Peader ein, der sein liebster Übungsgegner ist. Erst als er merkte, dass ich keine Anstalten machte zu gehen, wurde er unsicher und zog mich in eine Ecke, wo er mich eindringlich bat, nicht mit seinen Gefühlen zu spielen."

Joan wurde es warm ums Herz, und plötzlich sehnte sie sich unsäglich nach dem geliebten Mann. Sie hielt die Hand als Schutz vor der Sonne gegen die Stirn und spähte in die Richtung, in die Ewan vor Stunden geritten war.

„Müsste er nicht längst zurück sein?"

„Nein, die beiden Männer trinken normalerweise einen Schluck und reden, wenn Ewan dort ist – damit sein Besuch nicht zu auffällig ist", fügte Màiri erklärend hinzu. „Ich wünsche mir so sehr, dass ich Mìcheal noch einmal vor dem Winter sehen kann."

Joan schnitt eine Grimasse. „Nun, ein Vorteil meiner Zeit ist es, sich scheiden lassen zu können, wenn man sich nichts mehr zu sagen hat; egal, welcher Konfession man angehört."

„Du bist nicht katholisch, aye?"

„Nein, ich wurde anglikanisch getauft. Ist das so wichtig?" Und als Màiri den Kopf schüttelte, murmelte Joan mehr zu sich selbst: „Immerhin glauben wir an denselben Gott, nicht wahr?"

„Macht es dir denn nichts aus, deine Mutter nie wieder sehen zu können?", wechselte Màiri geschickt das Thema.

Joan holte tief Luft. „Doch, es macht mir verdammt viel aus. Aber ich stand vor der Wahl, entweder sie oder Ewan und dich nie wiederzusehen."

„Und du hast dich für uns entschieden", kam es fast feierlich zurück.

Bevor Joan reagieren konnte, war plötzlich der Hufschlag eines Pferdes zu hören, das sich schnell näherte. Die Frauen wechselten einen kurzen Blick, dann erhoben sie sich schnell, schlüpften ins Haus und verriegelten die Tür.

Beim Näherkommen entpuppte sich der Reiter als Ewan, was beiden Frauen einen erleichterten Stoßseufzer entlockte. Er hatte eine Nachricht von Mìcheal für seine Schwester, die er ihr übergab, nachdem er Joan geküsst hatte.

Màiri drückte mit entrückter Miene den Brief gegen die Brust und erklärte, ihn zu Hause in ihrer Kammer lesen zu wollen.

„In der Burg habe ich mich auf dem Rückweg auch kurz blicken lassen", sagte Ewan, während seine Hand noch immer um Joans Taille lag. „Natürlich lief mir Vater über den Weg, er wollte alles über diese Viehdiebe wissen und ob ich ihr Lager kennen würde."

Auch in dieser Nacht blieb Ewan bei Joan in der Kate. Eng aneinander geschmiegt lagen sie auf der primitiven Bettstelle, und Joan fand, dass sie in ihrem ganzen Leben niemals bequemer gelegen hatte, noch nicht einmal in ihrem Londoner sündhaft teuren Wasserbett.

Wieder liebten sie sich mit einer Intensität, als wäre es zum letzen Mal. Ihre Leiber glühten, bis sie sich in völliger Erschöpfung voneinander lösten – um kurz darauf erneut von ihrer Leidenschaft übermannt zu werden.

Ewan war ein ausdauernder Liebhaber, der nicht nur an sich dachte. Immer wieder glitt sein Kopf zwischen Joans Beine, und erst, wenn ihr Körper sich in Ekstase aufbäumte, ließ er zu, dass sie sich intensiv mit Händen, Lippen und

Zunge um sein hartes pulsierendes Glied kümmerte, um es am Ende in sich einzulassen.

Joan kostete jede Sekunde aus, genoss seine unermüdlichen Zärtlichkeiten und Liebesschwüre – und verdrängte dabei, dass ihr Versteck nur vorübergehend sicher war. Würde es immer so weitergehen? Dass sie sich mit Ewan nur heimlich treffen konnte, war das der Preis für ihre Liebe?

Am frühen Morgen erschien Màiri wieder mit frischen Lebensmitteln. Der Teufel wusste, wie sie ihre häufige Abwesenheit zu Pferd ihrem Vater erklärte, denn es war außergewöhnlich, dass ein weibliches Mitglied der Familie ohne Begleitschutz ausritt.

Sie berichtete von dem neuesten Klatsch in der Burg.

„Darla ist untröstlich, weil es mit einem zweiten Kind nicht recht klappen will. Klein Ealasaid ist nun fast ein Jahr alt und soll endlich ein Geschwisterchen haben." Màiri goss Milch in einen Becher und gab ihn Joan. „Wie ist das in deiner Zeit, Seonag? Bekommen die Frauen dort mehr Kinder?"

„Eher weniger, es ist eine sehr schnelllebige Zeit, keiner hat mehr Geduld, Kinder aufzuziehen."

Màiri war entsetzt. „Wie furchtbar und kaltherzig."

„Wie man es nimmt. Das Leben im einundzwanzigsten Jahrhundert ist teuer, sodass beide Ehepartner arbeiten müssen, und das bedeutet, niemand ist da, der sich um die Kinder kümmern kann. Es gibt keine Großfamilien mehr. Übrigens ...", sie spähte unauffällig zu Ewan, der auf der Bettstelle saß und interessiert lauschte, „... ist das Vergangenheit für mich, denn ich will hier bleiben, bei euch."

Màiri strahlte über das ganze Gesicht, doch Ewans Miene wurde nachdenklich. Den Grund dafür erfuhr Joan später, nachdem seine Schwester die Kate wieder verlassen hatte.

„Du sagst, du willst hier bleiben." Seine hellen Augen suchten Joans Blick. „Wie lange?"

„Warum fragst du? Hast du Angst, ich könnte wieder fortgehen?"

„Aye, davor habe ich große Angst. Dich zu verlieren, ist schrecklich, und ich wünsche mir nicht, noch einmal in diese Situation zu kommen ... obwohl ich dich verstehen könnte."

Langsam hob sie die Hand und strich ihm sanft über den geraden Nasenrücken. Sie standen vor der Feuerstelle. Über Nacht war es Winter geworden. Noch war kein Schnee gefallen, doch es konnte sich nur noch um Tage handeln, bis die Wälder von Glenbharr von der kalten Pracht bedeckt wurden. Die weitsichtige Màiri hatte aus diesem Grunde einen dunklen wollenen Umhang mit großer Kapuze für Joan mitgebracht.

Gleich nach dem Aufstehen war Ewan in den Wald gegangen, um Holz zu sammeln, und nun prasselte ein gemütliches Feuer auf dem einfach gebauten Ofen.

„Nein, du verstehst nicht", sagte Joan leise. „Mich zieht nichts mehr in mein früheres Leben, deinetwegen bin ich schließlich zurück gekommen."

Um seine Mundwinkel spielte ein nachdenkliches Lächeln, als er erwiderte: „Wenn wir Ceanas Gebeine begraben haben ... du weißt, dass du dann wahrscheinlich gar keine Möglichkeit mehr hast, zurückzukehren, aye?"

„Ja, das ist mir bewusst." Sie erwiderte sein Lächeln. Ewan hatte „wir" gesagt, er würde ihr also helfen, die Überreste ihre Vorfahrin zu bergen und anständig zu begraben.

Als hätte er ihre Gedanken gelesen, sagte er: „Wir sollten nicht zu lange warten mit dem Begräbnis, der Boden ist schon leicht gefroren."

„Aber wo wollen wir sie beerdigen?"

Ewan sog so scharf die Luft ein, dass es zischte. „Auf dem Friedhof meines Clans. St. Cait hat einen großen Friedhof, und auch, wenn Ceana den MacLaughlins nicht angehört hat, so sehe ich es doch als meine Pflicht an, sie dort zu begraben. Natürlich darf niemand außer meiner Schwester etwas davon erfahren."

Erleichtert warf sich Joan in seine Arme, sie hatte gehofft, dass er ihr dieses Problem abnehmen würde, obgleich er kein schlechtes Gewissen Ceana Mathesons gegenüber haben musste. Als Laird Dòmhnall das Todesurteil ausgesprochen hatte, war Ewan noch gar nicht geboren. Doch er war ein Mann, dem Gerechtigkeit sehr wichtig war, und das nicht nur, was seine Familie und die Clananhänger betraf.

„Ich werde bald mit meinem Vater über dich sprechen", sagte er unvermittelt in ihre Gedanken hinein. „Es muss erniedrigend für dich sein, dass ich dich wie eine heimliche Geliebte verstecke."

Erschrocken wich Joan zurück. Wie immer, wenn die Sprache auf den Laird of Glenbharr kam.

„Ich werde vor ihn treten und ihm sagen, dass ich dich liebe." Ewan nahm sie leicht bei der Taille und zog sie wieder näher zu sich heran. „Aye, das werde ich tun, wenn es dir ernst damit ist, bei mir zu bleiben."

Sie lehnte sich an ihn, spürte die Wärme seines Körpers und erwiderte zögernd: „Und wenn er nicht mit sich reden lässt, wenn er noch immer glaubt, ich sei eine Hexe?"

„Hab keine Angst", flüsterte er und küsste sie. „Hab keine Angst, mo ghràidh. Es wird alles gut."

27. Kapitel

Am nächsten Tag beratschlagten sie zu dritt, wann sie am besten Ceanas Überreste aus dem Wald holen sollten, um sie nach ihrem Wunsch zu bestatten. Die Zeit drängte, von Tag zu Tag wurde es kälter und der Boden härter.

„Auf jeden Fall müssen wir es in einer Nacht schaffen."

Nachdenklich rieb sich Ewan, der auf dem einzigen Stuhl in der Kate saß, das Kinn. Die beiden Frauen hockten derweil auf der Bettstelle, die dank eines weiteren Plaids nicht mehr gar so unbequem war. „Das wird schwierig. Wie willst du den Wachen erklären, dass du über Nacht fort warst? Sie werden Fragen stellen ... und Vater auch", fügte er mit Nachdruck hinzu.

„Daran habe ich bereits gedacht", sprudelte es aus seiner Schwester hervor. „Ich werde zum Schein einen Wagen mit Getreide packen lassen und behaupten, einige unserer armen Pächterfamilien damit versorgen zu wollen. Und da die Katen dieser Familien weit abgelegen sind, werde ich bei einer von ihnen übernachten. Um meine Jungs kann sich Mutter kümmern. Ich habe im letzten Jahr auch Nahrungsmittel an unsere ärmsten Clananhänger verteilt, erinnerst du dich nicht?"

Bedächtig nickte Ewan. „Allerdings, aber du vergisst, dass du einen Wächter dabei hattest."

„Das vergesse ich nicht, aber ich werde nicht alleine reiten." Màiri lächelte verschmitzt. „Wozu habe ich einen starken Bruder?"

Er grinste. „Einverstanden, aber wenn Tèarlach wieder

zu Hause ist, wird er Einwände erheben und dich über Nacht nicht weglassen." Er stockte und schürzte nachdenklich die Lippen. „Vielleicht wäre es am besten, wenn Seonag und ich alleine gehen. "

Noch bevor Màiri protestieren konnte, sprang Joan auf und sagte heftig: „Ich will nicht, dass ihr euch meinetwegen in Gefahr begebt, keiner von euch! Ich werde alleine gehen, den Platz, wo ich die Gebeine versteckt habe, kenne ich und den Friedhof werde ich auch finden. Euer Vater könnte auch verärgert sein."

Ewan zog halb belustigt, halb bestürzt eine Augenbraue hoch, dann streckte er einen Arm aus. „Komm her, bitte. Du scheinst Màiris und meine Lage zu verkennen, unser Vater ist zwar streng, aber wir sind Teil seiner Familie und er liebt uns. Selbst wenn man uns bei der Arbeit entdecken würde, müssten wir vielleicht ein paar unangenehme Fragen beantworten – aber dich deswegen alleine in den Wald zu schicken, kommt nicht in Frage."

Zögernd trat sie auf ihn zu, worauf er ihre Hüfte umfasste und sich an ihn schmiegte. Der Gedanke, zu nächtlicher Stunde im stockfinsteren Unterholz herumzugeistern, war in der Tat nicht besonders verlockend, und sie war froh, dass Ewan und Màiri ihre Hilfe anboten.

„Ewan hat recht", pflichtete Màiri ihm bei. „Wir werden deine Urahne gemeinsam begraben, es sei denn ..." Sie wechselte einen wissenden Blick mit ihrem Bruder, „ ... es sei denn, du bist dir doch nicht so sicher, dass du bis zu deinem Lebensende bei uns bleiben möchtest, Seonag.

Joan straffte den Körper, dabei nickte sie bestimmt. „Es gibt für mich kein Zurück."

Der Druck seiner Hände auf ihren Hüften wurde stärker, und als sie zu ihm hinunter blickte, sah sie die Liebe in seinen Augen und die Bitte, ihm zu vertrauen.

„Wenn du dir sicher bist, sollten wir uns noch heute Nacht auf den Weg machen, aye?“, sagte er feierlich, und Joan blieb nichts anderes übrig als wortlos zu nicken.

Schweren Herzens hatte Ewan Joan alleine zurückgelassen. Gemeinsam mit seiner Schwester war er zur Burg geritten, um die Geschichte, die sie sich ausgedacht hatten, gemeinsam glaubwürdig zu vertreten.

Bei einem ersten leichten Schneefall in der Nacht hatte sich herausgestellt, dass das Dach undicht war Es war für Ewan zu gefährlich, es zu reparieren.

Nun, da weder Ewans Anwesenheit, die Schutz und Geborgenheit gab, noch Màiris Wärme die Kate erfüllte, fühlte sich Joan elend. Fast feindselig schielte sie zu dem sgian dubh auf dem Tisch, den Ewan zu ihrem Schutz zurückgelassen hatte.

Der kleine Dolch mit dem schwarzen Heft lag da und Joan betete, ihn nicht benutzen zu müssen.

Ruhelos wanderte sie in der Kate auf und ab, und obwohl ein Feuer brannte, fror sie erbärmlich. Es schien ihr, allein Ewans Gegenwart hatte ausgereicht, es warm sein zu lassen und ihr Wohlgefühl zu geben. Sie versuchte sich mit den Gedanken an seine leidenschaftlichen Küsse, an seinen Körper abzulenken, was ihr ein wenig sogar gelang.

Es wurde bereits dunkel, als Ewan und seine Schwester endlich zurückkamen. Nach einer kurzen, jedoch innigen Umarmung nahm Ewan den Spaten, den er im Schuppen neben der Kate gefunden hatte und sagte: „Wir haben zu Hause alles geklärt. Und zu der Beerdigung: wir müssen das letzte Stück bis zum Grab zu Fuß gehen, für die Pferde ist das Gebiet zu unwegsam.“.

Màiri hüllte sich in ihren Umhang, zog die Kapuze tief ins Gesicht und forderte Joan auf, es ihr gleich zu tun. Nur wenige Minuten später brachen sie auf, drei dunkle Gestalten auf zwei Pferden, bemüht, so wenig Lärm wie nur möglich zu machen.

Wieder saß Joan vor Ewan auf dessen Pferd, doch diesmal war ihre Angst größer. Es war so kalt und finster, nur der Hufschlag und das sporadische Schnauben der Pferde war zu hören.

Sie sprachen kaum und als das Unterholz dichter wurde, hielt Ewan an. „Jetzt müssen wir zu Fuß weiter, mo nighean. Es ist nicht mehr weit."

Trotzdem brauchten sie noch fast eine Stunde, bis sie die Grube erreichten. Joan horchte tief in sich hinein, doch kein Rauschen war zu hören, keine Stimme erhob sich und versuchte sie weiter zu locken.

Sie ging um den Hügel herum und kniete an der Stelle nieder, an der sie glaubte, Ceanas Gebeine im Laub vergraben zu haben. Als sie sie nicht auf Anhieb fand, stieß sie einen erschrockenen Ruf aus.

„Was ist?" Sofort war Ewan bei ihr und hockte sich neben sie. „So rede doch!"

Im dem Augenblick ertastete Joan den Totenschädel. „Ich dachte für einen Augenblick, jemand hätte die Gebeine gestohlen." Nach und nach förderte sie sie zu Tage und legte sie behutsam auf das Tuch, das sie dafür ausgebreitet hatte.

Das Amulett bewahrte Joan noch immer in ihrer Rocktasche, aber sie nahm sich vor, es niemals zu tragen. Sie würde es ihren Töchtern, sofern sie welche bekommen sollte, weiter geben.

„Bist du so weit?", riss Ewans Stimme sie sanft aus ihren Gedanken. Sie hatte nicht gemerkt, dass sie versonnen vor den Gebeinen kniete. Das fahle Mondlicht hatte sich seinen Weg zwischen den kahlen Baumkronen hindurchgebahnt und erhellte die Szene.

Joan nickte wortlos, worauf Ewan die Enden des Tuches vorsichtig übereinander schlug und locker verknotete. Noch einmal nickte Joan zum Zeichen, dass sie zum Aufbruch bereit war. Sie erhob sich und schritt gemächlich zu Màiri, die etwas abseits wartete. Auch ihr Gesicht war angespannt, als habe sie Angst, dass Joan ihren Entschluss rückgängig machen könnte und zurück in ihre Zeit ging.

„Es ist schon nach Mitternacht“, raunte Ewan ihr zu, nachdem sie wieder bei den Pferden angelangt waren und aufgesessen hatten. „Bis zu St. Cait müssen wir ungefähr zwei Stunden reiten, wir sollten uns so schnell wie möglich auf den Weg machen.“

Stumm setzte sich die kleine Gruppe in Gang. Joan hatte bereits erfahren, dass St. Cait eine kleine Kapelle im Grenzgebiet war. Dort wurden alle Clanangehörigen beerdigt, außer den Familienmitgliedern der MacLaughlins, die ihre eigene Kapelle mit Friedhof gleich hinter der Burg hatten.

Es war eine kalte Nacht, der Atem der Pferde stieg in Form kleiner weißer Wolken empor, und Joan drängte sich näher an Ewan. Als sie bei einer Wendung des Kopfes einen Blick von ihm auffing, erkannte sie Unsicherheit in seinen Augen. Noch könnte sich Joan anders entscheiden und darum bitten, die sterblichen Überreste ihrer Urahnin wieder zurückzubringen zur Grube; sie könnte von dort wieder ins einundzwanzigste Jahrhundert reisen wollen, las sie in seinen Augen.Sie lächelte ihm nur aufmunternd zu, bevor sie sich die Kapuze ihres Umhanges tiefer ins Gesicht zog.

Es gab einen gut passierbaren Weg nach St. Cait, doch Ewan befand es als sicherer, auf Umwegen zum Friedhof zu reiten. Der Pfad, den sie benutzten, war steinig und hügelig, und die Pferde kamen nur langsam voran. Als Màiris Pferd im Geröll ausrutschte, schrien beide Frauen gleichzeitig erschrocken auf. Nur Ewan blieb ruhig und mahnte zur Ruhe.

Plötzlich hielt er an und wies auf einen dunklen Punkt am Fuße eines Hügels. „Dort ist es, gleich dahinter beginnt das Gebiet der MacGannors."

Joans Herz begann schneller zu schlagen, nur noch kurze Zeit, dann würde Ceanas Seele ihren Frieden gefunden haben.

Sie lehnte den Rücken an Ewan, der sie in sein Plaid gehüllt hatte, als er merkte, wie sehr sie trotz des wärmenden Umhangs fror.

Die kleine Kapelle war, wie alle Bauten dieser Region, aus Felssteinen gebaut und klebte am Fuße eines Berges, links und rechts daneben wiesen eine größere Anzahl von Grabsteinen und Kreuzen auf den dazugehörigen Friedhof hin.

„Bleibt vorerst bei den Pferden", sagte Ewan, nachdem er abgestiegen war und sich den Spaten von seiner Schwester hatte geben lassen. „Ich hoffe, der Boden ist nicht zu sehr gefroren."

Màiri hatte Kerzen mitgenommen, doch es war nicht notwendig, sie zu benutzen. Der Mond stand nun klar am Himmel und gab dem Friedhof etwas Unheimliches, Überirdisches.

Deutlich war Ewan zu erkennen, der sich mit dem Ausheben eines Loches abmühte. Hin und wieder war sein verhaltenes Schimpfen zu hören und das knirschende Geräusch des in die harte Erde getriebenen Spatens.

„Wir werden Laub und Zweige darüber legen, dann wird niemand merken, dass es sich um ein frisch ausgehobenes Grab handelt", bemerkte Màiri, übergab Joan die Zügel ihres Pferdes und machte sich sogleich auf die Suche nach Blättern und Ästen.

Ein Wispern ließ Joan plötzlich zusammenfahren. Es kam aus keiner bestimmten Richtung, sondern schien ihrer Fantasie zu entspringen – und doch war es klar zu verstehen.

„Tapadh leat[20]", flüsterte die Stimme nun klar vernehmlich. Eindeutig war es Ceana Mathesons Stimme. Verstohlen sah sich Joan um. Weder Ewan noch seine Schwester schienen etwas gehört zu haben, denn sie hielten in ihren Tätigkeiten nicht eine Sekunde inne.

Normalerweise wäre Joan verwirrt gewesen, aber Ceanas Stimme machte ihr keine Angst mehr.

Trotzdem blickte sich Joan um. Sie stand mit den Pferden alleine am Rand des steinigen Pfades. Den Tieren schien es langweilig zu werden, sie begannen, nervös zu scharren und nach Joans Umhang zu schnappen.

Endlich kam Màiri mit einem Arm voller Reisig und Laub zurück und brachte alles zu Ewan. Sie nickte erleichtert, als sie sah, dass das Erdloch groß genug war, um Ceanas Gebeine aufzunehmen.

„Binde die Pferde dort an den Baum", sagte Màiri, als sie zu Joan zurückkam. „Es ist so weit, wir können mit dem Begräbnis beginnen."

Joan tat, wie ihr geheißen war, dann ging sie beklommen zu dem kleinen Grab, vor dem Màiri und ihr Bruder bereits warteten.

Beide traten einen Schritt zurück, als Joan sich niederkniete und die Gebeine vorsichtig in das frische Erdloch legte, als habe sie Angst, Ceana weh zu tun. Leise begann Màiri zu beten, und auch Ewan hatte den Kopf gesenkt und die Hände gefaltet.

Es war eine gespenstische Szene, die Joan an Gruselfilme ihrer Zeit erinnerte. Doch das war kein Film, sondern Wirklichkeit, und bevor sie aufstand, sagte sie leise: „Möge deine Seele in Frieden ruhen. Durch dich bin ich dem Mann begegnet, der mein ganzes Leben verändert hat; du nimmst mir hoffentlich nicht übel, dass er Laird Dòmhnalls Sohn ist ..."

Ihr Blick huschte zu Ewan. Es war nicht erkennbar, ob er sich über die Ironie des Schicksals amüsierte oder einfach nur glücklich war, Joan durch Ceana getroffen zu haben.

Zögernd stand Joan schließlich auf, und während Ewan das Grab zuschaufelte, spürte sie unvermittelt eine neue, innere Ruhe in sich. Sie wusste nun, dass Ceana endlich ihren verdienten Frieden gefunden hatte.

Nachdem Ewan die Erde festgetreten hatte, legten die Frauen gemeinsam Laub und Zweige darauf, sodass sich die Stelle vom übrigen Friedhof nicht unterschied.

„Wir müssen aufbrechen, damit wir vor Tagesanbruch wieder bei der Kate sind", drängte Ewan sanft, „sonst könnte es sein, dass wir einer Patrouille Dragoner in die Arme laufen."

Nach einem letzten Blick zu der Stelle, an der Ceana Matheson ihren ewigen Frieden gefunden hatte, ließ sich Joan auf das Pferd helfen.

Im Osten wurde es bereits hell, als sie das unscheinbare Steinhäuschen wieder erreichten. Vor Erschöpfung war Joan während des Rittes eingeschlafen, ihr Kopf hatte dabei seitlich gegen Ewans Schulter gelehnt.

Aber richtig wach wurde sie auch nicht, als Ewan ihr leise ins Ohr raunte, dass sie ‚zu Hause' seien. Sie merkte kaum, dass er sie in die Kate trug, auf das Bett legte und zudeckte. Sie träumte, dass Ceana – diesmal ganz deutlich erkennbar – ihr mit glücklichem Gesicht zuwinkte. Es war wie ein Abschied für immer, ein Abschied in Frieden.

Als Joan erwachte, spürte sie Ewans Wärme. Ewan schlief

fest, seinen rechten Arm schützend um ihre Schulter gelegt. Vorsichtig bettete sie den Kopf auf seine Brust und schloss wieder die Augen. Es war ein köstliches Gefühl, ihn ganz nahe bei sich zu haben.

Ewan regte sich leicht im Schlaf und sein Arm schloss sich noch fester um Joans Körper.

Auch Joan schlief noch einmal ein, unter dem gleichmäßigen Schlag von Ewans Herzen wurde daraus ein traumloser Schlaf, aus dem sie erst als es schon wieder dunkelte von unzähligen zärtlichen Küssen auf ihrem Körper geweckt wurde.

„Ich weiß jetzt endgültig, dass du meinetwegen hier bleibst", sagte Ewan, nachdem sie sich hemmungslos geliebt hatten. „So grenzenlos hat sich mir noch nie eine Frau hingegeben und auch ich habe nie die Liebe so empfunden, wie mit dir."

Flüchtig tauchten die Bilder von der Schlacht bei Culloden auf, aber Joan verdrängte sie sofort. Bis dahin hatten sie noch fünfzehn Jahre, die – so Gott wollte – voller Erfüllung sein würden.

Ewan hatte protestiert, als Joan aufstehen wollte. Mittlerweile hatte es wieder geschneit, und auch der Boden der Kate war gefroren. Joan hatte sich mehr als gern überreden lassen, im Bett zu bleiben, während Ewan aufstand und – nackt, wie er war – eine Mahlzeit zusammenstellte.

Später, nachdem sie gegessen hatten, erklärte er, die meisten Bauern verbrächten den Winter in ihren Betten, und verließen die Kate nur, um ihre Notdurft zu verrichten und um sich um das Vieh zu kümmern.

Plötzlich wurde er ernst, maß Joan mit einem nachdenklichen Blick und fragte schließlich: „Als ich in deiner Zeit war, war Glenbharr Castle ein Trümmerhaufen. Wie konnte das passieren, was wird geschehen?"

Diese Frage hatte Joan befürchtet. Sie schwieg und betrachtete dabei angestrengt das Stück Früchtekuchen, das sie in der Hand hielt.

„Die Burg wurde mutwillig zerstört", ließ Ewan nicht locker. „Ich mag zwar aus einem anderen Jahrhundert stammen, aber ich bin nicht blind. Glenbharr Castle ist nicht im Laufe der Zeit verfallen, irgendjemand hat es eingerissen. Wer hat es getan, die Sasannach?"

Joan wand sich, sie brachte es nicht übers Herz, ihm die Wahrheit zu sagen. Vielleicht später, aber nicht jetzt, auch wenn er ein Recht darauf hatte zu erfahren, was mit seinem Volk passieren würde.

„Ja", hauchte sie schließlich und entschied sich zu einer Halbwahrheit, „ja, aber ich weiß nicht, wann es geschehen wird. Ich habe mich nie sehr für Geschichte interessiert."

Seiner Miene war nicht zu entnehmen, ob er ihr glaubte, doch fürs Erste schien er beruhigt zu sein; stattdessen erkundigte er sich, wie diese lauten Gefährte ohne Pferde funktionierten und lauschte staunend Joans Erklärungen.

„Bist du sicher, dass du dies alles nicht vermissen wirst?", fragte er schließlich, nachdem Joan ihm von Telefon, Computer und der Reise der Menschen auf den Mond erzählt hatte.

Lächelnd schmiegte sie sich an ihn. „Nein, ich habe festgestellt, dass diese Dinge zwar sehr angenehm sind, aber man braucht sie nicht. Sie machen den Menschen nur faul und oberflächlich. Im einundzwanzigsten Jahrhundert bringt sich kaum noch jemand freiwillig in Gefahr, um einem anderen zu helfen." Wohlweislich verschwieg sie, dass es freilich auch keine Todesstrafe bei Verbrechen mehr gab.

Ewan stand auf, um Holz nachzulegen, und Joan sah ihm bei dieser routinierten Tätigkeit voller Zärtlichkeit zu.

Als er zurück ins Bett kam, streckte sie ihm sehnsüchtig die Arme entgegen. Die wenigen Minuten an der Feuerstelle hatten seinen Körper abkühlen lassen, doch schon nach kurzer Zeit strahlte er wieder die gewohnte Wärme aus.

„Du bist etwas Besonderes," sagte sie, den Kopf hebend und seinen Blick im Dämmerlicht suchend. „Du bist anders als die Männer im einundzwanzigsten Jahrhundert, aber das wollte ich lange nicht wahrhaben. Ich redete mir ein, ich könne dich nicht ausstehen."

Lachend erwiderte er: „Aye, genauso war es bei mir auch. Und dabei ist mir völlig entgangen, dass ich mich längst in dich verliebt hatte. Nur meine Schwester spürte es, lange, bevor ich selbst drauf kam."

Joan erzählte ihm von der getrockneten Blume, die sie noch immer sorgfältig aufbewahrte und bei deren Anblick sie plötzlich gewusst hatte, dass sie Ewan liebte.

Eng aneinander liegend, genossen sie die warme Nähe des Anderen und die Gewissheit, geliebt zu werden. In diesem Moment dachte Joan nicht an die Gefahren, die vor ihr lagen, nicht daran, dass sie sich möglicherweise den Rest ihres Lebens verstecken musste und auch nicht daran, Ewan auf dem Schlachtfeld zu verlieren.

Es ging ihr durch den Kopf, wie es gewesen wäre, wenn Ewan mit ihr durch den Zeittunnel gegangen wäre. Doch sie verwarf den Gedanken sofort. Er hatte einen ersten Eindruck von der modernen Zeit bekommen und sich fassungslos abgewendet.Joan hingegen hatte sich bereits mit ihrem neuen Leben abgefunden.

Für einen Moment dachte sie dann noch an ihre Mutter.

Trotz der Trauer um den Verlust hatte Joan kein schlechtes Gewissen. Sie hatte ihre große Liebe gefunden, ihre Mutter ein spätes Glück.

28. Kapitel

Die Nacht war sternenklar und eisig, als Joan und Ewan vor die Tür traten. Es hatte den ganzen Tag über geschneit und Ewan wollte sein Pferd im Schuppen verpflegen.

Hand in Hand standen sie da; Ewan hatte sich in sein Plaid gehüllt, während Joan sich ihren Umhang übergeworfen hatte. Fasziniert blickte sie sich um – das war nun ihre neue Heimat, ihr Zuhause, und sie liebte es schon jetzt.

„Siehst du dort oben den Abendstern?“, unterbrach Ewan die märchenhafte Stille und wies zum Himmel. Seine Stimme klang leise.

„Wenn man ihn erkennt, darf man sich etwas wünschen.“

Sie hob erstaunt die Augenbrauen. „Ist das wirklich so?“

„Nein.“ Er hob die Schultern. „Aber es hört sich gut an, aye? Ich weiß noch nicht einmal, ob er es ist, eigentlich ist es schon zu spät.“ Er nahm Joan sanft bei den Schultern und drehte sie zu sich, sodass sie ihm direkt in die Augen sehen konnte. „Ich habe nämlich einen Wunsch, und ich möchte, dass er sich erfüllt.“

Er nahm ihre Hände: „Willst du meine Frau werden, Seonag?“ Er bemühte sich, seiner Stimme einen festen Klang zu geben. „Ich werde morgen meinem Vater erklären, dass du die Frau bist, mit der ich mein Leben teilen will, und es ist mir gleichgültig, wie er darauf reagiert.“

Vor ihren Augen verschwamm Ewans Gesicht, denn die aufsteigenden Tränen verschleierten ihren Blick. Sie schluckte mehrmals.

„ Ja, das will ich“ sagte sie endlich und „ich vertraue dir, und ich werde dich nie enttäuschen. Dein Vater soll sehen, dass ich nicht seine Feindin bin, sondern die Frau, die seinen Sohn mehr als alles andere liebt. Und ich wünsche mir Kinder mit dir zu haben.“ Sie stockte. „Aber er darf nicht erfahren, dass ich aus der Zukunft komme.“

Leicht schüttelte er den Kopf. „Niemand wird es erfahren. Es bleibt unser und Màiris Geheimnis.“

Sie lehnte sich gegen ihn und schloss die Augen. Als sie sie wieder öffnete, sah sie einen Lichtschweif am Himmel.

„Jetzt können wir uns etwas wünschen“, sagte sie weich. „Wer eine Sternschnuppe sieht, darf sich etwas wünschen und es geht in Erfüllung, wenn man den Wunsch niemandem verrät.“

„Das ist gut. Meinen Wunsch kennst du bereits, mo nighean.“ Seine Miene war fragend auf Joan gerichtet.

„Und du meinen“, erwiderte sie lächelnd.

Index

1 Verächtliche Bezeichnung für Engländer und alles Englische
2 Halt die Klappe
3 Schätzchen
4 meine Freundin
5 Plaid
6 Feier
8 Dudelsack
9 Lass das sein
10 Mein Schatz
11 Kleiner, messerähnlicher Dolch, den der Highlander meistens in seinem Strumpf trug
12 Tschüss, bis später
13 Eine Art Gürteltasche, die aus Leder oder Fell besteht
14 Mein Mädchen
15 Mein schönes Mädchen
16 Ich möchte mit dir schlafen
17 Der Herausforderer
18 Du bist schön
19 Verstehst du?
20 Danke

Im Weltbild-Verlag ist außerdem erschienen:

Mary Spencer,
Wenn aus Verlangen Liebe wird

Connie Mason,
Eine Rose für den Ritter

Colleen Faulkner,
Im Kerker der Sinnlichkeit

1.122 Seiten, Format 13 x 19 cm,
Hardcover
Best.-Nr. 772 157
ISBN 3-8289-7867-3
12,95 €

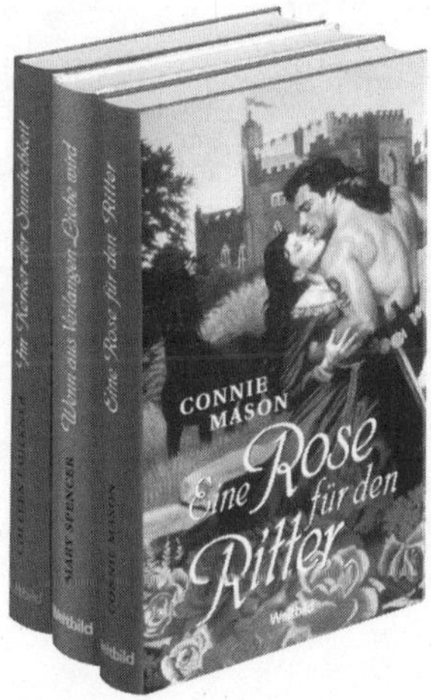

3 Bände voller Leidenschaft

Im Kerker der Sinnlichkeit
Als ihre Schwester entführt wird, lässt Lady Elen kurzerhand den Übeltäter auf ihrem Schloss einkerkern. Doch der gefangene Lord of Rancoff ruft ungeahnte Gefühle in Elen wach ...

Dazu zwei weitere Romane:
Eine Rose für den Ritter
Wenn aus Verlangen Liebe wird